Lale Gül

IK BEN VRIJ

2024 Prometheus Amsterdam

Omslagontwerp Jan van Zomeren
Foto omslag Annaleen Louwes
Illustraties p. 304 Art Collection 2/Alamy Stock Photo (links)
en Fototeca Gilardi/Bridgeman Images (rechts)
www.uitgeverijprometheus.nl
ISBN 978 90 446 5582 7

Voor Oma en Defne

Ik heb gesproken met een god.
En hij heeft mij heel goed gehoord.
Ik zei: 'Uit jouw naam wordt gevochten.
Uit jouw naam wordt gemoord.'

Al die bommen en granaten
die raketten en dat bloed
dat namens jou steeds wordt vergoten
terwijl men roept: 'O God is goed.'

– Youp van 't Hek

Ik verafschuw wat u zegt, maar ik zal uw recht om het te zeggen met mijn leven verdedigen.

– Voltaire

Beste lezer,

Dit is een brief aan u. Allereerst wil ik u hartelijk bedanken dat u dit boek leest, want dat getuigt van interesse in mijn verhaal, terwijl u ook kon kiezen voor een van de andere honderden, duizenden, miljoenen boeken die er zijn. Dat u mij eruit gepikt hebt, waardeer ik enorm, want dat is lang niet elke auteur meer gegeven tegenwoordig.

Ik heb de afgelopen drie jaar veel meegemaakt. Meer dan een gemiddelde drieëntwintigjarige die impulsief besloot een persoonlijk boek te schrijven, en dat heeft bij mij helaas z'n mentale tol geëist. In het Turks zeg je dan: 'Al ware ik een steen, op een dag komt ook mijn breekpunt.' Dat breekpunt heb ik inmiddels gehad. Ik heb me maanden-, jarenlang gevoeld als een vis op het droge: compleet vervreemd, verward, onrustig. Ik had geen enkel idee hoe het ook alweer was om 'normaal' te zijn. Ik was zoekende. En elke keer dat ik dacht dat ik het allemaal weer wist, stortte het even later als een kaartenhuis in elkaar.

Het is normaal op deze leeftijd om te vallen en op te staan, dat weet ik, maar het is zwaarder als je dat doet zonder familie, als publiek figuur, als gehaat en bedreigd persoon, als iemand die niet meer anoniem over straat kan en bekendstaat als 'de moslimhater', en als iemand die zo afgesloten is opgegroeid van de rest van de wereld en daardoor maar een heel, heel kleine wereld gewend is. Ik móest ineens zoveel. De druk die ik voelde was enorm. Er kwam veel te veel op me af, zowel positief als negatief, maar in ieder geval véél.

Ik heb van tijd tot tijd erg raar gedrag vertoond, ook in mijn eigen omgeving, omdat ik mezelf en mijn emoties soms niet meer in de hand had. Ik werd een heel ander persoon; neerslachtig, droog, saai, gemeen, kortaf, kribbig, futloos, lamlendig, ongeïnteresseerd, en ik was vooral in mijn eigen wereld, geïsoleerd. Mocht u mij daarom na mijn eerste boek met alle lieve bedoelingen iets hebben gestuurd zonder dat u daar ooit antwoord op hebt gehad: mijn excuses daarvoor. Ik werd zo overweldigd dat ik niet meer de kracht kon vinden op iedereen te reageren. Wél kan ik met trots zeggen dat ik álles heb gelezen; alle mails die naar mijn uitgeverij zijn gestuurd, alle berichten op sociale media, op Instagram, op LinkedIn, op Twitter, en alle brieven die ik per post kreeg. Het heeft me vaak uit de put getrokken, dus ik heb geen idee hoe ik u moet bedanken voor de moeite. Vandaar deze brief.

Ik heb van alles opgestuurd gekregen: van onderduikadressen door heel het land tot aan brieven uit bejaardentehuizen, ziekenhuizen, gevangenissen en het buitenland. Soms wilden mensen alleen maar zeggen dat ze me dapper vonden en voor me klaarstonden, en soms wilde iemand een eigen levensverhaal delen. Ik heb alles gelezen. Ik heb gelachen, gehuild, werd gechoqueerd en geïnspireerd. Met sommige lezers heb ik koffiegedronken of gebeld, met andere ben ik zelfs goede vrienden geworden. Weer andere zijn nu als familie voor me. Ik zou niet weten wie ik nu zou zijn als ik niet mijn geweldige lezers had gehad, die zo met me hebben meegeleefd en die onvermoeid bleven vragen hoe het met me ging.

Ik hoop dat we samen de wereld een stukje beter kunnen maken door allemaal een beetje dapper te zijn en het goede te doen; voor onszelf, voor anderen. Vrijheid heeft voor sommigen van ons een hoge prijs, maar ze is het wel waard.

Vrijheid betekent echter niet automatisch blijheid. Het is geen rozengeur en maneschijn, het is ook geen eindstation: het is een ongelofelijk moeilijk pad, en zeker niet geschikt voor tere zieltjes. Het is ploeteren, keihard werken. Vooral als u de pech hebt om enorm tegengewerkt te worden en uit een orthodoxe gemeenschap komt. U zult dan ook voornamelijk beren op de weg zien. En ja, het is helaas zo, er zíjn ook enorm veel beren op de weg.

U wordt wellicht verstoten, u kunt u eenzaam voelen, u moet heel veel vermoeiende discussies voeren, ruziemaken, anderen overtuigen van iets wat voor u niet meer dan logisch is, uw zuurstof is. Dan toch afgewezen worden doet enorm pijn. U wordt afgewezen vanwege uw identiteit, vanwege uw levensstijl, omdat u homo bent, geen hoofddoek draagt, een wijntje drinkt, wilt samenwonen voor het huwelijk, houdt van dansen of feesten, vrienden van het andere geslacht hebt, omdat u niet meer naar de kerk of de moskee wilt gaan en dat openlijk zegt, omdat u niet meer bidt, omdat u met de ramadan niet wilt meevasten, omdat u een vriend hebt die niet geaccepteerd wordt door uw familie, noem maar op. De reden maakt eigenlijk niet uit, want ik kreeg ook talloze berichten van mensen die geen religieuze opvoeding hadden, maar toch Kerstmis heel zwaar vonden en nooit echt gezellig, meer iets wat ze moesten overleven. Mensen die altijd ruzie en onenigheid hadden met hun familie. Ze waren dan wel niet verstoten, toch voelden ze zich eenzaam en onbegrepen, een buitenstaander. Er zit nog veel tussen een warm en geborgen gevoel bij je familie hebben en verstoten worden. Soms is keer op keer teleurgesteld worden door je familie zelfs zwaarder dan verstoten worden.

Als u kiest voor vrijheid, is uw strijd daarmee helaas niet afgelopen, maar juist nog maar net begonnen. U moet soms veel therapie volgen om te snappen en te accepteren waarom uw familie, uw veilige haven, u niet accepteert. U voelt u van tijd tot tijd schuldig, eenzaam, het zwarte schaap, het lelijke eendje. U ziet anderen continu wel op allerlei wijzen steun en warmte krijgen van hun familie. U komt mensen tegen die zeggen beste vrienden te zijn met hun moeder of vader. U vraagt zich af waarom het bij u niet goed gaat. U worstelt ermee op feestdagen, bruiloften, verjaardagen en uitreikingen, maar ook op rouwmomenten. U realiseert u dat het een gigantisch privilege is, maar dat velen het niet doorhebben: een steunende, warme familie achter zich hebben. U voelt uzelf een huis zonder heipalen en steunpilaren, dat elk moment kan verzinken in het moeras.

Dat hoort ook bij vrijheid. Omgaan met die afwijzing, dat gemis, die onrechtvaardigheid, alles zelf moeten doen, niet kunnen leunen op een familienetwerk, onbegrip en teleurstelling, en steeds maar zien dat andere mensen die strijd niet hoeven te leveren, en juist 'gratis en voor niets' heel veel support genieten, terwijl u zoveel moet vechten.

Vrijheid is ook steeds opnieuw moeten beginnen, zonder uw familie, vrienden, gemeenschap, subcultuur of partner, en andere mensen om u heen moeten verzamelen. Soms lukt dat heel goed; mijn boek en bekendheid hebben me in contact gebracht met enorm lieve, intelligente en vrijdenkende mensen. Maar ik weet ook dat dat soms niet lukt, of niet snel genoeg. Het is überhaupt heel moeilijk voor veel mensen om na een bepaalde leeftijd nieuwe vrienden te maken, want waar komt u die nou tegen? Kunt u ze vertrouwen? En zit die ander wel op u te wachten?

Vrijheid is heel hard werken, en toch is die autonomie, voor mij althans, alles waard. Ik hoop voor u ook. Houd moed en geef niet op!

Veel leesplezier,
Lale Gül

Het consult

De psycholoog kijkt me lief aan. Dat is het enige goede woord: lief.

'Zo dan, mevrouw Guul,' zegt meneer Köhler, terwijl hij op zijn beeldscherm kijkt, met zijn nek naar boven gestrekt, kin omhoog en half samengeknepen ogen. Zijn bril ligt op tafel.

'Mevrouw Lalle, zeg ik het zo goed?'

'Laale,' verbeter ik hem.

'O ja, natuurlijk, zoals het er staat,' zegt hij glimlachend. Het is de warmste glimlach die ik in tijden heb gezien. Hij heeft er ook echt het hoofd voor, om zo warm te lachen.

Hij klikt nog wat dingen aan en fronst zijn wenkbrauwen. Ik ga ervan uit dat het niets met mij te maken heeft. Hij lijkt met zijn hoofd ergens anders. Hij ziet er ook een tikkeltje onverzorgd uit; zijn grijze haren steken alle kanten op, zijn witte overhemd is niet goed gestreken en bevat een lichte koffievlek, althans, dat denk ik, en zijn algehele uitstraling is nogal... kleurloos en afwezig. Mijn vermoeden is dat hij in een scheiding zit, dat is gewoon mijn associatie met overrompelde, afwezige mannen. Het zijn vaak toch de vrouwen die de mannen een beetje bij elkaar rapen.

'Zo, nou, goed. Welkom. U heeft via de huisarts een psycholoog aangevraagd, staat hier. Verder zie ik niets staan. Wat is de reden voor die aanvraag? Kunt u mij dat zo helder mogelijk proberen te vertellen?' zegt hij, terwijl me indringend aankijkt met z'n licht Aziatische ogen. Hij is indo, vermoed ik.

Hij leunt achterover.

Ik heb sterk het idee dat deze man overbelast is en dat ik de zoveelste patiënt ben vandaag, het is immers al vier uur. Dat zou overigens niet gek zijn, want bijna alle psychologen in mijn buurt hebben een aanmeldstop. Daar kwam ik achter toen ik op websites keek en rondbelde, op zoek naar iemand die plek had voor mij.

Ik vind het bijna zielig voor hem dat ik hier nu mijn ellendige verhaal uit de doeken moet doen. Deze man moet gewoon met pensioen en in de tuin zitten met een kop gemberthee, niet ellendige verhalen aanhoren de godganse dag. Ik gun het hem zo. Ik wil bijna weer vertrekken en die man een uur pauze gunnen. Maar goed, het is maar dat ik inmiddels wéét dat altijd mooi weer spelen niet goed voor je is.

'Ik, eh... Ik ga m'n best doen het zo goed mogelijk te vertellen. Ik... Vraagje: kent u mij toevallig? Heeft u me al gegoogeld, of iets over mij gehoord?'

Dat vraag ik niet omdat ik me zo bekend waan, maar omdat ik gewoon even wil weten waar ik moet beginnen. Als hij me niet kent, moet ik het hélemaal vanaf het begin vertellen. Hoewel ik niet weet waar dat is, het begin.

'Nee, nee, dat heb ik niet,' zegt hij.

Ik kan zien dat hij dat echt niet heeft gedaan. Deze man heeft geen idee. Eigenlijk wel beter voor mij zo, het voelt fijner.

'O, oké. Ik eh... Ja, de reden dat ik dat vraag is omdat ik nogal bekend ben, of nou ja... bekend, ja... mijn verhaal, in grote lijnen in ieder geval. Ik heb een boek geschreven waarin ik beschrijf hoe in mijn familie religie allesbepalend is. Al op jonge leeftijd werd ik ondergedompeld in een wereld van strikte regels en voorschriften, ik werd geacht te gehoorzamen aan de religieuze autoriteiten en mijn leven te wijden aan het volgen van de islamitische leer. Maar na verloop van tijd begon ik me steeds meer te realiseren dat deze religieuze praktijken me verstikten en mijn persoonlijke groei belemmerden. Daar gaat dat boek dus over,' zeg ik.

Alleen al deze introductie voelt als een bevalling.

'Wacht eens even. Bent u dat? Daar staat me iets van bij, ja,' zegt hij. Hij kijkt ernstig, alerter dan net.

'Ja, in het boek beschrijf ik hoe ik afstand neem van mijn islamitische opvoeding. Dat is me toen niet eh... niet in dank afgenomen,' zeg ik. 'Tenminste, door mijn familie niet, en door de moslimgemeenschap niet. Verder wel. Geloof ik. Ja, verder kreeg ik juist heel veel waardering. Het is maar hoe je het bekijkt,' zeg ik ongemakkelijk.

'God, nu u het zegt...' zegt hij, terwijl hij zijn bril boven op zijn hoofd zet, alsof hij me zonder bril beter ziet. Het is duidelijk dat hij zo veel mogelijk probeert terug te halen van wat hij ooit ergens gehoord of gelezen heeft. Ik zie zijn brein hard werken.

'U bent dat,' zegt hij ineens, wijzend met zijn pen. 'Ik heb uw boek niet gelezen hoor, maar er staat me wel veel van bij, u was een keer op tv, geloof ik.'

'Ja,' zeg ik glimlachend. *Zo'n honderd keer maar*, denk ik. 'Ik zal m'n best doen om het samen te vatten, zodat u een idee hebt.'

Hoe geef ik deze oude, vermoedelijk half witte man uit Bloemendaal een beeld van mijn leven, zonder iets te missen? Moeilijk. Haast onmogelijk dat hij zich er iets bij kan voorstellen, denk ik dan.

Die gedachte werkt verlammend. Niet echt motiverend. Ik moet geen vooroordelen hebben over deze man en zijn inlevingsvermogen, alleen maar omdat hij een prachtig en immens kantoor heeft in een van de rijkste gemeentes van Nederland en waarschijnlijk uit een welvarende en hoogopgeleide familie komt waar dit soort problemen al zo'n vier generaties niet meer spelen. Ik zal het moeten proberen. Alleen dan kom ik erachter.

'Ik ben dus schrijver en columnist voor *Het Parool*. Ik ben vijfentwintig jaar. Ik woon hier sinds kort. Ik ben eigenlijk Amsterdammer,' zeg ik maar.

Hij knikt en kijkt me verwachtingsvol aan. Hij is kennelijk niet van plan om te sturen of vragen te stellen. Ik zal het verhaal toch echt zelf moeten vormgeven. Ik ga rechtovereind zitten. Dit kan ik.

'Ik woon hier sinds enkele maanden omdat ik in Amsterdam te vaak herkend werd en me niet meer veilig en anoniem kon bewegen. Daar heb ik nu veel minder last van, en het is hier ook een stuk witter natuurlijk, haha,' zeg ik.

Dit klinkt echt ongelofelijk racistisch zonder context, besef ik nu. Maar goed, dat verklaar ik later wel.

'Alhoewel ik nog wel af en toe bedreigingen krijg in mijn e-mail, soms zelfs met mijn huisadres erbij genoemd, maar dat is een ander verhaal,' zeg ik.

'O, vreselijk,' zegt hij, oprecht geschrokken. 'Waarom krijgt u die?'

'Eh, ja, goede vraag. Ik zou het zelf ook niet weten, maar ik denk omdat sommige mensen boos worden omdat ik mijn mening geef over het geloof waar ik mee ben opgegroeid. Als ik vanuit hún denkwijze moet denken, en dat vergt van mij echt buitengewoon veel inlevingsvermogen, dan is het denk ik... frustratie. Omdat ze denken dat ik met mijn mening de publieke opinie beïnvloed, waardoor hun religie door anderen, door mensen als u, die er dus niet in zitten, als minder fijn of mooi gezien wordt. Dat het dan, door mij, slechte reclame is voor die gemeenschap en hun identiteit, die voor sommige mensen kennelijk héél erg belangrijk is; hun identiteit en hoe dat naar buiten toe uitstraalt. Denk ik, hoor. Ik weet het niet zeker, want nogmaals: ik kan me daar zelf niets bij voorstellen, dat ik zo denk, of zo onzeker ben over mijn identiteit of god. Ik denk uiteindelijk dat ze een minderwaardigheidscomplex hebben. En met "ze" bedoel ik in dit geval moslims die bereid zijn mij een doodsbedreiging te sturen. Een beetje zoals onzekere mensen, die willen ook niet dat je grapjes maakt over hun uiterlijk of over wat ze niet kunnen. Je herkent een zelfverzekerd persoon aan zelfspot. Bij moslims is er gemiddeld gezien nul zelfspot, is mijn ervaring.'

Ik heb echt geen idee of deze man ook maar iets snapt van wat ik allemaal zeg.

'Dus omdat u negatief bent over uw geloof, vindt men dat ze u kunnen bedreigen?' vraagt hij.

Ja, het is zo krankzinnig dat deze man het ook niet begrijpt.

'Nou ja, ik schrijf en vertel eigenlijk niet meer dan een persoonlijk verhaal. Het zijn mijn persoonlijke ergernissen aan het geloof dat thuis gold, bij mijn familie, waardoor ik veel niet mocht. Maar dat hele geloof maakt me eigenlijk niet zoveel uit, daarbuiten. Ik bedoel... je zult altijd mensen hebben die er wél in geloven en daar gelukkig van worden, en dat is prima. Maar als ik niet eens mijn negatieve ervaringen ermee mag delen, of het geloof openlijk mag verlaten, zonder dat ik mijn leven zeker ben, vind ik het een totalitair en gevaarlijk geloof. Hetzelfde gold voor Ayaan Hirsi Ali: zij uitte haar ongenoegen over de islam, omdat haar clitoris was weggesneden wegens bepaalde teksten van dat geloof, maar toen ze zich daarover uitsprak moest ze het land ontvluchten. Ze wordt nog steeds elke dag beveiligd, met haar gezin. En voor Salman Rushdie, Theo van Gogh, Samuel Paty, Zineb El Rhazoui, enzovoorts geldt – of gold – hetzelfde,' zeg ik.

'Hm, zo ja, aha,' zegt hij. Ik kan zien dat hij niet weet wat hij met mij aan moet. Dat snap ik, je krijgt in Bloemendaal niet elke dag een bedreigde schrijver over de vloer. De kans is aanzienlijk dat ik de eerste ben.

'En wat doet dat met u, die bedreigingen?'

'Naja...'

Ik merk dat ik stilval en niet direct onder woorden weet te brengen wat het met me doet.

'Ik kan niet zeggen dat het mijn leven er veel fijner op maakt,' zeg ik maar. 'Ik accepteer het tegenwoordig als een gegeven en probeer er zo goed mogelijk mee om te gaan. Door het te negeren. Om "normaal" te kunnen functioneren. Maar er is natuurlijk niets normaals meer aan, aan mijn leven. Ik sta inmiddels al bijna drie jaar niet meer onbevangen in het leven. Alleen in het buitenland. Hier houd ik steeds mijn ogen en oren open als ik me op straat begeef. Het kost veel energie, alertheid. En het haalt veel genot en rust weg. Er gaat bijna geen dag voorbij dat ik me niet afvraag of iemand me herkent of een mogelijk gevaar vormt. Het is er, altijd. Ik heb overwogen om te emigreren. Elke keer stond ik op het punt om alles achter me te laten en te gaan, financieel gezien kon het gewoon... Maar het lukte me telkens niet. Ik heb hier mijn vriend, mijn broertje en zusje, mijn vrienden, mijn uitgeverij, de collega-schrijvers en de mensen die daar werken, met wie ik een band heb opgebouwd. Ik kan hier communiceren met mensen, ik ken de finesses van deze taal en cultuur, ik weet hoe alles een beetje gaat, het is mijn thuis. Ik wil helemaal niet weg moeten en opnieuw moeten beginnen in een oord dat ik niet ken. Ik heb dat drie jaar geleden ook al gedaan: opnieuw beginnen. Door het publiceren van mijn boek en afscheid te nemen van mijn oude leven, vrienden en familie; ik heb geen zin om wéér opnieuw te beginnen.'

'O ja, dat las ik volgens mij over u, dat u zou vertrekken. Bent u niet naar het buitenland gegaan?'

'Nee, ik ben gebleven,' zucht ik, want ik heb deze vraag zo vaak moeten beantwoorden. 'Dat is ook zo vervelend, dat de media van alles brengen alsof het al een feit is,' zeg ik. 'Ik heb met de tijd ook geleerd om niet meer impulsief al mijn gedachtekronkels te delen met verslaggevers. Dat was een grote fout, amateurisme. Als ik ergens zeg dat ik overweeg naar het buitenland te verhuizen, wordt dat ineens de kop van een artikel en krijg ik berichten van lezers die zeggen: "Succes daar in je nieuwe land" of "Wat jammer dat je weggaat!" Ik overwóóg het, en zo leidt alles een beetje een eigen leven in de media. Als ik niet ga, komt het wispelturig over, of alsof ik het alleen maar zei voor de aandacht. Zelfs dat verwijt heb ik gekregen. Dan was men verontwaardigd dat ik toch niet was gegaan. Ik heb het gevoel dat dat niet mag, dat ik niet mág twijfelen bij zo'n grote beslissing. Ik heb geen zin meer om alles te moeten uitleggen, ik ben uitlegmoe.'

Ik neem een slok water.

'Maar ik moet zeggen, ik maak me daar niet meer druk om; wat volgers en lezers van mij denken, wat journalisten en tv-presentatoren van mij vinden, of wat Nederland van mij vindt. Ik heb wel andere dingen aan m'n hoofd.'

'Wat hebt u dan zoal aan uw hoofd?' vraagt hij.

Ik zucht diep. 'Wat niet?'

Ik moet concreter zijn, hier heeft hij natuurlijk niks aan.

'Ik ben heel somber. Vooral de laatste tijd. Het heeft lang geduurd voor ik dit kon erkennen, maar nu moet ik wel. Ik dacht steeds dat het een tijdelijke dip was. Dat maakte ik mensen om me heen wijs, en vooral mijn partner, die me bijna elke dag ziet, vaker dan anderen, en die daarom meer in de gaten heeft, voor wie ik dus niets kan verbergen. Ik doe wel wat dingen; ik werk, ik praat, ik zie mensen, ik eet, dus ik doe gewoon de dingen die iedereen doet, maar... ja, hoe leg je dat uit? Ik voel een leegte. Alsof er diep binnen in mij een diepe, onpeilbare vallei huist.'

Ik slik even en kijk hem aan.

Hij is nog steeds niet van plan iets te zeggen.

Ik ga maar door dan.

'Ik wil nooit meer ergens naartoe, ik doe mijn best niet meer voor dingen, ik doe alleen nog het hoogstnoodzakelijke, ik doe het huishouden niet, ik sport niet, ik beweeg niet, ik ga niet naar feestjes, ik heb zelfs nooit zin in vakantie. Ik zorg niet goed voor mezelf en laat dingen verslonzen. Ik doe m'n boekhouding niet, ik lever geen bonnetjes in bij mijn boekhouder, ik heb elke maand een belastingboete of een verhoging van een of andere rekening. Planten water geven lukt me blijkbaar al niet, want alles gaat dood. Ik voel me een groot gedeelte van de dag een... een... ja, een vaatdoek. Een auto zonder benzine, maar toch blijft iedereen op het gaspedaal drukken. Het voelt alsof ik... in een heel grote ruimte zit, maar dat ik er voor mijn gevoel niet in pas. Alsof ik wel de deur kan openen, maar niet naar buiten kan. Alsof het raam wel openstaat, maar ik het alsnog benauwd heb...'

Ik pauzeer even. Ik kijk naar de grond, en dan weer naar meneer Köhler.

'Totaal leeggezogen voel ik me. Alsof het leven een soep is, en ik een vork. Ik weet niet meer hoe het allemaal moet. Geen ups en downs, geen dingen waar ik naar uitkijk; alles is vlak. Het is alleen overleven, de dag doorkomen. Het liefst met zo veel mogelijk comfort, eten en alcohol. Of met een sigaret in de tuin. Dan zit ik uren aan die dingen te lurken, word ik boos op mezelf dat ik niets nuttigs heb gedaan, gooi ik alles weg, pak ik een boek op, en... geen focus. Geen concentratie. Elke keer weer. Ik ben altijd een boekenwurm geweest, maar nu... mijn gedachten dwalen af, elke pagina weer. Zinnen moet ik veertig keer opnieuw lezen. Dan geef ik weer op en rol ik naar de winkel om sigaretten, junkfood en wijn te kopen.'

Ik neem een slok van mijn water, dat voor me op tafel staat. Nu ik het zo achterelkaar vertel, walg ik opnieuw van mezelf.

'Zo was ik nooit. Ik ben heel cynisch geworden. Ik geniet niet echt meer. Mijn emoties komen niet meer binnen. Elke dag lijkt een kopie van de vorige en de volgende. Ik heb veel moeite met een gezond slaap- en eetritme. Ik kan tegenwoordig nooit in slaap vallen, en al helemaal niet in stilte, daar word ik gek van, dus slaap ik pas om vijf of zes uur 's ochtends met de tv aan of een podcast op. Dan word ik laat in de middag wakker. Ik ben ook ineens vijftien kilo aangekomen in een jaar, ik zie eruit als een oempaloempa, ik kan beter rollen dan lopen en wil niet meer in de spiegel kijken of op tv komen als ik gevraagd word voor dingen. Ik heb al mijn kleding in vuilniszakken moeten doen. Die staan op zolder, in de hoop dat ik er nog een keer in kom. Het enige wat ik zie als ik mezelf op een scherm zie, zijn mijn zes onderkinnen, dus vermijd ik het. Ik ben vaak ook niet blij met de dingen waar normale mensen wel blij mee zijn. Sociale situaties kosten me veel energie. Ik ben pessimistisch. Mijn vriend heeft lang geprobeerd mij te helpen, maar hij vond het steeds moeilijker worden. Uiteindelijk moest ik hem beloven naar de psycholoog te gaan, anders kregen we daar te vaak ruzie over. Dus hier zit ik dan.'

De kans is groot dat hij me anders zou verlaten, denk ik.

Ik slik. Wat heb ik nu eigenlijk precies gezegd? Kan hij hier wat mee?

'Ik begrijp het, mevrouw Gül.' Hij laat een lange stilte vallen.

'Voordat ik u kan helpen, heb ik zo veel mogelijk informatie nodig. Ik wil dat u me meeneemt in uw levensloop. Van het moment dat u niet somber was tot het moment nu. Wat is er allemaal gebeurd?'

'Ik eh... oké, ik begin bij het begin,' zeg ik. Ik neem een paar grote slokken water.

Was het maar wijn. Waar is Jezus als je hem nodig hebt.

'Ik heb al sinds mijn zestiende ongeveer een lastige thuissituatie gehad. In m'n kindertijd had ik nergens last van, maar in mijn puberteit had ik het idee dat ik heel weinig mocht, en heel veel moest. Als ik iets niet deed, kreeg ik te maken met agressie, verontwaardiging en werd mij een schuldgevoel aangepraat. Mijn ouders zeiden steeds dat ik een slecht mens was, een waardeloos kind, ondankbaar, ongehoorzaam, koppig, eigenwijs. Allemaal onder het mom van het geloof, de cultuur, de traditie of de gemeenschap. Of zoals mijn ouders altijd zeiden: "Maar zo hoort het! Iedereen doet het zo, elke dochter doet dit!" Ik mocht niet buiten zijn na schooltijd, werktijd of in de avond, ik mocht geen jongensvrienden hebben, niet op stap, niet hangen, niets leuks doen buitenshuis, ik mocht niet logeren bij iemand, ik mocht niet naar verjaardagen of huisfeestjes, niet naar kerstborrels, niet mee op schoolreisjes, niks kopen, geen zakgeld, eigenlijk niets wat leuk is op die leeftijd. Ik mocht naar school, een bijbaan in de supermarkt, waar ik het niet al te laat mocht maken en maar heel weinig kon werken, want ik moest verplicht naar de Koranschool in het weekend. Dat was het allerergste van alles, die verdomde Koranschool. Het was echt vréselijk. Als ik denk aan alle dagen en uren die ik daar heb moeten verspillen, dan word ik zo, zo boos, dus ik probeer er niet aan te denken.'

Ik moet rustiger worden.

'Weet u, ik heb een keer uitgerekend hoeveel tijd ik daar heb gespendeerd, van mijn zesde tot mijn zeventiende, élk weekend, zaterdag en zondag, van tien tot vier. En als ik dat zo optel, ontwaakt er een agressief monster in mij, wetende hoe erg ik het daar haatte. Als ik die tijd had gestopt in het leren bespelen van een instrument, of een sport, of het opdoen van kennis waar ik nu iets aan zou hebben, zou ik er zo veel meer nut uit gehaald hebben. Maar het uit je hoofd leren van Arabische teksten, het bidden en het leren van regeltjes van een geloof dat ik op dit moment als niets anders beschouw dan een sprookje, voelt zó ontiegelijk nutteloos, en dat idee tergt me. Omdat ik weet hoe waardevol je jeugd en je kinderjaren zijn voor het leren van dingen, of het nou een taal is of een sport of een instrument. Misschien zou ik wel de beste pianospeler van het land zijn geworden als ik iets nuttigs had gedaan met al die tijd, maar daar komen we nooit achter. En het erge is dat ik elke dag moet aanzien hoe duizenden, miljoenen kinderen wereldwijd, maar ook in Nederland, hetzelfde overkomt. Inclusief m'n zusje van twaalf.'

Hij kijkt me ernstig aan, maar zegt niks.

Vindt hij me raar? Geen idee.

'Maar goed, ik werd daardoor steeds recalcitranter, maar de repercussies werden ook zwaarder, het was een neerwaartse spiraal met variabelen die elkaar versterkten. Daar kwam bij dat ik ook niet meer de kleding mocht dragen die ik wilde, geen make-up op mocht doen, een hoofddoek op moest en lange jurken moest dragen, niet verliefd mocht worden, niet mocht zoenen of ook maar iets van fysiek contact kon hebben met het andere geslacht, niet naar het strand kon in een bikini in de zomer, geen alcohol kon drinken, niet op kamers mocht na mijn achttiende zoals mijn studiegenoten, en sowieso niet op mezelf mocht wonen of samenwonen voor ik getrouwd was. Allemaal dingen die anderen, de witte Nederlanders, om me heen wel mochten en "normaal" vonden. Dit mocht overigens ook allemaal niet toen ik de leeftijd van drieëntwintig jaar had bereikt. Ondertussen deed mijn jongere broer alles wat hij wilde, ook al was het in theorie ook voor hem verboden, maar nooit in de praktijk. Niemand zei er wat van. Als ik een foto op Instagram plaatste met mooie kleding of make-up, had ik boze ouders. Als ik 's avonds buiten was, had ik allemaal gemiste oproepen en scheld-sms'jes met de vraag waar ik bleef en had ik daarna een kruisverhoor thuis over wat ik had uitgevreten, waarna al mijn antwoorden in twijfel werden getrokken en ik bewijs moest leveren. Bovendien was ik verplicht het huishouden en het koken op me te nemen, omdat ik de oudste dochter van de familie was, en hoefde mijn broertje helemaal niets te doen. Hij leefde als een sultan in huis, alles werd voor hem gedaan. Als er visite was, en dat is in onze cultuur heel vaak het geval, dan moest ik de hele dag broodjes en koekjes bakken, alles afruimen en de kleine kinderen van de visite bezighouden en entertainen. Dat was gewoon mijn taak. Niemand vroeg of ik daar tijd voor had, of zin in had. Niemand vroeg hoe het zat met mijn tentamens of huiswerk. Ik moest ook verplicht mee naar familieleden die mentaal nog in de Middeleeuwen leven, ik moest verplicht meedoen aan dat gekeuvel, wat alleen maar geroddel was over anderen of gewoon héél domme uitspraken over dingen in het nieuws, over actualiteiten, wat gewoon zó evident niet waar en achterlijk complotgelul was. Later kwam daar ook nog bij dat ik elke dag de vraag kreeg wanneer ik nou een keer ging trouwen, want er waren zo veel mannen die geïnteresseerd in me waren, de zoon van die en die en de zoon van zus en zo. Ik werd daar geleidelijk aan een beetje ziek van, ik wilde schreeuwen dat ze me met rust moesten laten. Ik had totaal geen aansluiting meer bij mijn eigen ouders en omgeving. Dat voelde ik wél bij de westerse cultuur. En dat is echt eh... heel pijnlijk, kan ik u vertellen. Geen aansluiting meer voelen bij je eigen gezin en cultuur, het is een soort vloek op je leven. Ik gun het niemand. Soms weet ik ook niet of ik liever heb dat mijn zusje hetzelfde pad kiest als ik, en voor vrijheid kiest, of dat ze zich gewoon prettig voelt in onze familie en cultuur. Gevoelsmatig zou ik het eerste kiezen, natuurlijk; het pad van de autonomie, de vrijheid, de verlichting, de moderniteit. Maar iets in me schreeuwt: ik gun het haar zó niet dat ze hetzelfde moet ondergaan wat ik heb meegemaakt.'

Ik pauzeer om een slok te nemen. Meneer Köhler vult mijn bijna lege glas bij.

'Neemt u even rust, we hebben alle tijd, ik ben een en al oor,' zegt meneer Köhler.

That's it, verder zegt hij niets. Het voelt niet per se onprettig, deze monoloog, want hij luistert inderdaad aandachtig.

'Weet u, de enige persoon met wie ik wel alles kon delen, voor wie ik geen geheimen hoefde te hebben en die mij steunde om vrijer te zijn, was mijn oma. Daar heb ik vijf jaar mee samengewoond. Door de vele ruzies thuis hield ik het niet meer en ben ik op mijn zestiende bij Oma gaan wonen. Dat was een enorme, krankzinnige opluchting toen, alsof er een betonblok van mijn schouders viel. Weliswaar woonde ze tegenover mijn ouders en waren ze nooit ver weg, tóch kwam ik bij haar op adem. Tussen die vier muren, achter haar voordeur voelde ik me veel vrijer. Ik kon in mijn eigen kamer en in de aanwezigheid van Oma doen en laten wat ik wilde, aandoen wat ik wilde, vrijuit bellen en de deur in en uit gaan zonder een kruisverhoor. Zij was mijn steun en toeverlaat, anders was ik allang gek geworden thuis. Of misschien was ik wel op jonge leeftijd gaan trouwen, wat veel meisjes doen in onze cultuur, om maar vrij en weg te zijn. Ik had het daar niet lang meer uitgehouden, maar gelukkig had ik een uitweg. Oma vond veel dingen helemaal prima. Als ik zei dat ik werkte als barvrouw in een restaurant en biertjes tapte, vond ze het prima. Als ik vertelde over mijn toenmalige heimelijke relatie, vond ze het leuk. Ze vond alles goed. Ze was heel anders dan andere gelovige, Turkse oma's. Maar ze was dan ook niet gelovig, vermoed ik, ook al zou ze dat nooit ofte nimmer zeggen, uit angst.

"Trek je niets aan van je ouders, die zijn gek, jij bent jong en verstandig, je moet leven," zei ze altijd als we alleen waren en niemand meeluisterde. Zelfs dan zei ze dit fluisterend, alsof de muren oren hadden, zo bang was ze. Maar zij gaf mij kracht. De islam en zijn regels, waar mijn moeder altijd mee schermde, daar had Oma helemaal geen boodschap aan.

"Alle mensen zondigen, en de mensen die zeggen dat niet te doen, liegen. En de imam, die zondigt waarschijnlijk nog het meest," zei ze.

Het was zo simpel, maar zo slim en vrij tegelijk. Een soort alternatief voor de Bijbelse spreuk: hij die zonder zonden is, werpe de eerste steen. Dat belichaamde zij, dat straalde ze uit: wie ben ik om me te bemoeien met de zonden of het leven van een ander? Ze was per ongeluk een soort liberaal, zonder dat ze enig idee zou hebben wat die term betekent.'

Ik pauzeer en slik even.

Nog steeds geen reactie van meneer Köhler. Hij kijkt me ononderbroken aan.

'Maar net voordat mijn boek uitkwam, stierf zij aan kanker. Binnen twee weken. Twee weken nadat de arts ons had verteld dat ze kanker had, was ze er niet meer. En ik wist al die tijd van niets. Elke ochtend dronken we koffie en klaagde ze steen en been over hoeveel pijn ze had, maar ik... ik raakte eraan gewend. Ik wist niet beter dan dat ze pijn had, en oud was, en handenvol pijnstillers moest slikken, waardoor ze meer en meer een kamerplant werd. De huisartsbezoeken leverden geen speciale informatie op: ze was gewoon oud en ziek. Ze had botontkalking, en overgewicht, en diabetes, en parkinson. Tja, we moesten er maar mee leven. Ik had geaccepteerd dat dat Oma was: depressief, fysiek nergens toe in staat, ziek, altijd in diepe pijn, lijdend, hulpbehoevend.

Tot ze ineens 's nachts hard mijn naam schreeuwde. Ze schreeuwde dat ze veel pijn had, scheuten pijn waren het, dat ze niet kon opstaan en niet kon bewegen. Ze schreeuwde om hulp en huilde van de pijn, dat had ik nog nooit gezien, en ik wist uit paniek niet wat ik moest doen, ik belde maar snel 112. Toen ik in de gang van het ziekenhuis stond, samen met mijn ouders, twee uur nadat we in het OLVG West waren beland, kwam een kale man in een witte jas naar ons toe.

"We hebben helaas slecht nieuws, misschien kunnen we beter zitten," zei hij. Dus wij zitten. "Uit de onderzoeken blijkt dat mevrouw Gül zowel leukemie als beenmergkanker heeft. Gezien het vergevorderde stadium, de aard van de kanker en haar leeftijd en conditie behoort een chemokuur helaas niet tot de opties." Ik weet het nog woord voor woord. Ik zie de mimiek van de arts nog voor me.'

Ik slik. En nog een keer. Ik grijp naar het glas water op tafel, maar ik heb eigenlijk geen dorst. Is dit om mijn opkomende emotie te onderdrukken? Ik dacht dat ik een van de weinigen was die niet zouden janken bij een psycholoog, en kijk mij eens op het eerste consult al moeite hebben mijn tranen te bedwingen.

'Neem uw tijd,' zegt meneer Köhler, en hij staart me compassievol aan, met zijn handen over elkaar heen op tafel. Hij schrijft af en toe wat op in zijn schrift.

Deze dingen dreun ik zo langzamerhand automatisch op sinds mijn boek, maar die laatste zin over de chemo kwam ineens binnen. Ik weet niet waarom het nú zo binnenkomt. Deze setting, zo hier met deze man die ik verder niet ken, doet iets met me. Je kunt in dit hok natuurlijk nergens heen vluchten. Je kunt niet met iets anders bezig zijn. Je kunt ook moeilijk alles vertellen zonder die meneer aan te kijken. Deze een-op-eensituatie maakt het... anders. Anders dan wanneer ik het met een borreltje op aan vriendinnen vertel. Anders dan wanneer het niet zó in detail hoeft, maar in een paar samenvattende zinnen die de emotie weghalen. Anders dan bij vrienden, die daarna toch meteen een knuffel geven of zeggen dat het wel goed komt. Hier is het anders. Ik word niet onderbroken. Ik kan niets weglachen, ik kan niet van onderwerp veranderen.

Ik besluit om niet verder te gaan over Oma. Ik kan dat even niet meer aan. Niet zonder in huilen uit te barsten.

Meneer Köhler kan mijn gedachten lezen, geloof ik, want hij helpt me eindelijk een beetje: 'Wat u zo verschrikkelijk vond aan uw streng religieuze islamitische familie was het gebrek aan vrijheid en individualiteit, begrijp ik dat goed?' vraagt hij.

Ik knik.

'Ik voelde me gevangen in een keurslijf van verwachtingen en tradities die niet overeenkwamen met wie ik werkelijk ben. Mijn eigen dromen en verlangens werden genegeerd of onderdrukt, omdat ze niet pasten binnen de strikte grenzen van de religie. Ik werd geconfronteerd met de afkeuring, boosheid en het verdriet van mijn familie en gemeenschap, en er was een constante angst om te falen. Mijn eigenwaarde werd lange tijd bepaald door hoe goed ik voldeed aan de religieuze normen en niet door wie ik ben. Hoe beter ik me conformeerde, hoe meer liefde en complimenten ik kreeg. Een aai over mijn bol, liefdevolle woorden, trots; dat kreeg ik als ik me aanpaste en volgde, maar het werd meteen weer weggehengeld als ik het een keer niet deed. Het was zó voorwaardelijk, de liefde. Ik voelde me geïsoleerd en eenzaam, omdat ik niet kon praten over mijn twijfels, kritiek en vragen zonder veroordeeld te worden. Ik heb nooit de vaardigheid ontwikkeld om over mijn emoties te praten, ik kan het nog steeds niet, zelfs niet bij intimi. Ik drijf ze naar binnen en gooi er zand over, zoek afleiding om niet te hoeven voelen, op de automatische piloot. Niemand weet wat er zich in mijn binnenwereld afspeelt. Nooit helemaal.'

Hij begint gretig te schrijven, met zijn leesbril op.

'Wat ik ook zo verschrikkelijk vond was het gebrek aan ruimte voor kritisch denken en het stellen van vragen. Vooral op de Koranschool, maar ook thuis. Ik werd geacht blindelings te geloven en te gehoorzamen, zonder ruimte voor discussie of twijfel. Dit verstikte mijn intellectuele groei en beperkte mijn vermogen om de wereld om me heen te begrijpen en te verkennen. Maar hoe meer ik begrensd werd, hoe meer ik hunkerde naar die onbereikbare wereld. En weet u... er was een heel grote intellectuele kloof tussen mij en mijn familie. Een kloof die niet te dichten was, die alleen maar groter werd. Een kloof die de meeste mensen niet eens kunnen bevatten, zelfs veel mede-Turken of medeallochtonen niet. Mijn ouders hadden echt nul komma nul onderwijs genoten, niet eens de basisschool. Snapt u wat voor grote implicaties dat heeft in je dagelijks leven als jongvolwassene in Nederland?'

Meneer Köhler knikt fanatiek en schrijft.

'Snapt u hoe pijnlijk het is dat je met het jaar meer inziet hoe je eigenlijk niets meer van je ouders kunt aannemen, omdat ze overal onjuiste kennis over hebben en supervatbaar zijn voor misinformatie en alternatieve waarheden, op alle vlakken? De meeste Turken van hun leeftijd hebben nog wel een paar jaar onderwijs gehad, maar die van mij konden toen ik jong was niet lezen, niet schrijven, niet betalen, ze spraken geen woord Nederlands en wisten niet eens dat er meer dan zes landen waren op de wereld. Ze konden alleen tellen met hun vingers, ze konden de oven niet afstellen, ze konden niet klokkijken, niet voorlezen, niet met het huiswerk helpen, niet met de huisarts of leraar communiceren, helemaal niets. En dat was nog geeneens de grootste ramp. Hun hele idee over hoe mijn leven eruit zou moeten zien, hoe dat ingericht moest worden, dat stond al vast en was helemaal niet toegespitst op mijn context, namelijk die van een pientere jonge meid uit Amsterdam, Noordwest-Europa, die gymnasium deed en als eerste generatie van haar stamboom een academische opleiding zou gaan volgen. Maar het was toegespitst op een context van... van iemand die geboren is in een dorp in Turkije, in de bergen, waar een vrouw niets anders is dan een babycontainer, gratis sekswerker, kok en huishoudster. Waar ze naar je matras kijken of je wel hebt gebloed tijdens de huwelijksnacht; anders word je door je man teruggestuurd naar je familie en een hoer genoemd. Waar je als vrouw niet als een volwaardig mens gezien wordt en waar niemand weet hoe je je tanden goed verzorgt. Waar mensen een paar decennia geleden nog doodgingen aan bevallingen en simpele ziektes. Waar je als vrouw wordt gezien als een wandelende vagina en áltijd het risico loopt op verkrachting, geweld en ongewenste aanrakingen als je geen autoritaire vader of broer hebt die jou beschermt, en sowieso zelf niets te wensen of te willen hebt. Waar je je hele leven je vader, je broers en je man gehoorzaamt, waar je een broedkip en iemands huishoudster wordt op je zestiende, als het niet eerder is.

Mijn ouders dachten hun eigen opvoeding klakkeloos toe te kunnen passen op mij, in een heel andere situatie, alsof we toch elk moment weer terug naar Turkije konden gaan. Ze waren steeds met één been in Turkije en wilden niet dat we hier al te veel gingen aarden. Mijn verzet had helemaal geen zin. Er viel nooit ergens over te praten of te onderhandelen. Ik leerde op school en in het leven buitenshuis dat veel dingen op te lossen zijn met praten, maar juist dat praten hielp geen ene moer thuis. Dat maakt je echt machteloos… want als praten niet helpt, kun je je alleen nog fysiek verzetten. Met schreeuwen, je stem verheffen, je lichaamstaal, slaan. Dat ordinaire en toxische gedoe, wat ik helemaal niet wilde, maar ik had geen keuze.'

Ik voel, ongewild, dat mijn ogen vochtig worden. Hoe kan dat nú al komen? Dit is toch niets onbekends voor mij? Het komt gewoon, en ik kan het niet tegenhouden. Dit heb ik echt nooit. Nóóit. Ik voel schaamte. Ik wil weg. Godverdomme, ik wil niet janken.

Beheers je, beheers je, beheers je! Ik haal een paar keer diep adem.

Oké, geen paniek. Doe maar rustig, denk ik. Even pauze. Even mezelf een denkbeeldige klap geven. Rechtovereind zitten. Kuchen. Aan iets anders denken. Wat zal ik vanavond eten? Ik ga straks een bakje warme kibbeling halen, denk ik, want er is markt vandaag. Ja, goed idee.

Waar zal ik vandaag m'n column over schrijven?

'Duidelijk. Neemt u wat water,' zegt hij.

Hij blijft een paar seconden stil en kijkt in zijn schrift. De stilte voelt ongemakkelijk. Dan kijkt hij weer op.

'Hoe hebt u zich in die tijd, dat u nog thuis woonde en het zo onvrij voelde, staande gehouden?' vraagt hij.

Ik ben even stil.

Meneer Köhler steekt een tissuebox naar me uit. Ik twijfel of ik die moet aannemen. Ik veeg mijn wang droog met mijn mouw en bedank voor de doos.

'Leef uw pijn. Leef uw verdriet en uw woede. Onderga het. Laat het toe. Alleen zo kunt u het achteraf bekijken. Stop het niet weg, houd het niet in u. Onderdruk het niet. De mens wordt altijd het slachtoffer van de gevoelens die hij onderdrukt.'

Zijn woorden klinken als een gedicht en weten me te kalmeren. Ineens vloeien de tranen, het gaat maar door. Als water dat uit een dam breekt.

Ik staak het vergeefse verzet.

Na een paar minuten ongemakkelijk uithuilen in stilte vraagt meneer Köhler met zalvende stem: 'Woonde u thuis toen uw boek uitkwam? Hoe was de sfeer toen? Kunt u me meenemen naar dat moment?'

Om hem mee te nemen moet ik eerst zelf naar dat moment. Dat kost moeite, want het is het moment dat ik de afgelopen drie jaar juist zoveel mogelijk verdrongen heb.

*

Ik mis de liefde
Voor het leven
Ik mis de hartstochtelijke liefde
Voor een persoon

Voor muziek, voor kunst
Voor het dansen in het donker
Voor het autorijden 's nachts
Voor een bezoekje onverwachts

Voor de kleuren
Van de ondergaande en opkomende zon
Voor het boeken van een overwinning

Voor het gevoel van spanning
En adrenaline
Die mijn longen vervult met vreugde
En enthousiasme
Voor de nieuwsgierigheid
Naar het clandestiene

O ik mis de liefde, de liefde
Ik mis het zo erg
De spanning van het onvoorziene
De kick die ik vroeger kreeg
Als ik weg kon uit de routine
En dan weer een doel kon stellen
En ernaar kon streven
Met ijzeren inspanning
En discipline

De liefde, de liefde
Voor het maken van vriendschappen
En het ontmoeten van nieuwe mensen
Nieuwe energieën, nieuwe dynamieken
Die het beste in me naar boven halen
In plaats van alleen maar
Hier, alleen
Alleen maar zitten balen

Ik mis de liefde
De liefde voor de stilte
De liefde voor het rumoer van de stad
In plaats van
Hier, alleen
Zitten in de kilte

Ik mis de liefde
Voor de geluiden om me heen
De kleuren die me passeren
En de maan die naar me schijnt
In plaats van hier
Alleen
Zo waardeloos

Ik mis de liefde
Voor de dingen die mij
Laten voelen dat ik leef
Dat ik om de dingen geef

Het gevoel van fantaseren
En even zweven
De liefde voor het eten, kleden en feesten
Heerlijk overdreven

Ik mis de liefde
Ik mis de liefde voor het leven

Waar is die toch gebleven?

Mandarijnen

Het is zo ontiegelijk spannend.

Ik heb zelden in mijn leven in zo'n enorme, zenuwslopende spanning gezeten, zonder dat ik weet of het positieve of negatieve spanning is. Ik kan niet bepalen of het iets is waar ik nou enorm naar uitkijk en trots op moet zijn, of iets wat voorgoed mijn leven zal veranderen en waar ik ontzettende spijt van ga krijgen.

Ik weet ook niet wat de gevolgen zullen zijn of wat voor reacties er komen, ik kan het totaal niet inschatten. Ik weet wel dat iedereen boos zal worden natuurlijk, vooral mijn ouders, maar ik weet niet hóe boos. Tegelijkertijd vraag ik me af of ze het ooit gaan lezen of erover zullen horen. We zitten midden in een lockdown, de boekwinkels zijn gesloten, mijn ouders lezen sowieso nooit boeken of kranten, komen nooit in boekwinkels en spreken erg gebrekkig Nederlands, bijna niet eigenlijk. Ze zullen nooit kunnen weten wat ik precies geschreven heb.

Bovendien heb ik alle namen veranderd en staat er duidelijk op het boek dat het een roman is, dus ik kan altijd nog zeggen dat ik het allemaal verzonnen heb. De rest van de familie leest ook nooit boeken, dus wie weet blijft het mijn kleine geheimpje.

Als het goed is ligt het morgen in de winkel en het is al een paar dagen online te reserveren, dat boek van mij. Ik heb er niemand over verteld. Alleen mijn studiegenoten weten het, omdat iemand van mijn studie toevallig stage loopt bij mijn uitgeverij en me in de aanbiedingsfolder zag staan. Ze reageerde verrast: 'Huh, heb jij een boek geschreven?! Dat heb je niet verteld tijdens college!'

Ik voelde me betrapt. Ik vond het ook niet leuk dat er nu wél iemand in mijn omgeving van wist. Ik zat daar gewoon niet op te wachten. Misschien zouden ze het lezen en vervolgens heel anders naar me kijken, maar dat wilde ik helemaal niet.

Ik wilde gewoon niemand er iets over vertellen. Ik was bang voor lastige vragen. En ik dacht dat het leuk zou zijn om het pas te vertellen als het écht in de winkels lag. Wat dat betreft ben ik zo bijgelovig als de pest; op de een of andere manier heb ik het idee dat dingen altijd misschien onverwachts niet doorgaan, en dat ik dan het risico neem anderen en mezelf voor niets te enthousiasmeren. Kent u dat gevoel?

Ik had dat ook met mijn rijexamen; niemand wist ervan, tot ik geslaagd was en mijn rijbewijs in handen had. Anders ben ik bang dat ik mensen teleurstel. Zo ook met het schrijven van *Ik ga leven*; ik moest eerst een fysiek boek in handen hebben, het echt in een boekhandel zien liggen en zelf de pagina's, de letters en zinnen checken om te geloven dat het echt was.

Ineens gaat de bel van de voordeur, ik schrik wakker uit mijn dagdroom.

'Ik ga wel,' zegt Vader. Er staat een zwarte meneer in een feloranje outfit in de deuropening, met een enorme doos in zijn handen, die hij overhandigt aan Vader. Die kan hem bijna niet tillen en doet een stap naar achter om zijn evenwicht te herstellen. Hij is laatst geopereerd aan zijn galblaas, dus hij kan sowieso niet veel meer tillen. Ondertussen zit ik op de bank een mandarijn te pellen voor Defne, mijn zusje.

'Wat is dit nou weer, ik heb toch niets besteld?' hoor ik hem zeggen.

'Zware doos ook.' Hij zet de mysterieuze doos op de salontafel, loopt naar de keuken, neemt een mes uit de la en snijdt de doos open.

'L. Gül staat erop, huh,' hoor ik hem zeggen.

Ik ben verward. Voor mij?

'Huh, wat zijn dit? O... boeken?' zegt hij beduusd.

Mijn hart slaat een paar slagen over en mijn adem stokt.

Shit! denk ik. Shit! Shit! Shit!

Ik heb de uitgeverij natuurlijk niet gezegd dat ik geen exemplaren wil ontvangen! Fuck!

Ik wist niet dat ik zo'n doos thuis zou krijgen. O nee hè, dit kan ik er echt niet bij hebben nu. Dit komt zo rauw op mijn dak vallen. Niet nu. Ik ben hier mentaal nog niet klaar voor. Niet zó snel. Vandaag is niet de dag voor mijn coming-out als schrijver.

Het gaat ook al maanden niet goed tussen mij en mijn ouders, we praten amper meer tegen elkaar thuis nadat ik had besloten mijn hoofddoek af te doen, die ik tot mijn tweeëntwintigste had gedragen.

Moeder is er nog altijd kapot van. Tijdens het avondeten schept ze voor iedereen eten op, behalve voor mij. Als ik haar vraag of ze een broek voor me wil inkorten en innemen – ze is heel goed in kledingreparatie – negeert ze me. Als ik haar vraag hoe laat het is, zegt ze niets terug. Als ik haar vraag of ze iets nodig heeft van de supermarkt, snauwt ze dat ik maar een eervolle en gesluierde dochter voor haar moet kopen, als ze die hebben.

En zo leef ik al tijden met een passief-agressieve moeder.

Bij Vader en mijn broertje Halil bemerk ik niet zó veel agressie; ze moeten er af en toe aan wennen dat ik buiten met mijn haren los loop, dus doe ik het vaak maar in een staart of knotje als ze erbij zijn. En dat de buren ons scheef aankijken, of familieleden raar naar me kijken of een stomme opmerking maken, vinden ze reuzeongemakkelijk; dan weten ze zich geen houding te geven. Maar ik heb verder niet het idee dat ze er zo héél erg mee zitten en dat het hen belemmert in hun dagelijks functioneren, wat bij Moeder ongetwijfeld wel het geval is. Ze schaamt zich diep. Voor de gemeenschap, maar ook voor God.

Het zijn vooral Moeder, haar broers en mijn opa en oma in Turkije die doen alsof dit het einde van de wereld is. Maar goed, ze wennen er maar aan, die hoofddoek gaat niet meer op.

Een tante zei laatst dat een familielid van haar met mij wilde trouwen, omdat hij me mooi vond op een foto die ze liet zien. Wel stelde hij de voorwaarde dat ik mijn hoofddoek weer zou dragen, anders hoefde hij me niet. Ik weet niet of dit verhaal echt is of een poging van haar en Moeder om mij zover te krijgen me weer te sluieren. Het zou me niets verbazen als zij met hun kleine hersentjes denken dat dit werkt bij mij.

'Ik zou er maar niet te lang mee wachten om je hoofddoek weer op te doen, want zo loop je veel goede mannen mis, die willen écht geen vrouw zonder hoofddoek huwen!' zei Tante met alle zekerheid van de wereld.

'O, Tante, zeg dat niet, ik krijg nu al knikkende knieën van het idee dat ik straks niet aan de man kom,' zei ik sarcastisch, maar ze reageerde bloedserieus. 'Tja, je kan altijd nog terugkeren naar Allah. Dan zal Hij je ook belonen met een rechtschapen man. Het is niet te laat om berouw te tonen.'

Ik rolde zo hard met mijn ogen dat ik bijna mijn brein zag. Op dat soort momenten wilde ik mijn hoofd tegen de muur slaan.

Maar goed, het is nu al te laat om te ontkennen dat die boeken in de doos míjn boeken zijn. *Geen paniek*, denk ik. *Adem in, adem uit. Diep inademen, kalm overkomen, als ze ruiken dat je stress hebt, geef je jezelf weg. Wees slim, kom nonchalant over, dan geloven ze je sneller. Dit is basispsychologie, mensen ruiken angst.*

Vader pakt een boek uit de doos. Als hij het omdraait, ziet hij de voorkant van de kaft met een heel grote foto van mijn gezicht, en mijn naam erop, in koeienletters.

'Lale Gül, *Iek ga leefèn,*' zegt hij. 'Jouw foto staat erop, wat is dit?'

Ik krimp nog net niet in elkaar van radeloosheid, maar ik doe mijn best het te verbergen. Ik moet snel zijn. Ik kan dit. Ik kán mezelf hieruit redden, voor vandaag.

'O, dat is voor school,' zeg ik, zo ongeïnteresseerd als ik kan. Ik ga gewoon door met het zo rustig mogelijk pellen van de mandarijnen voor me, op mijn bord, en geef de gepelde aan Defne. Ik verroer me verder niet.

De laatste jaren hebben van mij een leugenmachine gemaakt, dus ik red me er altijd wel uit.

'Dat is mijn scriptie, voor mijn studie, ik heb het zo laten drukken, die zouden vandaag aankomen inderdaad, van de Printerette hier om de hoek, helemaal vergeten,' zeg ik nonchalant, alsof hij zojuist vroeg waarom ik twee zakken mandarijnen heb gekocht in plaats van drie.

'Ik heb dat nodig om af te studeren, weet je wel,' zeg ik, terwijl ik nu weer op mijn telefoonscherm kijk. Zo hoef ik hem niet aan te kijken en komt het normaal over, want we kijken elkaar sowieso nooit veel aan in gesprekken.

'Ik vond het leuk om mijn eigen foto erop te plaatsen, dan weten de docenten van wie het is,' zeg ik maar. Ja, dit klinkt voor u misschien debiel, maar mijn ouders weten helemaal niets van studies, universiteiten en scripties, dus dit slikken ze als zoete koek.

Ik heb zelfs een keer een brief van de VU aan mijn vader geschreven, om hem wijs te maken dat we een verplichte reis zouden maken naar het buitenland, zodat ik met mijn vriendje op vakantie kon gaan.

Dit was de brief die ik hem liet zien, waarbij ik het VU-logo keurig op de brief en de envelop had gekopieerd en geplakt:

Geachte meneer Gül,

Binnenkort begint de stageperiode voor de eerstejaarsstudenten Nederlandse taal en cultuur. Deze stage is verplicht om aan voldoende studiepunten te komen voor het BSA.

Tijdens deze stage zullen de studenten lessen verzorgen aan expats, vluchtelingen en anderen die een weekendcursus Nederlands volgen aan het Instituut van Nederlands Taalonderwijs en Taaladvies (INTT) in Groningen. Omdat de reistijd van de Vrije Universiteit naar Groningen aan de lange kant is, hebben we gezorgd dat de studenten in de buurt op kamers kunnen zolang hun stage duurt. Maar uiteraard zijn ze er vrij in om ook gewoon heen en weer te reizen tussen Amsterdam en Groningen, als ze maar wel op tijd aanwezig kunnen zijn op de stageplek.
De stage is in de week van 15 januari van 9.00 uur tot 18.30 uur, met lunchpauze en de mogelijkheid om te dineren.

Tijdens de stage zullen de studenten lessen verzorgen over de grammatica van de Nederlandse taal aan drie verschillende groepen. De studenten krijgen er een kleine stagevergoeding voor, namelijk € 5,56 per uur. Het verblijf in de studio's en de lunch zijn op kosten van de universiteit.

Wij hopen op een prettige en leerzame stageperiode voor alle studenten. Als de stage niet goed is afgerond of als er absentie optreedt door ziekte, zal het verkrijgen van het BSA niet mogelijk zijn.

Wij hopen u hiermee voldoende geïnformeerd te hebben. Bij vragen kunt u altijd terecht bij de cursuscoördinator.

Met vriendelijke groeten,

Linda van der Linde
Studiecoördinator Nederlandse taal en cultuur

Het had destijds uitstekend gewerkt. Ik kon voor het eerst in mijn leven dagenlang zorgeloos van huis zijn.

'O...' zegt Vader nu verward. 'Oké, nou, goed zo dan.' Hij lijkt zijn interesse voor de doos met boeken alweer kwijt te zijn, omdat hij wordt gebeld. 'Ik ga deze opnemen, breng die doos maar naar je kamer,' zegt hij, en hij verdwijnt in een andere kamer om te bellen.

Ik slaak een diepe zucht. *Saved by the bell.* Gelukkig heeft hij de laatste tijd veel zorgen aan zijn hoofd over zijn huis in Turkije en huurders die al maanden niet betalen, waardoor hij vaak moet bellen.

Zou God dan toch bestaan?

Oom Hasan en tante Fatma

'Hé, wat hoor ik nou?'

Het is Halil die ineens m'n kamer binnenkomt. Ik heb mijn familieleden al duizend keer aangespoord te kloppen voor ze binnenkomen, maar het is nog geen enkele keer gebeurd. Ik heb het opgegeven beschaving en respect te vragen.

'Heb jij een boek geschreven of zo?' vraagt hij.

Shit.

'Hoezo? Waar heb je dat gehoord dan?' vraag ik, terwijl ik rechtovereind ga zitten in mijn bureaustoel.

'Een vriend van mij zag een boek van jou in de etalage, op het station.'

Verzin iets, snel, denk ik.

'Ah, shit, je hebt me door. Ik wilde het nog een tijdje verbergen, maar je hebt het al gehoord. Nou ja, ik zou het je toch wel vertellen. Het klopt inderdaad, ik heb gewoon een boek geschreven, vet hè? Het is al een week te koop nu. Ik heb er keihard aan gewerkt, ik hoop dat de mensen het mooi vinden!'

Ik kom er maar gewoon voor uit, dit was natuurlijk een keer te verwachten. Hopen dat ik ermee wegkwam was onrealistisch.

'Huh? O... Gaaf. Je hebt helemaal niets gezegd, waarom? Waar gaat het boek over dan?' vraagt hij.

'Ja, ik wilde het geheimhouden, als verrassing. Het is een liefdesverhaal, gewoon verzonnen hoor, tussen twee mensen die niet geaccepteerd worden door de familie van de andere kant, maar dan modern, *Romeo en Julia* anno nu, haha. Een moslima en een Nederlandse jongen, daar gaat het over,' zeg ik maar.

Dit antwoord had ik voorbereid voor als deze dag zou komen.

'O,' zegt Halil vertwijfeld. 'Interessant... Maar wel jammer dat je over zulke dingen schrijft. Gaan onze ouders niet leuk vinden. Staat er een mening van jou in of zo? Dat je dat zeg maar goedkeurt of zo? Want dat kan niet hè, dan gaan mensen echt boos worden over dat je het idee van haram huwelijken romantiseert in je boek. Is het wel fictie?' vraagt hij.

'Bovendien,' zegt hij ineens, 'gaat iedereen nu denken dat het over jouzelf gaat hè, omdat jij de schrijver bent. Wat ga je tegen Moeder zeggen? Die is al helemaal van de kaart sinds je je hoofddoek hebt afgedaan, dit kan ze er echt niet bij hebben, man!'

Ik zie hem balen. Ik zie de zorgen om Moeder en de rest van de familie in zijn ogen. Het is geen domme jongen, hij weet donders goed wat zoiets kan aanrichten.

'Ey shit man, ik heb daar gewoon zo geen zin in, in al dat gezeik!' zegt hij, nog voordat ik iets kan antwoorden. 'Nu gaat iedereen, van oom Hasan tot tante Fatma, van familie in Turkije tot aan de buren, denken dat je stiekem over jezelf hebt geschreven, dat jij verliefd bent op een ongelovige! Hoe ga je je daartegen verweren? Waarom doe je nou zoiets zonder het even met mij te bespreken? Gaan we nu weer elke dag ruzie krijgen hier? Het is eindelijk rustiger!'

Ik weet niets uit te brengen. Als hij dít al erg vindt, dan heb ik vollédig onderschat wat het échte verhaal in het boek teweeg zal brengen, als ze ervan horen.

Oh my god, wat heb ik gedaan?

Ik moet ineens denken aan de expliciete seksscène in het boek en voel een pijnlijke scheut van angst voor de toekomst in mijn borst en onderbuik.

Ik weet echt niet wat me bezielde of wat ik dacht, maar als Halil de échte inhoud van het boek leest... ik kan de gevolgen niet overzien. Wat zullen ze met me doen? Overleef ik dit wel? Kom ik hier ooit nog levend uit? Zullen ze me niet met de familie vierendelen op de keukentafel en mijn lichaamsdelen vervolgens in een jutezak stoppen en naar Turkije vervoeren met de auto, en zeggen dat ik vermist ben? Zullen ze me in de badkamer ophangen aan een touw aan het plafond aldaar en een afscheidsbrief schrijven en de Turkse en Nederlandse autoriteiten vertellen dat ik blijkbaar zelfmoord heb gepleegd? Ik weet het echt niet meer. Wordt dit mijn einde, omdat ik eigenwijs dacht te zijn en per se zó expliciet mijn verhaal wilde optekenen voor heel Nederland? Waarom zou je dat in godesnaam doen in mijn situatie? Ben ik gek geworden? Het idee was leuk, maar ik had het niet daadwerkelijk hoeven uitvoeren, denk ik nu. Niet nu, in deze situatie. Ik heb niet eens een eigen huis! Of een ander toevluchtsoord.

'Hallo, ik praat tegen je,' zegt Halil.

'Nee nee nee, maak je echt geen zorgen, ik heb héél duidelijk gemaakt dat het niet over mij gaat in het boek. Er staat duidelijk dat het een roman is, en de hoofdpersoon is zelfs geen Turkse vrouw, maar een Marokkaanse! Kom op, dan kan ik nooit meer een boek schrijven, uit angst dat iedereen denkt dat het om mij gaat, dat werkt toch niet zo? Ik ben toch vrij om een verhaal te verzinnen? Wat weten oom Hasan en tante Fatma in hemelsnaam van boeken of romans? Heb je ze ooit een boek zien lezen dan? Heb je ooit een boek in hun huizen gezien? Kunnen zij ook maar één volzin Nederlands schrijven? Maak je niet zo druk, dan zeggen we toch gewoon dat het niet om mij gaat.'

'Hm,' zegt Halil. Hij heeft er duidelijk een hard hoofd in. 'Ja, we zien dan wel, ik hoop dat ze er niet van horen. Ik moet gaan.'

En weg is hij.

Ik adem uit.

Weer overleefd.

Kruispunt

'O*p1*? Van tv, bedoel je?' vraag ik verbaasd aan Iris. Kort erna besef ik dat dat echt een debiele vraag is.

We zitten aan haar bureau op de uitgeverij, op Herengracht 48. Ik heb zojuist een paar boeken gesigneerd die naar boekhandels worden gestuurd.

'Ja, ze willen je vanavond in de uitzending! Gaaf, joh!' zegt ze. 'Dit is de droom van elke debuterende schrijver, dit moet je echt met beide handen aangrijpen, hoor! Zal ik alvast ja zeggen, voordat ze afbellen? Met tv kun je nooit zo lang wachten, het gaat om vanavond.'

Ik staar haar aan.

Ik heb zelden dit gevoel gehad; ik heb geen idee of dit nou een verstandige keuze is of niet. Ik heb het gevoel dat ik op een kruispunt in mijn leven sta, en ik ineens heel snel moet beslissen, en geen bedenktijd meer krijg.

Zo moeten vrouwen zich voelen als ze per ongeluk zwanger raken, denk ik dan. Dat je het gewoon niet ziet aankomen, en ineens moet besluiten of je voorgoed moeder wilt zijn of niet, en of dat moment nu is of later.

Ik weet niet of de vergelijking helemaal opgaat. Misschien voelen vrouwen die op een dag besluiten pornoactrice te worden zich zo: doe ik dit, waardoor ik nooit meer terug kan en voorgoed geseksualiseerd zal worden, overal waar ik kom, of kies ik toch voor een 'normaal' bestaan? Zoiets is dit voor mij. Denk ik.

Nah, toch ook niet, want een boek schrijven is, hoop ik, iets om trots op te zijn, iets wat veel intellectueler is dan pornoactrice worden. Maar mijn situatie is toch ook gewoon anders dan die van andere schrijvers. Ik schrijf niet zómaar een boek. Als ik hiermee op tv kom, dan... dan... dan... Ja, wat dan?

Dat is de grote vraag. Het kan alle kanten op gaan.

Kan ik dan nog thuiskomen vanavond? Kan ik mijn moeder ooit nog aankijken? Zie ik mijn zusje dan nog? Leef ik dan nog wel, aangezien meer mensen, ook buiten mijn familie, mijn bloed dan wel kunnen drinken? Kan ik ooit nog naar de VU om mijn studie af te ronden? Kan ik ooit nog over straat in Amsterdam-West? Kan ik ooit nog over straat in Amsterdam, of de Randstad? Kan ik nog onbevangen in een café zitten? Ben ik dan niet voorgoed mijn anonimiteit kwijt? Kan ik nog mijn Instagram, Facebook of Twitter openen zonder belaagd te worden? Krijg ik ooit nog normale vrienden en een partner als ik straks te maken krijg met haat en dreigementen? Wil er dan nog íemand met mij omgaan? Word ik niet geslagen op straat? Krijg ik geen mes in mijn buik geduwd als ik straks 's avonds laat onder een brug door fiets? Eindig ik niet als Theo van Gogh? Het gaat allemaal door me heen.

'En? Waar zit je precies mee? Zal ik toezeggen?' vraagt Iris.

'Ik... Ja, ik weet het niet. Ik durf niet zo goed,' zeg ik maar.

'Ja, het is natuurlijk ook wel spannend, op tv!'

'Niet het tv-gebeuren, dat maakt me niet zoveel uit, maar ik weet dan niet hoe ik nog thuiskom.'

'O,' zegt ze ineens ernstig. Ze snapt het nu ook. 'Ben je dan niet meer welkom thuis?'

Nee, natuurlijk niet, denk ik.

'Ik snap het. Ja, ehm... lastig. Ik weet ook niet echt wat verstandig is dan,' zegt ze. 'Maar goed, ze moeten er toch ooit van horen?'

Iris stelt een heel logische vraag. De vraag der vragen. Waar ik absoluut geen antwoord op heb.

Ik weet inderdaad dat ze er ooit van gaan horen, maar tóch, ik wil het zoveel mogelijk uitstellen, ik zie er zó tegen op. Ik wil gewoon niet. Ik voel me net een kind dat niet naar de tandarts wil. Of naar de dokter voor een vaccin. Ik wéét dat elk kind moet gaan en dat het écht moet gebeuren, maar ik wíl gewoon niet! Elke vezel in mijn lijf protesteert.

Ik blijf stil, totaal in gedachten verzonken. Twee scenario's spelen zich voor mijn ogen af.

Scenario 1: ik ga niet naar *Op1*.

Dan zit ik vanavond thuis, met mijn ouders op de bank, naar Turkse tv te kijken, wetende dat ik de kans van mijn leven heb verspild om mijn boek en verhaal als ex-moslima bekend te maken bij het grote publiek. In de nacht houd ik plafonddienst, omdat ik niet weet of ik er wel goed aan heb gedaan. Ik zal voor dom uitgemaakt worden door mijn studiegenoten, docenten en andere schrijvers en medewerkers van de uitgeverij die er niets van zullen begrijpen, die het allemaal wel gedaan zouden hebben als zij die kans kregen. Schrijvers die al hun hele schrijverscarrière wachten op zo'n kans, want Iris vertelde dat lang niet iedereen voor tv gevraagd wordt.

Ik zal mezelf een totaal laffe mongool vinden, eentje die wél de kracht heeft om een boek te publiceren, maar vervolgens thuis blijft wonen, bij dezelfde ouders die ze uitkaffert in haar boek, en die datzelfde verhaal niet op tv durft te vertellen.

Waarom zou iemand dat in godsnaam doen? Dat is toch niet logisch? Mijn titel zegt toch dat ik ga leven? Wat heeft het voor zin om wel die titel te publiceren, maar het in het echt niet te doen? Waar wacht ik in godsnaam op? Op een wonder? Op een held die me komt redden, zodat ik de moeilijke keuze niet hoef te maken, zoals het in tekenfilms gebeurt? Ben ik een prinses die in de kerker wacht op een prins of zo? Zal die op een dag op mijn tapijt vallen, in mijn kamer? Nee! Ik moet het toch echt zélf doen, niemand gaat het voor mij doen, niemand komt mijn vrijheid op een dienblad presenteren.

Het boek is al een week uit en ik ben helemaal nog niet écht begonnen aan de belofte die ik aan mezelf heb gedaan; ik ben helemaal niet vrij en ik ga nog helemaal niet leven. Ik durf niet. Ik ben gewoon super-, superlaf!

In mijn boek ga ik tekeer, met een gestrekt been ga ik erin, ik spaar niets en niemand, ik scheld alles en iedereen uit, maar dat is de persoon die ik wíl zijn, maar nog niet ben; dit was de echte ik, iemand die nog niet eens haar koffers had gepakt na het schrijven van zó'n woedend boek, waarin ze zegt alles te haten, de onvrijheid te haten, haar ouders en hun regels te haten.

Wát dacht ik? Dat het klaar was na het publiceren van zo'n boek, dat ik dan vrij was? Nee, ik moet nog steeds de stap zetten mijn koffers te pakken.

En ondanks het feit dat ik wel dat boek had geschreven en mezelf had beloofd vrij te leven, lúkt het niet in de praktijk. Ik kan maar niet mijn biezen pakken en verdwijnen. Als ik aan het lijden van mijn zusje en haar toekomst denk nadat ik weg ben, haalt dat alle durf en moed in één keer weg uit mijn lijf. Ze zullen haar nóg strenger opvoeden. Zij zal lijden onder het gemoed en de boosheid thuis, nadat ik weg ben. Ze zal lijden onder de blikken en de roddels van de gemeenschap, die jarenlang hierover zal praten, waarna mijn ouders nooit meer vrolijk of normaal zullen zijn. En het leven van mijn ouders, nadat ik weg ben, daar wil ik niet eens over nadenken.

Scenario 2: ik ga wél naar *Op1*.

Dan kan ik mijn droom verwezenlijken: over mijn boek en verhaal vertellen bij een populaire talkshow, waar ik altijd naar kijk, op de meest eerlijke en open manier, eindelijk het taboe doorbreken op dit onderwerp en op die manier mensen, misschien wel lotgenoten, inspireren en bewegen om erover na te denken. Die mensen in hetzelfde schuitje een hart onder de riem steken. Nederland vertellen wat er misgaat achter veel voordeuren. Mijn stempel drukken op de Nederlandse literatuur. Mijn stem laten horen. Voor vrijheid strijden. Zelfverzekerd staan achter het vurige boek en het pleidooi dat ik op papier had gekregen met alle woede in me.

Eigenlijk is de keuze nu wel duidelijk. Ik moet gaan.

Omdat ík het wél wil. En het is míjn leven. Als ik een boek wil schrijven en op tv wil komen, is dat mijn recht. Als mijn ouders me daardoor niet meer willen zien en woedend zijn, is dat hún keuze en die keuze is fout, want je hoort je kind onvoorwaardelijk lief te hebben.

Dat ik daardoor verdrietig zal worden en een hoop offers moet brengen, dat staat vast, maar mijn vrijheid is me meer waard.

En dan, na *Op1*, maar zien wat er gebeurt. Of ik verstoten word of weggestuurd. Ik moet gewoon gaan.

Het is onzinnig om een boek te schrijven en te publiceren en dat vervolgens willen verstoppen, zodat je familie er niet achter komt, terwijl ze er sowieso op een dag achter zullen komen. Al is het alleen al omdat Halil het een keer zal horen en lezen, en vervolgens aan ze zal vertellen.

Maar goed, een boek schrijven is nog wat anders dan dat op tv, voor heel Nederland, te moeten uitleggen, en persoonlijke vragen erover te beantwoorden, die misschien wel direct over mijn ouders zullen gaan, of over de islam.

Ja, dat gaat natuurlijk sowieso gebeuren.

Ik krijg het al benauwd bij het idee.

Dan kan ik ook niet meer aan komen schijten thuis met dat het een roman is, want dan heb ik al op tv gezegd dat het autobiografisch is.

Ik zal met mijn borst vooruit achter mijn boek moeten staan. Ook straks, als ik na het tv-optreden weer thuiskom.

Hopelijk valt de schade mee. Ik hoop dat ze er gewoon niet van horen tot morgen, dan kan ik 's nachts een koffer klaarmaken en in de ochtend verdwijnen.

'Zeg maar dat ik kom,' zeg ik tegen Iris. Als ik het toezeg kan ik niet meer terug en sla ik me er gewoon doorheen, ook al krijg ik twijfels, zenuwen of spijt. Het is net als een jaarabonnement nemen op de sportschool, omdat je weet dat je anders opgeeft; soms moet je een stok achter de deur hebben voor jezelf.

'De taxi staat er,' appt de *Op1*-redacteur me, als het die avond halfnegen is.

Ik heb nog net geen knikkende knieën.

De taxi staat een paar straten verderop geparkeerd, zodat mijn ouders en de buren me niet zien, want dit kan ik nooit verklaren.

Ik heb me nog niet opgemaakt, dat zou te veel opvallen. Ik heb een tas gevuld met make-up, hakken, een stijltang en een goede zwarte blouse. Ik draag mijn werkuniform van de Albert Heijn, want ik heb tegen Moeder gezegd dat ik vanavond moet invallen voor een collega. De Albert Heijn is tot tien uur open, dus ze gaat ervan uit dat ik om halfelf thuis ben, maar dat gaat niet, want de talkshow begint pas om halfelf met de live-uitzending. Maar goed, dat is een zorg voor later. Na mijn optreden is het mijn allerkleinste probleem dat ik laat thuiskom en loog dat ik naar mijn werk ging, gok ik. Vader is nog op zijn werk aan het schoonmaken. Halil is niet thuis. Defne slaapt al.

Ik probeer zo stil mogelijk te vertrekken en de tas met spullen te verbergen voor Moeder. Ik zie via een kiertje dat ze aan het bidden is in haar kamer. Dit is mijn uitgelezen kans om weg te glippen. Met een bonkend hart trek ik de deur achter me dicht.

Is dit de laatste keer dat ik deze deur dichttrek? Kom ik straks terug naar dit huis? En in welke hoedanigheid?

Ik wuif het weg.

Over anderhalf uur ben ik live op tv, ik moet focussen, anders verpest ik het straks en kom ik niet uit mijn woorden.

'Zet 'm op hè straks, spannend zeker!' appen medewerkers van de uitgeverij me.

Dat is het zeker.

Ik loop de trap van onze flat af, ik heb geen geduld voor de lift, en ren zowat de straat uit. Ik wil niemand tegenkomen.

Dan zie ik de grote zwarte Mercedes staan. Als ik dichterbij kom, stapt een aardige meneer uit die zich voorstelt. Op dit moment weet ik niet dat ik nog honderd ritjes zal gaan maken met deze meneer. Ik schud hem niet de hand vanwege covid en pak het mondmasker uit mijn jaszak.

Ik zit in de auto. We gaan. Het is maar heel kort rijden, want *Op1* wordt opgenomen in het Westerpark in Amsterdam, niet in Hilversum.

Shit, denk ik, *straks naar huis is het net zo kort rijden.*

Alsof een langere terugrit deze avond minder ondraaglijk gaat maken.

Eenmaal aangekomen word ik verwelkomd door de redacteur.

'Goed dat je er bent, we gaan zo nog even door de vragen heen. Wat een goed boek heb je trouwens geschreven!'

'Dank je,' zeg ik bescheiden.

Als we enkele trappen op zijn gegaan, zie ik Jort Kelder van achter een deur verschijnen.

'Mevrouw Gül, wat een intrigerend boek hebt u geschreven, ik ben op de helft,' zegt hij. 'We gaan een leuke uitzending maken, zin in?'

'Ja hoor, heel leuk dat jullie me uitgenodigd hebben,' lieg ik.

Ik vind het leuk en totaal niet leuk tegelijk. Ik weet het niet.

'Wil je nog met ons eten? Je kan daar het menu lezen van de catering,' zegt de redacteur en wijst naar een kaart op de bartafel.

Het laatste waar ik aan kan denken, is eten of drinken. Ik ben misselijk van de zenuwen.

'Ik eh, ik heb wat make-up bij me, en ik moet me omkleden,' zeg ik.

'Dat kan in de wc, daar verderop en dan naar rechts. En make-up doet onze visagiste hoor, dat hoef jij niet te doen, je wordt zo geroepen,' zegt ze.

Verderop zie ik inderdaad een visagiekamer, waar Fidan Ekiz en Welmoed Sijtsma aan alle kanten worden opgemaakt; iemand krult hun haar, terwijl een ander hun gelaat poedert. *De vooravond*, het programma dat Ekiz presenteert, wordt namelijk in dezelfde ruimte opgenomen als *Op1*, en Fidan schuift vanavond aan bij *Op1* om het over het nieuwe seizoen te hebben.

Er wordt heel uitbundig met elkaar gelachen, het ziet er gezellig uit.

Ik zie er allemaal haartangen en koffers vol make-up liggen, ik realiseer me dat ik voor niets mijn eigen spullen mee heb. Maar goed, dit is alleen maar goed, want ik kan van de stress nu toch niets. Mijn eyeliner zou alle kanten op schieten met zo'n trillende hand.

Als ik me heb omgekleed in de wc, krijg ik te horen dat ik bij de visagiste mag plaatsnemen.

'Hallo, ik ben Arfana, welkom!' zegt een kleine vrouw met de aardigste en blijmoedigste uitstraling die een mens kan hebben.

Zij is ook buitenlands, dat zie je meteen. Ze is niet Turks, maar wat ze wel is kan ik niet echt raden, ook haar naam geeft het niet weg. Ik gok op Indiaas.

'Hallo, ik ben Lale, aangenaam kennis te maken,' zeg ik terwijl ik op de grote stoel voor de spiegelwand plaatsneem.

'We gaan een lekker make-upje voor jou regelen, ontspan maar. Wil je wat drinken?'

'Niets hoor, ik ben oké.'

'Waar kom je vanavond over praten?' vraagt ze, terwijl ze vlug en behendig van alles op mijn gezicht begint te smeren.

'Ik heb een boek geschreven,' zeg ik.

'O, wat leuk! Eindelijk iets anders dan iemand die komt praten over corona!' lacht ze. 'Mijn zusje is ook schrijfster, misschien ken je haar.'

'Wie dan?' vraag ik.

'Naema Tahir.'

Ik kijk haar verbaasd aan.

Ze moest eens weten, ik heb de boeken van mevrouw Tahir allemaal verslonden.

'Ja, natuurlijk ken ik haar!' zeg ik iets te enthousiast. 'Zij schreef toch dat boek over hoe verstikkend de islam is voor een jong Pakistaans meisje? En zij heeft het toch altijd erg opgenomen voor Ayaan Hirsi Ali?'

'Ja! Die ja,' zegt ze.

'O wauw, dus jij bent haar zus?'

'Ja, haha! Leuk hè?'

'Hoe gaat het met haar? Heeft zij nog kritiek gekregen van jullie ouders vanwege die boeken? Daar ben ik wel benieuwd naar. Hebben jullie nog contact met elkaar?' vraag ik.

Eigenlijk vrees ik voor het antwoord dat gaat komen.

'Nou,' zegt ze met een diepe zucht en een ernstig gezicht. 'Dat is allemaal heel ingewikkeld gegaan. Onze ouders hadden wel veel moeite met haar mediaoptredens en boeken. Er is ook jarenlang geen contact geweest, maar nu gaat het wel weer een beetje beter, na heel lang, eindelijk.'

Ik slik. Ik zie mezelf in de grote spiegel, terwijl zij met kwasten vlug langs m'n wangen gaat. Ik zie mijn ogen nat worden. *Adem in, adem uit*, denk ik. *Het komt goed.*

'Heb je een allergie voor bepaalde make-up?' vraagt Arfana. 'Je hebt van die traanogen ineens.'

'Nee hoor, ik heb een stofje in mijn oog, denk ik,' zeg ik lachend.

Daar sta ik dan, een paar uur later. De uitzending is afgelopen.

'Hé, wat was je goed!' zegt de redacteur.

'Goed gedaan, hoor,' zegt Kelder.

'Je was sterk!' zegt Welmoed Sijtsma.

Mijn telefoon licht continu op met nieuwe berichten en meldingen. Ik lees niet eens meer wat er staat, maar ik zie allerlei emoji's en hartjes. Ik word overweldigd met complimenten.

'Twitter ontploft!' zegt Iris, die ook veel berichten krijgt op haar telefoon.

Blijkbaar is de hashtag #Lalegül nummer één-trending in Nederland.

Alle andere gasten die aan tafel zaten komen stuk voor stuk naar me toe om te zeggen dat ik moedig ben. Ik weet me geen houding te geven.

'Je boek is uitverkocht hoor ik net!' zegt Iris.

'Jeetje,' zeg ik.

Ik zie op mijn startscherm dat Vader zes keer heeft gebeld. Moeder heeft zestien keer gebeld. Halil vier keer.

Als ik zou geloven in een god, zou ik nu een schietgebed doen.

Ik zie dat ze ook fanatiek aan het appen zijn, en dat ik de ene WhatsApp-melding na de andere krijg, maar ik lees niet wat er staat en mijn telefoon staat op stil. Ik zie veel uitroeptekens en vraagtekens van Halil. Ik onderga het straks allemaal wel, laat ik nu nog maar even genieten van de complimenten, neem ik me voor. Maar goed, zo werken emoties niet. Iedereen merkt dat ik een beetje *off* ben.

'Durf je het wel, naar huis? Zal ik anders met je meegaan? Je kan ook bij mij slapen als je dat fijn vindt,' zegt Iris.

'Nee nee, komt goed! Ik overleef het wel,' hoor ik mezelf zeggen.

'Ze gaan je toch niet... Ja, weet ik veel... Ben je wel echt veilig?' vraagt ze nog.

Ik besef dat ik het antwoord niet eens weet.

'Ja, komt goed,' zeg ik droogjes. Ik ben altijd waardeloos geweest in het uiten van mijn emoties, met name angsten, omdat ik het gevoel heb dat ik de ander daarmee bezwaar en mezelf te kwetsbaar opstel. Alsof mensen dan geen respect meer voor me zullen hebben. Alsof ik dan niet meer sterk overkom. Want informatie die je geeft op een kwetsbaar moment, kan later op een valse manier tegen je gebruikt worden.

Ik ben een koningin in het bagatelliseren van alles, terwijl ik straks misschien geen tanden meer in mijn mond heb. Vooral niet als oom Hasan en oom Abdul langskomen. Vooral niet als ze horen welk hoofdstuk ik over ze heb geschreven. En over seks. En over het geloof. En over mijn moeder. O god, is er eigenlijk wel een mogelijkheid dat ik dit overleef?

Absoluut niet, denk ik.

Ik voel ineens een hand op mijn schouder.

'Als je hulp nodig hebt, weet je me te vinden,' zegt Fidan Ekiz.

Haar moederlijke gezicht en stem geven me op de een of andere manier rust.

Ik heb wel hulp nodig, maar niet van deze mensen, niet van haar. Maar van een soort god die me zo meteen zal beschermen tegen de agressie, waar ik voor huiver. Vooral die van mijn moeder. Die zal me echt bij mijn kraag grijpen, zodra ze me ziet. Wat Vader zal doen, kan ik niet echt inschatten. Hij is niet zo heetgebakerd. Wat Halil zal doen, weet ik ook niet. En de rest van de familie, zou die het al weten?

Ik weet het niet. Ik weet het allemaal niet. Laat ik het maar gewoon ondergaan. Morgen komt de zon weer op. Dan pak ik mijn koffer en verdwijn ik. Voorgoed. Dan zie ik Defne maar niet. Het is niet anders. Gebeurd is gebeurd. De kogel is door de kerk.

'Wil je nog wat blijven drinken met ons?' vraagt de redacteur.

Ik zie iedereen staan met een wijntje en bitterballen. Alhoewel ik nog nooit een betere reden heb gehad om een paar wijntjes achterover te tikken, bedenk ik dat dat nu heel dom zou zijn, en ik besluit dat ik wil gaan.

Als ik mijn jas heb gekregen van de gastvrouw en de deur uit loop met Iris, komt er ineens een man met een buitenlands uiterlijk en lichtgetinte huid naar me toe.

Ik schrik even, omdat ik het niet verwachtte.

'Hallo, Lale,' zegt hij. Ik weet niets uit te brengen. Ik weet totaal niet wat deze man van me wil. Komt hij me bedreigen? Is hij moslim en boos?

Opeens trekt hij een boek uit zijn tas. Het is mijn boek.

'Mag ik een handtekening? Ik ben speciaal hiernaartoe gekomen toen ik je op tv zag, om je handtekening te krijgen,' zegt hij.

Ik slaak een diepe zucht.

'Tuurlijk, wat leuk,' zeg ik.

Tegelijkertijd denk ik: gaat dit vanaf vandaag altijd zo zijn?

Ik loop naar de taxi en neem plaats. De chauffeur zegt wat tegen me, maar het gaat langs me heen.

Als ik merk dat hij iets tegen me heeft gezegd en me aankijkt, zeg ik: 'Huh? Zei u wat?'

'Dat ik je heel dapper vind!' zegt hij.

'Dank u wel,' zeg ik lachend, als een boer met kiespijn.

Na tien minuten komt de auto tot stilstand op de plek waar hij me ophaalde, een paar uur geleden.

Ik heb nog nooit zo veel lood in m'n schoenen gehad. Ik zie er ontzettend tegen op om deze wagen uit te gaan. Hier ben ik nog veilig, maar zodra ik uit deze auto ben niet meer.

'Bedankt,' zeg ik, zachter dan ik had gewild.

Als ik uit ben gestapt en de auto de straat uit zie rijden, ga ik op de rand van de stoep zitten.

Ik moet een plan hebben. Een antwoord op al die vragen. Wat ga ik doen als het uit de hand loopt? Als het fysiek wordt?

O ja, de politie, bedenk ik opeens. Die heb je ook nog. Ik kan natuurlijk altijd nog de politie bellen. Dan durven ze niks meer, als die voor de deur staan. Ja, dat doe ik. Ik kom hier levend uit.

Ik praat mezelf moed in. *We gaan dit overleven, Lale, kom op, morgen leef je nog en ben je weg, dan start je een nieuw leven, in vrijheid. Denk aan al die complimenten. Al die mensen die jij een stem hebt gegeven. Denk aan je mooie boek, waar je trots op mag zijn. Kom op, kom op...*

Ik blijf mezelf fluisterend toespreken. *Je kan dit. Hoofd omhoog, borst vooruit. We gaan dit doen.*

Ik sta op, het is een halfuur later. Het is al halfeen.

Mijn telefoon geeft aan dat ik nog maar tien procent batterij heb.

Shit, denk ik, dan kan ik misschien ook de politie niet bellen als dat nodig is.

Ik loop langzaam naar huis.

In de verte verschijnt Moeder al voor de deur van onze flat.

Veel schoenen bij de voordeur

'G*el buraya, serefsiz!'** schreeuwt ze naar me vanaf de overkant van de straat. Ik duik ineen van angst en schaamte. Ik voel mijn maag krimpen tot die bijna non-existent is. Mijn keel voelt als één grote brok. Terwijl ik langzaamaan dichterbij kom, snelt ze naar me toe. Ze trekt haar rechterschoen uit om die als wapen tegen mij te gebruiken. Thuis doet ze dat met haar huisslippers, nu met haar buitenschoenen.

'Wie ben jij? Wie heeft jou zo opgevoed!? Waarom doe je dit soort dingen?' krijst ze door de straat, terwijl de platte zool van haar schoen op mijn nek terechtkomt. Op mijn armen, schouders, hoofd. Ik bescherm mijn hoofd met beide armen. Ondertussen schopt ze tegen mijn schenen. De drang om haar heel hard te duwen of terug te slaan wordt groter en groter, maar ik houd vol. Ik hoop dat het vanzelf zal stoppen.

'Jij bent mijn kind niet! Ik heb jou niet gebaard! Ik heb jou niet opgevoed! Je kan niet van mij zijn!' roept ze. 'Kom hier, jij eerloos wezen!' Haar stem verraadt machteloosheid. Terwijl ik haar pijnlijke klappen incasseer, zeg ik alleen maar: 'Stop nou! Au! Stop! Stop, of ik ga terugslaan!' Precies op het juiste moment – want ik

* Kom hier, jij eerloos wezen!

wil niet iemand zijn die haar moeder slaat – komt Halil aanrennen. Hij komt tussenbeide en brengt Moeder naar binnen. Ik sukkel er radeloos achteraan. Moet ik niet keihard wegrennen nu ik nog buiten ben? Wat staat me te wachten als straks de voordeur wordt dichtgetrokken?

Terwijl Moeder doorgaat met roepen dat ik een schande ben en dat ik haar dochter niet ben, en Allah luidkeels vraagt wat haar zonde is geweest om mij te verdienen, zie ik dat er veel schoenen bij de voordeur staan. O god, er zijn familieleden binnen. Ooms, tantes, ik herken hun schoenen. Ze zijn er allemaal. Nog voordat ik binnen ben, komt oom Hasan toegesneld. Hij doet zijn hand omhoog om mij een klap te geven, maar Halil kan hem net op tijd stoppen. Ik zie aan de trilling in zijn arm dat hij moeite heeft de klap op te vangen. 'Oom, niet doen! Niet slaan! 't Is mijn zus!' spreekt hij hem streng toe. Dat is hoe het gaat in het patriarchaat; wil je als vrouw enige bescherming of een menswaardige behandeling, dan heb je een familielid met een piemel nodig dat de ander eraan herinnert geen recht te hebben op geweld, omdat ik onder de hoede sta van mijn eerstegraads mannelijke familieleden, in dit geval mijn broertje, die meer zeggenschap heeft over mijn lijf dan mijn oom.

'Sla haar! Dat is helemaal niet jouw zus! Het kan niet mijn kind zijn!' krijst Moeder erdoorheen. Oom Ali komt ook naar me toe. Hij pakt mijn arm stevig vast en schudt me agressief heen en weer, terwijl hij met bloeddoorlopen ogen zijn gezicht heel dicht bij het mijne brengt en zegt: 'Waar denk je mee bezig te zijn? Waarom maak je ons zwart op nationale tv? Ben je gestoord?! Heb je je hersenen soms verloren?!'

Vader staat er radeloos bij. Hij heeft een blik in zijn ogen die ik maar zelden heb gezien. Misschien die ene keer toen hij onze paspoorten thuis was vergeten en we op Schiphol stonden, op het punt om naar Turkije te vliegen. Hij was enorm gestrest, want het betekende dat we zes vliegtickets van vijfhonderd euro per stuk hadden verspild. We hadden geen geld voor nieuwe tickets, en mijn moeder zou hem hierna maandenlang tergen omdat het zijn schuld was dat zij haar ouders in Turkije niet had kunnen zien. Het leek een beetje op die blik: stress, angst en spijt. Een glanzend voorhoofd van het zweet. Nu heeft hij spijt dat hij dit niet heeft tegengehouden waarschijnlijk. Of spijt dat hij niet besefte wat er gaande was toen hij die doos vol boeken met mijn hoofd erop zag staan. Hij ziet er verslagen uit. Om de haverklap gaat zijn telefoon; iedereen die hoorde van mijn schandaal belt hem. Hij durft niet op te nemen, dus staart hij steeds naar zijn scherm, terwijl zijn rechterhand trilt alsof hij parkinson heeft.

Soms onderbreekt een oom of tante hun jankbetoog met weer een woedeaanval over hoe erg ik de familie en het geloof te kakken heb gezet en dat ik geen eer en waardigheid meer heb. Dan lopen ze in opperste paraatheid met gebalde vuisten op me af om mij een lesje te leren, maar Halil vangt telkens de klappen op. Hij heeft er inmiddels heel wat voor me opgevangen. Bij mij arriveert hier en daar nog wel een schop, een kneep in mijn arm, de gebalde vuist van mijn moeder of het geschreeuw in mijn oor van een temperamentvolle tante, die tijdens haar betoog spuugdeeltjes laat landen op mijn gezicht. Halil heeft steeds meer moeite iedereen in bedwang te houden; als hij links bezig is, kunnen ze me rechts aanvallen, en andersom. Ik besef hoeveel geluk ik heb met een broer die zich niet tegen me keert en die, ondanks het feit dat hij me hierin nóóit zou steunen, wel zo snugger is om te bedenken dat geweld in ieder geval geen oplossing is.

Het is één grote wirwar aan gekrijs, gescheld, geschreeuw en gehuil. Ik sta voor een totaal primitief, drammerig tribunaal en uit elk pratend hoofd komt een riedel aan beledigingen en doodsverwensingen. Ze schreeuwen dat ik niets waard ben, dat ik ga branden in de hel, dat ik bezeten ben door de djinns en de duivel. Ik hoor het niet eens meer, ik zoom volledig uit. Alsof ik met een 3D-bril naar een film kijk. En juist door mijn stille, afwachtende houding weten zij zich nóg meer gesterkt. Ze gaan harder schreeuwen, dichter bij me staan, me zwaarder beledigen, aan me trekken, duwen, knijpen. Ze schudden me heen en weer alsof er daarmee wel een weerwoord uit me zal rollen. Maar ik voel me totaal lamgeslagen tegenover zo veel bloeddorst. Mijn familieleden zijn duidelijk niet bereid te luisteren, niet ontvankelijk voor mijn perspectief. Er is niemand die ook maar een minuscule poging doet om mijn kant van het verhaal te begrijpen. Het heeft daarom geen zin om iets te zeggen of uit te leggen.

Uiteindelijk zie ik het niet meer zitten om deze bakken bagger over me heen te laten komen. Ik duw mensen fysiek van me af, zeg dat ze moeten ophouden en mij met rust moeten laten. Dat ik mijn koffer ga pakken en wegga uit dit huis. Dat ik het zat ben om geslagen en uitgescholden te worden. Dat ik godverdomme niet hun boksbal ben en zelf wel bepaal wat ik doe en laat.

'Stop! Nu! Je gaat nergens heen!' zegt Halil, die nog steeds de hoop heeft dat alles zal bedaren, dat iedereen naar huis gaat en dat we morgen met een koeler hoofd naar de situatie kunnen kijken. Hij ziet het niet. Hij ziet niet in dat dit een breekpunt is. Dat het nooit meer zal zijn zoals hiervoor. Dat het alleen maar veel en veel erger zal worden, wanneer iedereen de inhoud van mijn boek kent. Want al deze boosheid is alleen nog maar vanwege een tv-optreden.

'Lale gaat nu sorry zeggen en beloven dat ze niet meer zulke uitspraken zal doen. Morgen zegt ze in de media dat ze alles terugneemt en dat het boek verzonnen is,' zegt Halil tegen de anderen.

Geloof je het godverdomme zelf, denk ik.

'Je gaat alle boeken uit de winkels laten halen!' schreeuwt Moeder. 'Anders verklaar ik mijn moedermelk haram aan jou!' In de Turkse cultuur geldt dit als het ergste wat een moeder kan zeggen tegen haar kind: dat ze wenst dat de moedermelk die je ooit hebt gekregen in je nadeel werkt.

Vader zegt ineens ook iets. 'Ik heb met iemand gebeld die zegt dat hij van Milli Görüş is. Je hebt iets over hen gezegd op tv. Hij is woedend en zegt dat hij een rechtszaak tegen jou gaat aanspannen, en dat hij ervoor gaat zorgen dat we Turkije niet meer in komen als je jouw uitspraken over hen niet terugneemt. Alsjeblieft, doe dat! Je hebt ons al genoeg kapotgemaakt! Je moeder is op sterven na dood! Rectificeer je uitspraken morgen in de krant of op tv, zeg dat Milli Görüş er niets mee te maken heeft! Anders komen we ons land niet meer in! In Turkije is er een wet waarin staat dat je het geloof niet mag beledigen! Dan kom jij in de gevangenis en nemen ze beslag op ons huis daar! Ik kan dan ook niets meer erven! We kunnen dan nooit meer naar ons land!'

Zo kende ik Vader weer, pragmatischer dan Moeder. Alleen kan hij in zijn onwetendheid niet begrijpen dat Milli Görüş helemaal geen rechtszaak tegen mij kán aanspannen vanwege de inhoud van een roman. Althans, niet in Nederland. In een zoefiezoefieland als Turkije kan uiteraard alles. Daar kun je al tien jaar de gevangenis in als je het staatshoofd, een historische figuur of een heilige beledigt. Het zou me dan ook niet verbazen als ik vanaf vandaag dat land niet meer in mag. Maar goed, dat is mijn minste zorg op dit moment.

'Je gaat morgen regelen dat niemand meer dat kutboek kan kopen! Je gaat de tv-uitzending laten wissen! Je gaat alle gedrukte boeken laten ophalen en weggooien! Je gaat elke euro die je hebt verdiend aan haram geld van die boeken doneren aan de moskee! Ik weet niet wat je hebt staan in dat boek, maar je gaat tegen iedereen sorry zeggen en al je uitspraken terugnemen!' schreeuwt Moeder, terwijl ze met een agressief op- en neergaand vingertje mijn kant op wijst.

Ooms en tantes stormen weer op me af, Halil probeert ze bij me weg te houden. Die arme jongen weet niet meer waar hij het zoeken moet en kijkt me in paniek aan. Zeg iets tegen ze! lijkt hij te zeggen met zijn ogen.

'Ik zal morgen bellen, dan ga ik zeggen dat ik de verkoop wil stoppen. Dat kan volgens mij wel volgens het contract,' zeg ik maar. Misschien kan dat ervoor zorgen dat ze de inhoud nooit zullen lezen. Dat niemand het zal vertalen, want dan word ik gevierendeeld. Voor het eerst heb ik een levensechte angst voor mijn leven en lichaam.

Het scenario flitst door mijn hoofd dat ze Halil aan de kant schuiven, de tanden uit mijn mond slaan, me aan mijn haren trekken en over de vloer sleuren, mijn ogen blauw slaan. Het is niets wat niet eerder is gebeurd in onze familie bij vrouwen die over de schreef gaan. Een nicht van mij werd een keer total loss geslagen door mijn oom, omdat een buurvrouw had gezegd dat ze aan het flirten was met een zwarte jongen buiten. Dat zij beweerde dat ze gewoon aan het lachen was met een klasgenoot van het ROC, onderweg naar huis, maakte niets uit. De feiten doen er helaas niet toe. Het gaat om de beeldvorming, de roddels, de eer, hoe het afstraalt op de gemeenschap en de goede naam van je ouders en grootouders. In haar geval was dat extra belangrijk omdat haar vader een functie heeft binnen de organisatie van de plaatselijke moskee. Mijn moeder werkt ook voor de moskee, weliswaar als vrijwilliger, maar toch.

Ineens zet Moeder, na een bedaring die maar van korte duur was, weer vol de aanval in op mij. 'Jij duivel!' gilt ze. 'Jij ongewassen, eerloos, vuil wezen!' zegt ze, terwijl ze met gebalde vuisten tekeergaat op mijn lichaam. 'Ik schaam me voor jou! Hoe moet ik ooit nog naar de bakker? Hoe moet ik ooit nog de deur uit? Hoe moet ik ooit nog naar een bruiloft? Naar de moskee? Ik haat je! Ik haat je! Jij bent mijn dochter niet! Dat kan niet! Jij verwende snotneus, je vader had je allang moeten temmen! Geen enkele dochter zou dit haar familie aandoen, geen enkele die een sterke broer of vader had voor wie ze bang was! Maar jij bent nooit bang, omdat je weet dat ze jou niks aandoen! Hadden ze dat maar wel gedaan! Ik haat je! Had ik maar een steen gebaard!' Ze krijst steeds wilder en wilder. Ze slaat me met al haar kracht, Halil kan de klappen maar voor een deel tegenhouden. Ze is sterk. Het doet pijn. Het doet ontzettend veel pijn. Haar woorden niet meer, die ben ik na zo veel jaar gewend, maar fysiek voel ik dat ik het niet lang meer uithoud. De tranen springen me in de ogen door de schop die ze me in mijn buik geeft, maar ik wil niet janken.

'Ik ga weg en jullie kunnen me niet tegenhouden. Ik ben volwassen, ik ben drieëntwintig. Jullie kunnen me niet opsluiten, het is geen Turkije hier,' zeg ik bijdehand. Dat is onhandig, want door deze uitspraak escaleert het verder, waarna oom Ali vol woede op me afkomt en Halil bijna op hem moet springen om hem nog te stoppen.

'Jij gaat niet meer door deze deur, tot je alles ongedaan hebt gemaakt,' zegt Moeder, terwijl ze naar de voordeur wijst. Ik zie in dat het niet gaat lukken om rustig een koffer te pakken. Die zullen ze me echt niet geven. Ze zullen me ook niet laten gaan. Spullen of niet, ik moet zien dat ik wegkom. Ik kan alles opnieuw kopen, als ik mijn telefoon maar heb, die zit in mijn broekzak. Ik moet weggaan. Weg, uit dit huis, uit deze straat, uit deze wijk, gewoon wég!

Ik snel naar de voordeur, maar ik word door iedereen geblokkeerd of ervandaan geduwd en getrokken. Vader trekt aan mijn arm. 'Je denkt toch niet dat je nog weg mag, je blijft hier! Tot het is opgelost! Je kan niet nu zo weggaan!'

Halil geeft hem gelijk. 'Lale, in godsnaam, zit op je kont verdomme en wacht tot iedereen rustig is! Blijf de komende weken even thuis. Misschien wel maanden! Je hebt een atoombom op de familie gegooid, denk je dat je nu weg kan gaan en iedereen zo achterlaten?' Ik kijk hem aan. Hij heeft rode ogen, zijn handen zijn bebloed en zijn haar zit door de war. Zijn overhemd is gescheurd bij zijn rechterschouder.

'*Wallaha**, ik ga mezelf doden. Ik wil niet meer leven! Ik kan dit niet aan!' schreeuwt Moeder en ze laat zich vallen in de armen van tante Canan. Het lijkt even alsof ze flauwvalt, maar dat is het niet.

'Nee!' hoor ik ineens. Het is mijn zusje. 'Ik wil niet zonder moe-

* Ik zweer het bij Allah.

der leven!' gilt ze. Ineens zie ik haar zitten, op de bank in haar roze beertjespyjama. Het is de eerste keer deze avond dat ik haar opmerk. Ik was haar door mijn eigen zorgen eerlijk gezegd totaal vergeten. Ze houdt twee kussens van de bank aan weerszijden van haar gezicht gedrukt. Ze is overduidelijk in paniek. Ik zie tussen de kussens haar grote bruine ogen, opgezwollen en rood van het huilen. Bang kijkt ze me aan. Al mijn spieren worden week. Ik voel mijn kracht en strijdbaarheid uit mijn lijf stromen. Tot nu was ik enigszins flink en manmoedig, maar dit beeld van mijn zusje breekt me totaal op. Ik heb niet het recht om een meisje van tien dit aan te doen. Zij zal morgen naar haar islamitische basisschool moeten, en in het weekend naar diezelfde Koranschool waar ik op nationale tv op had afgegeven. Zij moet zien te dealen met een leven waarin haar zus overal wordt uitgemaakt voor verrader, voor duivel, en ze zal lijden onder de repressie van haar ouders. Voor haar is het ook een breekpunt, deze dag. Een breekpunt met haar vorige leven. Vanaf nu zal niets meer normaal zijn. Iedereen zal het over mij hebben.

Ik besef ineens dat ze vanaf vandaag natuurlijk ook geen eigen identiteit meer heeft; die heb ik haar afgepakt. Ze zal nu voorgoed 'het zusje van' zijn. Ze zal overal verantwoording moeten afleggen voor mij. En het ergste: ze zal nóg strenger opgevoed worden dan ik. O mijn god... Wat heb ik gedaan? Ik wil als een hoopje puin door mijn knieën zakken en op de grond vallen, maar ik heb die luxe niet. *Nee, nee, nee! Man up! Grow some balls!* Ik bekijk later wel wat ik doe met Defne, dit is niet het moment. Ik moet mezelf weer moed inspreken, anders lukt het niet. Ik duw iedereen opzij en probeer keer op keer de voordeur open te krijgen en weg te gaan, maar de deur is op slot en ze gaan er steeds weer voor staan. Ik mag niet weg, zeggen ze. Ze duwen me steeds weer terug, maar ik geef niet op. Opgeven is geen optie meer. Bloed, zweet en tranen mag het kosten, ik móet hier weg. Dat is het enige wat ik zeker weet, wat elke vezel in m'n lijf schreeuwt: weg, weg, weg!

Bidden

Het lukt niet. Ik probeer al twintig minuten de voordeur open te krijgen en weg te gaan, maar iedereen bundelt de krachten om me binnenshuis te houden. Dit is vechten tegen de bierkaai. Het gaat zo nooit lukken. Ik moet een plan verzinnen. De politie bellen is geen optie, dan pakken ze meteen mijn telefoon af, nog voordat ik kan bellen. Ineens denk ik: de buren. We hebben Surinaamse bovenburen. Als ik nou keihard iets extreems roep, zoals: 'Help! Ik word vermoord!' dan horen ze dat geheid en kloppen ze natuurlijk aan. Op dat moment kan ik snel wegglippen, als de deur eenmaal open is. Ik moet dan wel echt knetterhard schreeuwen, met alle kracht in me; alleen dan zullen ze het serieus nemen en komen.

Ik verzamel alle kracht die ik nog heb in mijn lijf en schreeuw: 'Help! Ik word vermoord! Help! Ik word vermoord! Ze gaan me doodmaken! Help!' schreeuw ik, zo hard als ik kan, met hard gegil ertussen.

Vader drukt zijn hand van achter mijn hoofd hard op mijn mond. 'Niet doen! Niet doen!' zegt hij. Het doet pijn, maar ik geef niet op. Ik gil zo hard als ik kan, ook met gesloten mond. Dit móeten de buren echt wel gehoord hebben, als ze niet in een coma liggen. Het is een uur of drie 's nachts.

Mijn plan verloopt als gehoopt: er wordt hard op de deur geklopt.

'*Mi gado*, wat is hier aan de hand? In welke Turkse eerwraakserie zijn we beland? Doe open!' zegt de buurvrouw. Als ik niet in deze situatie zat, had ik erom kunnen lachen.

Vader doet open. Op dat moment zie ik mijn kans schoon en sprint ik zo snel als ik kan – ik voel mijn voeten niet eens meer – het trappenhuis uit. Binnen een paar seconden sta ik buiten. Ik heb geen tijd gehad om schoenen aan te doen, dus ik sta op huissloffen buiten.

'Lale! Lale! Moeder is flauwgevallen!' schreeuwt Halil me na. 'Kom terug! Moeder is gevallen!'

Ik hoor Defne heel hard gillen, ze zegt dat haar moeder doodgaat.

Nee, denk ik. Teruggaan is geen optie. Ik weet dat ik niets aan het doen ben wat de doodsoorzaak kan zijn van Moeder, dus ze zal het echt wel overleven. Maar ik niet meer, niet in dit huis.

Ik ren zo snel als ik kan de straat uit. En weer een straat uit. En weer. Vijf straten van huis voel ik me weer een beetje veilig, maar niet voor lang, ik moet opschieten. Ik moet ergens heen. Ik kan niet te lang in de buurt blijven, ze zullen me komen halen.

Maar waar moet ik in godsnaam heen? Ik heb nog maar zes procent aan batterij op mijn telefoon. Ik kan nergens opladen. Ik heb geen oplader bij me. Ook geen jas. En het is ijskoud.

Ik moet een slimme, tactische keuze maken over wie ik nu ga bellen. Iemand die sowieso opneemt. Iemand die sowieso een slaapplek voor me heeft. Wie kan dat in godsnaam zijn? Al mijn moslimvrienden, buurmeisjes en familieleden kan ik afschrijven, die gunnen me het licht in de ogen niet meer en leveren me uit aan mijn tribunaal thuis. Ik kan niet naar Freek, mijn ex, want die spreek ik nu al een jaar niet meer, en hij heeft een nieuwe vriendin. Ik kan ook niet naar mijn scharrel van de laatste tijd, want we hebben ons contact verbroken. Ik kan geen studiegenoten bellen, want die hebben allemaal kleine studio's, en ik heb niet echt een heel goede band met ze. Dan ga ik niet nu midden in de nacht bellen.

Ik kan niet naar een hotel, want ik heb geen pinpas of geld bij me, en mijn telefoon is tegen die tijd uitgevallen, dus online betalen gaat ook niet. Bovendien kan ik nu niet gaan googelen of rondbellen welk hotel plek heeft voor mij, want ik heb inmiddels nog maar drie procent batterij.

Ik kan Mai bellen, mijn uitgever, maar ik schaam me daar te erg voor. Dan moet ik die man uit zijn bed lichten omdat een van zijn schrijvers een nogal primitieve familie heeft. Het is alleen wel mijn beste optie, bedenk ik.

Ik kijk om me heen. Ik hijg van al dat rennen en moet even op adem komen. Ik heb zicht op het stadsdeelkantoor van Bos en Lommer. Voor de ingang wapperen een regenboogvlag en een vlag met drie rode kruizen.

Dat brengt me op een idee: ik moet de burgemeester bellen! Femke Halsema, juist! Die heeft me een week geleden nog bericht dat ik op haar steun kan rekenen, omdat ze had gehoord van mijn boek. Ze had me een appje gestuurd: 'Ik heb destijds ook voor Ayaan ingestaan. Ik weet heel goed hoe heftig dit kan zijn voor jou. Als je me nodig hebt, schroom niet, ik sta voor je klaar!'

Ik denk niet dat er nog een moment komt waarop ik haar meer nodig heb dan nu. Ik zoek haar nummer op in mijn WhatsApp. Ik wil net op het telefoonicoontje klikken als ik ineens de tijd zie op mijn telefoon: vier uur 's nachts. O god, ik kan toch niet de burgemeester bellen op zo'n tijdstip? Dat kan echt niet, denk ik even. Ik schaam me. Ik twijfel, maar ik krijg het steeds kouder, en dat maakt dat ik de beslissing neem.

Twee procent batterij nog, ik moet, dit is mijn beste optie.

Ik klik op bellen, zonder te veel na te denken. Mijn hart bonkt in mijn keel. Ik leg de telefoon tegen mijn rechteroor en sluit mijn ogen, alsof dat de schaamte helpt verminderen. De telefoon gaat een paar keer over, en dan krijg ik de voicemail.

Shit, denk ik. Niemand gaat natuurlijk nog opnemen. Wat een kansloze missie.

Ik voel me verslagen. Ik voel me hopeloos. Ik weet niet meer wat mijn opties zijn. Mijn brein is gestopt met werken. En ik heb het koud, ontzettend koud. Ik moet hoesten en niezen. Gelukkig is de straat helemaal leeg, want ik zou niemand kunnen verklaren waarom ik hier zo sta, in paniek, zonder jas, met sloffen aan en bloeddoorlopen ogen.

Ineens zie ik mijn beeldscherm oplichten.

'Femke Halsema' staat er.

Halleluja! wil ik bijna uitbrengen. Ik neem snel op.

'Hallo, Lale?' vraagt een verwarde, slaperige stem.

'Mevrouw Halsema, het spijt me enorm, sorry voor het storen, maar ik heb nu geen andere optie dan u bellen en om hulp vragen. Ik heb nog maar een paar procent batterij, dus ik moet snel zijn en het kort houden, sorry, maar ik ben zojuist gevlucht uit huis en ik heb een slaapplek nodig voor vannacht, maar ik heb geen geld bij me. Weet u misschien een veilige plek waar ik naartoe kan, alstublieft?' vraag ik.

'Ehm...' zegt ze.

M'n hart gaat steeds sneller kloppen. Ik hoop zó erg dat ze me helpt.

'Ik weet wel een adres. Ga daar maar heen. Kun je een taxi vinden of zo? Dan zeg je tegen de receptie dat je via mij komt, ik houd ze op de hoogte dat jij eraan komt, ik ga ze zo bellen. Zeg maar tegen ze dat ze de taxi voor je moeten afrekenen, dan praten we morgen verder. Wat rot voor je allemaal, goed dat je me hebt gebeld!' zegt ze.

'Bedankt!' zeg ik. Ik ben nog nooit iemand zo dankbaar geweest.

Ik ren naar het dichtstbijzijnde station, Sloterdijk, neem een taxi, die staan daar altijd te wachten, en geef het adres dat ze tegen me zei.

Twintig minuten later ben ik er. De receptie geeft me de sleutel van een kamer.

Als ik eindelijk op het bed in mijn hotelkamer zit, lijkt het alsof mijn lichaam voor het eerst deze nacht niet meer onder hoogspanning staat. Al voor ik naar *Op1* ging, sinds ik had gehoord dat ik daar ging zitten, ben ik alleen maar gespannen geweest.

Ik leef nog. Ik heb het overleefd. Ik ben veilig. Ik ben dankbaar.

Ik ben zo dankbaar dat ik bijna wil bidden.

Onderduiken

Ik staar voor me uit. Ik voel me verlamd. Het gevoel herken ik van toen ik de relatie met Freek uitmaakte, op wie ik nog verliefd was, maar met wie ik de geheime relatie na drie jaar niet meer kon volhouden, omdat mijn ouders me zo in mijn nek hijgden. Maar ik had dit ook toen Oma op haar sterfbed lag en ik wist dat het haar laatste ademhalingen waren, die steeds onhoorbaarder en onzichtbaarder werden en met steeds grotere tussenpozen kwamen. Ik zag machteloos toe hoe de kanker in haar lichaam haar licht doofde.

Het gevoel lijkt ook op de angst die ik voelde toen ik nog thuis woonde en een zwangerschapstest deed nadat ik al drie maanden niet had gemenstrueerd, toen bonkte mijn hart ook in mijn keel. Het gevoel van machteloosheid, radeloosheid; alsof iemand zojuist een verlammende injectie in je nek heeft geprikt die de kracht uit al je spieren zuigt. Het gevoel dat je veel meer vragen hebt dan antwoorden, het gevoel dat je weer kind bent en een groter iemand nodig hebt die je hand vastpakt om voor je te zorgen en een pad voor je uit te stippelen. Maar dat kan niet; ik ben geen kind en ik heb al helemaal geen groter iemand die mij dit uit handen neemt. Ik moet het zelf doen. Dan kunnen er in feite twee dingen gebeuren: je komt er goed uit of je gaat ten onder. En aangezien ik dat laatste absoluut niet wil, ga ik verdomme maar even mijn best doen om mezelf te herpakken. Ik moet wel.

Hier zit ik dan, in een studio op het Marineterrein van Amsterdam, omringd door plastic zakken van allerlei winkels met mijn nieuwe spullen erin, alles door elkaar: pyjama's, schoenen, sokken, bloesjes, een handdoek, tandenborstel, deodorant en mascara. Dat heb ik gisteren allemaal gekocht, omdat ik geen spullen heb kunnen meenemen toen ik uit huis vluchtte.

Hoelang zou ik hier dan mogen blijven? Ik heb geen idee. Ik ben verstoten en heb geen thuis meer. Dat is niet binnen een paar dagen opgelost. Ik wil echt niet iemands leven of woonruimte oncomfortabel maken door ineens aan te kloppen, dus ik moet snel iets zien te vinden.

Burgemeester Halsema had enkele dagen voor het voorval nog gezegd: als je iets nodig hebt, ik ben er voor je. Ik weet dat iedereen dat altijd zegt en dat je het niet altijd heel letterlijk moet nemen, en dat het ook niet per se betekent dat iemand dan ook meteen een huis voor je wil regelen, maar ik had geen keuze.

Ik herbeleef de nacht waarop de pleuris uitbrak steeds. Het beeld raast door mijn hoofd dat mijn moeder, blind van woede, dingen naar me gooit en ik mijn hoofd bedek met mijn armen, en haar hoor schreeuwen tegen Vader: 'Sla haar tanden uit haar mond! Wat voor man ben je nou? Ga je dit allemaal pikken van haar? Allemaal door jou, doordat je haar nooit een lesje leert! Doordat je weigert haar kort en klein te slaan! Je bent je kloten niet waard!'

Ik trok het niet meer. Het was te krankzinnig. Te gestoord.

De kamer waar ik me in bevind is heel klein. Je hebt er een bed, wc, douche, een tafel, stoel, lampje, een miniwaterkoker en een klein kastje voor je kleding. Je kunt er niets in hangen, alleen in stapels kan er wat gevouwen kleding in. Er is geen fornuis of oven, ook geen diepvries. Wel een minikoelkast, zoals in hotelkamers.

'*Welcome Ms Gül, this is your room for the upcoming three weeks. After that, you can move to a slightly bigger room if you want. If you're going to stay a long time, it will be better to move, because this room is very tiny*,' zegt een lange man met een staart en een Italiaans uiterlijk. '*I am Guillaume, nice to meet you.*'

Frans dus.

'*Here's my number if you need anything.*'

Ik bedank de meneer en sla zijn nummer op.

Normaliter zitten hier bedreigde schrijvers uit het buitenland, begreep ik. Nu zit ik hier: een bedreigde schrijver uit Amsterdam. Dat zul je niet vaak horen, uit de *city of freedom*.

De eerste weken moet ik er erg aan wennen dat ik niemand meer spreek van mijn familie. Het is zo dubbel. Ik weet niet of ik nou boos, verdrietig of blij moet zijn.

Eindelijk ben ik vrij, mijn boek wordt bewonderd en ik heb een veilige slaapplaats gekregen. Ik kan eindelijk het leven beginnen dat ik zo graag wilde. Ik kan koffiedrinken en eten met schrijvers, ik kan vrienden uitnodigen, uit eten gaan, laat thuiskomen, me kleden hoe ik wil, ik kan daten, ik kan doen en laten wat ik wil. Waarom voelt het dan toch niet goed om dat allemaal te doen? Alsof ik het mezelf verbied. Mijn familie is echt fucking boos, woedend, ziedend, maar ze zijn ook terneergeslagen en verdrietig. Vooral mijn zusje heeft eronder te lijden. Dan kan ik moeilijk genieten en leuke dingen ondernemen, als ik weet wat voor vuurzee er thuis gaande is. Door mij.

Mijn vader en zelfs zíjn vader worden geweerd uit de moskee, heeft mijn broertje boos geappt. Want ja, hoe konden ze nog zo schaamteloos rondlopen als hun (klein)dochter op tv en in haar verdorven boek zat te verkondigen dat ze niet meer geloofde in de islam?

Ik kan het u niet genoeg zeggen: in islamitische culturen ben je nooit een individu, je bent altijd een verlengstuk van je familieleden. Ik van hen, zij van mij. Dus je wordt ook nooit individueel beoordeeld. Als ík de islam verliet en er een boek over schreef, was dat schandalig voor mijn ouders en familie. Zij hadden dan gefaald in de opvoeding. Het kon absoluut geen andere reden hebben. Ik kon dat niet voor mezelf bedacht hebben of zo, en al helemaal niet als vrouw, want die denken niet na voor zichzelf. Dat ging er bij niemand in.

Mijn moeder gaat sowieso niet meer naar de moskee. Of de bakker, of de slager, of de markt. Nergens komt ze meer, heb ik me laten vertellen door Halil. Ze heeft zich opgesloten in huis, en dit kan nog maanden, misschien wel jaren duren. Ze is er fysiek ziek van geworden. Alles wat ik over haar schreef heeft ze vertaald gekregen van een nichtje dat mijn boek had gelezen. En Defne op de islamitische school in Bos en Lommer heeft een zus die een vijand van Allah is.

Als ik aan haar denk, voel ik dat mijn lichaam het verdriet fysiek niet meer aankan, wetende dat zij, vanaf nu, in het komende decennium van haar leven, nog veel minder vrijheid zal hebben dan ik. En gedoemd zal zijn om in ieders ogen het zusje van Lale Gül te zijn.

Ik heb het voor haar verpest. Mijn ouders zullen er álles aan doen om een tweede Lale te voorkomen. Sowieso zit ze al op een islamitische basisschool, terwijl ik op een openbare school zat en alleen in het weekend naar een Koranschool ging. Zij gaat naar allebei en hoort dus elke dag, zeven dagen per week, aan wat de absolute 'waarheid' is.

Ik heb mezelf en enkele lezers van mij de vrijheid gegund door een boek te schrijven, maar hoe moet ik nu rustig en vredig verder leven met wat ik op mijn geweten heb?

Niemand heeft erom gevraagd in mijn boek, of in interviews op tv of in de kranten besproken te worden. Ik heb niemand toestemming gevraagd. En ik denk als schrijver het recht te hebben om bestaande personen om te smelten tot personages in mijn boek, dat door duizenden mensen gelezen en besproken wordt, waar iedereen een mening over heeft, waar iedereen een zwaar oordeel over heeft. Ik heb altijd gedacht: dat is mijn recht. Want het is míjn verhaal. Maar ik begin steeds meer te twijfelen. Is dat wel zo?

Halil wordt op zijn stage, in zijn werkgroep en op zijn studievereniging op mij aangesproken. Hij vindt het 'fucking irritant'. 'Iedereen denkt dat onze ouders monsters zijn! En jij een held!' zegt hij.

Mijn zusje wordt in de moskee uitgejoeld door vriendinnen. 'Jouw zus zegt op tv dat Allah slecht is... Zij is bezeten door de *shaytaan**, en dat allemaal voor een beetje bekendheid en aandacht van witte Nederlanders.'

Op school wordt ze gepest omdat haar zus 'een mattie van Geert Wilders en Ebru Umar' is geworden. 'Ik hoop dat ze vies wordt aangepakt,' hebben jongens in de klas gezegd. 'Dat zal haar leren.'

Ik weet niet wat ik met al die emoties moet. Het gevoel van spijt, vertwijfeling, woede, verdriet, maar ook eenzaamheid. Ik krijg onlinesteunbetuigingen en zelfs handgeschreven brieven opgestuurd naar de uitgeverij, van mensen uit het hele land die mij een held vinden. Maar waarom voel ik me dan geen held? Zou een held wel zo veel leed veroorzaken bij familieleden? Ik weet het niet.

Het is een zak met stenen die ik elke dag op mijn rug moet dragen, ik kom er niet van af. Ik zoek mijn toevlucht in het verdoven. Maandenlang doe ik elke dag hetzelfde: niet meer naar buiten gaan, alleen als het hoogstnoodzakelijk is, non-stop Netflix-se-

* Duivel.

ries kijken, een fles wijn drinken en zo veel mogelijk vet- en suikerrijk eten bestellen. Wel met een neppe naam, aangezien de meeste bezorgers in Amsterdam islamitisch zijn. Bij de notities van Thuisbezorgd schrijven dat ze het voor de voordeur mogen neerzetten en altijd van tevoren online betalen.

Tijdens die eerste dagen op het Marineterrein heb ik contact met de minister van Justitie en Veiligheid, Dilan Yeşilgöz. 'Gaat het goed? Heb je iets nodig? Voel je je veilig? Je kan me altijd bellen!' appt ze me.

'Ik wil aangifte doen van bedreiging, kan ik misschien een contact krijgen bij de politie bij wie dat vanaf nu kan?' vraag ik.

Dat kan. Er wordt me meteen een nummer gestuurd. 'Agent Tom', sla ik op.

De langverwachte steun

Een maand na de familiebreuk heb ik alle nummers geblokkeerd waarvan ik stress kreeg, en nummers die ik niet ken neem ik gewoon niet op. Mijn adres heb ik met niemand gedeeld.

Ik heb net mijn eerste huisbezichtiging gehad van een appartement dat ik mogelijk wil huren, net buiten Amsterdam. Als ik mijn kamer op het Marineterrein binnenloop, zie ik een bericht van Yasemin, mijn nichtje van twintig. Ze is de dochter van een oom van moederskant.

Ondertussen is de hele familie ervan op de hoogte wat er in mijn boek staat, men heeft het ofwel zelf gelezen, of het iemand laten vertalen voor ze. Zo ook mijn ouders en mijn broertje. Sindsdien zijn ze alleen maar bozer, kwader, woedender en meer in shock dan ooit tevoren. De nacht na *Op1* is er niks bij. Ze schelden me elke dag uit en wensen me elke dag dood, hoor ik via Defne op WhatsApp, stiekem, want ze mag geen contact met me hebben.

'Heb je tijd om even koffie te doen?' appt mijn nichtje. 'Ik zit bij de Starbucks op station Sloterdijk. Ik zou je graag willen spreken,' typt ze.

Met Yasemin had ik altijd goed contact. Ze is aardig en intelligenter dan de rest van de familie, ze studeert tandheelkunde aan de VU.

Ik heb geen idee wat ze van dit alles vindt. Eigenlijk ben ik daar wel benieuwd naar. Zou ze me daarom uitnodigen voor koffie? Om haar steun te betuigen? Wie weet. Dan zou ze de allereerste zijn uit de hele familie, want de rest heeft me overladen met berichten vol afkeer en gescheld op al mijn socialemedia-accounts, ook de familie uit Turkije. Allemaal in soortgelijke bewoordingen, alsof ze bij elkaar afkijken voor ze me berichten. Ze komen niet verder dan uitspraken als: 'Je bent een grote schande', 'Onze eer is geschaad', 'Onze achternaam heeft een schandvlek', 'Ik durf niet meer te zeggen dat je mijn familielid bent' en 'Welke gek gaat er nou op tv slecht praten over geloof en familie?'

Bla, bla, bla.

Het zou zomaar kunnen dat Yasemin de enige is die me begrijpt. Dus ik besluit naar haar toe te gaan. Ik kan wel wat emotionele steun gebruiken, eerlijk gezegd.

Al bij binnenkomst zie ik haar zitten met haar zwarte hoofddoek en een groene sjaal om. Ik ga bij haar zitten. Normaal geven we elkaar drie zoenen, maar ze staat niet op, dus ik doe ook geen poging.

'Hé,' zeg ik maar.

'Hi,' zegt ze, zo zacht en emotieloos als maar kan.

'Hoe gaat het?' vraag ik maar.

'*Cut the crap*,' zegt ze.

Oké dan.

'Ik ben hier om te zeggen dat het superslecht gaat met tante Ayse,' zegt Yasemin beschuldigend. 'Ze gaat meerdere keren per week naar het ziekenhuis en naar de huisarts voor allerlei klachten. Ze heeft het steeds over zelfmoord.'

Dit gaat over Moeder, en dit had ik ook al van Halil en Defne gehoord.

'Ze zegt dat alleen Allah haar nog tegenhoudt om zelfmoord te plegen, omdat het een grote zonde zou zijn,' zegt Yasemin, ineens met traanogen. 'Ik maak me erg veel zorgen om haar, dit verdient tante niet.' Nu loopt er echt een traan over haar wang.

Ik weet niet wat ik moet zeggen. Ik voel me sowieso lamgeslagen. Ik heb te maken met doodsbedreigingen in mijn inbox en moet vrijwel elke dag aangifte doen, de pijn om Oma is nog vers, en dan nog het verdriet en de angst om Defne, de haatreacties van zowat de gehele moslimgemeenschap die ik over me heen krijg online en de interviewaanvragen die blijven binnenstromen bij mijn uitgeverij, wachtend op een antwoord van mij.

Ik moet een huis vinden, ik kan niet óveral over nadenken, het is te veel. Mijn brein voelt aangebrand aan.

Wat wil ze nou van mij? Alsof ik wil dat Moeder zelfmoord pleegt? Alsof ik wil dat Defne elke dag moet huilen daardoor? *What the fuck?* Is het dan allemaal alleen maar mijn schuld? Waarom zegt niemand hoe belachelijk het is dat ze zelfmoord wil plegen, of dat zegt in de nabijheid van mijn zusje, en komt iedereen naar mij? Hoe moet ik dit nou oplossen?

'Het doet mij ook verdriet om dat te horen. Ik wil dat niet, ik heb dat nooit gewild. Ik wilde gewoon een boek schrijven,' zeg ik maar.

'Maar Lale!' zegt ze ineens intens gefrustreerd. 'Dit is zo dom wat je nu zegt! Dit kán je toch niet menen? Hoe bedoel je, gewóón een boek? Wij zijn toch geen witte Nederlanders?! Sinds wanneer schrijven wij boeken waarin we familie en geloof beledigen? Wie of wat heeft dat ooit gedaan in onze cultuur? What the fuck, Lale! Lul niet zo stom! Je wist donders goed dat dit de gevolgen zouden zijn! En toch heb je het gedaan! Hoe dan? Denk je dan niet na? Denk je alleen aan jezelf of zo? Ben je een narcist? Waarom waan je je een witte Nederlander? Waarom denk je dat je het recht hebt om dingen te doen die anderen kapotmaken in onze cultuur? En waarom speel je nu de vermoorde onschuld, omdat het "maar een boek" zou zijn? Heb je het wel gelezen voor je het publiceerde? Dat vroeg ik me af terwijl ik het las! Je bent gestoord!'

Ze heeft het gelezen.

Ze klinkt zo urgent, woedend en gefrustreerd dat ik even de kluts kwijtraak. De rest van het café kijkt naar ons, zie ik. Sommigen draaien zich zelfs om.

'Waarom doe je dit?' zeg ik verward en half fluisterend.

'Tante Ayse zei laatst, waar Defne bij was, dat ze hoopt dat je een erge vorm van kanker krijgt, zodat je voelt hoe sterk Allah is, als straf voor je beledigingen. Daar is Defne nu nóg mee bezig, met die uitspraak! Je bezorgt je zusje een trauma! Ze is pas tien, hè! Denk je dan ook niet aan haar!?' vraagt ze ernstig. Ze wappert wild met haar handen tijdens het praten.

Ik voel diepe teleurstelling en pijn. Veel pijn.

Ik kwam hiernaartoe met de hoop dat er iemand uit de familie was die mij zou begrijpen, maar ik had me totaal vergist. En nu zat ik hier, als een sukkel, dit gezwets aan te horen van iemand die een primitieve, achterlijke denkcultuur verdedigt, in plaats van haar energie in te zetten voor mij, voor míjn kant van het verhaal, voor de kant van de vrijheid.

Dat is immers een keuze, om je in te zetten voor onvrijheid, om je in te zetten om de boodschapper met een dissidente mening te stenigen, zoals iedereen om je heen. Dat is de allermakkelijkste weg. Geen haar onder haar strakgespannen hoofddoek denkt dat ze naast mij moet staan. Zelfs bij haar ontstaat dat idee niet, iemand die geboren is in Nederland en naar een openbare school is gegaan. Iemand die de hersenen heeft om een academische opleiding te volgen, als een van de weinigen uit de familie. Iemand die ervoor kan kiezen om een ander standpunt in te nemen dan de rest. Ze hóeft niet mee met de kudde, ze kan beter weten, niemand luistert nu immers mee met ons, ze kan me stiekem een hart onder de riem steken. Maar dit is het kamp dat ze kiest. Ze bombardeert mij liever tot ophitser en narcist die geen rekening houdt met anderen, praat mij liever aan dat ik mijn zusje een trauma wil bezorgen en mijn moeder dood wil hebben, dan dat ze de anderen aanspreekt op hun neiging om mijn leven te willen controleren en mij kanker toe te wensen. Om mijn boek te willen verbieden. Om mij geweld aan te willen doen en dood te wensen.

Wat is dit voor verdomde wereld? Waarom ben ik verplicht de wereld te delen met bekrompen en domme mensen? Wat doe ik hier in godsnaam?

Ik doe mijn tas weer om, leg een briefje van twintig euro op tafel, sta op en ga ervandoor. Ik ren nog net niet, weg hier.

Weg van de eeuwige domheid. De wereld van de vrijheid in, waar ik hoor. De wereld van de denkers, de schrijvers en de kunstenaars. In die wereld is niets te gek.

Hier kunnen ze alleen maar janken en moord en brand schreeuwen om alles, en alles overdrijven. Het is zo'n belachelijk kleine, saaie wereld. Bah.

Ik wil weer ademen. Ik wil tussen de vrijdenkers zitten. Ik snak ernaar.

Nooit meer begeef ik me in deze onvrije wereld, beloof ik mezelf.

Middelbare school

Hoezeer ik mijn oude, bekrompen wereld ook achter me probeer te laten, alles in Amsterdam roept herinneringen op. Ik fiets langs mijn oude middelbare school, het Hervormd Lyceum West. Het kostte me moeite om op deze school te komen destijds. Niet vanwege mijn Cito-score of mijn ondermaatse gedrag, maar door mijn ouders. Moeder wilde per se dat ik naar de vmbo-school ging waar de dochter van de buurvrouw naartoe ging. Fatma had Moeder verteld dat haar dochter op een heel goede school zat met voor het overgrote deel moslimleerlingen en Turkse en Marokkaanse docenten, 'heel goed' dus. Bovendien was die school dichtbij en zaten er ook een paar neven en nichten van mij op, dus die konden mij beschermen als me wat overkwam en toezicht houden, zodat ik niets geks uitvrat, dat was het idee.

Op het HLW zat niemand van mijn familie. Ik legde moeder vergeefs uit dat ik een andere score had dan alle andere familieleden en Fatma's dochter, dat ik naar een school moest met een vwo-klas en dat zij naar het vmbo gingen.

Ze snapte er uiteraard niets van, ze dacht dat ik de boel belazerde, zodat ik naar een school kon waar ik kon uitvreten wat ik wilde zonder toezicht. Ze vertelde het aan Fatma. Die was verontwaardigd, want ze vond dat haar dochter juist het hoogste niveau deed dat er bestond en dat ik uit mijn nek lulde. Dat die school gewoon heel goed was en dat haar dochter zo slim als gif was – dat is een Turks gezegde – en al helemaal slimmer dan ik, dat stond buiten kijf, want ik was niet zo spraakzaam, introvert, durfde niets, was niet assertief genoeg, volgens haar. Dat was toch duidelijk? Moeder moest haar geloven, niet mij. En haar dochter onthield alles, wist overal wat van, kwam altijd met goede cijfers en de leraren prezen haar. Mijn verhaal kon niet kloppen.

Moeder stond erop dat ik ook naar die school ging, ze verplichtte me dat ik me daar inschreef. Ik wist niet wat ik moest, dus ik besloot mijn meester in groep 8 hierover in te lichten. Die legde in simpel en theatraal articulerend Nederlands aan Vader uit dat het niet kon dat ik met een vwo-score naar een vmbo-school ging. Vader doorgrondde de zaak gelukkig sneller dan Moeder en zei: 'Schrijf je maar in op het HLW.'

Op dat moment wist ik niet dat deze gebeurtenis symbool stond voor de rest van mijn levensloop en de relatie met mijn ouders. Want het is altijd in die exacte volgorde gegaan; ik had een volstrekt normale wens, die werd belachelijk gevonden en er werd me iets anders opgelegd, ik ging in protest en het enige wat ervoor kon zorgen dat ik mijn zin kreeg was het feit of ik ze kon overtuigen, ja of nee. Dat was soms het geval, maar veel vaker niet.

Dat was ook de reden dat ik het schrijven van mijn boek geheimhield. Dagen, weken, maanden zat ik achter mijn laptop in het diepste geheim. Ik wist dat ik die strijd sowieso nooit zou winnen. Soms verlang ik terug naar die tijd, toen het verhaal nog alleen van mij was.

Ik ga leven

Ik zat met Benjamin, mijn eerste scharrel na mijn relatie met Freek, op de bank. Voor ons stonden twee kommen kippensoep. Ik had een recept ontdekt waar je je vingers bij aflikt. Eerst bak ik de kippendijen met kruiden in een pan. Vervolgens leg ik die apart in een bord en fruit ik wat ui, blokjes tomaat, knoflook, winterpeen en aardappel in de pan. Dan voeg ik de kippendijen in hele stukken toe en doe ik er kokend water bij. Na een tijdje haal ik de kippendijen eruit en pluk ik ze met twee vorken uit elkaar. Dan doe ik ze terug in de soep, samen met een bos verse koriander, bosui, een handje vermicelli, zout, peper, paprikapoeder en cayennepeper. Ik serveer het met citroen.

Hij had me gevraagd of ik dit voor hem wilde maken, voordat hij thuiskwam van zijn werk. Hij was arts-assistent, dus er ging geen dag voorbij waarop hij niets te vertellen had aan tafel. Ik verbaasde me elke keer weer over de meest krankzinnige en heftige ziektes en operaties van mensen. Zo was er eens een man die een vibrator in zijn anus had geduwd, per ongeluk, en die kreeg hij er niet meer eigenhandig uit. Een vrouw had een heel andere persoonlijkheid gekregen door een afwijking in haar brein, waardoor ze extreem agressief was geworden en haar familie zich geen raad wist met haar.

Het werkte erg relativerend voor mijn gemoed, want dan besefte ik dat mijn problemen niet het einde van de wereld waren, al voelde het af en toe wel zo. Het is goed om te weten, hoe raar dat ook is, dat mensen het veel beroerder kunnen hebben, omdat je de lat dan lager kunt leggen om je tevreden te voelen.

Ik had Benjamins huissleutels, die had hij een tijdje terug aan me gegeven, zodat ik bij hem rustig kon schrijven aan mijn boek. Thuis had ik weinig rust door alle drukte en de visite die er komt. Dan weer familieleden, dan weer buurvrouwen, en anders werd er wel schreeuwend gevideobeld met familie uit Turkije. Mijn ouders dachten volgens mij dat een telefoon niet in staat was om normaal geluid te transporteren naar een gebied dat zo ver weg ligt, dus schreeuwden ze hard om zichzelf verstaanbaar te maken. Of misschien gingen de oren van mijn oma in Turkije achteruit, dat kan ook. Ik weet het niet, want ik sprak ze eigenlijk nooit meer. Elke keer dat mijn moeder me vroeg aan de telefoon te komen om mijn familie in Turkije te begroeten, deed ik mijn kamer op slot en riep ik naar de woonkamer dat ik aan het studeren was en daarom niet onderbroken kon worden. Of ik was niet thuis. En als ze mij belden, nam ik gewoon nooit op. Op WhatsApp reageerde ik allang niet meer.

Dat deed ik niet omdat ik mijn familie haatte of geen gesprek met ze wilde voeren of onaardig wilde zijn, helemaal niet, maar er waren een aantal gevoeligheden ontstaan bij mij in de laatste jaren en vooral maanden. Ik kon me enórm ergeren als bepaalde onderwerpen aan bod kwamen, en kon dan ook niet meer normaal en vrolijk reageren en dan had ik meteen een slecht humeur de rest van de dag, of zelfs de week. Het nam al mijn energie weg. Dus vermeed ik alles en iedereen in zijn geheel, om mezelf te beschermen.

Wat mij zo ergerde aan in feite elk gesprek met welk familielid dan ook, of het nou in Turkije was of hier in Nederland, was de desinteresse in mijn échte leven en échte gevoelswereld.

Wij hebben in onze cultuur heel veel taboes en heel veel zaken die een zonde zijn, dus je moet heel berekenend zijn als je een informeel dagelijks gesprek aanknoopt. Je kunt nooit écht vertellen hoe het gaat, waar je mee zit of wat je ergens van vindt, want er is een ongeschreven regel: je speelt altijd mooi weer naar buiten toe, en houdt zoveel mogelijk voor jezelf, al helemaal als dat problemen zijn.

Bovendien hadden ze vaak geen boodschap aan mijn antwoorden, want de vraag 'Hoe gaat het?' werd bijna altijd gevolgd door vragen waar ze écht geïnteresseerd in zijn: wanneer ik zou gaan trouwen, wanneer ik weer ging beginnen met vijfmaal per dag bidden, waarom ik mijn hoofddoek had afgedaan, en wanneer ik kinderen wilde krijgen, omdat de tijd tikte. Vooral als jonge vrouw heb je louter te maken met vragen als dit.

Bijvoorbeeld: stel, een oom of tante vroeg hoe het ging, dan wilde ik soms zeggen: 'Ja, gaat wel, maar ik kan nu echt een wijntje gebruiken.' Maar dat kon je niet zeggen, want wijn is verboden.

Of: 'Het gaat niet zo goed, ik heb ruzie gehad met mijn vriend' kon je ook niet zeggen, want een vriend hebben mag niet.

Of: 'Ja, gaat wel, maar ik heb echt geen zin in dat gebed in de moskee of het vasten in de ramadan met dit weer' ging ook niet, want dat zijn heilige zaken.

Of: 'Ja, gaat wel, maar ik heb enorm veel moeite met het vak statistiek op de uni' kon je ook niet zeggen, want dan kreeg je waarschijnlijk een antwoord als: 'Ach ja, vrouwen horen zich ook niet bezig te houden met studeren en boeken', of 'Ach, wat maakt het uit, dan stop je gewoon met school en zoek je een man die je verzorgt', of 'In mijn tijd stresten we om heel andere dingen, zoals of er wel genoeg te eten was, of er genoeg hout was voor de kou en de kinderen die opgevoed moesten worden, en jullie zitten er op je vijfentwintigste warmpjes bij, er wordt eten gemaakt door je mama, huur betaald door je papa, en jullie enige zorg is school. Wees blij!'

Echt van die kutantwoorden waar ik dus niets mee kon, behalve lachen als een boer met kiespijn en zo snel mogelijk weg willen uit het tergende gesprek.

Begrijpt u me niet verkeerd, ik vind het prima als ze steeds alles willen vergelijken met hun eigen agrarische leven in de bergen van Turkije vroeger, maar het is zo vervelend als dat al-tijd zo gaat. En het helpt zo weinig. Ik heb sowieso moeite met oppervlakkige gesprekken die nergens over gaan, ik heb daar geen talent voor, en al helemaal niet met familieleden.

Bovendien konden ze het nooit laten om een vreselijk irritante opmerking te maken over mijn uiterlijk. Vooral vanaf het moment dat ik geen hoofddoek meer droeg werd ik er dood- en doodmoe van dat het daar altijd over moest gaan.

'Ben je er trots op dat je er zo bij loopt?' vroeg mijn oma uit Turkije toen we voor het laatst gingen facetimen. 'Moet je zien, geen hoofddoek, lipgloss, mascara, moge Allah ons behoeden!'

Tja, dan vragen ze er ook om dat ik niet meer met ze wilde praten. Daarom zat ik die dag weer op de bank bij Benjamin. Zijn huis was in die tijd mijn toevluchtsoord geworden. Ik had het idee dat hij me begreep, maar soms ook niet. Uiteindelijk hadden we een heel andere achtergrond.

Toch voelde ik de ruimte om mijn hart te luchten. 'Het pijnlijke voor een vrouw, in tegenstelling tot een man, is dat de hele familie verwacht dat jij de islamitische traditie gaat voortzetten en een moeder wordt die het geloof doorgeeft aan jouw toekomstige kinderen, omdat de moeder meestal veel meer tijd met de kinderen doorbrengt dan de vader. En soms weet je van jezelf: dat ga ik nooit zijn, ik zal daar nooit in meegaan,' zei ik zuchtend.

'Ja, die last draag je dan zo erg als vrouw, want daar sta je met je filosofie, je hang naar vrijheid en je scepsis over de cultuur en religie waar niemand op zit te wachten. Mannen met dezelfde ideeën ervaren hooguit wat spanning en krijgen verwijten, maar ze komen er uiteindelijk altijd wel mee weg, ze worden niet verstoten. Een vrouw wordt agressiever bejegend. Het is emotioneel een stuk pittiger voor de familie én de vrouw, dat hele afvalligheidsgebeuren en de wens een vrij leven te leiden, omdat het nog niet vaak voorkomt en men het ziet als een schande. Het is traumatischer,' zei Benjamin, terwijl hij gretig van zijn kippensoep at. Hij had honger na zo'n lange werkdag, maar ik had totaal geen eetlust.

'Waarom bestaat het patriarchaat? Waarom zijn religies pro patriarchaat? Weet jij het?' vroeg ik.

'Omdat de vrouw gecontroleerd en in bedwang gehouden moet worden, zij moet geconditioneerd worden om haar man en gezin te dienen en die religie voort te zetten bij de nieuwe generatie,' zei hij. 'Omdat vrouwen het ankerpunt zijn. Vrouwen baren de kinderen en voeden ze op. Ze spenderen meer tijd met de kinderen dan wie ook. Stel nou dat islamitische vrouwen ineens, net als westerse vrouwen, massaal op hun eigen geluk en vrijheid gaan focussen en gelijke rechten en plichten gaan eisen. Dat zou een ramp zijn voor de mannen, die heel goed gedijen in dit systeem. Dan betekent het ten eerste dat de vrouw op elk moment weg kan gaan. Weg bij haar man, weg bij haar gezin, weg bij haar schoonfamilie, op het moment dat ze slecht wordt behandeld, ongelukkig is of het niet meer ziet zitten. Dan heb je niet meer een vrouw die je bezit en die thuis altijd op je wacht met een bord eten, een schoon huis en een lichaam waar je je seksuele behoeftes mee kunt bevredigen, of ze nou wil of niet, zoals het bijna overal gaat in de onvrije wereld, buiten het Westen. Als je de vrouw vrijlaat, moeten mannen ineens elke dag hun best doen om haar te behouden, anders gaat ze haar geluk bij een ander of iets anders zoeken. Je zult de taken in huis een beetje moeten verdelen, je moet haar goed behandelen, je moet aardig zijn, je kan niet meer van haar eisen dan dat je zelf doet. Dat willen die mannen gewoon niet verliezen, die machtspositie, want het is comfortabel. Dat is mijn bescheiden verklaring,' zei Benjamin.

Ik knikte. Dat zou zomaar zo kunnen zijn.

'De meeste Turkse vrouwen die ik ken hebben inderdaad alle taken binnenshuis, alle taken met de kinderen én ze werken ook nog eens vaak in de schoonmaak of bij een bakker of zo. Een westerse vrouw zou die rolverdeling niet pikken. Tja, de hele geestelijkheid is ook man. Alle profeten zijn man. Als ze naar God verwijzen, zeggen ze Hem, niet Haar. Of dan zeggen ze God de Heer. Hoe duidelijk wil je het hebben dat dit allemaal verzonnen is door mannen die vrouwen onder controle willen houden?' vroeg ik.

'Ja... Ik snap je punt, maar je moet niet vergeten dat het niet voor niets is dat die rolpatronen zo waren, eeuwenlang; en dat werkte,' zei hij. 'En bovendien: een man zijn was vroeger ook geen pretje, hoor. Als er oorlog was, moesten de jonge mannen met dromen en ambities naar het front, de dood tegemoet, vaak voor een zinloos doel. Niet de vrouwen. En de mannen waren verantwoordelijk om voor de kost te zorgen, terwijl vrouwen in een warm huis relaxten met de kinderen. Dat is ook religie, zorgen voor je gezin. Vergeet dat niet. Als jij later in bed ligt met je man, en ik hoop natuurlijk dat ik dat ben, en je hoort 's nachts geritsel, ga je hem porren om eens even beneden te kijken wat het is, je gaat niet zelf. Een mannenleven is vaak niet zoveel waard als dat van een vrouw. Als jij ooit met je gezin op straat komt te staan of financiële problemen hebt en geen eten kunt betalen, wie wordt er dan op aangekeken, jij of je man? Bijna iedereen, jijzelf ook, zal de man erop aankijken. Op de Titanic mochten niet voor niets de vrouwen als eerste in de reddingsbootjes, daarna pas de mannen, was er nog ruimte geweest. Een man is nou eenmaal de *provider* en beschermer. En dat is een moeilijke taak, want als je erin faalt, vindt niemand je meer een echte man.'

'Ja, ik weet niet wat erger is,' zei ik. 'Zelf als soldaat doodgaan of moeder zijn van een of meerdere soldaten die doodgaan, of echtgenote van een man die doodgaat en vervolgens alleen en zonder cent achterblijven met kleine kinderen. Oorlog is voor niemand leuk. Dat is ook geen leuk leven voor een vrouw, hè.'

Benjamin knikte, terwijl hij gulzig de soep met wat brood en boter at. Ik ging maar verder: 'Maar goed, dat verwachtingspatroon, als je weet dat je het anders wil is een hel. De gemiddelde Nederlandse psycholoog zal je aankijken en denken: ik had wel ooit gehoord over Jehova's getuigen, maar verder zal hij of zij geen benul hebben van hoe het eraan toe kan gaan. Dat referentiekader hebben ze niet. Zij weten niet hoe het is om heel je leven geïndoctrineerd te worden. En dat iedereen om je heen schijt heeft aan jouw eigen invulling,' zei ik.

Benjamin keek me indringend aan.

'Hier ben ik het niet mee eens. Kom op, Lale, wat weet jij nou van psychologen? Die kunnen, zelfs als ze ergens onbekend mee zijn, zich juist heel goed inleven in een ander en meedenken. Alsof psychologen wel bekend zijn met alle andere heftige verhalen die hun patiënten komen vertellen. Meestal niet. Je hoeft niet alles aan den lijve ondervonden te hebben om iets te begrijpen. Ik begrijp je ook gewoon, en ik ben geen psycholoog, noch ben ik religieus opgevoed,' zei hij.

Ik liet een stilte vallen. Ik wist niet of hij gelijk had.

'Wat is er nou? Gaat het wel goed?' vroeg hij. 'Je zucht steeds zo diep, ik maak me zorgen.'

'Nee,' zei ik. 'Ik voel gewoon dat mijn identiteit er niet mag zijn, dus dat ik er niet mag zijn, dat mijn familie me niet kent. Dat gevoel is alleen maar toegenomen sinds ik mijn hoofddoek af heb gedaan, mijn relatie heb uitgemaakt en mijn oma dood is. Ik moest maar leven met het tergende liefdesverdriet, toen het net uit was, en niets laten zien, niets kunnen vertellen. Ik moet maar leven met alle vooroordelen van de gemeenschap, omdat ik mijn hoofddoek heb afgedaan. Ik moet continu aanhoren dat ik mijn moeder het leven moeilijker heb gemaakt, omdat ze overal de vraag krijgt waarom ik geen sluier meer draag. Ik moet continu die blik van Moeder thuis aanzien, waarna ze zegt dat ik eruitzie als een tippelaar langs de kant van de weg, omdat ik een spijkerbroek draag in plaats van een soepjurk. Ik word er schijt- en schijtziek van,' zei ik. Ik voelde dat ik boos werd.

Benjamin stopte met eten, stond op en kwam naast me zitten. Hij wreef met zijn hand over mijn rug en keek er compassievol en ernstig bij. Hij wist niet echt wat hij moest zeggen. Ik had zijn avondmaal een beetje verpest, en daar voelde ik me ook kut over.

Hoe tragisch is het dat mijn bloedeigen familie mij gewoon niet kent? dacht ik op dat moment. Ze kenden me niet. Ze wisten niet wat mijn kledingsmaak was, dat ik garnalen heel lekker vond (dat mag niet van het geloof, schaal- en schelpdieren), dat ik witte wijn en aperol spritz nam als ik een drankje deed, ze wisten niet op wat voor mannen ik viel, wat mijn dromen en ambities waren, welke ideeën ik had, wat mijn grootste angsten waren, ze wisten niks! Het enige wat ze wisten was mijn leeftijd en dat ik een of andere studie deed waar ik docent mee zou worden en binnen een aantal jaar moest gaan trouwen. Verder echt niets. We hadden geeneens échte gesprekken aan tafel. Of aan de telefoon. Het is zó gek. Soms vroeg ik me af wanneer dat precies is omgeslagen, op de basisschool deelde ik mijn hele dag met mijn ouders en gaf ik ze kusjes voor het slapengaan of ging ik in hun schoot liggen als we samen tv-keken, terwijl Moeder door mijn haren kriebelde of mijn rug streelde, urenlang, terwijl ze een bord gepelde mandarijntjes voor me had gezet. We deden samen boodschappen en winkelden voor mij, en dat was toen nog mijn hoogtepunt van de week. Maar toen ik volwassen werd, bleken we geen match of zo. Hoe tragisch is dat, dat je als volwassen persoon geen match bent met je ouders, dat je uit elkaar groeit? En dat kwam niet van mijn kant, hè, van mij mochten ze geloven en leven zoals ze wilden. De intolerantie en voorwaardelijke liefde kwam van hun kant! En ik snap het niet. Ik snapte niet waarom ze niet als de witte Nederlanders konden zeggen: 'Als jij maar gelukkig bent, meid.' Álle Nederlandse ouders die ik heb gekend zijn zó vrij, het zou ze niet eens boeien als hun dochter bikinifoto's op Instagram zet. Of elk jaar een ander vriendje heeft. Of laat thuiskomt. Of in het buitenland gaat studeren of wonen. Ze vinden dat normaal. Mijn ouders zouden nog liever doodgaan! Maar waarom? Waarom zeiden ze niet: wij oordelen niet. Deel je dag maar met ons, we gaan leuk reageren, met je meedenken en je helpen met je problemen, en je steunen in de doelen en de dromen die je hebt. Dat konden ze niet.

'Alles valt en staat met Allah en Mohammed, en wat die ooit gezegd zouden hebben. Of met wat de gemeenschap vindt, de mensen die te dom zijn om te poepen. Alles. Ook de liefde voor hun bloedeigen dochter, hun eerste kind, verdwijnt blijkbaar als ze tegen de regels van Allah ingaat. Het is toch... Ongelofelijk? Ik voel hun liefde niet meer, sinds ik ervoor uitkom dat ik niet zoveel opheb met het geloof en kritisch ben!' schreeuwde ik inmiddels haast tegen Benjamin.

Hij pakte mijn hand vast. 'Luister, het is de psychologische bagage die je draagt, daarom is het belangrijk om mensen tegen te komen die hetzelfde lot hebben als jij. Anders voel je je zo onbegrepen. Ik ben niet zo orthodox-religieus geweest of opgevoed als jij, dus ik weet niet hoe het voelt om van iets af te vallen en dan alles wat jouw basis en zekerheid was opnieuw te moeten bevragen en uitvinden. Ik bad op feestdagen als kind, ben misschien in totaal vijf keer in mijn leven naar een kerk geweest, en heb nooit Bijbelteksten uit mijn hoofd moeten leren. Ik was vrij in alles wat ik deed en zei. Religie was iets waar ik aan herinnerd werd door kerst. Ik kan dus niet zo goed begrijpen hoe het voor jou moet voelen als je een heel ander leven zou moeten starten, in je eentje, met zo veel tegenwerking van je naasten, terwijl je al sinds de wieg hoort wat de absolute waarheid is en ziet hoe iedereen om je heen het doet. Dat lijkt me erg lastig. Je moet dan opnieuw stabiliteit vinden, op een manier die recht doet aan jezelf. Een manier die niet verdooft, vermijdt of veroordeelt, maar eentje waarin je jezelf kunt leren kennen. Wie je écht bent. Zonder dat geloof, of de druk van de gemeenschap en de familie. Uitvogelen waar jij gelukkig van wordt. Wat jouw goed en kwaad zijn. Dat proces begint bij jou. Bij sommige mensen duurt dat jaren, decennia!'

Hij sloeg een bemoedigende arm om me heen.

Ik gaf hem een knuffel. Ik had het nodig.

'Ik merk dat ik een vast antwoord wil op dingen,' zei ik. 'Omdat een vast antwoord rust biedt. Sinds ik in dat zwarte gat ben gevallen omdat ik het geloof niet meer aan mezelf kon verantwoorden, heb ik pure vrijheid en geluk gevoeld, maar ben ik ook onrustig geworden. Eerst was het simpel: er was karma in de wereld. Wie goeddoet, kreeg goed terug en wie kwaad deed kreeg de hel, een beroerde ziekte of een ondeugend kind. Zo is dat altijd aan mij uitgelegd, het leven. Als je hulp nodig had, kon je bidden. Als je had gezondigd, moest je om vergiffenis vragen. Als je vastte, vielen de zonden van je af. Als je in de problemen zat of angstig was, moest je vertrouwen op de engelen die je beschermen. Als je verleid werd om te zondigen of twijfelde, moest je de duivel wegjagen en je hart puur houden. Als je je eenzaam voelde, kon je een broeder of zuster raadplegen. Als je nachtmerries had of somber was, was je bezeten en moest je extra bidden. Als je stierf als moslim, ging je naar het eeuwige paradijs, waar je iedereen van wie je houdt weer tegen zou komen. Alles had een duidelijk antwoord. Het was overzichtelijk. En nu heeft niets een antwoord. Het is leeg, ik moet mijn nieuwe set aan waarden en dingen die ik belangrijk vind zoeken in het ongewisse. Ik weet ook op geen enkele existentiële vraag het antwoord. Ga ik mijn overleden oma ooit nog kunnen spreken? Een knuffel geven? Ik denk het niet. En dat maakt alles zoveel kutter. Het atheïsme is geen aantrekkelijk verhaal. En ook niet makkelijk. Het biedt weinig rust.'

'Dat je rust vindt in vaststaande antwoorden is niet waar,' zei Benjamin. 'Dat is een misverstand. Dat werkt alleen bij heel simpele mensen, maar niet voor intelligente mensen als jij. Die willen altijd vraagtekens zetten bij vaststaande antwoorden, dat is ook de inborst: zaken betwijfelen, kritisch zijn. Dat is wat een nadenkend mens onderscheidt van simpele schapen. Dus dat idee dat je daar rust van krijgt moet je laten varen, anders was je wel blijven geloven. Dat is niets meer dan een aantrekkelijke illusie, want bij het vastgrijpen aan een waarheid ligt altijd het instorten van het kaartenhuis op de loer. Dus nu moet je het leven écht aangaan. Leren rust te vinden in de onrust, twijfel en onzekerheid. Leren navigeren op je gevoel. Leren vertrouwen op jezelf. Het is doodeng, maar mooi.'

Hij heeft gelijk, dacht ik. Waarom had ik het idee dat ik onrustig zou moeten zijn als ik geen antwoord heb op levensvragen? Misschien is dat ook deel van de indoctrinatie: dat je alleen rust vindt in religies die alle antwoorden al voor je hebben. Dat gaf me helemaal geen rust. Ja, in het begin misschien, als kind. Maar vanaf mijn zestiende allang niet meer.

'Ik merk dat ik nog steeds denk in kaders van goed of kwaad, zwart of wit. Duidelijk gescheiden. Maar ik moet ze beide erkennen. In mezelf, in de wereld om me heen. Het is er, allebei, en we moeten ermee dealen en opereren in het grijze gebied. Ik... waar zeur ik nou over? Jezus. Ik ga gewoon leven! Gewoon het leven over me heen laten komen, doen, gaan, experimenteren, geen rem. Het leven ervaren in alle geuren en kleuren, nu ik nog jong ben en de tijd heb. Ik mag fouten maken, ik mag slecht zijn, ik mag rouwen, ik mag vervulling en geluk voelen, ik mag genot voelen. Want eindelijk kan een fijn moment beklijven! En het is niet enkel vluchtig ontsnappen of geforceerd moeten genieten. Ik... ik ga leven!' zei ik bijna schreeuwend. Ik stond op en haalde snel mijn laptop uit mijn tas.

Ik klapte hem open en gaf het manuscript van mijn boek de titel *Ik ga leven*. Ik typte een mail naar Uitgeverij Prometheus. Ik had het e-mailadres van de uitgever al wekenlang in mijn notities staan, maar ik durfde het nog niet, omdat ik niet zeker wist of ik het écht ging doen: een boek publiceren over mijn eigen leven.

Zou ik het onder mijn echte naam doen of onder een pseudoniem? En welke hoofdstukken zou ik misschien toch schrappen? Maar ik wilde niet meer nadenken. Ik wilde één keer in mijn leven gewoon impulsief en vrij zijn.

Ik schreef een bericht bij de bijlage. Benjamin keek me verward aan.

'Wat ben je aan het doen? Ga je nou studeren terwijl we net midden in een boeiend en diep filosofisch gesprek zitten?'

'Wacht, twee minuten,' zei ik, terwijl ik niet opkeek van mijn scherm en door bleef typen.

Beste heer Spijkers,

Mijn naam is Lale Gül. Ik ben 23 jaar en studeer Nederlands aan de Vrije Universiteit. Ik heb een boek geschreven over mijn leven als ex-moslima in een streng religieus islamitisch gezin en ik weet eigenlijk zeker dat dit een goed boek is en gewaardeerd wordt, want ik heb het idee dat er nog maar weinig boeken zijn in de Nederlandse literatuur over de problematiek en onderdrukking van moslimvrouwen. Of de spagaat die ze voelen tussen twee tegenstrijdige culturen. Ik zou eigenlijk bijna willen zeggen dat ik de enige ben vanuit

een vrouwelijk perspectief. Bijgevoegd vindt u mijn manuscript.
PS. Ik weet zeker dat dit uw volgende bestseller wordt. Als ik geen reactie krijg binnen twee weken, mail ik De Bezige Bij.

Met vriendelijke groeten,
Lale Gül

Ik klapte mijn laptop dicht. Mijn hart bonkte in mijn keel. Ik kon niet geloven dat ik dit had gedaan. Misschien was er één vrouw ergens in dit land die precies in hetzelfde schuitje zat en dit boek heel erg kon waarderen, en contact zou zoeken met mij.

Misschien ook niet. Maar misschien was dat wel beter. Dan kwam ook niemand erachter dat ik een boek had geschreven waarin ik mijn familieleven op straat gooi. Ik wist eerlijk gezegd niet eens wat ik liever had. Het moest er wel zijn, maar niet voor iedereen. Niet voor het grote publiek. Niet voor de grote, boze mensenwereld met enge en domme, bekrompen mensen die het niet zouden waarderen. Die liever in een leugen leven dan de waarheid horen.

Matriarch

Meneer de psycholoog, met zijn lieve gelaatsuitdrukking, kijkt me aan. Het is de tweede sessie.

'Hoe heb je je, in een situatie waarin je je zo onvrij voelde, staande gehouden?'

Ik zucht diep.

'Ik heb vooral heel veel geheim moeten houden. Om te overleven.'

'Hm,' knikt hij.

Ik moet meer zeggen. Ik zit niet echt op de praatstoel als het aankomt op pijnlijke onderwerpen, waardoor ik moeilijk bij mijn gevoel kan komen. Ik haat het gewoon. Ik wil dingen wegstoppen en mijn gevoel afsluiten, niet wonden openrijten. Dit voelt niet echt alsof het helpt, maar goed. Ik doe wel mee, verdomme. Het moet.

'Ik had een dubbelleven. En verschillende persoonlijkheden ook. De ene Lale had niets van doen met de andere Lale. Bij vrienden was ik een totaal vrije geest, die met een borrel in de kroeg over filosofische en existentiële onderwerpen sprak. Over de toestand van de wereld, over kunst, over boeken en films, over menselijke emoties, over het systeem, politiek, kapitalisme versus sociaaldemocratie, over studeren en leven in het buitenland, cultuurverschillen tussen mensen en beschavingen, noem het maar op. Er kwam een kant in mij naar boven die thuis geen bestaansrecht had, een breed geïnteresseerde, maatschappelijk betrokken, intellectuele, vrijdenkende, leergierige jonge vrouw die de wereld om haar heen graag observeert en probeert te duiden. Die het met geestverwanten wilde hebben over waar het leven echt om draait. Geen triviale, dagelijkse dingen. Geen smalltalk. Ik nam geen genoegen met de eigen bubbel, absolute waarheden en een al uitgestippeld levenspad. Maar thuis moest ik het tegenovergestelde zijn; dat eiste zo veel kracht en levenslust van mij. Thuis was ik een soort... non. Net niet in een klooster, maar wel bijna. Alles moest volgens heel specifieke regels. De islam heeft regels voor álle aspecten van het leven, het is een supertotalitair systeem. Wist u bijvoorbeeld dat men verplicht is om met rechts te eten? Je mag absoluut niet met je linkerhand eten. En dat het verplicht is om je kont te wassen met je linkerhand? Met de rechter mag het niet. En dat mijn moeder me verplichtte om met "salam aleikum"' te groeten als ik thuiskwam, en niet anders, want als je op een andere manier groet doe je de ongelovigen na. En dat ik verplicht mee moest doen aan het toneelstuk dat de vrijdag een heilige dag is en daarom extra moest laten zien dat ik met het geloof bezig was? Niet dat dit de zaken waren die me heel erg stoorden hoor, maar dan heeft u een idee over hoe ver die regels reiken. Het meest ingrijpende was het gebed, vijfmaal per dag, verplicht. Vijfmaal! Hoeveel tijd moet je wel niet hebben om vijf keer per dag te bidden? En ook nog de wassing verrichten voor het gebed, en je proper en helemaal bedekt aankleden, want denk maar niet dat je zomaar kunt bidden in ons geloof, absoluut niet. Je mag niets van make-up op, geen nagellak of nepnagels, alles moet bedekt, buiten je gezicht en handen, en dan moet je tien minuten tot een kwartier lang – vijf keer per dag, nogmaals – allemaal Arabische teksten opdreunen die je niet verstaat als niet-Arabier. Verder mag je niet eten wat je wil, niet drinken wat je wil, je niet kleden hoe je wil, je mag godverdomme zelfs je wenkbrauwen niet epileren, wist u dat? Die vrouwen zijn vervloekt, leerde ik op de moskee. Als je je wenkbrauwen epileert!'

Ik neem een slok water.

'Schrijfster Yasmine Mohammed beschrijft goed hoe het is om als meisje streng islamitisch opgevoed te worden. Ze schrijft: je moet je schamen voor alles wat je doet, alles wat je wil doen en alles wat je bent. Je mag niet lachen hoe je wil, niet zitten hoe je wil, niet je stem gebruiken zoals je wil en niet kijken wat je wil. Je hebt heel strikte codes en je moet overal van weerhouden en "beschermd" worden.

Daar komt nog bij dat volgens de islam de vrouw minder intelligent is, haar getuigenis de helft waard is van die van een man, en dat vrouwen veel minder mogen erven dan hun broers. En weet u wat het ergste is? Je leert dat je jezelf niet mag vertrouwen. Je leert dat je je eigen ideeën en gevoelens moet wantrouwen, want dat zijn duivelse influisteringen, zondige begeertes. Je moet je volledig overgeven. Het is een soort drug, waar gelovige mensen aan zitten, ze geven zich over en stellen geen vragen, denken niet na. Als je gaat twijfelen of homo's misschien toch niet ziek zijn en ook gewoon gelijke rechten verdienen, val je ook nog eens van het geloof, omdat je twijfelt aan de zekerheid van de goddelijke regel. Dat is toch krankzinnig? Je mag jezelf niet geloven, je mag mensen die geen moslim zijn niet geloven, je mag de wetenschap niet geloven, maar je moet en zal een heilig boek, een profeet die je nooit hebt gezien en de imam in de moskee geloven. Hoezo zijn dat mensen en dingen die je blind zou moeten vertrouwen? Ik kan er met mijn hoofd niet bij dat men zich daar geen vragen bij stelt.'

'Hm,' meneer Köhler knikt instemmend.

'En weet u waar ik ook niet bij kan? Dat zal wel aan mij liggen verder, maar toen die vreselijke aardbevingen waren geweest in Turkije en Syrië, met duizenden doden en miljoenen slachtoffers, las ik de reacties onder het nieuwsartikel op Instagram en

Facebook, en zag ik dat de meest gelikete reactie is dat Allah een volk straft met rampen als ze te veel zondigen! Dat is... dat is... crimineel. Op z'n minst. Om dat te zeggen. En dezelfde moslims posten daarna dat het een wonder van God is als er na drie dagen een levende baby onder het puin vandaan wordt gehaald. Dat is toch ultieme hersengymnastiek, om die ene baby als wonder te zien, terwijl de andere duizenden baby's wel dood zijn, door diezelfde God die mensen straft vanwege hun zonden? Er is geen touw aan vast te knopen, en het maakt me gek dat anderen wel beweren dat er een touw aan vast te knopen is. Het maakt me echt gek!'

Ik merk dat ik harder ga praten en gefrustreerd raak. Dat moet ik niet doen. Een groot deel van de mensheid is nou eenmaal dom. Ik moet dat accepteren en verder met mijn leven. Dat neem ik me nu al geruime tijd voor. Het heeft geen zin om me op te winden over domme mensen. Laat domme mensen dom zijn. Maarten van Rossem zei eens: 'Een groot deel van de wereld is nou eenmaal een randdebiel.' Accepteer het, Lale. *Adem in, adem uit.*

'Ik snap het. Maar voelde u wel wie de echte Lale was, toen u een dubbelleven had?' vraagt meneer Köhler.

'Ja, meteen. De Lale die vanzelf ging, waarbij ik niets hoefde te veinzen. De Lale die niet hoefde na te denken over alles wat ze doet, zegt, wat ze aanheeft. Die niet hypocriet was. Die gewoon handelde naar hoe het in haar hoofd opkwam. Die was zichzelf. Dat was altijd buitenshuis, buiten mijn familie om.'

'Maar wat zou er gebeuren als u wel die Lale was, thuis?' vraagt hij.

Tja, hoe leg ik dat uit? Deze man heeft zelf vast heel vriendelijke, weldenkende, geleerde, aardige ouders gehad, bij wie hij zich niet eens kan voorstellen dat ze echt boos zouden zijn geworden over iets wat alleen hém aangaat.

'Nou, het is heel moeilijk om het uit te moeten leggen, want voelen dat daar geen ruimte voor is zit hem ook in de fijnste details, maar ik ga mijn best doen. Zeggen dat je meer vrijheden wil, of niet meer gelooft, of niet aan geloofszaken mee wil doen, zoals de ramadan en het bidden, en het dragen van een hoofddoek, is voor mijn ouders hetzelfde als... als een vis die tegen een andere vis zegt dat hij het water en het zwemmen zat is. Het is ongehoord, ongekend en het is iets wat als onmogelijk wordt gezien. Het is alsof... alsof Amalia tegen haar ouders zegt dat ze verliefd is op een zwerver en met hem onder een brug wil wonen, snapt u? Volgens mij maakt Amalia trouwens meer kans op dat leven dan ik op een vrij leven met mijn ouders in de buurt.'

'Aha. Maar uw ouders zijn woonachtig in Nederland, nietwaar? Hoelang al?' vraagt hij.

'Ja, al vijfentwintig jaar wonen ze hier. Maar wel in Amsterdam-West, in hun eigen bubbel, waar ze nooit uit komen.'

'Hm... fascinerend. En zien ze dan nooit iemand van de eigen cultuur die wel moderner leeft?' vraagt hij.

'Niet vaak. Maar als ze die zien, veroordelen ze die gewoon, of kijken ze weg. Dat is een zondaar, een mislukkeling, een schande voor diens familie en gemeenschap, waar ze vaak medelijden mee hebben, omdat diegene straks in het hellevuur zit. Maar het is dan wel altijd een ánder, een buitenstaander, waar ze niet verantwoordelijk voor zijn. Dat is anders dan wanneer het je eigen dochter is; dan zijn ze veel agressiever. Dan hangt de reputatie van mijn ouders in hun gemeenschap ook. Als ik me misdraag. Of zondig. O ja, dat is misschien ook wel goed om te vertellen: in onze cultuur ben je nooit een individu. Het is heel tribaal. Men hecht onnoemelijk veel waarde aan iets simpels als een stam, een achternaam, een bloedlijn. Je bent als het ware één met elkaar. Je hebt een eeuwige navelstreng, in feite. Met name als vrouw, dan ben je sowieso nooit autonoom. Er wordt heel veel voor je bepaald en jou wordt duidelijk gemaakt dat je maar beter in de pas kunt lopen.'

‘Maar wat als u dat niet doet? En uitlegt waarom?’

Dat is dezelfde vraag als daarnet. ‘De consequenties van afvalligheid zijn enorm. En je hoeft jezelf niet eens afvallige of exmoslim te noemen; als je je leven zo inricht dat zij dat etiket op je plakken, ben je dat ook. Ik heb bijvoorbeeld nooit tegen mijn ouders gezegd dat ik niet meer geloof, maar zij bepaalden dat het niet anders kon dan dat ik niet geloofde, of zoals zij zeiden: “Niet vreesde voor de almachtige”, omdat ik in staat was zonden te plegen en tegen ze in te gaan, nog voordat ik een boek had geschreven. En ja, zoals u inmiddels weet, zonden plegen doe je al heel snel, met zo achterlijk veel regels voor vrouwen. Dus je bent al een zondaar of afvallige als je anders bent. Maar goed, de concrete gevolgen zijn per omstandigheid en per gezin divers. Zo heb je gevallen van moord, eerwraak en zware mishandeling. Dat zijn de meest extreme gevallen, die geregeld voorkomen in Midden-Oosterse landen en in het dorp waar mijn ouders vandaan komen in Turkije. Vooral als bekend is dat je seks hebt gehad buiten het huwelijk, dat is eigenlijk het ergste wat je als vrouw kunt doen. Dan heb je de eer van de familie onomkeerbaar kapotgemaakt. Je hebt ook mildere bestraffingen, zoals opgesloten worden in je kamer, agressief geschreeuw in je gezicht, bespuugd worden, dreiging met geweld, af en toe een klap of pak slaag, hard in je arm geknepen worden, dreigen met op straat gezet worden of naar Turkije gestuurd worden, dreigen met uithuwelijking of op een internaat gezet worden in het herkomstland, vooral als je jong bent. Het kan alle vormen aannemen. Toen ik jonger was en weigerde iets te doen, was de straf voornamelijk klappen krijgen, opgesloten worden in mijn kamer, mijn telefoon afpakken, huisarrest, mijn spullen weggooien, geen nieuwe kleding krijgen, enzovoorts. Toen ik boven de achttien was, veranderde er op zich niet heel veel, maar ik bemerkte bij mijn vader een zekere schroom om fysiek te worden, dus nam mijn moeder die taak automatisch op zich, omdat ze zag dat hij er moeite mee had. Die werd wel heel vaak fysiek, ze had zichzelf niet echt onder controle. Dan trok ze aan mijn haar om haar punt duidelijk te maken, of kneep ze hard in mijn armen, een klap in mijn gezicht, of begon ze me ineens te schoppen. Dan werd ze heel lelijk, terwijl ze zo'n kalme vrouw kon zijn buitenshuis. Een kant die niemand buiten van haar kent. Ik werd op een gegeven moment ook lelijk terug, uit zelfbescherming en frustratie, want het deed pijn. Dan kon ze me niet meer aan, omdat ik sterker was, ik ging ook steeds meer trainen in de sportschool, en krijste ze dat mijn vader mijn tanden uit mijn bek moest slaan, als hij een echte vent was, want ik durfde mijn moeder terug te slaan, zei ze, terwijl ik vaak gewoon een duw gaf, om haar van me af te krijgen, niets anders. Op dat soort momenten... kon ik helaas niet anders dan mijn eigen moeder haten.'

Ik voel mijn ogen vochtig worden. Maar ik wil verder praten, anders raak ik de draad kwijt. Bovendien wil ik niet weer huilen.

'Maar ik kon dat gevoel niet plaatsen, uitspreken of erkennen. Dus schreef ik het maar in m'n boek. Maar dat viel ook niet zo goed, daar heb ik het meeste spijt van. Al het lelijke wat ik over mijn moeder heb gezegd in mijn boek. Kon ik dat maar terugdraaien. Veel lezers vonden dat ik veel te hard en onbeschoft was over mijn bloedeigen moeder. Dat ik haar geen monster en dictator moest noemen. Ze hebben gelijk, het is absoluut lelijk en onbeschoft, ik snap eerlijk gezegd ook niet hoe ik dat heb kunnen publiceren.

Maar... hoe leg ik een lezer, meestentijds een witte, Nederlandse lezer, die mijn moeder nooit heeft gekend of meegemaakt, uit dat ze dat af en toe ook gewoon echt was, zonder oneerlijk te zijn? Mag ik dan niet in mijn eigen boek, het enige platform waar ik totaal vrij was, mijn gevoelens uiten die ik zo vaak heb gehad tijdens ruzies met haar? Is dat respectloos, onbeschoft, schaamteloos? Waarom? Is een moeder bij voorbaat heilig, onaantastbaar en feilloos vanwege het feit dat ze moeder is? Of mag ik de gevoelens die in me opkwamen als ze zo tekeerging tegen me gewoon niet benoemen als schrijver of dochter? Hoe kan ik eerlijk zijn in mijn boek als ik niet mijn gevoelens mag opschrijven, net als dat ik die ook nog eens met niemand kan delen, vanwege datzelfde oordeel van mensen, die nog voordat ik uitgepraat ben zullen zeggen: "Maar het is wel je moeder!?" Wat moet ik daar nou mee? Mijn moeder heeft me inmiddels al bijna drie jaar niet gebeld. Niet geappt. Niet één keer gevraagd hoe het met me is. Ook niet toen overal in het nieuws stond dat ik doodsbedreigingen kreeg en een rechtszaak had met een bedreiger die twaalf maanden cel heeft gekregen. Niet één keer heeft ze gevraagd of ik wel veilig ben. Niet één. Ook niet aan mijn broertje, terwijl ze weet dat hij contact met me heeft. Ik ben dood voor haar, sinds dat boek. Misschien hoopt ze wel dat ik dood ben. Dat weet ik trouwens zeker. Dat heeft ze zo vaak gezegd na mijn boek.'

Ik kan er niks aan doen, maar nu huil ik wel, en ik moet een zakdoek pakken voor mijn loopneus.

Maar ik moet mijn verhaal afmaken. Ik wíl het verhaal afmaken.

'En dan kun je zeggen: dat is toch je eigen schuld? Jij hebt toch opgeschreven dat je haar verschrikkelijk vond? Jij hebt toch geschreven dat ze een monster is? Ja, dat kun je mij inderdaad verwijten. Omdat ik een boek wilde schrijven dat helemaal eerlijk was. Is dat dan een fout? Blijkbaar wel. Moet ik daarvoor boeten, omdat ik eerlijk was? Ik dacht dat dat de bedoeling was van kunst en schrijven, dat dat de enige vrijplaats was waar je dingen kon zeggen en uiten die je in het normale leven niet kan delen, vanwege de sociale codes. Dat dat daar, op mijn toetsenbord, wel kon. Dat mensen het zouden waarderen dat ik mijn meest lelijke gevoelens over mijn moeder ook durf op te schrijven, omdat ze er zíjn. Maar ik ben erachter gekomen dat veel lezers helemaal geen vrijdenkers zijn. Zelfs schrijvers niet. Er waren zelfs bekende schrijvers die tegen me zeiden dat ze schrokken van de grofheid van mijn boek. En heel veel lezers ook. Lezers die naar een lezing van me kwamen, in de rij stonden voor een handtekening, en het dan toch niet konden laten om te zeggen: "Ik vind het goed hoor, wat je doet, maar ik vond het wel heel grof, vooral over je moeder." Na een tijdje had ik geen zin meer lezers te ontmoeten, omdat ik die opmerking zo zwaar vond. Wat al die mensen eigenlijk tegen mij zeiden, was: je hebt ons niet kunnen overtuigen van je verhaal, van je gevoelens, van de benauwende omgeving waarin je gek werd gemaakt, waardoor je zo denkt over je moeder. De gevoelens die je in alle eerlijkheid en met veel pijn en branie hebt opgeschreven zijn voor ons te grof, wij worden er akelig van dat jij zo over je moeder spreekt.'

'Vreselijk,' zegt meneer Köhler.

Hij kijkt erbij alsof hij iets heel bitters in zijn mond heeft. Hij staat op en pakt een doos tissues uit de kast, die hij voor me neerzet. Vervolgens pakt hij mijn glas en loopt naar de koelkast om het te vullen. We drinken hier geen kraanwater, maar San Pellegrino. Als er iets is wat verboden moet worden in de wereld, is het flessen water, terwijl je schoon drinkwater uit elke kraan hebt in je land. Hoe decadent wil je het hebben?

Ook zet hij ineens thee voor me, terwijl ik dat niet gevraagd heb. Als hij de thee voor me neerzet, zie ik op het labeltje dat uit mijn glas hangt de vraag: *Voor wie heb jij het meeste respect?*

Zonder te veel na te denken weet ik het antwoord.

'Mijn moeder,' zeg ik.

'Wat zegt u?' vraagt hij.

'Ik beantwoord de vraag op het theezakje.'

Hij komt naast me staan, doet zijn leesbril op en leest de vraag.

'O? Merkwaardig. Leg dat eens uit.'

'Ik heb erg veel respect voor mijn moeder, dat is waarom ik nooit al te lang kan blijven hangen in mijn teleurstelling of boosheid. Omdat ze allemaal dingen kan die veel anderen, veel andere moeders met name, niet kunnen. Zij kan zichzelf op de tweede plek zetten voor anderen, bijvoorbeeld, en is of was vaak heel vrolijk en weet anderen vrolijk te maken, daar heeft ze een groot talent voor. Ze kan zich zonder nadenken in dienst stellen van haar kinderen, haar familie, haar ouders, haar man. Haar wensen en behoeftes kwamen altijd op de laatste plaats, ook toen ze ons opvoedde. Als ze moe was of geen zin had in iets wat wij wel wilden, maakte ze zin. Ze luisterde naar al onze vragen, problemen, zorgen, interesses, en probeerde zo goed mogelijk met ons mee te denken, ondanks het feit dat ze zelf ook niet veel wist. Ze deed haar uiterste best om ons te vermaken, urenlang met ons te spelen, of een tekenfilm mee te kijken, die ze niet eens verstond, want ze sprak geen Nederlands. Ik heb nu een huis van 92 vierkante meter, maar zij heeft ons moeten opvoeden in een sociale huurwoning van 55 vierkante meter. Hoe gekmakend en benauwend is dat wel niet, zo'n klein huis, waar ze drieëntwintig jaar in heeft geleefd? En ik realiseer me steeds vaker hoe moeilijk dat geweest moet zijn voor haar, met veel minder kennis en veel beperktere middelen dan ik. Zo had ze altijd alle liefde en aandacht voor ons, haar kinderen. Ze had altijd tijd voor ons. Als we iets wilden eten, maakte ze datgene waar we zin in hadden. We kwamen niks tekort, ze stond altijd voor ons klaar en gaf veel liefde en geborgenheid. Ze was nooit te moe, te beroerd of te chagrijnig om iets te doen wat wij wilden. Als ik huiswerk maakte bijvoorbeeld, bracht ze echt elke avond een schaal gepeld fruit, met van alles: granaatappelpitjes, sinaasappels, appels, druiven, mango. En in de winter een glas warme chocomelk of thee met een bord gedroogde abrikozen, vijgen en walnoten. "Ik heb gehoord op tv dat dit goed is voor je brein, dat zal helpen bij je toets morgen," zei ze dan. Dat was zo schattig. En ik weet nog dat mijn broertje haar helemaal gek maakte vroeger, omdat hij elke dag zeurde dat hij ook Nike-sneakers wilde, net als alle andere jongens op school. En dat ze, dag in, dag uit, onvermoeibaar bleef uitleggen dat dat niet belangrijk was in het leven en dat we dankbaar moesten zijn voor wat we wel hadden, ook als hij tegen haar schreeuwde en met de deur sloeg dat hij ze per se wilde. Ze wist ook altijd de meest lekkere gerechten op tafel te toveren, elke dag weer, waar ze uren in had gestoken, voor weinig geld. Ze ging alle supermarkten langs om de bonus mee te pakken en zo goedkoop mogelijk uit te kunnen zijn. Ons huis was altijd zó schoon dat je van de vloer kon eten. Om de dag wisselde ze alle beddengoed en stofte ze alles af, zonder te klagen, jarenlang. Ik heb nog geeneens kinderen, maar vind het nu al zwaar om elke dag het huis schoon te houden, te bedenken wat ik moet eten, gezonde boodschappen te doen en vrolijk te zijn. Ik vind haar in dat opzicht een sterke vrouw. En ik krijg daar steeds meer respect voor, vooral omdat ik de laatste jaren inzie dat dat niet vanzelfsprekend is, dat moeders zo zijn. Er bestaan heel veel heel waardeloze moeders, die niet kunnen opvoeden en heel egoïstisch zijn. Dat was zij vroeger nooit, tot ik een jonge vrouw was en dingen anders wilde. Dat ging haar te ver.'

'Mist u haar wel eens?' vraagt meneer Köhler.

Ik moet slikken.

'Die vraag beantwoord ik liever niet.'

'Waarom?' vraagt hij.

'Ik vind het te zwaar.'

'Oké, maar wilt u er dan wel een andere keer over praten?'

'Is goed,' zeg ik, terwijl ik naar de zakdoek in mijn handen kijk, die steeds natter wordt.

'Ik heb nog een andere vraag,' zegt meneer Köhler na een minuut. 'Kijk maar of u hem wilt beantwoorden.'

'Is goed.'

'U zei dat uw moeder snel agressief werd in ruzies. En dat ze tegen uw vader zei dat hij uw tanden eruit moest slaan. Heb ik dat goed verstaan?'

'Ja,' mompel ik.

‘En gebeurde dat ook? Sloeg uw vader wel eens uw tanden uit uw mond als uw moeder dat opperde?’ vraagt hij.

‘Nee. Ik moet zeggen, daar heb ik enorm veel geluk mee gehad. Dat is me alleen maar duidelijker geworden na alle berichten die ik voor de kiezen kreeg van lotgenoten. Ik heb geluk gehad met mijn vader, die toch wat coulanter was, vooral vergeleken met andere Turkse vaders, en áltijd weigerde zwaar geschut te gebruiken. Hij heeft me nooit écht een pak slaag gegeven, als hij al sloeg was dat een klap, en áltijd omdat mijn moeder zei dat hij anders geen echte vent was. Maar goed, zo’n klap af en toe is in onze cultuur eigenlijk bijna normaal. Maar zelfs dat deed hij na m’n twintigste niet meer. Ik zag een zekere schroom bij hem. En dat terwijl het gebruikelijk was in onze omgeving dat vaders hun kinderen sloegen. Mijn nichten wisten niet beter dan dat ze geslagen werden. Eentje had zelfs een gebroken neus en kaak, nadat haar vader haar gewaarschuwd had dat ze niet mocht appen of afspreken met jongens uit haar klas of van haar school. Hij had per ongeluk een of andere foto gezien van een schoolreis, waarbij zijn dochter naast een jongen uit haar klas stond die een arm om haar heen had geslagen voor de foto. Dat was genoeg reden voor een pak slaag. Mijn vader zou dat niet kunnen doen, al zou hij willen. Daar is hij te zachtaardig voor. Wat heel uniek is, want zijn broer, mijn oom dus, vond ik al heel mijn leven heel eng; die sloeg zijn kinderen heel vaak recht voor mijn neus, ook toen ik klein was. Ik vond hem altijd intimiderend. Mijn vader kon niet eens schreeuwen of schelden, zelfs dat lukte hem niet, terwijl mijn moeder bloedordinair kon worden als ze boos was. Mijn moeder zou dan tegen mijn vader zeggen dat hij een vent van niks was, zijn snikkel niet waard was en beter als wijf door het leven kon gaan, omdat hij me niet slaat. Ze verweet hem vaak dat als ik ooit ontspoorde het zijn schuld zou zijn, omdat hij me te vrij liet, geen masculiene vader was en niet sloeg. Ze zei ook tegen hem dat hij een voorbeeld moest nemen aan zijn broer, die erom bekendstond agressieproblemen te hebben en zijn kinderen sloeg om de meest futiele dingen, bijvoorbeeld omdat ze hun bord niet leegaten of een halfuur later van school kwamen. In die zin is mijn verhaal ook heel raar; mijn moeder is nog erger dan mijn vader, terwijl ze een vrouw is. Dat hoor je ook weinig.'

'Is dat zo, hoort u dat weinig?' vraagt meneer Köhler.

'Ja,' zeg ik vastberaden. 'Dat is eigenlijk heel uitzonderlijk. Als ik de verhalen moet geloven, is meestal de vader onredelijk streng of agressief en de moeder iemand die de vrede in huis probeert te bewaren of de kinderen beschermt, dingen geheimhoudt voor de vader zodat hij niet ontvlamt en het opneemt voor de dochters. Meestal is de moeder degene die de dochters heimelijk wat meer vrijheid gunt, juist omdat ze die zelf niet heeft of niet heeft gehad en het klappen van de zweep en het patriarchaat kent. Omdat ze snapt dat haar dochter ook leuke dingen wil doen in het leven en het haar gunt. Maar ja, ik heb een beetje pech daarin, want dat zijn vaak moeders die niet zo heel hard geloven, maar het een beetje voor de bühne doen, terwijl ze zelf liever anders zouden willen en vrijer zouden willen leven. Dat is niet zo bij mijn moeder, die is roomser dan de paus. Die gelooft héél erg in alles wat ze van de imam hoort. En dat doet ze niet voor de bühne. Dan zou ze niet in de nachten extra bidden, zodat ze in een nog beter paradijs komt dan waar alle andere moslims naartoe gaan. Zij gelooft zo erg, dat ze zelfs vast buiten de ramadan om, vrijwillig. Voor extra punten. Ze wil alles precies volgens de regels doen, en nooit afwijken.'

'Hm,' zegt meneer Köhler. 'En vond u dat ook, dat uw vader vrouwelijk was? Dat hij niet masculien was, zoals uw moeder zei? Dat is wel opvallend, toch? Hoe uitte dat zich?'

Ik moet even denken.

'Hij is sowieso echt héél anders dan alle andere Turkse vaders die ik ken. Zo heeft hij geen dag in zijn leven in het theehuis gezeten met andere mannen, dat vond hij niks. Mijn ooms waren daar elke dag te vinden. Ook had hij geen enkele interesse in voetbal of andere typisch mannelijke sporten waar alle andere Turkse vaders gek van zijn. Hij had ook niets met auto's, terwijl iedereen het had over welke Mercedes hun droomauto was. Hij zou ook nooit in een verkeersruzie of gevecht kunnen belanden of een boete krijgen voor te snel rijden of zo. Hij zou ook nooit kunnen vechten, al zou dat moeten. Daar heeft hij het temperament niet voor. Hij vermijdt conflict zoveel mogelijk. Het is een zachtaardige man, dat heeft iedereen altijd opgemerkt. Zo is het ook raar dat hij altijd heeft gezegd alleen dochters te willen, terwijl alle Turkse vaders juist zoons willen krijgen. En hij was vaak emotioneel. Hij kon snel huilen om dingen, als iemand ging trouwen bijvoorbeeld zat hij te huilen op de bruiloft, vol van emotie. Of als we het nieuws keken en er beelden van een ramp voorbijkwamen. Die gevoeligheid, daar keken mensen wel van op. En mijn moeder vond dat allemaal niks, ze vond hem altijd niet mannelijk genoeg, en dat zei ze ook regelmatig. Het is gewoon een heel rare relatie eigenlijk. Ik heb ook nooit gevoeld dat ze van elkaar houden of verliefd op elkaar zijn. Het was eerder een broer-zusrelatie. Of een soort zakelijke, collegiale relatie met maar één doel: een gezin runnen. Pas later, toen ik zag hoe andere koppels met elkaar omgingen, ook van hun leeftijd, realiseerde ik me dat hun huwelijk totaal niet klopt. Niet één keer zag ik ze een kus aan elkaar geven, of spontaan elkaars hand vasthouden. Of een knuffel geven aan elkaar. Nooit, echt nooit. Daarom verzette ik me heel sterk tegen het idee van een gearrangeerd huwelijk, of een "gestuurd" huwelijk, waarbij je niet jezelf vrijelijk laat gaan om verliefd te worden, maar heel gericht eerst gaat kijken wie geaccepteerd wordt door je familie, op basis van afkomst, geloof, schoonfamilie, en dan pas kiest met wie je een relatie aangaat. Ik vond niet dat liefde zo moest zijn, daarom weigerde ik met iemand te gaan die ze zouden accepteren, uit recalcitrantie, omdat ik niet als mijn ouders wilde eindigen,' zeg ik.

'Het was een interessante ontmoeting, mevrouw Gül,' zegt meneer Köhler, terwijl hij zijn schrift dichtdoet. 'Helaas zie ik dat we ruim over de tijd zitten en ik kan mijn volgende klant niet langer laten wachten. Het was een open, duidelijk en eerlijk gesprek, dank daarvoor. Ik hoop dat we de volgende keer verder kunnen. U gaf aan dat u uw moeder al drie jaar niet hebt gesproken. Laten we het volgende keer hebben over hoe de afgelopen jaren voor u zijn geweest, nadat u weg was bij uw familie,' zegt hij.

We schudden elkaar de hand en ik sta weer buiten.

Progressief verraad

Het is twee weken later en ik zit weer bij meneer Köhler. Eigenlijk had ik hier een week eerder moeten zitten, maar ik had het geannuleerd, omdat ik die dag geen zin had om weer over het verleden te praten. Vandaag heb ik er ook totaal geen zin in, maar ik zit er. Ik laat het wel weer gebeuren. Het moet nou eenmaal.

'Welkom, mevrouw Gül,' begint hij. Ik knik en bedank.

'Hoe was de bruiloft?'

'Welke bruiloft?'

'U had gemaild dat u niet kon komen vanwege een bruiloft, vorige week,' zegt hij.

Shit. Ik ben echt een debiel die haar eigen leugens vergeet. Nu heeft hij me door en moet ik me kapot schamen. Maar eigenlijk schaam ik me niet, merk ik. Zelfs die emotie is tegenwoordig te veel gevraagd. Dan heeft hij het maar door, het kan me eerlijk gezegd niet zoveel schelen. Ik heb andere zorgen aan mijn hoofd.

'O, die,' zeg ik. Ik moet ineens hard lachen om mijn eigen sarcasme.

Meneer Köhler lacht niet mee.

'Ik vind het jammer dat u niet bent gekomen. Het is erg belangrijk dat er niet te veel tijd zit tussen onze sessies, we moeten nog veel doen en veel bespreken. Hoe meer afspraken en hoe minder tijd daartussen zit, hoe beter. Probeer alstublieft voortaan, ook als het heel erg moeilijk is, want ik weet dat het dat is voor u, toch te komen. Oké, mevrouw Gül?'

Hij kijkt me zo lief aan met die twinkeloogjes van hem dat ik mezelf beloof me voortaan te slaan als ik niet naar de afspraak kom.

'U heeft helemaal gelijk. Ik beloof het. Mijn excuses,' zeg ik.

'Goed, laat ik met de deur in huis vallen en de draad oppakken waar we vorige keer zijn gestopt. Ik lees in mijn notities dat we waren gebleven bij het punt dat u uit huis was gevlucht, de burgemeester had gebeld en ging wonen op het Marineterrein, in een safehouse voor schrijvers. Uw broer had u opgebeld met het nieuws dat het met niemand goed ging thuis en u voelde zich schuldig en beroerd. Kunt u mij vertellen hoe u de tijd daarna heeft beleefd?'

Ik slik. Ik moet echt graven in mijn hoofd om de details boven te halen. Het is heel gek, want het is helemaal niet zo lang geleden, maar ik heb een hoop verdrongen, door schaamte. Schaamte voor mezelf. En omdat ik goed ben in het doen alsof dingen niet bestaan die mij pijn doen.

'Ik weet nog dat ik de eerste weken echt moest aarden, wennen aan de situatie. Ik bleef vaak in mijn studio en had geen zin in contact of afspreken met vriendinnen of studiegenoten, terwijl ze wel vroegen hoe het me ging. Ik negeerde iedereen en bracht mijn dagen voornamelijk door in huis, op mijn telefoon, in mijn bed. Ik wilde even helemaal met rust gelaten worden, ik moest alles een plek geven voor ik iets van een activiteit kon ondernemen. Ik deed ook geen boodschappen, ik bestelde elke dag eten. Ik had nergens kracht voor. Ik was te veel bezig met hoe het er thuis aan toeging, wat ik mijn familie had aangedaan, en dan met name Defne en Moeder, die het het zwaarst hadden. Ik voelde me een slecht mens. Ondertussen kreeg ik elke dag honderden mails van lezers die heel positief waren of herkenbaar, de ene mail was nog indrukwekkender en huiveringwekkender dan de andere. Ik kreeg verhalen te horen van onderdrukte vrouwen waar de honden geen brood van lusten, waar ik zelfs van schrok. Ik kreeg berichten uit heel het land, van mensen met allerlei achtergronden en allerlei problemen met hun familie. Ik kon urenlang mails lezen. Soms werd ik er nog beroerder van, soms werd ik er erg opgewekt van, omdat mensen me vertelden dat ze hadden genoten van mijn boek. Die berichten hebben me weer op de been gekregen en ik maakte mezelf daardoor wijs dat ik nooit iets verkeerd gedaan kon hebben, dat ik voortaan aan mezelf moest denken in plaats van aan mijn schuldgevoel. Dus ik besloot ineens tot het andere uiterste; in plaats van elke dag thuis te zitten, besloot ik dat ik een wilde periode ging inlassen van seks, drugs en rock-'n-roll. Ik maakte een profiel aan op de datingapp Raya, een wat exclusievere app, en voor het eerst in mijn leven kon dat openbaar en zonder angst, en ik ging op date met bijna elke knappe en succesvolle man die ik tegenkwam op die app. Ik had besloten dat ik geen serieuze relatie wilde en alleen maar een leuke tijd wilde hebben. Nou, dat hoef je de meeste mannen geen twee keer te zeggen, natuurlijk. Dat was best leuk, moet ik zeggen, ik kijk er positief op terug. Ik heb veel van die periode geleerd. Ik kwam met mannen in aanraking uit allerlei milieus, met allerlei professies, en ik had erg gezellige dates. Met de een ging ik naar de sauna, met de ander naar een gamehall, met een ander naar de film, en met weer een ander ging ik voor het eerst dineren in zo'n heel fancy restaurant in Brussel, waarbij je meer wijn krijgt dan eten, elk gerecht een verhaal kent en waar je alles binnen twee tellen ophebt. O ja, ik heb toen ook voor het eerst echte kaviaar gegeten. Het was lekker, maar niet heel bijzonder. Oesters vond ik wel erg lekker,' zeg ik lachend.

'Ach, wat leuk dat u dat zo gedaan heeft, en dat u er zo positief op terugkijkt. Ik zie u opleven als u het vertelt,' zegt meneer Köhler.

'Ja, inderdaad, ik moet zeggen dat dat echt een leuke periode was. Ik zag er goed uit, ik sportte weer dagelijks, ik had elke dag een date met een andere vent en ik was al mijn zorgen kortstondig vergeten. Het deed me goed om zo veel complimenten te krijgen, en bevestiging van die mannen die ik soms hoog had zitten. Sommigen wilden zelfs een relatie met me, maar ik hield het doorgaans af, omdat ik wist dat ik niet stabiel genoeg was om aan iets serieus te beginnen. Bovendien vond ik juist de afwisseling en de spanning van het daten en het nieuwe leuk, dus een relatie was toen geen goed idee voor mij, omdat ik dan weer teruggeworpen zou worden op mezelf en niet meer kon leven op de kick van die spanning. In een relatie moet je je immers kwetsbaar opstellen, binden, vertrouwen en blootgeven. Als er iets is wat ik niet wilde, was het wel dat,' zeg ik.

'Ik snap het,' zegt hij. 'En u woonde al die tijd op het Marineterrein? Wat vonden die mannen daarvan? Kwamen zij ook naar uw huis?'

'Ja, ik woonde daar vier maanden in totaal. Daarna had ik een appartement gevonden in het centrum van Amsterdam, op de Haarlemmer Houttuinen, daar heb ik vervolgens een jaar gewoond. Die mannen kwamen nooit naar mij toe, nee, dat wilden ze wel, maar ik zei altijd dat ik liever naar hen toe ging. Ik had ooit, toen ik net in mijn eigen appartement woonde, de fout gemaakt om mijn adres te geven aan een man die mij begon te stalken, en godzijdank wel op een gegeven moment is opgehouden, maar het was echt niet oké, hij stond onaangekondigd voor mijn deur en wilde mijn leven controleren en was superbezitterig, wat me heel veel angst en zorgen gaf in die tijd, dus die fout wilde ik niet meer maken. De bedreigingen hadden daar ook mee te maken; hoe minder mensen wisten waar ik woonde, hoe beter. Bovendien vond ik het ook leuker om naar anderen toe te gaan, zo kwam ik tenminste uit huis. Ik had niet veel vrienden in die periode, dus mijn scharrels waren mijn voornaamste sociale activiteit. En het was ook mijn toevlucht, want dan hoefde ik niet steeds na te denken over de toestand van mijn familie, mijn veiligheid, of ik wel of niet vermoord zou worden, en over de haatberichten en scheldpartijen in mijn inbox, of de kritiek van de zogenaamde intellectuele garde in Nederland die twijfelde aan mijn intenties, geloofwaardigheid of die een extreemrechtse pionier in mij zag, mensen zoals Abdelkader Benali, en allemaal andere linkse mensen op Twitter van wie ik de namen niet meer weet,' zeg ik zuchtend.

Meneer Köhler kijkt verbaasd.

'Ik dacht dat heel Nederland u dapper vond,' zegt hij.

Ik schiet in de lach. 'U moest eens weten wat ik allemaal te horen heb gekregen van zogenaamde intellectuelen. Zeker niet iedereen vond mij een held, sterker nog, ik kreeg vaak de vraag of ik niet stiekem rechts was, of het verwijt dat ik witte mensen naar de pijpen danste, door mijn eigen afkomst zwart te maken. Ik heb honderden van zulke berichten gehad, zelfs op LinkedIn. Van allochtonen en van witte mensen. Dus nee, niet iedereen kon waarderen wat ik deed en zei.'

'Wauw, bijzonder,' zegt meneer Köhler. 'Wat een intellectuele armoe.'

Ik knik.

'Ik heb sowieso het idee dat ik continu in een rechtse hoek gedrukt ben. Dat vermoeide me enorm, en doet het nog steeds. Ik ben eigenlijk met mijn verhaal zo progressief als de pest, maar op de een of andere manier moet ik "de progressieven" bijna smeken om hun steun, dus ik heb het opgegeven. Linkse mensen voelen zich racisten als ze islamkritische geluiden steunen die misstanden aankaarten in een niet-witte gemeenschap. Dan schieten ze in een kramp, omdat ze gewend zijn de moslimgemeenschap juist te allen tijde te beschermen tegen de aanvallen van rechtse politici. Nu moesten ze ineens steun uitspreken voor iemand die zei dat die moslimgemeenschap ook wel eens foute dingen deed, en die overigens gehaat werd door die gemeenschap. Dan merk je toch dat ze zich stilhouden of alleen in een laf privéberichtje aan mij halfslachtig hun medeleven uitspreken, terwijl het normaal fervente twitteraars en opiniemakers zijn die alles met tien uitroeptekens van de daken schreeuwen. Nee hoor, nu hoorde je ze niet. Sterker nog, velen waren zelfs tégen mij. Emine Uğur, bijvoorbeeld, die naam zegt u vast niets, maar zij wordt als Turkse vrouw met een sterke mening erg bejubeld door progressief Nederland en is columnist voor *Trouw*, zij keerde zich ook tegen mij. Ze tweette dat ik mijn verhaal niet hoefde te delen en gewoon mijn koffers kon pakken als het me niet zinde thuis, en dat het kwalijk is dat ik mijn familie zo te kakken heb gezet. Sigrid Kaag, in die tijd nog hét gezicht van feministisch en progressief Nederland, weigerde in haar HJ Schoo-lezing mijn naam te noemen en uit te spreken dat schrijvers als ik te allen tijde veilig moeten zijn. Dat hebben medewerkers van haar naar buiten gebracht in *NRC*, dat zij dat eigenhandig heeft laten weghalen toen haar speechschrijver voorgesteld had om één zin te wijden aan mijn veiligheid, omdat ze het normaal altijd over vrouwenrechten had. En Sylvana Simons bijvoorbeeld, op dat moment een opkomend en vocaal politicus, werd boos op een interviewer van *Het Financieele Dagblad* toen hij vroeg of haar inclusieve partij ook voor mij inclusief was. Ze weigerde ja te zeggen en werd boos, ze vroeg zich af waarom zij zo'n vraag kreeg. En zo zijn er nog een hoop voorvallen met prominente "feministen" die mij als een baksteen lieten vallen, omdat het in hun standaardverhaal niet uitkwam. Het verhaal dat de witte man de onderdrukker is, en de gekleurde mens het slachtoffer. Je moet het niet complexer willen maken dan dat, dat kunnen hun breintjes niet aan. Ze kunnen zich niet ineens gaan keren tegen de onderdrukkende elementen en mensen van de moslimgemeenschap, blijkbaar. Tot zover hun feminisme en dapperheid,' zeg ik.

'Dat moet erg eenzaam zijn geweest voor u, dat u dacht dat u medestanders en steun zou hebben uit een bepaalde hoek, die u vervolgens lieten vallen,' zegt hij.

'Ja, ach, ik weet inmiddels niet beter. Dit is helaas het lot van elke bekende ex-moslima die haar mond durft open te doen. De witte progressieven gunnen alleen vooruitgang, feminisme en vrijheid van meningsuiting aan hun eigen soort en eigen samenleving, wij mogen niet hetzelfde willen voor onze cultuur en mensen, dan kunnen ze ons niet meer bevoogden en beschermen, en dat is de enige rol waarin ze gedijen, dat is mijn conclusie,' zeg ik.

'Voelt u zich wél gesteund door rechtse Nederlanders?' vraagt meneer Köhler.

'Ik weet het niet,' zeg ik zuchtend. 'Bij rechtse Nederlanders weet je nooit of het oprechte steun is voor je standpunten, of dat ze het gewoon lekker vinden dat er eindelijk iemand tekeergaat over de eigen gemeenschap, waarmee hun ideeën over dat het allemaal niet deugt worden bevestigd. Dan heb je weer het probleem dat ze mijn verhaal misbruiken om een heel ander punt te maken, waar ik zelf niet op uit ben, zoals dat er minder moeten zijn van mensen zoals ik hier, of dat wij geen echte Nederlanders zijn en het nooit zullen worden, of dat wij enge ideeën hebben die de vredige samenlevingen hier in Europa zullen verpesten en ontwrichten, en daarom weg moeten, "terug naar ons eigen land". Dat zijn geen meningen die ik onderschrijf, ik wil juist dat er integratie komt, en dat we een open debat voeren over de verschillen, de frictie, maar ook over de overeenkomsten en de hoop die we kunnen hebben voor de toekomst. We moeten met z'n allen door één deur kunnen. De christenen hebben zich ook ontwikkeld en bevrijd van allerlei dogma's, dus dat kan ook met moslims, daar wil ik op focussen.'

Meneer Köhler knikt fanatiek.

‘Even iets anders,’ zegt hij. ‘U zei dat u niet veel vrienden had, en dat de mannen met wie u op date ging de enigen waren met wie u sociale activiteiten ondernam, klopt dat? Ik vroeg me af hoe het kwam dat u geen vrienden had, en heeft u die inmiddels wel?’

‘Ik had vooral vriendinnen die moslim waren, voor ik mijn boek publiceerde, en die wilden absoluut niets meer met mij te maken hebben. Die kende ik uit de buurt of nog van de middelbare school, maar die vielen ineens allemaal weg, omdat ze vonden dat ik hun identiteit belachelijk maakte. Toen had ik dus alleen nog de studiegenoten van de universiteit, want die waren geen moslim, alleen waren dat geen vrienden waar ik een heel sterke band mee had, ik kende ze tenslotte alleen van de studie en had nooit veel tijd gehad om die band te verdiepen, omdat ik altijd twee bijbaantjes had. Dus toen mijn boek uitkwam was het best eenzaam, omdat ik alleen nog persoonlijke gesprekken kon voeren met de mensen van mijn uitgeverij, waar de medewerkers mijn nieuwe vriendinnen werden, en met mijn dates dus. Als ik etentjes of feestjes had met schrijvers, merkte ik dat er toch een soort kloof was, ik kon nooit echt heel erg binden met die mensen, zij hadden zo’n andere achtergrond en ik had vaak het idee dat ze niets van mijn verhaal begrepen, de verkeerde vragen stelden. Dat vond ik vooral vermoeiend, alles zo vaak moeten uitleggen, omdat ze alles in de basis niet snappen, ze lijken soms van een andere planeet te komen dan ik. Ik kan het niet echt uitleggen, maar het zit hem in de kleinste dingen. De humor, de vragen, de onderwerpen die de revue passeren bij zo’n diner, het is niet mijn cup of tea. Ik ben anders, ik ben andere dynamieken gewend, en dat heb ik inmiddels omarmd, ik ga niet mijn best doen me aan te passen aan iets wat ik niet ben. Dus ik heb uiteindelijk ook nooit heel hechte vriendschappen gehaald uit de schrijverskringen. Momenteel heb ik meer vrienden en vriendinnen dan ik me ooit kon voorstellen. Het zijn er zoveel dat ik niet eens de tijd kan vinden om contact te onderhouden met hen allemaal, dat lukt me niet. Het zijn bijna allemaal Turkse mensen die een soortgelijke geschiedenis hebben als ik. Turkse homo's, Turkse vrouwen die getrouwd zijn met een Nederlandse man en ook al jaren geen contact hebben met hun familie, Turkse vrouwen die een heel vrij leven eropna houden en helemaal niet meer gelovig zijn. Ik merk aan de kleinste dingen dat deze vriendschappen veel hechter zijn; we spreken af en toe Turks met elkaar, we hebben dezelfde humor, dezelfde visie op dingen, ze snáppen mij volledig en ik hoef niets uit te leggen, en we hebben dezelfde basis. Ik had nooit gedacht dat nota bene ik met een uitsluitend Turkse vriendengroep zou eindigen, maar het is nou eenmaal zo gegaan. Zij hebben me allemaal weten te vinden, nadat ze mij op tv zagen. Ze hebben me berichtjes gestuurd en uitgenodigd op de koffie of om te komen eten, en het verliep organisch. Ik hoefde niets te veinzen, ik hoefde niet te doen alsof, het ging meteen goed en het was áltijd leuk, en niet zo stijf. Nu kan ik me geen leven meer voorstellen zonder ze, zoveel zijn ze me waard. Ze hebben me door alle ellende heen getrokken. Als ik weer aangifte moest doen vanwege een bedreiging aan mijn huisadres, had ik diezelfde avond niets te willen en kwam Ayten me ophalen voor een verjaardagsfeest, ze accepteerde geen nee en trok me uit mijn neerslachtige bubbel. En dit deden ze allemaal, keer op keer. Dat ik niet gek geworden ben, heb ik aan hen te danken,' zeg ik. 'In dat licht bezien hebben het boek en de bekendheid mij heel veel gebracht, want ik heb de leukste vrienden die ik me maar kan wensen.'

Oneerlijk

'Maar,' zegt Mert ineens, terwijl hij naar zijn derde glas rode wijn kijkt, 'hoe doe jij dat? Met de feestdagen en zo, met die koude winteravonden, hoe negeer je dat je geen familie meer hebt? Mij lukt het niet altijd,' zegt hij zuchtend. Hij kijkt sip naar zijn voeten. 'Ik zie wel eens foto's van ze voorbijkomen, van mijn zussen en hun kleine kinderen, mijn neefjes en nichtjes, dat ze gezellig tafelen, met iedereen erbij. Voor de open haard, zoals we vroeger altijd deden. Maar ik ben er niet. Ik ben alleen thuis een cracker met kaas aan het eten en saai aan het werk achter mijn laptop. Helemaal alleen, want in de liefde heb ik ook gefaald. En dan moet ik bijna janken. Jou hoor ik daar nóóit over. Heb je dat nooit? Houd je ze niet stiekem in de gaten, op sociale media bijvoorbeeld, omdat je hoopt iets van leegte of verdriet te kunnen bespeuren, omdat je er niet bent?'

Mert is een Turkse homo en een goede vriend, misschien wel mijn beste vriend, die ik na mijn boek heb leren kennen, omdat hij naar een lezing van mij kwam en we nummers uitwisselden. Toevallig wonen we ook dicht bij elkaar, dus hij komt soms spontaan langs. Mert is sowieso altijd welkom, want met hem maakt het allemaal niet uit; mijn huis kan een rommeltje zijn, ik kan er niet uitzien, ik kan zeggen dat ik even een mailtje moet versturen, ik kan zeggen dat ik even ga douchen, ik kan zeggen dat ik niets lekkers in huis heb of dat ik de hond van de buren moet uitlaten, omdat ze op vakantie zijn; het is gewoon allemaal prima. Mert is makkelijk en ongedwongen. En daarom leuk. Hij is ook de enige die een kopie van mijn huissleutels heeft, voor het geval dat. Ik kan hem blind vertrouwen. En dat heb ik niet vaak met mensen.

Hij heeft me opgezocht omdat hij ook geen contact meer heeft met zijn familie. En zijn familie is niet eens per se streng religieus of écht islamitisch te noemen. Zijn moeder en zussen dragen bijvoorbeeld geen hoofddoeken en zien er modern en westers uit, en hij hoefde ook nooit naar de Koranschool, of te bidden of te vasten. Het zijn linkse, moderne Turken, cultuurmoslims. Maar toch tolereren ze geen homozoon. Dat vinden ze ongekend, een grote schande. Ze hebben hem daarom verstoten toen hij bij ze uit de kast kwam en weigerde het langer geheim te houden voor de buitenwereld.

Het lijkt erop dat hij veel meer moeite ervaart met de familiebreuk dan ik, maar ik weet eigenlijk niet of dat waar is. Mert is gewoon extraverter in zijn emoties, en iemand die snel huilt. Hij kan echt om álles huilen, ook als iets hem ontroert op tv. Dat heb ik echt nooit gehad. Ik kan dat gewoon niet. Ik weet niet of dat dan ook betekent dat ik minder voel. Ik ben overtuigd van niet; ik houd mijn emoties graag voor me. Ik ben meer een piekeraar. En soms melancholisch. Een klassieke binnenvetter. Maar zeker geen jankerd. Niet waar anderen bij zijn.

'Ik denk ook regelmatig aan mijn familie, dat is normaal,' beken ik, terwijl ik een slok wijn neem. 'Dat betekent alleen maar dat je ze niet vergeten bent. En dat je er wel eens aan denkt. Niets meer. Je hóeft er niets mee te doen, je kan het accepteren dat je aan ze denkt, en dat het pijn doet dat er geen contact meer is, en toch er verder niets mee doen, snap je?' zeg ik.

'Het zegt toch wat, dat we zo vaak aan ze moeten denken?'

Het is duidelijk dat hij een bepaald antwoord wil horen.

'Nee,' zeg ik kordaat. 'Je denkt eraan. En dan weer niet. En dan weer een keer wel. En daarna weer niet. Het is slechts iets waar je aan denkt, ik denk over miljoenen dingen na in het leven. Dit is er één van. Ik hoef het niet allemaal serieus te nemen. Ik denk ook wel eens aan mijn ex, gewoon omdat het de revue passeert, of omdat ik iets zie wat me aan hem doet denken, dat betekent niet dat ik hem een berichtje moet sturen. Ik hoef er niks mee te doen. Je kan ook vrede hebben met de situatie dat je er gewoon aan denkt, zonder er acties aan te willen verbinden,' zeg ik.

'Maar... word je er niet verdrietig van?' vraagt Mert aarzelend.

Het stoort me bijna. Zijn vragen. Ik vind het irritant. Wat hebben we hier nou aan?

'Nee, ik weiger er verdrietig van te worden,' zeg ik. 'De breuk was niet onze keuze, *remember*?'

Ik zet mijn wijnglas op de salontafel en neem een koekje.

'Dan kun je er toch alsnog verdrietig van worden?' zegt hij.

'Oké, word er dan maar verdrietig van. Wentel je in je verdriet. Ren anders terug in hun armen. Zeg sorry, sorry dat ik een gelukkig leven wilde leiden en mezelf wilde zijn door iets waar ik mee geboren ben, wat jullie niet kunnen accepteren, omdat jullie bang zijn voor het oordeel van de gemeenschap. Zeg maar dat je toch wél wil trouwen met een vrouw, en kinderen krijgen. Niets houdt je tegen, zeg het ze vandaag nog!' zeg ik cynisch.

'Dat zeg ik toch niet?' zegt hij verdrietig. Hij moet ineens huilen.

Ik voel me schuldig. Die aanval kwam uit het niets. En heeft hij niet verdiend.

Ik voel me intens slecht.

Ik sla een arm om hem heen.

'Sorry,' zeg ik snel.

Mert begint ineens harder te snikken.

'Ik mis ze zo, Lale.'

Hij knuffelt me stevig en huilt uit.

Ik knuffel hem terug, maar zeg niks. Ik word er zelf ook verdrietig van.

Ik ben jaloers, merk ik. Jaloers, omdat hij wél in staat is zijn gevoelens te uiten. Ik heb nooit uit mijn strot gekregen dat ik ze mis. Zelfs niet bij mijn vriend, als hij dat vroeg. Ik heb ook nooit naast iemand kunnen huilen hierom.

'Ik snap het, doe maar rustig,' zeg ik, terwijl ik over zijn rug strijk.

Ik ontworstel me uit de knuffel, pak zijn gezicht in mijn handen en kijk hem in zijn ogen.

'Luister, we hebben hier niets aan. Je hebt het een tijdje terug geprobeerd, weet je nog? Je wilde een verzoening. Je deed zo je best. Weet je nog hoe dat afliep?' zeg ik.

Mert huilt alleen maar. Hij zegt verder niets.

'Ik zal je geheugen opfrissen. Je kwam elke dag klagen over hoe onzinnig het was toen je nog wel contact met ze had. Dat je weliswaar werd getolereerd, maar niet voelde dat je werd geaccepteerd. Dat het nooit als vanouds was. Dat het nooit meer gezellig was, en altijd ongemakkelijk, toen ze het eenmaal wisten. Ook al had je ze beloofd je homoseksualiteit niet te praktiseren, je zou geen vriend nemen, en je zou het geheimhouden, en je in de gemeenschap als hetero gedragen, weet je nog? Toen appte en belde je elke dag om te vertellen hoe vermoeiend het was, het toneelspelen. Het niet écht geaccepteerd worden. Je had wel contact met ze, maar je was niet tevreden. Je had het gevoel dat ze je nog net konden verdragen, maar nooit meer als de oude Mert zagen, als hun zoon waar ze trots op waren. Om de kleinste ongemakken snauwden ze je af. Ze mompelden beledigende dingen over je als ze geïrriteerd waren. In elke ruzie kwam terug dat je gewoon een vieze poot was, een *götveren**. Weet je dat

* Letterlijk: een kontgever in het Turks (beledigend bedoeld voor homo's).

nog allemaal? Je had het gevoel nooit echt geaccepteerd te worden, je had het gevoel dat de liefde er niet meer was. Dat ze de hoop toch al verloren hadden dat er nog iets "normaals" terechtkwam van je. Je kon niets meer goed doen, zelfs als je een broodje had gesmeerd en je mes op het aanrecht had achtergelaten, schreeuwde je vader naar je. Ze zagen je als verloren. Je was er wel, je bevond je tussen hen, maar de manier waarop ze met je omgingen was nooit meer hetzelfde. Niet met gelijkwaardigheid, niet met respect, niet met liefde en affectie, maar afstandelijk, alsof ze zelf hoopten dat je de eerste zou zijn die hen verliet. Toen trok je dat niet meer en heb je er wat van gezegd. Je bent weggegaan na een heftige ruzie en nu spreek je ze al een jaar niet meer. Weet je nog hoe vrij je je voelde, toen je eenmaal uit huis was, en voor het eerst op Grindr en Tinder kon gaan, gewoon met je echte profiel? Toen je niet meer in angst en beven hoefde te daten? Kijk nou, je hebt een leuk huisje, je hebt leuke dates gehad, leuke vriendjes, je hebt mij, andere vriendinnen, je hebt een goede baan, je wordt ingehuurd door mensen om hun huis in te richten omdat je daar oog voor hebt. Je hebt talent. Je bent vrij. Je bent autonoom. Dit had je toch nooit willen missen? Denk even terug aan hoe ongelukkig je thuis bij je ouders was!' zeg ik.

Mert veegt zijn tranen weg.

'Ik zeg ook niet dat ik spijt heb, Lale, ik zeg gewoon... dat ik het jammer vind. Ik wil ook helemaal niet terug naar die gevangenis, nooit. Tuurlijk niet. Ik ben heel blij met mijn leven, met jou, met mijn vrijheid. Maar dat betekent niet dat ik het niet moeilijk vind. Ik vind het echt moeilijk en oneerlijk. Vooral als ik bij vriendjes thuiskom, en zie hoe blij zij zijn met hun gay zoon. Ik kan het niet zo makkelijk accepteren als jij dat doet, het doet pijn, ik blijf rouwen,' zegt hij.

'Ja... oké... maar Mert, ik ben een rationeel persoon. Je hebt niks aan dingen moeilijk vinden. Moeten we dan elke dag sip zijn en huilen? Of gewoon accepteren dat het zo is en verder kijken? Er wat van proberen te maken? Roeien met de riemen die we hebben?' vraag ik.

'Kijk, je hebt gelijk, Lale, maar… ugh… soms twijfel ik of jij wel snapt wat emoties zijn,' zegt hij.

'Pardon?' Ik snap niet waar deze belediging ineens vandaan komt.

'Ja, ik meen het. Dit klinkt misschien hard, maar ik krijg soms de indruk dat jij niet meer voelt. Dat je alles rationaliseert. Dat je alles platslaat. Dat je je voor dingen afsluit, om maar niet te hoeven voelen. Kom op, we zijn lotgenoten. We zijn verstoten, Lale, verstoten! We hebben geen familie, onze eigen ouders moeten ons niet! Dat doet toch pijn? Hoeveel mensen in de wereld hebben dat nou? Als ze dood waren geweest, kon je nog ergens accepteren dat ze er gewoon niet zijn, maar als ze nog in leven zijn, en gezond, en lachen en liefhebben, samen eten en cadeaus uitwisselen, samen op de bank hangen voor de tv en bordspellen doen, maar alles zonder jou, dan doet dat toch vreselijk veel pijn? Dat is toch oneerlijk? Dat is toch dieptriest, voor ons? Wie heeft er nou geen liefdevolle ouders, kijk eens om je heen! Bijna niemand heeft dat, Lale. Zelfs adoptiekinderen hebben meer liefde, steun en warmte dan wij! We worden gehaat door ons eigen bloed! Ik kan heel moeilijk leven met die realiteit. Ik doe het wel, maar het is een strijd, bijna dagelijks, soms weer wekelijks, maar het is er, altijd. Ik sta er elke dag bij stil hoe fucking zwaar dat voor me is. Ik zie overal gelukkige families, mensen die wél alle steun krijgen van hun ouders. Al is het maar omdat ze in het weekend even een dagje met elkaar gaan eten. Of hun kinderen langsbrengen, zodat opa en oma op kunnen passen. Of om een kop thee te drinken. Of om dingen te delen die in hun levens gebeuren. Of ze gaan met hun partner daar gezellig eten. Of kerst vieren. Of ze krijgen een aai over hun bol. Of ze horen dat ze het goed doen, en dat hun ouders trots zijn op hen! Of ze krijgen advies en troost, als het niet goed gaat, als ze pijn hebben, gekwetst zijn, bijvoorbeeld in de liefde. Of ze kunnen het delen als ze opgelicht zijn in een vakantieland. Of gewoon hun dagelijkse hersenspinsels. Als een recept is mislukt, of als ze een nieuwe Dyson-stofzuiger hebben, weet ik veel. Alles, alles kunnen ze delen! Ik ken zelfs een vriend die aan zijn moeder vraagt welke jas hij moet kopen, en haar foto's stuurt vanuit de paskamer. Zo was ik ook ooit met mijn moeder. Nog maar enkele jaren terug. Ik was hun oogappel. En nu kijken ze niet eens meer naar me om, Lale! Als een van ons morgen in het ziekenhuis ligt, omdat we een verkeersongeluk hebben gehad, of een been hebben verloren, of een of andere nare ziekte hebben, dan zijn ze er niet! Dan komen ze niet eens langs! Dat is toch in- en intragisch, Lale? Waarom doe je alsof dat niet tragisch is?'

Ik ben stil. Ik voel me overweldigd. Ik voel me ook... aangevallen. Ik had een heel vredige dag totdat Mert hier kwam en het kwam verzieken. Ik zou gewoon aan mijn column voor *Het Parool* zitten, en moet je nu eens zien. Ik hoor een of andere zielenpiet aan die zich wentelt in zijn slachtofferschap en van mij eist dat ik dat ook doe, terwijl ik krachtiger ben. Sterker wil zijn. Hierboven wil staan. Ik heb hier helemaal geen behoefte aan, godverdomme. Wat denkt hij wel niet?

'Ik denk dat je beter kunt gaan,' zeg ik koel.

Hij kijkt me beduusd aan.

Wat kijk je nou stom, gaat het door me heen.

Hij droogt zijn tranen, staat op en verlaat mijn huis.

Ik blijf aangedaan achter.

Ik voel me zo kut nu. En ik weet niet wat ik ermee moet. Ik heb geen idee. Ik voel me erg onrustig. Wat was dit nou? Wat was zijn bedoeling? Wat bereiken we hier godverdomme mee? We moeten voor ons kijken, niet terugkijken. Dat heeft geen zin, dat weet iedereen.

Ze gaan ons nooit accepteren, sukkel! wil ik uitschreeuwen.

Mert is al vertrokken, maar ik heb nu mijn weerwoord, dus ik spreek het toch uit, in mijn eentje in de woonkamer: 'We zijn verstoten! Ze houden niet van ons, anders waren ze hier nu toch? Kijk eens om je heen, niemand. Er is niemand. Waar zijn ze? Helemaal nergens! Wanneer hebben ze je voor het laatst gebeld? Een bericht gestuurd? Juist, nooit. Waarom zouden we dan huilen om mensen die er niet voor ons zijn? Huil lekker in je bed of zo, maar val mij er niet mee lastig, idioot!'

Ik snel naar de koelkast en schenk mijn glas vol. Ik neem grote slokken, achterelkaar. Ik blijf star voor me kijken, en dan naar mijn glas wijn, en dan naar de salontafel, waar de sigaretten van Mert en zijn aansteker nog liggen. Dan kijk ik naar de tv, en weer naar mijn handen.

Ineens moet ik heel hard huilen. Daar zijn ze, met al te veel dit keer: tranen.

Tranen van een dip. Tranen van teleurstelling. In mezelf. Uit schuldgevoel.

Richting de mensen waar ik het meest om geef. Tranen van constante onrust in mijn hoofd. Maar ik ben van mening dat het onderdeel is van een proces. Mijn proces.

De tranen brengen me terug naar een andere avond, 23 november 2014.

De avond dat ik van mijn geloof viel. Toen voelde ik me ook verdrietig, eenzaam en enorm boos. Er ging een koude rilling over mijn rug. Ik was boos om de leugens die me waren verteld. Boos om het zwarte gat waar ik in viel. In de totale leegte, waar ik lang dolende was.

Ik kwam net terug van de Koranschool. We hadden die dag geleerd over de vrije wil in de islam. Alleen kon ik er geen chocola van maken; de docent beweerde dat Allah alwetend en almachtig is, en alles van het verleden, het heden en de toekomst al weet. Allah zou in staat zijn om alles te doen en te veranderen als Hij wil, maar tegelijkertijd bestaat er ook vrije wil voor de mens. *Maar dat kan helemaal niet*, dacht ik. Ik vroeg het haar keer op keer: 'Hoe kan dat nou, als Hij al weet dat ik ga zondigen morgen (vanwege de alwetendheid), en Hij mij op deze manier heeft geschapen (vanwege de almachtigheid), met die inborst, dan kan ik toch geen vrije wil hebben?' vroeg ik.

'Jawel,' hield ze stug vol. 'Hij heeft je inderdaad geschapen, en Hij weet inderdaad hoe wij onze levens zullen leven, en of we goed of slecht zullen leven, en tegelijkertijd heb je de keuze om voor het goede te kiezen,' zei ze toen zelfverzekerd. Terwijl dat natuurlijk niet kan. Dat verhaal was een en al tegenstrijdigheid. Iets wat al vaststaat kan toch nooit een keuze zijn?

'Wij geloven dat het lot al bezegeld is, maar ook dat we nog de keuze hebben? Ik snap het niet,' zei ik.

Ze zuchtte.

'Het is heel simpel, hoor,' zei ze vermoeid. 'Misschien wil je het gewoon niet snappen.'

Ze deed alsof ík gek was.

Ik voelde me net Galileo Galilei die aan de kerk moest uitleggen waarom de aarde om de zon heen draait, en niet omgekeerd.

Ik bleef erover peinzen. Ik had al langere tijd twijfels over het geloof, bijvoorbeeld over de regels omtrent homoseksualiteit of vrouwenrechten, maar ik wuifde het steeds weg. Zo snapte ik ook niet waarom er kinderen met kanker bestonden, of mensen en baby's omkwamen door tsunami's, aardbevingen, zinloze oorlogen en door ziektes.

'Dat is een test van God,' leerden we op de Koranschool. 'Of juist een straf, omdat we niet gehoorzamen.'

Ik vond dat simplistische lulkoek. Hoezo zou een kind met kanker getest worden? Of een oma die omkomt in een aardbeving? Ik vond het zeer ongeloofwaardig.

Maar ook andere zaken stuitten me steeds meer tegen de borst.

'Een moslim is áltijd beter dan een niet-moslim,' verkondigde de docent. 'Hoe slecht de moslim ook is, zolang hij een moslim is, is hij duizendmaal beter dan de allerbeste ongelovige, want het ontkennen van de Schepper en Zijn boodschapper Mohammed is de allergrootste zonde die er is,' zei ze.

'Dus als ik het goed begrijp,' zei ik bijdehand, 'even een hypothetisch geval, is een moordenaar en kinderverkrachter die moslim is, en die duizend kinderen heeft verkracht of vermoord, beter dan een ongelovige die zijn hele inkomen doneert aan goede doelen en bij Artsen zonder Grenzen werkt?'

'Ja, natuurlijk,' zei de docent direct. Dat er geen twijfel of denkwerk aan voorafging, vond ik heel eng.

'De moslim die zondigt is nog altijd een moslim. Zolang hij moslim is, maakt hij kans op het paradijs, terwijl een ongelovige nooit kans maakt op het paradijs, wat deze ook doet,' vervolgde ze plechtig.

Ik keek haar verward aan.

'Dit zijn de regels van Allah, niet van mij,' zei ze. 'En onze hersenen zijn ontoereikend om Zijn kennis te bevatten.'

Ik voelde een rilling over mijn rug. Wat was dit voor wereldbeeld dat me hier werd aangeleerd?

Ik dacht aan elke niet-moslim die ik op dat moment kende. De tandarts, de buren, de huisarts, mijn leraren op school, mijn Surinaamse klasgenoten, mijn beste vriendin die Hindoestaans was en de jongen op wie ik verliefd was. Die zouden allemaal in de eeuwige hel komen. De eeuwige.

Ik had nooit stilgestaan bij dat woord: 'eeuwig'. Wat was dat voor een raar concept, dacht ik. Eeuwig!? Dat is dus niet honderd, niet duizend, niet tienduizend, niet honderdduizend en ook niet tien miljoen jaar, nee; eeuwig! Eeuwig branden! Steeds een nieuwe huid krijgen om te branden, zoals de docent me had geleerd.

Dit is totaal zot, bedacht ik. *Wie dit waarachtig kan geloven, is niet snugger.*

Die dag besloot ik nooit meer naar de Koranschool te gaan. Wat mijn ouders zeiden boeide me niet meer; ik was oud en wijs genoeg om te bepalen dat ik niet meer ging.

Weerzien

'Weet je wat kenmerkend is voor vrouwen, Lale?' vraagt Benjamin.

'Vertel,' zeg ik, en ik neem een slok van mijn wijn. Mijn laatste, want ik heb morgen een schoolinterview over mijn boek en ik wil thuis slapen. Benjamin leunt achterover en gaat met zijn rechterhand door zijn lange, volle, steile zwarte haren die tot aan zijn schouders komen en die verdomd lekker ruiken. Ik leg mijn hoofd op zijn schouder; als er iets is waar ik van hou in het leven, zijn het lekkere mannengeurtjes.

'Ze worden verliefd op je omdat je jezelf bent, maar willen vervolgens die kenmerken die jou jezelf maken, veranderen. Waarom willen ze dat!? Jij bent ook een vrouw, jij kan het me vertellen,' zegt hij.

'Pik, je denkt toch niet dat er vrouwen bestaan die zo vrijdenkend zijn dat ze jou gaan laten flikflooien met andere vrouwen, terwijl jullie in een relatie zitten? Je kan het Selma niet kwalijk nemen, *come on*. Dat niveau van ruimdenkendheid heeft vrijwel niemand nog bereikt, laat staan iemand uit een conservatief Iraans milieu. Je verwacht een beetje te veel hedonisme en ruimhartigheid. Misschien is dat wat jij wil normaler in 2050, misschien ben jij je tijd vooruit, maar de samenleving zit gewoon nog vast in bepaalde sociale conventies, hoe vrijgevochten en modern sommigen ook lijken. Dat gaat voor velen te ver, een open relatie, weet je wel. Ze worden jaloers, en angstig om je kwijt te raken aan een ander, dat is toch normaal? Ik zou het ook niet kunnen,' zeg ik.

Benjamin had na onze eerdere datefase een relatie gekregen met Selma, maar ze maakte het uit toen hij bekende een open relatie te willen proberen omdat hij niet meer geloofde in monogamie. De suggestie alleen al was genoeg voor haar om haar spullen te pakken. Zijn eerlijkheid werd hem niet in dank afgenomen en ze is met de noorderzon vertrokken. Nu is Benjamin al maanden van zijn 'vrijheid' aan het genieten, maar realiseert hij zich ook dat hij haar niet kwijt wil. Hij komt er niet uit.

'Ik snap dat niet,' zucht hij. 'De wereld zou toch een veel mooiere plaats zijn als iedereen kon doen wat hem of haar gelukkig maakt? Bevriend raken met wie je wilt, intieme gesprekken hebben met wie je wilt, ondanks het geslacht. Neuken met wie je wilt, omdat je daar zin in hebt, gewoon omdat het kan, omdat je de connectie verder wilt verkennen, omdat het een onnavolgbare connectie is, omdat het de intiemste manier van contact maken is, omdat we allang een beschaving hebben waarbij zwangerschappen en soa's voorkomen kunnen worden en we puur om het plezier en het genot samen kunnen zijn met een ander... Of je nou wel in een relatie zit of niet, of je nou al wel kinderen hebt of niet. Als iedereen lief voor elkaar was en de ander niet als bezit zag, de ander niet wil knechten, niet van de ander verwacht zoveel op te offeren als voorwaarde om samen te blijven, zou het beter zijn. Alsof een relatie of huwelijk tegenwoordig een soort wurgcontract is, waarbij je tekent voor één leverancier voor de rest van het leven van je bedrijf. Waarom doen wij mensen elkaar dat aan? Het is biologisch en evolutionair gezien zelfs niet normaal. Welk voordeel heeft het om jezelf te dwingen honderd jaar met dezelfde persoon te gaan en met niemand anders de liefde te proeven, terwijl je zo veel intrigerende mensen en mooie lichamen tegenkomt in het leven, waar je zo veel verlangen naar voelt? Wanneer laten we dat een keer los en gaan we met z'n allen genieten? Met z'n allen afspreken dat we alles nemen wat dit leven te bieden heeft, aangezien we toch over een tijdje in onze luiers piesen als we moeten niezen? Je bent maar één keer jong. Waarom dwingen we onszelf in een keurslijf, in een sleur? Het is normaal om in een relatie allerlei dingen ook met anderen te doen, van bepaalde interesses tot activiteiten, tot sport, vakantie en uitgaan, met vrienden mag je dat allemaal doen, maar als het op seks aankomt is het zo superexclusief voor altijd, waarom? Dat snap ik niet. Ik hou van haar, maar ik wil ook af en toe met een andere vrouw zijn, zonder haar te verliezen. Is dit echt zoveel gevraagd, of ben ik raar? Zij mag datzelfde ook doen van mij! Ik vind dat ook spannend, en niet gelijk een heel leuk idee, maar ik kan me eroverheen zetten, omdat ik haar vertrouw, omdat ik weet dat we samen gelukkig oud kunnen worden, omdat ik haar dat ook gun,' zucht hij. 'Kijk, het is nu vijf maanden uit, en allebei neuken we erop los met anderen, dat hoor ik van haar vrienden, en toch weet ik zeker dat ze me mist, omdat ik haar ook mis aan het einde van de dag. Liefde en lust zijn voor mij gescheiden, dat is voor iedereen toch zo?'

Hij steekt een sigaar op.

Zijn telefoon licht op en er gaat een geluidje af.

'Mijn telefoon laat me weten wanneer mijn vaatwasser klaar is. Had ik gewacht op een nieuwer model oven, dan kon ik die via mijn telefoon voorverwarmen. Je hebt nu ovens die je precies vertellen welke groenten je wanneer in je ovenschotel moet flikkeren. Zeventienduizend jaar beschaving, nu staan we hier. Heerlijk,' zegt hij.

Hij neemt een slok, kijkt me aan en komt heel dichtbij, terwijl hij verlangend kijkt naar mijn lippen, en dan weer in mijn ogen. 'Waarom ben jij niet zo? Jij bent toch ook een vrouw? Of ben je stiekem ook zo?' zegt hij lachend, zijn perfecte witte tanden blootgevend, terwijl hij met zijn vingers langs mijn wangen gaat. 'Ben je stiekem ook zo jaloers en bezitterig als je een relatie hebt? Ga je dan ook met spullen gooien en je koffers pakken, als ik een keer een weekje de relatie open wil gooien, voor de verandering?'

Ik denk nog na over een antwoord. 'Nou,' zeg ik. 'Ik denk het eigenlijk wel. Nu boeit het me niet wat je doet met anderen, want we hebben geen relatie, maar als ik echt iets wil opbouwen met een man en kinderen met hem wil krijgen, lijkt het me moeilijk om een vent te vertrouwen die het ook met anderen doet. Wat als hij gevoelens voor haar krijgt? Of iemand zwanger maakt? Of hij iemand in ons leven brengt die mentale problemen heeft en geobsedeerd met ons raakt en een gevaar vormt? Ik zeg maar wat. Ik heb daarvoor te veel de serie *You* gekeken, op Netflix, over die enge stalker. Ik moet niet alleen hem, maar ook de ander vertrouwen. Ik zou daar geen zin in hebben, dus liever neem ik dat risico niet,' zeg ik.

'Saai hoor,' zegt hij, terwijl hij me tegen zich aan drukt. 'Zo veel zorgen om niets. Ik kon je nu ook vermoorden, in een bad met zuur, of je arm eraf hakken. Toch ben je hier, na twee jaar, en hebben we het gezellig. Het leven is risico's nemen, en verstandig zijn daarbij,' zegt hij. 'Zwangerschappen kun je tegenwoordig op honderd manieren voorkomen. Soa's ook. Gevoelens krijgen gaat niet zo makkelijk, en dat kun je echt wel afhouden of bewust stoppen als je al in een goede, stabiele relatie zit. Ik kan dat, dat weet ik zeker. En ook de kans dat iemand een stalker wordt, is heel erg klein. Als we bij alles wat we doen in het leven zo dachten, zouden we nooit risico's durven nemen.'

Daar had hij een punt.

Hij begint me ineens hartstochtelijk te kussen en knijpt agressief in mijn tieten en billen. Hij pakt me op, gaat zitten op de bank op zijn dakterras en zet me op zijn schoot, terwijl hij mijn dijen stevig vasthoudt.

Ik kus aanvankelijk terug, maar als ik merk dat hij verder wil en me begint uit te kleden, kap ik het af.

'Stop, wacht,' zeg ik, en ik draai mijn gezicht weg, waarna ik opsta en iets achteruitdeins. Ik knoop mijn blouse weer dicht. Hij kust verder in mijn hals, trekt me weer op de bank en probeert me lichtjes te duwen zodat ik meer lig dan zit. De verleiding om eraan toe te geven is groot. Heel groot. Maar nee, het is al halfeen, ik kan het echt niet later maken, ik wil fit zijn morgen. Ik heb de laatste tijd vaker interviews gedaan nadat ik amper had geslapen door het feesten en chillen 's nachts, maar dan kom ik niet goed uit de verf. De scholieren hebben recht op een frisse, inspirerende schrijver.

'Ik moet echt gaan, het is laat, ik heb gisteren ook maar drie uurtjes geslapen,' zeg ik. Ik ga de woonkamer in en pak mijn jas, die over de eettafelstoel hangt.

Zoals altijd wanneer ik vertrek, komt zijn hond, een husky, toegesneld om een laatste aai en knuffel te vragen. Ik gun hem die graag.

'Jou wil ze wel haar liefde geven,' zegt Benjamin tegen de hond. 'Mij is ze zat, omdat anderen haar beter behagen.'

'Dat heb ik nooit gezegd. Ik kom binnenkort weer, over twee weken of zo, even geduld. Ik moet nu gewoon naar huis,' zeg ik.

'Ja, volgend jaar misschien weer, omdat je het druk hebt met die andere sukkels van je.' Hij is even stil. 'Zeg eens eerlijk, wie is je favoriet? Ik? Of een van hen? Hebben ze een grotere? En waarom doe je er altijd zo geheimzinnig over? Waarom mag ik niet weten wie het zijn? Je wil ook nooit een foto laten zien. En hoeveel zijn het er? Zijn het Turken of Nederlanders? Of ben je een soort VN, van alles wat?'

'Jullie zijn allemaal als mijn kinderen, ik zou nooit kiezen. En wat boeit het wie het zijn of hoeveel het er zijn of welke nationaliteit ze hebben? Dat zijn gewoon jouw zaken niet. Als ik het niet leuk met je had, zou ik niet komen, toch?' zeg ik.

'Godverdomme,' zegt hij, terwijl hij een harde stoot geeft tegen zijn boksbal. En dan nog twee, snel achterelkaar. Benjamin heeft een eigen gym in zijn enorme huis. Dan komt hij op me af en trekt me hardhandig naar zich toe. 'Zeg het. Ik moet het weten,' zegt hij, terwijl hij me iets te stevig vasthoudt. Maakt hij nou een grapje? Ik kan het niet echt zien.

'Wat is er met jou vandaag?' zeg ik verbijsterd. Wat is er aan de hand? Waarom doet hij ineens zo raar?

'Luister, Lale. Ik weet natuurlijk dat je ook al die andere gasten hebt die je neukt, maar je laat me elke keer te lang wachten. Ik wil je vaker zien. Je komt maar eens in de twee, drie weken, soms zelfs één keer in de maand, en dan ook nog te kort. Waarom kan het niet zo zijn als vroeger? Godverdomme, kan ik je niet lekker neuken of zo? Je komt honderd keer klaar, het kan niet dat zij het beter doen, toch?! Dat is onmogelijk. Waarom ga je nog naar ze toe? We hebben het altijd gezellig, altijd leuk. Waarom kom je niet gewoon elke keer dat je genomen wilt worden naar mij toe? Zeg eens eerlijk, waar kom ik in tekort?'

Ik snap niet waar dit vandaan komt. De man die net lulde over vrij zijn en open relaties, komt ineens als een bezitterige testosteronbom uit de hoek. Of is hij onzeker? Ach ja, mannen: ze weten niet eens wat ze willen, leert de ervaring. De ene dag willen ze a, de andere dag b, het is maar net hoe de wind staat. Of hun pik.

'Het gaat niet alleen om het neuken. Kom op, dat hoef ik jou toch niet uit te leggen? Dat is ironisch. Het zijn allemaal mijn vrienden, die ik stuk voor stuk waardeer, net als dat ik ook geef om jou. En als ik daar zin in heb, wordt er ook wel eens geneukt, maar daar draait het niet om, dat is een bijzaak. Waarom heb je de behoefte jezelf een voorrangspositie te geven? Ik heb jou toch nooit loyaliteit beloofd? Je zat zelf net te ranten over dat je ex zeikt dat je ook andere vrouwen neukt. Nu doe jij dat toch ook bij mij?'

'Nee, ik zeur niet, je doet maar. Ik heb het je toch nooit verboden of zo, zoals mijn ex bij mij doet? Als ik dat niet kon accepteren, zou ik dat vanaf het begin niet doen. Ik vraag me gewoon alleen af waarom het zo lang moet duren om je weer te zien, terwijl we echt lekker kunnen chillen samen, het liefst elke dag, maar jij komt eens in de drie weken of zo. Ik zeg het niet vaak, Lale, maar ik mis je. Ik wil meer van jouw aanwezigheid. Misschien dat ik je dan een keer zat raak, maar daartoe moet je me wel de gelegenheid geven. Je laat me je te veel missen, man. Da's echt niet leuk. En ik ben hierdoor in de war, want ik neuk al vrouwen sinds m'n vijftiende, maar met jou heb ik op de een of andere manier een diepe band. Tering, ik haat het dat ik klink als een verliefde puber, zo bedoel ik het niet, ik ben niet verliefd of zo, maar... snap je wel wat ik bedoel?'

Hij maakt een verwarde indruk. Zo ken ik hem helemaal niet. Was het nu ineens voor de verandering een man die gehecht raakt aan een fuckbuddy in plaats van de vrouw, zoals ik doorgaans van anderen hoorde? Is hij nou gehecht geraakt aan mij? Of is dit een roes en heeft hij gewoon te veel gedronken? Waarschijnlijk dat laatste, ik moet het niet al te serieus nemen.

Benjamin heeft zo veel harten van zo veel mooie en intelligente dames gebroken door ze ultiem af te wijzen en daarna dood te negeren, omdat zijn tijdelijke interesse was vervlogen, waarom zou hij ineens wat voelen voor mij? Bovendien heeft hij vooralsnog een diepe band met zijn ex. Ondanks zijn promiscue gedrag houdt hij van haar. Ik moet niet denken dat hij verliefd op me is, ondanks ons verleden en zijn emotionele steun toen ik aan mijn boek bezig was. Ik mocht vaak bij hem thuis rustig werken aan mijn manuscript, en hij is altijd aardig voor me geweest. Ik weet ook helemaal niet of ik dat wel wil, iets serieus met hem. Benjamin is aimabel, succesvol en intelligent, maar wel... losbandig. En enorm impulsief, altijd uit op avontuur en een beetje een adrenalinejunk. Ik vermoed dat hij ADHD heeft. Geen serieuze kandidaat om een toekomst mee te willen.

‘Nou, dat is toch goed, dat ik je de mogelijkheid geef om me te missen,’ zeg ik. ‘Je zat net nog te speechen dat het zo mooi zou zijn als iedereen deed waar-ie gelukkig van wordt en zich niet laat ketenen en de sleur ontvlucht,’ zeg ik nonchalant, terwijl ik mijn jas dichtmaak, mijn tas omdoe en mezelf opfris voor zijn spiegel. Lippenbalsem op, haren losgooien en kammen met mijn handen, kauwgom in, oordoppen uit mijn zak alvast, een paar spuitjes parfum. Ik ben *good to go.*

‘Weet je wat jou zo woest aantrekkelijk maakt? Dat je ook altijd zo bijdehand bent, altijd je weerwoord hebt, maar nooit dom of onzinnig of misplaatst, je hebt altijd een punt, en als ik dat besef wil ik je gewoon heel hard nemen, omdat ik die hersenen van jou nog het geilst van alles vind,’ zegt hij.

Ik moet er bijna van blozen, hij weet hoe hij me kan vleien.

‘Weet ik, hoor ik vaker. Dankjewel voor de bevestiging, schat,’ zeg ik, terwijl ik hem nog een laatste glimlach schenk voor ik vertrek.

‘Laat me niet weer te lang wachten, bitch,’ zegt hij, terwijl hij mijn zoen, die ik op zijn wang wilde geven, op zijn mond laat landen en me naar zich toe trekt, een tikkeltje agressief.

‘Doe je andere vrienden de groeten, hè,’ zegt hij nog met een knipoog, voor ik verdwijn.

Ik loop inmiddels voor de twintigste keer deze trap af, deze Rotterdamse straat uit. Aan alle kanten heb je restaurants, cafés, lichtjes, mensen met wijntjes op terrassen, drukte, gelach, rumoer. Benjamin woont heel leuk en groot, in het bruisende centrum, aan de Witte de Withstraat.

Ik weet nog goed dat ik voor het eerst hier liep, naar zijn nieuwe huis. Het was anders dan wanneer ik voor het eerst thuis met een man afsprak die ik tot dan toe alleen virtueel had gekend, maar toch spannend, want ik had Benjamin al heel lang niet gezien. Het waren niet de bekende gedachten die ik had voor ik iemand voor de allereerste keer zou zien. Zou ik in een bad met zuur belanden? Zou het een *catfish* zijn, zoals die ene keer? Zou het een verkrachter, drugsdealer of iemand van de orgaanmaffia zijn? Een psychopaat, een potentiële stalker, iemand die me ging drogeren met een pilletje in mijn drankje en daarna filmpjes ging maken van mijn naakte lichaam om me daarna levenslang te bedreigen voor geld of seks? Of nog het ergste van alles: een bdsm'er; zo'n lijpo die van die idiote seksfantasieën heeft en een vrouw moest vastbinden en mishandelen om genot te ervaren, zoals in *Fifty Shades of Grey*? Dat had ik eerder meegemaakt, dat iemand zich ineens als zodanig ontpopte, alhoewel hij het nooit bij me afdwong, dus dat scheelde.

Dit was overigens niet het gekste. Lars, een vroegere collega bij de Albert Heijn die into sm is, had verteld dat hij op een website zat waar alle sm'ers samenkomen en geregeld met elkaar afspreken. Sommige vrouwen hadden bijvoorbeeld de fantasie om verkracht te worden, dus die stuurden je hun huissleutels op, tezamen met hun werkrooster, als ze je eenmaal vertrouwden, zodat je op een onverwachts moment binnen kon komen en haar kon 'verkrachten'. Anderen waren al jaren getrouwd, maar kickten er als stel op om elkaar te betrappen op 'vreemdgaan', zodat ze daarna wilde goedmaakseks konden hebben. Dus dan ging het vrouwtje 'vreemd' met Lars, terwijl haar ventje op zijn werk was. Voor de duidelijkheid: dit was van tevoren overlegd en afgesproken. Vervolgens filmde ze hoe ze daarvan genoot en klaarkwam, om het daarna samen met haar man te bekijken, die daar opgewonden van werd.

Goed, het weerzien met Benjamin ging goed, heel goed zelfs, ik werd niet vermoord of verkracht en hij had geen verknipte seksfantasieën. Hij was nog steeds best sympathiek. Hij was nog steeds knap en intelligent. Hij verdiende nu alleen veel, dat was aan alles te zien. Hij was sinds kort tegen monogame relaties, tegen het huwelijk, wilde geen kinderen (misschien ooit, als hij vijfenveertig is en verveeld, zei hij) en was een ultieme hedonist die elke dag het leven vierde. Ondanks het feit dat ik veel van zijn opvattingen totaal kon begrijpen, betrapte ik me vaak op de conclusie dat ik toch liever niet eindig zoals hij: met een hond in een groot appartement, met elke dag een andere vrouw over de vloer en geen kinderen, op je vijfendertigste.

Natuurlijk had zijn levensstijl voordelen; hij kon gaan en staan waar hij wilde, hij had minder kuttaken dan iemand met kinderen, hij kon uitslapen, lezen en films kijken, elke dag het gezelschap genieten van een andere knappe en intelligente vrouw en de spanning en seksuele aantrekking erin houden. Het leek mij een paradijselijk leven, en zo ervaarde hij dat ook, maar zou hij nou werkelijk waar geen spijt krijgen als hij straks oud is en geen kinderen heeft? Ik wist het niet zo goed. Ik vond het ergens kinderachtig. En leeg.

Wie zou hem later meenemen naar Artis, of een ander gezellig uitstapje, of opbellen als hij ziek was? Wie zou hem een kom soep brengen? Wilde hij geen succesvolle nazaten, op wie hij trots kon zijn? Wilde hij niet met het hele gezin aan tafel in de avonden of op feestdagen? Hij wist de vraag stellig te beantwoorden: 'Nee, daarvoor hoef je geen kinderen te maken, we hebben genoeg mensen op de planeet wier gezelschap leuker is dan dat van kleuters of pubers.'

Dit veroorzaakte een soort error in mijn hoofd. Ik had altijd geleerd dat dat het allerbelangrijkste is in het leven, dat je dan pas compleet bent: met een succesvol gezin, met kinderen, met een lieve partner op wie je kunt bouwen, levenslang. Dat is toch waar iedereen naar streeft? Iemand bij je hebben in voor- en tegenspoed? Door Benjamin begon ik erover na te denken: is dat wel het belangrijkste?

'Een slaaf van zijn eigen begeerten, iemand die nooit iets kan offeren voor een hoger doel, die zal nooit succes hebben,' hoor ik ineens zeggen. Was dat de stem van Moeder? Van de imam? Of van mezelf? Of was dit gewoon common sense? En was ik wel zo'n vrijdenker? Want op de een of andere manier vond ik Benjamin hierdoor niet aantrekkelijk meer. Wat had ik nou aan een man die alleen maar gaf om genot en om niets anders? Ik kon beter mijn tijd steken in een man met wie ik misschien ooit wat kon opbouwen.

Ineens was ik niet meer die vrijzinnige hedonist die ik dacht te zijn. Blijkbaar wilde ik alleen genieten met een man die ook een investering in de toekomst was. In onze toekomst. Want dit was toch... te leeg. Het gaf me geen perspectief. We hadden seks, en een goede tijd met elkaar, maar daar bleef het bij. Ik kon nooit fantaseren over een toekomst met hem. Wat had ik daar dan aan? Ja, genot. Maar dat moest dan kennelijk toch gepaard gaan met een... een investering in de toekomst. Maar was dat dan niet heel conservatief? Ik wist het niet. Maar ik besloot mijn hart te volgen. Ik verwijderde zijn nummer uit mijn telefoon en besloot weer op Raya te gaan, maar ik zou vanaf nu alleen nog maar mannen uitkiezen die wat meer wilden dan een leuke tijd. Ik had wel genoeg rondgesekst. Blijkbaar brak nu een serieuzere fase aan. En dat was ook prima. Zolang het mijn vrijwillige keuze was. Zolang het me niet werd opgelegd vanuit een religie of mijn familie.

Geen spijt

Mijn advocaat vroeg of ik gebruik wilde maken van mijn spreekrecht. Ik heb ja gezegd, met de voorwaarde dat ik het niet zelf hoefde voor te lezen. Ik had echt geen zin om met een trillend stemmetje mijn meest kwetsbare ik te laten zien voor die sukkel die daar met zijn armen over elkaar en achterovergeleund zit, zichtbaar genietend van de ellende die hij mij aandeed.

De avond ervoor zat ik achter mijn laptop om mijn verklaring te schrijven, die mijn advocaat Veerle Hammerstein zou voorlezen. Ik schreef het volgende:

> *Verklaring*
> *Uitgesproken ter terechtzitting d.d. 29 september 2021*
>
> Ik weet het nog heel goed; ik kwam thuis van een interview, het waren de eerste weken na de publicatie van mijn boek. Ik had inmiddels al enkele tientallen bedreigingen gehad in de trant van 'Ik hoop dat je wordt doodgeschoten', 'Ik hoop dat je wordt verkracht', 'Als ik je ergens tegenkom moet je maar snel rennen', 'Ga alvast je graf zoeken, je zoekt de provocatie op, dus

moet je ook niet straks janken als wij wraak gaan nemen, je beïnvloedt kleine meisjes, dus moeten we je aanpakken, voordat je meer schade aanricht', enzovoorts, enzovoorts. Een naar gevoel bekroop me, een gevoel van angst, onbegrip, spijt, vertwijfeling en tegelijk trots, omdat ik ook de positieve berichten zag: 'Ga zo door!', 'Je geeft ons een stem', 'Je bent de enige die dit durft', 'Wat een schrijftalent', 'Ik lees nooit, maar jouw boek had ik in één dag uit'. Op de een of andere manier overwon het positieve geluid en kon ik dat nare gevoel naast me neerleggen. Ik raakte gewend aan een bedreiging hier en daar, ik begreep ook dat het een beetje hoorde bij de bekendheid die mij overviel.

Terwijl dit alles gebeurde, had ik ook te maken met een zeer lastige situatie. Mijn ouders, mijn broer, mijn zusje van tien, iedereen haatte me inmiddels. Mijn zusje werd op haar islamitische school en de Koranschool buitengesloten en uitgejoeld, omdat ik haar zus ben en haar klasgenoten thuis te horen hadden gekregen dat ik een vijand van het geloof en van God ben. Mijn familie was woest; hoe kon ik dit hun aandoen? Hoe kon ik de religie zo zwartmaken, de Profeet en Allah beledigen, mijn bloedeigen moeder zo vernederen, had ik dan geen eer? Er werd op me gespuugd en er werd gedreigd, nadat ik op tv was geweest. Ik vluchtte uit huis en voelde me heel kwetsbaar en eenzaam in die periode erna, omdat ik elke dag overladen werd met haatberichten en bedreigingen.

Dat gevoel was het ergst: niet weten of je wel naar buiten kunt, niet weten of je opgewacht wordt om de hoek. Het zou maar één kogel kosten om mij de mond te snoeren. Er is maar één gek nodig die zich verveelt en een steekje los heeft. We weten allemaal wat er met Theo van Gogh is gebeurd. Zou ik de volgende Mohammed B. van Nederland beroemd maken? Die vraag ging dag in, dag uit door mij heen; ik kon me de krantenkoppen na de moord op mij al helemaal inbeelden, ik schrok er wel eens wakkervan. Maar toch wuifde ik die angst weg en probeerde zo normaal mogelijk te leven.

In die situatie ontving ik op die bewuste dag weer een bedreiging. Op het moment dat ik mijn inbox opende, zag ik dat een onbekend account mij een foto van een pistool had gestuurd; een pistool dat vastgehouden werd in een mannelijke hand. Mijn hart sloeg over, mijn adem stokte. Het meest intimiderende was dat er geen tekst bij stond, de foto zei kennelijk genoeg. Terwijl ik deze foto nog aan het verwerken was en dit account blokkeerde, zag ik dat ik nog minimaal zeven keer een foto van een vuurwapen ontving. Sommige accounts hadden één foto gestuurd, andere stuurden er meerdere achter elkaar. Ook zat er een filmpje van IS tussen, waarin ze in het Arabisch zongen over het martelaarschap. Het was dezelfde dag dat een pagina genaamd Sharia4Belgium openbaar had aangekondigd 'overal in Amsterdam actief te zijn om Lale Gül te vinden'.

Ik weet niet waarom deze bedreigingen, met de foto's, mij zoveel meer aangrepen dan de andere bedreigingen die ik ontving. Was het omdat het de zoveelste bedreiging was of waren het de foto's die mij zoveel deden? Ik voelde dat het dit keer anders zat; ik voelde dit keer echte angst. Die angst greep mij naar de keel en zorgde ervoor dat ik opeens niet meer de deur uit durfde. Angst kan verlammend zijn.

De talkshows, de interviews, de radioprogramma's die me vroegen, het succes van mijn boek, de berichten van lezers, de complimenten, het maakte opeens niet meer uit. Ik was alleen maar bezig met mijn eigen veiligheid. Ik bleef anderhalve week thuis. De meeste mensen hadden begrip voor mijn situatie, maar het maakte ook dat nóg meer journalisten bij me aan de telefoon hingen nu ik had aangekondigd niks meer te willen, ook geen interviews. Ik nam de telefoon niet meer op, zonderde mij helemaal af. Mijn veiligheid was belangrijker geworden dan het succes van mijn boek. Ik besloot het schrijven over mijn afkeer van

de religie en cultuur waar ik in ben opgegroeid te staken. Ik besloot mijn ideeën en gevoelens niet meer te delen. Ik kondigde zelfs aan dat ik ging stoppen met schrijven, want wat had ik aan boeken als ik straks dood was?
Die angst is er lang geweest. Zelfs na de aanhouding van deze verdachte. Ik dacht echt dat ik gek werd. Ik vermomde me buiten, keek altijd over mijn schouder, sprong de taxi in als ik de voordeur verliet. En dit is maandenlang zo doorgegaan, ook nadat deze verdachte was opgepakt, en eigenlijk nu nog steeds. Zoveel doet bedreiging met je. Want wat als deze verdachte weer vrijkomt? Of wat als er nog zo'n jongen buiten loopt die wel de daad bij het woord voegt? Is het mijn vrijheid die stopt waar jouw vrijheid begint? Of is het mijn veiligheid die stopt waar jouw bedreiging begint? Beide zijn waar, hoewel ik liever over vrijheid droom dan van veiligheid wakker lig. Dat zal voor jou denk ik niet anders zijn.

Verder was de rechtszaak een hel. De man die mij bedreigde zei niet één keer 'sorry'.

Ik zat om negen uur klaar in de rechtbank van Amsterdam om de negentienjarige jongeman die mij zeven maanden geleden met de dood had bedreigd voor de rechter te horen spreken. Hij was een van de zovelen die zich aan deze zonde gewaagd hadden, maar wel de enige die volgens de politie gevaarlijk genoeg was om gearresteerd en vastgezet te worden.

Ik wist van tevoren niet wat ik moest verwachten, ik had de verdachte nooit eerder gezien. Wat voor persoon zou het zijn? Hoe ziet een bedreiger eruit? Als een verveelde puber, een potentiële terrorist of als een psychopaat? Zou hij spijt betuigen en zeggen dat hij strontlazarus was toen hij het deed? Zou hij uit schaamte zijn hoofd buigen en zeggen dat het onderdeel was van een weddenschap met zijn vrienden? Een traantje laten, omdat hij zo dom was geweest en nu voorgoed een strafblad had en waarschijnlijk zijn ouders heeft teleurgesteld? Zou hij toegeven dat hij geradicaliseerd is en hulp vragen?

Helaas, geen van bovenstaande gebeurde.

De rechter somde alle feiten op: de verdachte werd verhoord wegens het sturen van foto's van geweren vanuit meerdere accounts, het bewerken van mijn foto's met bakstenen, het sturen van IS-filmpjes en het bedreigen van twee andere mensen met een onwelgevallige, soortgelijke mening die 'zijn geloof beledigen'. De verdachte zat de hele zitting lang achterovergeleund, met de armen over elkaar, en keek vooral verveeld. Zijn onverschillige houding haalde na drie uur het bloed onder mijn nagels vandaan. Zelden zag ik zo'n brutaliteit geëtaleerd worden; niet één keer sprak hij verstaanbaar of met een volzin tijdens de zitting. Niet één keer hoorde ik iets van berouw. Integendeel, hij liet me zien dat hij trots was.

De rechter bevroeg hem aan één stuk door: waarom had hij dit gedaan? Nadat we de verdachte voor de dertigste keer niet verstonden, omdat hij consequent weigerde in de microfoon te praten, hoorden we een aantal keer: 'Domme grap.'

'Het was een domme grap?'

'Ja.'

'Wat vond je er grappig aan?'

Het antwoord wederom onhoorbaar en daarna: 'Weet ik niet.'

'Je hebt vrienden gewaarschuwd een VPN te gebruiken bij het bedreigen, dus je wist dat je met iets strafbaars bezig was?'

'Weet ik niet.'

'Je hebt gezegd een vrouwelijke medewerker een seksslaaf te maken en haar keel door te snijden als je voorlopige hechtenis verlengd wordt, klopt dat?'

'Nee, dat was in het Turks,' verklaarde hij, meer mompelend dan pratend.

'Klopt dat dan niet?'

We hoorden een binnensmondse, haast onhoorbare 'Nee'.

Enfin, de verdachte komt vrij.

Wat als hij me opzoekt?

Het antwoord op die vraag had niemand.

Een paar maanden nadat de strafeis was uitgesproken door de rechter, kreeg ik een berichtje op Instagram van ene Joey. Ik opende zijn bericht en las het volgende:

Hé Lale,
Ik ken je niet, maar ik moet je toch iets vertellen. Ik was de celgenoot van die dude die jou bedreigd heeft. Ik ben nu weer vrij, godzijdank, want ik werd helemaal gek van hem. Hij spoort echt niet. Hij is ook hele dagen bezig met jou, echt obsessief. Ik vond het echt eng en ik kan me voorstellen dat je dat niet echt chill vindt. Wilde je sterkte wensen met die gestoorde gek. Moet niet makkelijk voor je zijn...
Misschien kun je beter in het buitenland wonen. Dat zou ik doen, althans.
Ik ga je boek kopen en lezen, ook al ben ik dyslectisch. Ben wel benieuwd wat mensen zo boos maakt.
Hou je haaks!

Ik wist niet zo goed wat ik van dit bericht moest vinden, of van de hele situatie. Met het vooruitzicht dat mijn bedreiger over een week vrijkwam, was dit niet echt een bericht waardoor ik me beter voelde. Ik koos ervoor zijn account te blokkeren en zijn bericht te verwijderen. Ik wist niet waarom, want hij leek duidelijk een aardig persoon, en hij ging zelfs mijn boek lezen, terwijl hij waarschijnlijk nooit een boek heeft uitgelezen, maar toch; zijn bericht gaf me een unheimisch gevoel.

Hij weet mijn adres niet, doe rustig, zei ik maar tegen mezelf. *Je bent net verhuisd, niemand kan dit adres weten, je gaat zorgvuldig met je gegevens om, het kan niet dat iemand dit vindt, punt.* Ik praatte inmiddels luidop tegen mezelf. Ik moest mezelf bedaren.

Ik keek even naar mijn voordeur. Die zag er niet heel stevig uit. Het was een houten deur uit de jaren dertig, zo eentje die je voor de helft open kon doen. Vroeger gingen huisvrouwen op die manier met elkaar 'hangen', dan konden ze de onderste helft van de deur dichthouden en alleen de bovenste helft openen, om met een sigaretje bij te kletsen met de overbuurvrouw die hetzelfde deed. Het was een heel gezellige deur, maar geen veilige.

Ik pakte mijn laptop erbij en googelde op websites die voordeuren verkochten. Ik zocht de meest dikke, zwarte en robuuste deur uit die ze maar hadden. Het was meteen de duurste, drieduizend euro. Binnen enkele minuten had ik mijn voordeur opgemeten met een lint, de maten ingevuld op de website en impulsief een deur besteld. 'Levertijd kan oplopen tot zes weken,' stond er. Veel te lang. Die gek komt volgende week vrij. Het moet toch sneller kunnen? Ik besloot morgen te bellen om te vragen of het sneller kon. En vanavond alvast te mailen naar de klantenservice.

'Ik wil royaal bijbetalen als het sneller kan,' had ik in de mail geschreven. Dat maakte me niet uit, hoeveel het zou kosten; ik zou geen oog dichtdoen met deze houten speelgoeddeur die ik had. Die kon je met één hand kapotmaken. En heel gemakkelijk openen, want hij had maar één slot. Mijn nieuwe deur zou er vier hebben. Dat gaf me al een veel beter gevoel. Ook bestelde ik gelijk een Ring-deurbel, die ik op tv-reclames had gezien. Een deurbel met een camera, waardoor je op je telefoonscherm kunt zien wie er voor de deur staat als er aangebeld wordt.

En wat als hij komt naar mijn lezingen of evenementen? dacht ik ineens.

Dat kon natuurlijk ook nog. Ik pakte weer mijn laptop op schoot en zocht het e-mailadres op van de Schrijverscentrale, een instantie die de boekingen van schrijvers regelt.

Beste Remco,
Hierbij wil ik laten weten dat ik vanaf nu alleen nog lezingen wil doen als er minimaal twee beveiligers met mij op het podium staan. Anders moet ik helaas weigeren. Zou je dat willen meegeven aan alle toekomstige boekingen?
Bij voorbaat dank.
Met vriendelijke groeten,
Lale Gül

Ja, maar goed, die beveiligers vangen geen kogel voor je, zegt het stemmetje in mijn hoofd. Ze zijn niet eens bewapend, zegt het er cynisch achteraan. En ze doen geen tassencontroles bij de bezoekers.

Ik klikte op 'Schrijf nieuwe e-mail'.

Beste Remco,
Gelieve mijn vorige e-mail te negeren. Excuses voor het ongemak. Ik wil de komende maanden liever helemaal geen boekingen accepteren. Ik laat vanzelf weten wanneer dat wel weer kan. Kun je mijn profiel tijdelijk van de site afhalen?
Bij voorbaat dank.
Groetjes,
Lale Gül

Ik keek naar mijn laptop. Het lukte me niet om op verzenden te klikken. Iets hield me tegen. Was dit geen ontzettend laffe mail? Had ik nou een 'dapper' en 'gedurfd' boek geschreven om vervolgens nooit meer mijn lezers te kunnen ontmoeten en een krabbeltje te zetten in hun boeken, terwijl zij enthousiast mijn boek hebben gekocht en mij massaal op sociale media vragen wanneer ik naar hun boekhandel of stad kom? Zou dit mijn schrijversleven zijn, een schrijver die nooit kan aankondigen waar ze gaat staan of signeren, die nooit haar lezers zal kunnen spreken of een foto met ze zal kunnen maken?

Was dit mijn leven vanaf nu?

Ik werd gek van mijn gedachten. Ik klapte mijn laptop dicht en gooide die naar de andere kant van de bank. Ik liep direct naar de middelste keukenkast onder de gootsteen en haalde een fles rode wijn tevoorschijn. Ik pakte een glas en zette het toen weer neer, ik hoefde geen glas. Ik koos een willekeurige serie uit op Netflix. Ik zette het geluid hard en deed alle lichten uit. Op Thuisbezorgd bestelde ik een pizza quattro formaggi, een pasta bolognese, een portie loempia's en bitterballen, een bak Ben & Jerry's-ijs in de smaak brownie en vulde ik een neppe naam in voor de bestelling. Ik heette vandaag Karlijn. Morgen zou ik Klaas heten.

Toen de bezorger voor de deur stond, was de fles al bijna leeg.

De volgende dag, na een eindeloze nacht die maar niet ophield en waarin ik onafgebroken plafonddienst heb gehouden, besloot ik Dilan Yeşilgöz te appen, die toen nog minister van Justitie en Veiligheid was.

Beste Dilan,
Hierbij app ik je, om mijn zorgen ergens over te uiten. Als het goed is komt mijn bedreiger volgende week vrij, en dat vind ik heel spannend. Zijn celgenoot heeft me een berichtje gestuurd waarin zelfs hij aangeeft dat hij obsessief met mij bezig is. Ik maak me zorgen. Zouden we morgen kunnen bellen hierover?
Bij voorbaat dank.
X Lale

Ze kwam meteen online en reageerde dezelfde minuut nog: 'Snap ik helemaal!! No worries! Hoe laat wil je morgen bellen? Je kunt ook morgen bij mij komen avondeten als je wil! Dan eten we sushi en kun je je zorgen met me delen. Dan kunnen we bespreken wat jij nodig hebt om je veilig te voelen.'

Ik stond eerlijk gezegd versteld van de gastvrijheid, betrokkenheid en de snelheid waarmee ze weer reageerde, zoals altijd. Ik vond dat ik daarheen moest gaan.

'Dat lijkt me erg leuk! Ik zal er morgen zijn!' appte ik terug.

*

Zij noemen mij een aandachtszoeker
Ik noem het verzet
Ik noem het de waarheid
waar ik onder lijd
Ik zeg: ik pik het niet meer
mijn boek is onderdeel van een emancipatiestrijd
Maar dan noemen ze me de duivel
Iemand die voor haat en vijandschap pleit
omdat ik 'vooroordelen verspreid'

We moeten verder
want de geest is uit de fles
Ze noemen me ophitser
En tegelijkertijd
is mijn verhaal een groot succes

Waarom moet zij een boek daarover schrijven?
is de vraag van een Marokkaanse jongen
want je dierbaren zo te schande brengen
dat is heel laag

en als ik zeg dat het mijn vrijheid is
om mijn mening te delen
vindt men dat concept maar onbegrijpelijk
en een onrecht tegen velen

Ja maar ik voel me aangevallen
en hij voelt zich beledigd
en zij voelt zich gekwetst
Dat is jouw schuld en wij zitten daarmee
in ons maag
dus wees niet zo pedant Lale
en geef eens antwoord op onze vraag
zeggen ze op hoge poten
want dat ik een vijand en een haatdrager ben
dat heeft men allang besloten

zie je dan niet in hoe slecht je bent
en hoeveel pijn je ons aandoet
dat is niet goed
en die onderdrukking waar je het over hebt
die bestaat niet
dat tover je uit je hoed
alleen maar voor aanzien en aandacht
want dit verhaal
dat wil de islamofobe macht
en jij Lale
jij geeft dat narratief kracht
waarom moet je de harde aanpak kiezen?
dat kan toch ook zacht?

Ik zeg: het is mijn vrijheid
om mijn mening te geven
ook op een harde manier
zodat het kan beklijven
hoezo mag ik niet ook lelijke gevoelens
beschrijven?

Zoals het ook bij de christenen is gegaan
Weinig genade ging daarmee gepaard
geen scheldwoord bleef bij de refo's onverlet
maar nee, ik ben hoe dan ook
een haatdragende slet

Dus ik heb niet datzelfde recht?
Ook al ben ik net zo oprecht?
zo blijkt maar weer
want de christenen kunnen incasseren
maar wij hebben eer

en wij kunnen niet veel hebben
ook niet van een boek
ook al is dat met veel nuance en gerelativeer
want weet je Lale
jij bent een vuile profiteur

wij hebben het al zo moeilijk en zo zwaar
met Wilders hier en racisme daar
met vooroordelen zus en discriminatie zo
we worden al niet aangenomen als Mo
en krijgen geen financiële hulp
van onze ouders cadeau

Waarom moet jij dat verergeren
door op te komen voor
bandeloze vrouwen
en die ene homo
die niet zichzelf kan zijn
ja wij houden hem graag klein
en jij bent een lichtzinnig zwijn
met je vriendje, je kleding en je wijn

want dit is ons geloof!
en daar mag jij niet over praten
en anders houden we je altijd in de gaten
Wij zijn niet vies
Van meten met twee maten

Ik zeg waarom moeten jullie mij zo haten?
wat heb ik jullie aangedaan
vanwaar deze woede?
En waarom zijn jullie in alle staten?
Ik kan niet meer veilig over de straten
en dat alleen maar omdat ik schreef over dat ik dat ene geloof
heb verlaten

Ik zeg: maar hoe denken jullie daarover?
ik mag er toch over klagen?

Dan zegt men nee, nee
die gevallen bestaan zeker
maar dat is dan maar zo
jij bent niet hun spreker
hou toch gewoon je mond
jij stuk stront
je wil alleen maar aandacht
dat is de reden van jouw aanklacht
want stiekem heb jij door ons te beledigen
racistische mensen zitten bevredigen

En je moet weten dat jouw mening
in veel landen op de wereld niet had gekund
dan valt jouw laster buiten de wet
omdat je het op ons heilige geloof hebt gemunt

Maar ik mag toch een boek schrijven
zoals ik dat wil?
vraag ik in de chat
tegen de zoveelste
Achmed met een pet
van wie het argument
geen zoden aan de dijk zet
maar dan vindt-ie me weer een pedante slet

Het is wat met al die meningen op het internet
de berichten die ik krijg
belanden wekelijks op het aangiftebiljet
want dat mag niet van deze mensen
het schrijven van een pamflet
en als ik het wel doe
noemt men mij
een hatelijke slet

Boze Bosniër

Ik zit met een muntthee aan een tafel in Ljubljana, Slovenië. Mijn boek, *Živela bom* in het Sloveens, is vertaald en hier net uit, dus ik ben uitgenodigd op dit literair festival in de hoofdstad. Ik kan elk moment aangekondigd worden op het podium. Ik vind het niet spannend meer, optredens of interviews; ik ben inmiddels wat gewend, maar dat Engels gaat me niet zo makkelijk af als het Nederlands, dus ik moet wel iets meer denkkracht inzetten om scherp te blijven. En ik vind denken al zo moeilijk de laatste tijd. Mijn hersenen zijn stroperiger dan eerst, lijkt het wel. Sinds ik te maken heb met zo veel haatmail, bedreigingen en emoties, weet ik niet meer zo goed waar ik precies mee bezig ben. Het is zo verwarrend.

Voor mijzelf was het altijd duidelijk: ik schreef een boek, een persoonlijk boek, en publiceerde het. Dat is niets verkeerds; iedereen heeft het recht om een persoonlijk boek te schrijven, toch? Het ging voor een groot deel over mijn ervaringen met de religie waarmee ik ben opgegroeid en het was kritisch. Dit is een traditie in de Nederlandse literatuur die al sinds jaar en dag bestaat, maar nog in de kinderschoenen staat als het gaat om de moslimgemeenschap.

Verklaart dat de enorme lawine aan haat? Ik snap niet hoe je mij zo veel slechts toe kunt wensen in een bericht. Wat heb ik die mensen aangedaan? Ik dacht lange tijd dat het me niets deed, maar het gaat me toch niet in de koude kleren zitten, merk ik. Ik snap ook niet waar die gevoeligheid ineens vandaan komt. Ik hoop dat het een fase is.

Ik hoor mijn naam, en mensen klappen luid. Ik sta in een ruk op en loop naar het podium. Ik neem plaats op de stoel rechts en neem de microfoon op tafel in mijn hand. Ik kijk het publiek in en lach naar ze. Als het donker is bij het publiek, kun je ze niet zien, dat vind ik altijd wat prettiger, maar hier is het superlicht, dus ik kan elk afzonderlijk hoofd goed zien. Maar ach, het zijn buitenlanders, denk ik. Op de een of andere manier is die gedachte geruststellend. Waarschijnlijk zie ik deze mensen toch nooit meer. Dat helpt tegen de schaamte.

'*Good evening*,' zeg ik. Het interview begint.

De ene na de andere vraag van de interviewer, een aardige mevrouw die er heel belezen uitziet, volgt: waarom schrijf je? Hoe begon je met schrijven? Wat waren de reacties? Hoe ga je daarmee om? Heb je nog contact met je familie? Waarom heb je een beveiliger nodig bij optredens?

Na een uur is het tijd voor vragen uit het publiek, dat is altijd een beetje spannend omdat je nooit weet wat er precies komt. Met een interviewer weet je meestal dat je te maken hebt met een op z'n minst normaal en verstandig iemand, maar het publiek, dat kan iedereen zijn. En vaak genoeg zijn er mensen met een heel rare of onbeleefde vraag. Zo kreeg ik wel eens de vraag of ik het boek wel zelf geschreven had. En of ik van seks houd, aangezien ik 'een geil hoofdstuk heb geschreven'. Of ik vind dat alle moslims Nederland eigenlijk moeten verlaten, omdat ze zich niet aanpassen. Of ik me niet schaam om mijn moeder zo te noemen. Of ik me niet schaam dat ik zo over mijn oma heb geschreven. Dat soort vragen dus.

Ik weet nog goed dat Marcel van Roosmalen een keer de vraag uit het publiek kreeg of hij een sta-billenveger of een zit-billenveger was. Dat was op de Zwarte Cross in Hengelo, die hadden een literatuurtent en ik was aan de beurt ná Marcel. U kunt al raden hoe ik daar heb staan wachten na het horen van de vragen die hij kreeg. Ik moet zeggen dat het bij mij uiteindelijk wel meeviel met de gekke vragen. Maar goed, ik ben dan ook geen Marcel, dus ik roep het ook niet over mezelf af, gok ik zo.

Na een paar keurige vragen steekt een kale meneer achter in de zaal zijn arm op. Als hij de microfoon krijgt, staat hij op en steekt hij een boze tirade af, die ik niet direct zag aankomen.

Hij begint zijn verhaal met dat ik helemaal niets weet over de islam, zelfs de meest simpele dingen niet, en dat dit boek overduidelijk alleen maar geschreven is om controverse te creëren, witte mensen te verwarren en racisten gelijk te geven. Hij loopt naar voren terwijl hij praat, richting mij, met de microfoon. Het heeft iets zeer intimiderends, maar ik houd me kalm en weiger iets te laten blijken van mijn angst. Verder zegt hij in zijn lange, verwarrende betoog dat ik me diep moet schamen. Hij kijkt me indringend aan, van achter zijn bril, met zijn wenkbrauwen omhoog, en leunt voorover. Ik bemerk een trilling in zijn hand van agressie.

'Ik heb jou door,' zegt hij. 'Denk maar niet dat je mij voor de gek kunt houden, zoals de mensen in deze zaal, ik heb alles van jou door, meisje, je bent een duivelse vrouw.'

Hij neemt steeds iets te lange pauzes tussen zijn zinnen. En kijkt er heel ernstig bij. Dit is zo'n man van wie ik niet weet of hij in de ggz thuishoort, of gewoon dom is en denkt dat hij iets intelligents en belangrijks te zeggen heeft. Ik hoop het tweede.

De zaal wordt ook onrustig, maar weet niet wat te beginnen. Ik zie sommige vrouwen vooraan zuchten, ik zie iemand rechts bezorgd fluisteren, het moet iets zijn in de trant van 'Waar is de beveiliging?' of 'Wie stopt die gek?'

En dat vraag ik me ook af. Volgens mij is die beveiliger er niet, of staat hij bij de ingang, drie verdiepingen lager. Ook handig.

Ik zie iemand zuchten en een handgebaar maken, dat blijkbaar in elk land geldt; de handen van de vrouw maken de 'wrap it up'-beweging, door de handen snel in een ronddraaiende beweging langs elkaar te laten gaan. Maar ik zie dat niemand de man durft te onderbreken. De interviewer probeert hem te bedaren en het gesprek over te nemen, maar het lukt haar niet, de man trekt zich niets aan van haar onderbrekingen en pogingen om de leiding te nemen. Als hij gevraagd wordt de microfoon terug te geven, negeert hij dat. Het is ook een heel forse, grote man, tegenover een heel tengere vrouw naast me. Als hij wil, kan hij ons beiden tegen de muur slaan en onze neuzen en kaken breken, in zijn eentje. Dat idee maakt me niet rustiger.

Ik voel me ineens heel kwetsbaar. Zal het nu gebeuren, hier, in dit onbekende land, dat deze gek me gaat aanvallen? Ik zie de krantenkoppen al voor me: 'Lale Gül verrot geslagen tijdens lezing in Slovenië'.

'Ik zie aan alles, aan de manier waarop je zit, waarop je praat, dat het alleen maar leugens zijn. Het enige wat je wil, is moslims als ik en mijn familie tot op het bot beledigen. Dit boek is van kaft tot kaft een belediging van moslims, dus ook van mij, van mijn moeder, van mijn vader, van mijn kinderen. Het is nog veel erger dan welke witte racist dan ook heeft gezegd, jouw boek spant de kroon. Ik vertrouw geen mens die zo slecht kan zijn, die dit schrijft over haar bloedeigen moeder, over onze mooie gebedsoproep... Heb jij wel een hart? Hoe voelt het om mensen zo te kwetsen en nodeloos de aanval te openen op de religie van miljarden goede mensen, die het al zo moeilijk hebben in de wereld, in witte landen? De Koran heeft het vaak over mensen zoals jij. Nu begrijp ik waarom de hel bestaat.'

Zijn tirade wordt gevolgd door agressief gescheld in een taal die ik niet versta.

De zaal reageert met boegeroep en heftige verontwaardiging.

Het was dus Sloveens, maar ik weet niet wat hij heeft gezegd. Als ik dit later vraag aan de interviewer hoor ik dat hij me voor hoer uitmaakte. Ook zo origineel. Bovendien kom ik erachter dat hij Bosnisch was. Blijkbaar heb je veel Bosnische moslims in Slovenië. Dat wist ik niet.

De microfoon wordt afgepakt. Ik heb het idee dat de organisatie geen idee heeft wat ze nu moeten doen met deze meneer. Ik zie hem tegenstribbelen en zeggen dat hij het recht heeft op zijn mening, dat hij een kaartje heeft gekocht. De zaal kijkt me verwachtingsvol aan. Ik pak op geheel kalme wijze mijn microfoon. Ik weiger onder de indruk te zijn van deze volidioot. Zijn aantijgingen zijn allerminst origineel, geen dingen die ik niet eerder heb gehoord. Integendeel. Vandaar dat ik niet lang hoef na te denken over een gepaste reactie.

'U hebt het steeds over belediging en beledigd zijn, als ware het een mensenrecht om nooit beledigd te worden door een ander in de ideeën die je aanhangt als volwassene. Niet beledigd worden is geen recht, meneer, dat staat nergens in de wet. Ik heb het recht ideeën of een geloofsovertuiging te bekritiseren, te beledigen en zelfs belachelijk te vinden, zolang het niet gaat over kenmerken als ras, afkomst, gender en geaardheid, want dat zijn dingen waar men niets aan kan doen. Ideeën daarentegen, of een religie aanhangen, wat ook een pakket aan ideeën is, is iets waar elke volwassene bewust voor kiest, want een religie aanhangen is nog altijd een keuze in het Westen. En ideeën mogen te allen tijde bespot en bekritiseerd worden, anders leven we in een heel enge wereld.'

Ik wil mijn verhaal afmaken, maar ik word onderbroken door een heel luid applaus. De oudere vrouwen vooraan klappen nog net niet hun handen eraf. Dat geeft me kracht, moet ik bekennen. Ik sta niet alleen, nee, hij staat alleen, tegenover ons. Wij zijn met meer.

'Bovendien,' ga ik verder, 'ken ik dat gevoel zelf niet, om beledigd te zijn door een boek met een persoonlijk verhaal. Als een boek niet bevalt, of als te pijnlijk wordt ervaren door u, kunt het ook wegleggen of niet lezen. En niet naar de lezing komen, en geen kaartje hiervoor kopen. Ik snap niet waarom u het van kaft tot kaft leest, om vervolgens naar een interview te komen en een schrijver te betichten van de beledigingen die u ervaart. Lees het dan gewoon niet. En stel nou hè, dat ik me persoonlijk beledigd voel door de Koran? Omdat die zegt dat afvalligen als ik dood moeten? En homo's niet mogen bestaan? En vrouwen dommer zijn en minder mogen erven dan mannen, niet mogen scheiden, en dat hun getuigenis de helft waard is bij de rechtbank? Moet ik dan ook de Koran willen verbieden? Ik denk het niet. De grens ligt nooit bij belediging, want het boeit u geen reet waar ik of anderen van beledigd raken. Het gaat alleen om uw eigen beledigingsgevoel. Als we wetten zouden maken op basis van wie beledigd raakt van boeken, waren alle religieuze boeken nu verboden, want ik ken minimaal een paar duizend mensen die daar héél erg beledigd van raken.'

Ik hoor luid gefluit en krijg een staande ovatie. De man wordt uit de zaal verwijderd.

Nu hopen dat hij straks niet voor de deur staat, of mij naar mijn hotel volgt. Maar dat is een zorg voor later. Ik regel wel genoeg beveiliging.

Na Slovenië krijg ik een mail van een mevrouw die die dag in de zaal zat, en word ik nogmaals uitgenodigd voor een literatuurfestival in Slovenië, in februari 2024.

'Dat lijkt me leuk,' antwoord ik. Ze mailt mij meteen al vliegticket- en hotelopties, waarna ik een keuze doorgeef.

Een paar maanden later krijg ik een rare mail, over dat ze als organisatie de uitnodiging helaas intrekken.

In de mail staat: '*The carnage in Palestine has woken me up, reminded me of all the humiliation that me and my people have been through for being Muslims and currently I have some emotional reservations.'*

Dat de uitnodiging niet doorging, boeit me niet, maar what the fuck had mijn boek, of mijn optreden over mijn boek, te maken met de oorlog tussen Israël en Gaza?

Het maakt me gewoon boos. Haar mail maakt me woedend.

Wat een domme kut, gaat er door me heen.

Wat een onuitstaanbare domheid is dit, zeg. Ik wilde het bijna in mijn mail zetten, dat ik haar een verschrikkelijk stupide vrouw vind, met een verschrikkelijk onbenullige mail die ze mij stuurt, en een vreselijk idiote reden opschrijft om een lezing af te zeggen en een uitnodiging in te trekken. De drang om het te schrijven is erg aanwezig. Op dit soort momenten kan ik enorm impulsief zijn, maar ik houd me keurig in. Ik blokkeer haar e-mailadres en laat gewoon niets meer van me horen. Opdonderen.

Had dan gewoon gezegd dat het niet doorging, prima, ik had me dan nooit zo erover opgewonden, maar met deze reden?!

Wát had ik te maken met de moslimslachtoffers in Gaza?

Gadverdamme. Je zou mijn boek maar een-op-een in lijn brengen met de regering van Israël, alsof mijn roman of mijn ideeën een bloedige oorlog tegen moslims steunen. Gadverdamme! Ik dacht dat alleen imbeciele mensen op Facebook dit soort dingen konden zeggen, maar het hoofd van een literatuurfestival in de hoofdstad van Slovenië?

Ik hoef nooit meer naar een lezing van die organisatie. Ze zijn te dom. Zo verschrikkelijk dom! Zij verdienen geen literatuur. Zij verdienen geen festival. Geen schrijvers. Zij weten niets van literatuur en hebben geen enkele vorm van intelligentie in zich, en horen zich daarom niet bezig te houden met boeken of kunst. Stelletje omhooggevallen mafklappers. Stelletje reliwappies. Stelletje domoren met emotionele incontinentie die geen cognitief vermogen hebben om zaken van elkaar te kunnen scheiden.

Woest word ik ervan, dat deze mensen verantwoordelijk zijn

voor het uitnodigingsbeleid van een literatuurfestival. Als die ook al niet kunnen nadenken, en ook al niet snappen wat literatuur is, wie in godsnaam dan wel?!

Boos schrijf ik die avond de volgende column voor *Het Parool*, met deze toestand in mijn achterhoofd:

> Er bestaat veel ruis als het gaat om de vrijheid van meningsuiting. Veel mensen denken het te snappen, maar begrijpen er niets van. Zo krijg ik wel eens het verwijt dat ik iemand blokkeer op Twitter, nadat diegene een reactie heeft achtergelaten die ik onuitstaanbaar dom vind. Ik kies er dan voor niets meer van zo'n persoon te willen lezen, omdat ik de verspilling van mijn toekomstige tijd en mijn gemoed wil besparen. Dan krijg ik te horen dat ik niet voor de vrijheid van meningsuiting ben, omdat ik mensen blokkeer, en daarom hypocriet ben. En ook die reactie bewijst waarom ze het verdiend hebben geblokkeerd te worden; ze snappen er gewoon niets van.
>
> Want de vrijheid van meningsuiting houdt niet in dat je mening niet weersproken mag worden, of dat iemand jouw mening niet dom, slecht, dwaas, ondoordacht, provocerend of niet-constructief kan vinden, of er gewoon niet mee geconfronteerd wil worden en jou daarom blokkeert. Het is jouw vrijheid om je mening te uiten zonder in de gevangenis te belanden en zonder fysiek geweld te moeten trotseren, maar het is de vrijheid van anderen om van alles te vinden over jouw mening, zolang ze het niet willen verbieden, jou een podium willen afpakken of oproepen tot geweld tegen jou.
>
> Die vrijheid houdt ook in dat je mensen mag kwetsen, als dat jouw mening is. Want als we de grens leggen bij kwetsen, is het einde zoek. Welke kunstenaar, cabaretier, columnist, schrijver, cartoonist of filmmaker zou immers nog iets kunnen produceren, zonder ook maar één iemand tegen het hoofd te stoten?

Dat is praktisch onmogelijk. Bovendien is dat ook onzinnig, want dan kunnen we nooit meer interessante dingen zeggen of schrijven, en ook geen geschillen meer beslechten.
Stel nou dat je denkt te kunnen spreken over problematische aspecten van de politieke islam, of de problematische kanten van het christendom. Hoe kan dat, zonder iemand te kwetsen? Dat kan niet. Dan zouden we dat met z'n allen niet meer moeten doen, en dat is een regelrechte ramp. Als iemand die uit een cultuur komt waar alles maar taboe is en in de doofpot moet worden gestopt, kan ik u vertellen dat dat zelden iets oplost. Integendeel.
Verleden week was ik te zien in de uitzending van *Nieuwsuur*, over wijlen Theo van Gogh en de staat van vrijheid van meningsuiting anno nu. Er is deze week namelijk een biografie verschenen van de man die 'er een duivels plezier in had om de meest obscene beledigingen af te vuren, het liefst op machthebbers of mensen die zich een zekere autoriteit aanmaten'.
Ik kreeg gemengde reacties op mijn optreden, en zoals zo vaak schrok ik ervan hoe impopulair het tegenwoordig is om te zeggen dat iedereen nodeloos mag kwetsen, en niemand het recht heeft niet beledigd te worden.
'Ik verafschuw wat u zegt, maar ik zal uw recht om het te zeggen met mijn leven verdedigen,' zei Voltaire eens. Das war einmal. Dat waren de tijden waarin verlichte mensen inzagen dat je als volwassenen niet moest piepen over beledigd zijn, en dat naast je neer moest kunnen leggen. We hebben nota bene Gerard Reve in het zadel gehesen in Nederland, omdat we vonden dat hij onze overtuigingen uitdaagde door veel mensen op de kast te jagen.
Die tijden zijn niet meer, met name bij de jonge generatie. En ik betreur dat enorm.

Afvallig

Ex-moslima en schrijver, zo word ik genoemd in publicaties en dat is de bio die vaak onder mijn naam verschijnt. Maar wat een vreemd kenmerk is dat eigenlijk ook; alsof mijn identiteit samenvalt met wat ik niet meer ben, met iets waarvan ik afscheid heb genomen.

Ergens is dat natuurlijk wel zo. Het is niet gek dat heel Nederland me inmiddels kent als 'dat bedreigde moslimmeisje met dat ene boek', zoals Johan Derksen me telkens noemde met betrekking tot de NS Publieksprijs, waarvoor we beiden genomineerd waren. Overigens was het erg vriendelijk van hem dat hij een paar keer op tv zei dat ik die prijs het meest verdien, dus begrijp me niet verkeerd, Derksen is een heel aardige man. Maar ik hoop dat ik ooit meer ben dan een 'moslimmeisje' bij mijn lezerspubliek. Niet alleen voor Derksen, ook voor de rest van Nederland. Op mijn grafsteen wil ik hebben staan: 'Vocht voor vrijheid en tegen onderdrukking, haar toetsenbord en haar taal waren haar wapens, ze wist velen te inspireren en te bewegen'. Niet: 'Dat ex-moslimmeisje met een boek'.

Maar goed, ex-moslima dus. Het zijn er niet veel in Nederland die dat zo luid en duidelijk van de daken roepen: 'Ik ben geen moslim meer!'

Ik ben sowieso een van de weinige ex-moslims die dat in het publieke oog zo zeggen, naast wijlen Hafid Bouazza en de chronisch bedreigde en gevluchte Ayaan Hirsi Ali. Zelfs gerenommeerde opiniemakers in Nederland van Turkse en Marokkaanse afkomst die wel eens kritisch zijn op gebeurtenissen in de moslimgemeenschap – neem bijvoorbeeld een bekende cabaretier als Najib Amhali – zeggen dat niet: dat ze afvallig zijn. Dat ze breken met het geloof. Dat ze de regels van het geloof vrij achterlijk vinden.

Hun kritiek is... hoe zeg ik dat goed, indirecter. Voorzichtiger. Tussen de regels door. Voor de goede verstaander.

Bij mij is dat duidelijk niet het geval. Misschien dat het daarom bij mij bedreigingen regent. Misschien dat ik daarom de sympathie van de moslimlezer al bij voorbaat niet heb. Maar is dat verder een probleem?

Nee, het maakt me weinig uit wat ze van me vinden, als ze me maar met rust laten.

Vrienden raden mij aan ook zo te werk te gaan. Om niet het beestje bij de naam te noemen, om niet zoveel te focussen op de islam of het afvallig zijn, opdat ik de sympathie van iedereen kan winnen en mijn veiligheid kan garanderen. Ook bij het schrijven van dit tweede boek.

Maar ik vind dat gewoon niet eerlijk. Christenen die breken met het geloof mogen alles en ik moet maar voorzichtig doen, omdat ik anders 'islamofoob' ben, 'rechts in de kaart speel', of niet veilig ben, terwijl het een grote schande zou zijn voor dit land als ze de veiligheid van een schrijver niet kunnen waarborgen, of ik dat ben of een andere schrijver, want dan zeg je eigenlijk dat de vrijheid van meningsuiting allang dood en begraven is. Prima, maar zeg dan ook niet dat deze vrijheid zo hoog in het vaandel staat in het Westen.

Na mijn literaire tour door Duitsland, Frankrijk, Slovenië en binnenkort Italië, waar mijn vertalingen *Ich werde leben*, *Je vais vivre*, *Živela bom* en *Io vivrò* zijn verschenen, voel ik meer dan ooit de urgentie om door te gaan met schrijven op mijn meest eerlijke en authentieke manier, want dat wordt, ook daar, erg gewaardeerd; ik werd compleet overweldigd door de vele complimenten, vooral van scholieren en jongeren. Ik had één boodschap voor ze, als ze naar me toe kwamen met een ellendig persoonlijk verhaal: onderga je lot niet als je ontevreden en onvrij bent.

Ook mocht ik de Euregio Literatuurprijs voor Scholieren in ontvangst nemen. Een meerderheid van de stemmende scholieren in de euregio Maas-Rijn – zowel Nederlands-, Duits- als Franstalig – had voor mijn boek gekozen bij de verkiezingen die ze hielden. Een voorwaarde voor de nominatie was dat het boek vertaald moest zijn naar het Frans en Duits.

Ik was ontroerd en voelde me gesteund door de reacties van de razend enthousiaste leerlingen. 'Ik heb een halfuur gehuild om je boek,' zei een Frans meisje. 'Ik heb het aan al mijn vriendinnen cadeau gedaan! En met mijn ouders veel discussies gehad!' zei een Turks-Duits meisje met een hoofddoek. 'Ik ga ook schrijven door u, over mijn eigen verhaal, en het naar u opsturen. Misschien dat ik het ook ooit kan publiceren, u hebt me heel erg geïnspireerd,' zei een Afrikaans-Frans meisje.

'Alle verandering en progressie in de wereld is in gang gezet door een klein groepje mensen die het anders wilden doen dan de rest, de grote groep,' zei ik in mijn speech voor de scholieren. 'Die ondanks de hoge tol die je betaalt als "iemand die niet meedoet", gewoon hebben doorgezet, waardoor wij nu van die geneugten genieten en dat normaal zijn gaan vinden. Zonder Rosa Parks en Nelson Mandela had je nóg langer rassenscheiding gehad. Zonder de Franse Revolutie had het volk nu nog honger. Zonder feminist en arts Aletta Jacobs hadden vrouwen hier nog geen anticonceptie en werd je nog steeds om het jaar zwanger. En dit zijn slechts enkele willekeurige voorbeelden van mensen die voor vrijheid kozen, ook als die vrijheid een hoge prijs had. Nog geen zeventig jaar geleden kon je niet eens scheiden of stemmen als vrouw in Nederland. Tot 1956 waren getrouwde vrouwen handelingsonbekwaam, ze konden geen eigen bankrekening openen, niet werken zonder toestemming van hun man, en niet alleen op reis. Ze mochten zelfs geen boodschappen doen of spullen kopen zonder machtiging van hun man. Ook konden ze geen verzekeringen afsluiten of geld van de bank halen. Dat we dat nu allemaal kunnen, is te danken aan een paar bloedirritante, koppige, eigenwijze, onvermoeibare en zelfverzekerde voorvechtsters die verandering eisten. Ik heb daarom één boodschap, en verzoek aan jullie, de nieuwe generatie: trek je mond open. Praat mee, beslis mee. Neem niets klakkeloos aan, onderga je lot niet als je ontevreden bent. Niet alle verworven vrijheden zijn gegarandeerd, kijk maar naar de VS, waar abortus weer betwist en verboden wordt; kijk maar naar Iran en Afghanistan, wat ooit vrije landen waren.'

Ik hoorde een luid applaus. Ik wist weer waar ik het voor deed.

Vogel

'*Abla**,' zegt mijn zusje.

Het is een jaar na de verschijning van mijn boek en we zien elkaar sindsdien voor het eerst. We mogen niet afspreken van onze ouders, maar ik heb Halil gevraagd Defne stiekem mee te nemen naar mijn huis, wat drie kwartier rijden is vanaf Amsterdam. Hij heeft tegen mijn moeder gezegd dat ze naar de bioscoop gaan.

Ik heb ze uitgenodigd om mijn nieuwe huis te bekijken. Ik heb al het bewijsmateriaal van mijn uitbundige leven weg moeten doen, anders ben ik bang dat Halil chagrijnig wordt en weg wil, omdat ik dan een waardeloos voorbeeld zal zijn voor mijn zusje. Mijn nog altijd conservatieve broer, die het er niet mee eens is dat ik drink, uitga en date met verschillende mannen, Hollanders, ongelovigen, zal dat niet waarderen en me stilletjes voor slet uitmaken.

Als we nog geen tien minuten bij mij zijn, stelt hij voor dat hij iets te eten gaat halen voor ons, zodat we het in de zon in mijn tuin kunnen nuttigen.

* Zus in het Turks.

'Je hebt hier bijna niks halals in de buurt, pff...' zegt hij, wanneer ik voorstel iets via Thuisbezorgd te bestellen. 'Ik ga wel even rondkijken of er een Turkse snackbar is,' en hij loopt de voordeur uit.

Het is echt jammer dat ze per se halal willen eten, want om de hoek van mijn huis heb je een heel lekker en sfeervol café.

Wanneer Halil weg is, vraag ik Defne of ze met me in de tuin wil zitten, in de schommelstoel die ik speciaal voor haar heb gekocht, omdat ik dacht dat ze dat wel leuk zou vinden. Ze knikt, loopt mee naar de tuin en neemt plaats in de stoel. Ze maakt geen vrolijke indruk op me, dus ik vraag hoe het met haar gaat. Ze is even stil, geeft geen antwoord, maar vraagt dan zachtjes:

'Waarom heb je dat eigenlijk gedaan?'

'Wat bedoel je?'

'Je boek. Op tv praten over ons en zo. Mama en papa zijn er kapot van. Mama huilt vaak in haar kamer. Ze lacht nooit meer. Ze wil nooit meer spelletjes met me doen. Als we op vakantie naar Turkije gaan, heeft iedereen het over je boek. En dan wordt ze weer verdrietig. Ze schaamt zich voor iedereen, ze wil daarom ook niet meer naar bruiloften toe. Ik vind het zo zielig voor haar. Ze heeft ons hele verblijf tijdens de zomervakantie in haar kamer doorgebracht, zodat ze geen vragen over jou krijgt,' zegt ze.

Het valt me op dat zij de woorden 'mama' en 'papa' gebruikt voor onze ouders; dat hebben mijn broer en ik nooit gedaan. Dat vonden we raar. Wij zeiden gewoon moeder en vader.

Ik zie haar bedroefd naar haar schoenen en benen kijken, met die *onru** aan. Die draagt ze nu definitief, omdat ze menstrueert. Dan is het verplicht.

* Lange soepjurk die moslimvrouwen vaak dragen in het dagelijks leven.

Ik word overvallen door haar vraag. Ik word er ook emotioneel van, maar ik zit er nu niet echt op te wachten. Ik wil mijn gevoel gewoon afsluiten, dat is makkelijker.

Ik knijp mezelf en knipper snel achter elkaar om de tranen te bedwingen en me sterk te houden. Ik slik zodat er geen hapering in mijn stem te horen zal zijn.

'Dat was nooit mijn bedoeling,' zeg ik maar, zo koel als ik kan.

Ik merk dat ik vastloop, maar ik laat er niets van blijken. Ik moet de grote zus zijn die het allemaal onder controle heeft.

'Op school is het nooit meer hetzelfde geworden sinds jouw boek. Al mijn vriendinnen hebben het over je. Ze vinden je slecht. Hafsa's moeder zegt dat jij de duivel bent. En dat je Allah beledigt. Waarom doe je dat? Iedereens zus is gewoon normaal, behalve die van mij. Kon je geen ander beroep kiezen? Je zat op de universiteit, je had genoeg keuze. Waarom ben je geen dokter of zo? Ze willen ook niet meer met me omgaan en ze mogen niet meer bij mij thuis spelen. Iedereen zegt dat je slecht bent. Zelfs mama en papa. Alle familie uit Turkije, de buren, de juffen op school, iedereen. Waarom zou iemand willen dat iedereen haar slecht vindt? Dat moet je toch vreselijk vinden? Stop dan gewoon met alles wat je doet en zeg sorry, kom terug naar huis, zeg dat je weer in Allah gelooft!'

Ze snikt.

Shit. Shit. Ik weet me geen houding te geven. Ik loop naar haar toe, pak haar stevig vast en knuffel haar. Ik weet gewoon niet wat ik moet zeggen.

'Sorry, Defne,' weet ik uit te brengen. 'Ik heb het allemaal niet zo bedoeld. Ik wist niet dat jij er zo onder zou lijden. Sorry, sorry, sorry.'

Terwijl ik haar knuffel, veeg ik mijn tranen weg. Ze mag me niet zien huilen.

God, wat is dit zwaar.

De ruzies, mijn ouders, de bedreigingen, de bakken bagger in mijn inbox, het deed me allemaal minder dan dit. Ik voel me verlamd.

'Kijk, Defne, ik hou van jou. Ik wil dat je dat nooit vergeet. Ik zou jou nooit met opzet pijn doen. Ik geef heel veel om je. Ik beloof je dat ik er altijd voor je zal zijn en een oplossing ga bedenken,' zeg ik.

'Er is geen oplossing. Het is al verpest,' zegt ze. Ze heeft me nog geen enkele keer aangekeken, dit gesprek. 'Ik snap niet waarom je ervoor hebt gekozen het geloof te verlaten. We hebben een prachtig geloof, echt waar. En alles wat je op tv zegt, en in je boek, is gewoon niet waar. Er is helemaal geen onderdrukking in ons geloof, het is perfect, en Allah is ook perfect. Het zijn communistische ideeën die je hebt, zeggen onze familieleden. Je bent gebrainwasht. Iedereen is blij met het geloof in onze familie, behalve jij, jij bent een atheïst geworden. Jij zegt tegen heel Nederland dat je onderdrukt werd, maar dat is niet waar. Alles heeft een reden in het geloof, er zijn regels en die zijn er niet voor niets, dat is juist voor ons welzijn. Dat heb jij toch ook geleerd in de moskee? Ik snap niet waarom je ervoor hebt gekozen als een witte Nederlander te leven. Dat zijn wij niet. Wij zijn Turks. En moslim. Jij schaamt je gewoon voor wie je bent. En ik ga nooit en te nimmer zo worden als jij. Ik zal het geloof nooit verlaten of slecht praten over onze cultuur, familie en afkomst. Ik wil later gewoon trouwen met een Turkse moslimman, ik wil me aan de regels houden, en ik ben trots op mijn geloof. Jij wil Nederlander zijn. Dat wilde je altijd al, zegt mama. Je hebt je nooit een van ons gevoeld. Ik ga het helemaal anders doen. Ik vind het jammer dat je zo bent geworden, maar je kunt altijd nog terug. Het is niet te laat,' zegt Defne.

Ik voel een enorme scheut pijn door mijn lijf gaan. Ik weet dat Defne nog jong is, en dat ze onze ouders en haar omgeving napraat, maar tóch doet het pijn. 'Dit is allemaal niet waar. Dit heeft niets met Turks of Nederlands zijn te maken. Je hebt strenggelovige Nederlanders, in Urk bijvoorbeeld, en je hebt heel vrije Turken in Turkije, in Izmir en Antalya onder andere, dus of je gelovig bent heeft niets met je afkomst te maken. Ik ben nog steeds Turks, maar ik geloof niet meer. En ik ben ook Nederlands, want ik ben hier geboren, net als jij. Ik ben het beide, ik hoef niet te kiezen. Beide culturen hebben mooie en minder mooie elementen, en ik ben uiteindelijk vooral mezelf, ik behoor niet tot een clubje. Dat is mijn vrije keuze, die mag ik maken, want ik ben volwassen en moet leven naar wat mij gelukkig maakt, toch, Defne? En jij mag dat ook kiezen als je volwassen bent. De ideeën die je nu hebt, kunnen ook veranderen. Je bent nog heel jong. En als ze niet veranderen, is dat ook prima, ik ben niet tegen het geloof of mensen die gelovig zijn, dus als jij een heel ander leven kiest dan ik, blijf ik nog steeds je zus en zal ik je nog altijd steunen met alles. Ik vind juist dat iedereen moet doen en geloven waar ze gelukkig van worden, dat is mijn enige boodschap, niet dat iedereen het geloof moet verlaten, of dat onze cultuur alleen maar slecht is, dat heb ik nooit gezegd,' probeer ik uit te leggen.

'Hmm,' zegt ze verward. Ze kijkt naar de grond. 'Maar ik snap niet waarom het geloof jou niet gelukkig heeft gemaakt.' Ze kijkt me met die grote, vragende bruine ogen aan.

'Ik denk dat je het later wel zult begrijpen, nu is dat heel moeilijk, op deze leeftijd,' zeg ik. 'Je moet je voorstellen dat je heel erg houdt van bordspelletjes spelen, en tekenen, en zingen, en je lievelingsvak geschiedenis is, en dat je lievelingsgerecht pasta is, maar alles wat jij leuk en lekker vindt, niet mag van het geloof. En dat je dat allemaal nooit meer mag doen van je ouders. Daar kun je het een beetje mee vergelijken. Dat je voelt alsof je niet leeft. Dat al je hobby's en passies van je worden afgenomen,' zeg ik.

Ze knikt. 'Ja, ik snap het wel een beetje. Ik wil heel graag leren zwemmen, dat lijkt me erg leuk als ik het in video's zie, maar dat mag niet van mijn islamitische school, en andere scholen doen het wel. Bedoel je zoiets?'

'Ja, precies, zoiets,' zeg ik.

Op dat moment komt de kat van de buren de tuin in, dat doet hij tegenwoordig elke dag, sinds ik hem eten geef.

Dit keer heeft hij een dode vogel in zijn bek. Hij komt naar me toe en legt de vogel voor me neer, precies voor mijn voeten. De vogel ziet er toegetakeld en morsdood uit, zijn ingewanden zijn uit elkaar getrokken.

Alsof dit een teken is, gaat het door me heen. Ik wilde immers ook een vogel zijn. Ik wilde vrij in de rondte vliegen. Maar ik koos de verkeerde tijd, de verkeerde manier, het verkeerde medium misschien en de verkeerde plek. En nu ben ik net als deze vogel: noch vrij, noch levend.

Want leef ik wel? Ik voel louter pijn, vertwijfeling en verdriet. Was ik inderdaad maar dokter geworden.

Hechting

'We gaan het hebben over de periode nadat uw boek uitkwam,' zegt meneer Köhler. Ik friemel ongemakkelijk aan mijn horloge en ringen. Ik heb in het begin altijd zenuwen als ik hier ben. 'Ik vraag me af: bij wie voelde u zich wél thuis? Kreeg u van iemand onvoorwaardelijke steun en liefde? Kon u sparren met iemand?'

De eerste persoon die in me opkomt is Oma. Zij was net dood toen mijn boek uitkwam, maar daarvoor was zij mijn enige familielid met wie ik daadwerkelijk alles kon delen, iemand die me nooit veroordeelde. Meneer Köhler kan gedachten lezen, denk ik, want nog voordat ik iets zeg, vraagt hij: 'U vertelde me over uw oma, en haar plotselinge dood. U heeft vijf jaar met haar samengewoond, omdat u te veel ruzie thuis had met uw ouders, correct?'

Ik knik, eigenlijk blij dat hij begint over Oma, en niet over mijn verwekkers.

'Klopt, ik hield enorm veel van mijn oma. Bij haar kon ik altijd mezelf zijn. Het was zij en ik tegen de rest van de familie, wij waren eigenwijze buitenbeenjes voor hun, want wij trokken ons niet zoveel aan van alle strenge ver- en geboden van het geloof. Ze was superdepressief, helaas, maar toch de liefste ziel die ik in mijn leven had.' Ik pak mijn telefoon en laat mijn achtergrond aan meneer Köhler zien. 'Dat is zij, ik kijk haar nog elke dag in de ogen aan, gelukkig,' zeg ik.

Hij moet glimlachen.

'U bent bijzonder positief over haar, ik geloof dat jullie een heel liefdevolle band hadden. Ik vroeg me alleen af waar opa was, haar partner. Is hij overleden?'

'Nee, hij leeft nog,' zeg ik. 'Maar op straat zou ik hem niet herkennen. Hij mij ook niet. We hebben nooit contact gehad met elkaar. Ik heb hem maar één keer gezien, in Turkije, toen had Vader ineens besloten zich met hem te verzoenen, nadat hij ons, mijn broertje en mij, onze hele jeugd lang, alleen maar had verteld dat hij een vreselijke man was. Ik was zestien toen ik hem voor het eerst ontmoette. Maar de verzoening duurde niet lang, want daarna kregen ze meteen weer ruzie en zag ik hem nooit meer. Gelukkig maar, want ik mocht hem totaal niet. En al helemaal niet na wat Oma allemaal over hem vertelde. Ik kon daarom al niet normaal met hem omgaan.'

'Wat weet u over hem?' vraagt hij.

'Niet veel. Ik weet alleen dat hij extreem agressief en gewelddadig was. Dat hij Oma en zijn kinderen, ook Vader, dag in, dag uit sloeg. Tot bloedens toe. Met potten en pannen. Ook op het hoofd. Mijn vader vertelde ons vroeger, toen we nog kinderen waren en veel vroegen naar onze onbekende opa, alleen maar dat hij sloeg, heel veel sloeg, het ging nergens anders over. En dat hij geld van hem afpakte. En geen eten gaf. En boos werd als Vader brood at thuis, want dat verstopte hij voor zijn kinderen. Je mocht maar één maaltijd per dag, anders ging hij slaan. Meestal was dat het goedkoopst mogelijke eten, droog brood of heel simpele soep, nooit een keer vlees, fruit of groenten.'

Als ik het zo vertel, krijg ik ineens extreem medelijden met Vader. Het is niets wat ik niet wist, maar als ik het zo opsom, denk ik toch: wat moet dat zwaar zijn geweest.

Meneer Köhler schrijft fanatiek mee in zijn boekje.

'Waren ze gescheiden, opa en oma?' vraagt hij.

'Ja, al heel lang. Hij heeft haar verlaten voor een andere, veel jongere vrouw. Uit de bergen van Turkije. Ze is dertig jaar jonger dan hij. Met haar heeft hij nu vijf kinderen. Ze wonen in Amsterdam, maar ik ken ze verder niet. Mij is wel ter ore gekomen dat hij haar en zijn nieuwe kinderen ook niet zo heel goed behandelt, maar ik weet het fijne er niet van. Ik weet alleen dat Oma hem intens haatte en hem verantwoordelijk hield voor alle ellende in haar leven,' zeg ik.

'Op welke ellende doelde ze specifiek?'

'Oma had twee zoons met wie ze nauwelijks contact had in de jaren voor haar dood. Die hadden geen interesse in haar, belden en bezochten haar nooit. Ze wist niet hoe hun leven eruitzag, wat ze deden. Wij allemaal niet. Niemand wist wie of wat ze nou eigenlijk waren, waar ze uithingen, wat ze deden, terwijl het gewoon de broertjes zijn van Vader, dus mijn ooms, maar ik ken ze niet eens. Volgens mij zijn ze het slechte pad opgegaan, dat zei Vader wel eens tussen neus en lippen door, maar hij wilde er nooit echt over uitweiden. Dus ik weet er verder ook niets van, maar Oma zat er heel erg mee dat ze twee van haar zoons nooit meer zag of sprak, en gaf haar ex-man daarvan de schuld, omdat hij nooit had bijgedragen aan hun opvoeding en nul verantwoordelijkheid had genomen. En zij had daardoor nooit geld, en moest in haar eentje het land bewerken en voor vijf kinderen zorgen, terwijl hij in Nederland was, nooit geld stuurde naar Turkije, hen aan hun lot overliet en alleen maar zat te gokken in casino's en naar de hoeren ging,' zeg ik.

Meneer Köhler schrijft wat op.

'Aha,' zegt hij. 'Uw vader is waarschijnlijk niet veilig gehecht aan zijn ouders, want zijn vader was afwezig in de opvoeding, en zijn moeder, uw oma, had te veel stress en zorgen, en had te maken met huiselijk geweld. En misschien ook wel seksuele onveiligheid, dat weten we niet. Dat is geen omgeving waarin je een gezonde liefdesband ontwikkelt binnen de familie. Klopt het dat uw vader slecht is in het uiten van liefde? Als het niet zo is, moet u het ook zeggen,' zegt hij.

Ik denk even na, maar eigenlijk weet ik het antwoord al.

'Dat klopt zeker,' zeg ik. 'Vader heeft zijn eigen manier van liefhebben, maar die is nooit expliciet, nooit echt uitgesproken. Hij zal bijvoorbeeld nooit ofte nimmer zeggen dat hij van ons, zijn kinderen, houdt. En ook nooit dat hij trots op ons is. Hij zal ons nooit een kus geven, of een aai over onze bol, of een knuffel. Ik heb Vader nooit geknuffeld. Dat deed hij nooit. Sowieso niets fysieks qua liefdesuiting, maar ook niet verbaal. Wat we ook deden, dat zou er nooit uit komen. Mijn broertje is bijvoorbeeld cum laude geslaagd voor zijn rechtenstudie, maar ook toen heeft Vader niet gezegd dat hij trots op hem is. Dat doet hij gewoon niet, ook niet toen we ons vwo-diploma haalden.'

'Wat zei hij dan wel, toen je je diploma haalde?' vraagt meneer Köhler.

'Ja... iets als: nou, eindelijk afgestudeerd hè, nu begint het harde werken echt, dus zet je maar schrap, eens kijken of je dat ook volhoudt! Of zoiets.'

Ik deed een poging om een mannenstem op te zetten, waardoor meneer Köhler licht moet glimlachen.

'Hij moet het áltijd een beetje downgraden, snapt u?' zeg ik. 'Dus stel, ik zeg tegen hem: ik heb de Nobelprijs voor de Vrede gewonnen, dan zal hij zeggen: nu kijken of je ook de Nobelprijs voor de Wetenschap wint, want daar draait het echt om. Alsof het nooit goed genoeg is.'

'Hm, helder,' zegt meneer Köhler. 'Alle relaties die we aangaan in het leven hangen samen met de manier waarop we gehecht zijn als kind. Uw vader lijkt niet goed gehecht, en kan zich daarom ook niet meer hechten in zijn volwassen leven, zelfs niet aan zijn kinderen. Waarschijnlijk ook niet aan zijn vrouw, klopt dat?' vraagt hij voorzichtig.

'O, ja, laten we daar maar niet over beginnen, over de ruzies tussen mijn ouders, dan zit ik hier nog drie uur. Maar dat klopt inderdaad, mijn vader vertrouwt mijn moeder voor geen meter en denkt altijd dat ze iets verbergt of haar eigen familie meer mag dan die van hem en dat ze op hem neerkijkt. Dat was de kern van zo'n beetje elke ruzie.'

'Hij is dus wantrouwend en onzeker,' zegt meneer Köhler.

Ik wil net ja zeggen, als ik ineens besef: dat ben ik ook. Dat ben ik ook in mijn relatie; ik ben wantrouwend en onzeker. Ik denk continu dat ik ofwel verlaten ofwel bedonderd word, ik houd altijd rekening met het worstcasescenario, ik bereid me overal op voor, om elke teleurstelling voor te zijn, en ik ben gevoelig voor elke vorm van kritiek, omdat het me onzeker maakt.

Ik ben Vader.

Principes

'Antipathie tegen de hoofddoek bij de politie heeft niets te maken met intolerantie, discriminatie, moslimhaat of islamofobie,' zeg ik tegen Mert. 'De discussie hierover wordt telkens valselijk en oneerlijk gekaapt door de club die dat wel beweert en daarmee hoopt de seculiere tegenstander de mond te snoeren; velen van ons zijn immers erg gevoelig voor het etiket van xenofoob.' We zitten op een terras in Amsterdam. We hebben onze ruzie bijgelegd. Ik heb mijn excuses aangeboden en hij heeft ze geaccepteerd. We hebben het daarna maar niet meer gehad over onze families.

Hij vindt dat er enorm veel poeha wordt gemaakt in de media over het feit dat boa's in Utrecht en Arnhem nu een hoofddoek mogen dragen. Dat is volgens hem onnodig en bekrompen, want iedereen zou gewoon moeten dragen wat hij of zij wil. 'Van mij mag het ook bij de politie, hoor, er is een personeelstekort en we moeten niet zo moeilijk doen over de kleding die iedereen draagt. Het is alleen maar goed dat vrouwen met hoofddoeken zich emanciperen en werken bij de politie, dat is een voorbeeld voor jonge meisjes met hoofddoeken, toch?' zegt hij.

'Mwah, weet ik niet,' is mijn eerste reactie. 'Ik vind het wel goed dat ze dat werk gaan doen, alleen vind ik de privileges die ze eisen niet goed, ik kan daar principieel nooit achter staan,' zeg ik.

'Ach, alsof dat ze belemmert in hun functioneren,' zegt hij. 'Wat maakt het allemaal uit, Lale, laten we wel wezen?'

'Het maakt veel uit, daar vergis je je,' zeg ik terwijl ik een sigaret uitdruk. 'Doordat de antiseculiere, relidrammerige groep heel hard roept, de underdogpositie aanneemt en relatief veel in de media te horen is, lijkt het alsof hun argumenten zwaarder wegen, sympathieker zijn of alsof ze in de meerderheid zijn. Daardoor gaan seculieren steeds meer twijfelen of ze nog wel aan de goede kant van de geschiedenis staan. Ze beseffen ook niet, door die ruis in de media, dat het niets te maken heeft met intolerantie tegenover die lieve Marokkaanse buurvrouw of vriendin die ze kennen; de seculieren zijn gewoon consequent en staan voor hun principes. Uiteindelijk is de staat een verzameling wapens, en de politie ook, en de rechterlijke macht ook. Ze hebben het monopolie op geweld, het zijn cruciale beroepen die burgers het idee moeten geven dat ze zo neutraal mogelijk zijn. Die moeten wars zijn van elke religieuze ideologie, en de islam is in veel landen ook een politieke ideologie, dat moet je gewoon niet mengen,' zeg ik. 'Bovendien,' ga ik door, 'velen zeggen dan als tegenargument dat neutraliteit niet bestaat, en bijvoorbeeld geslacht of huidskleur ook niet neutraal is voor sommigen, maar ik zeg ook niet dat ik geloof in honderd procent neutraliteit, ik zeg dat het zo neutraal mogelijk moet zijn. Een huidskleur kun je niet afzetten, een hoofddoek wel. Zo simpel is het.'

'Ja... ja... lastig, ik vind het in Nederland anders dan in de context van een land als Iran of Saudi-Arabië. Hier is geen sprake van politieke dreiging van de politieke islam,' zegt Mert vertwijfeld.

Ik heb zijn overtuigingen uitgedaagd, dat kan ik zien. Daarom houd ik van zulke vrienden; ze zullen eerlijk nadenken over tegenargumenten en hun standpunten herzien, in plaats van bij voorbaat besluiten dat ze koppig bij hun punt blijven, wat je ook zegt. Ik besluit een betoog af te steken.

'Kijk, ten eerste: in Nederland houden we niet van mensen die hun religie opzichtig in iemands gezicht drukken en zien we God als een privéaangelegenheid. Dat is hier gemeengoed, cultuur. Ik houd van die mentaliteit, en zo sta ik er ook in. Dat moslima's bij de politie dat ineens willen veranderen, vind ik zorgelijk. In plaats van zichzelf aanpassen aan de heersende normen, eisen ze dat het verandert naar hún wensen. Nederlanders houden niet van mensen die privileges eisen op basis van hun geloof, zoals het dragen van religieuze kleding bij functies waar dat nadrukkelijk niet de bedoeling is volgens wetten die niet zomaar zijn gemaakt, maar die we hebben gemaakt om heel belangrijke redenen. Het gaat ook om slechts een paar functies: die met macht en een geweldsmonopolie. Veel mensen vinden het al niet goed voelen als de politie aanschuift bij ramadandiners, want kerk en staat hebben we met veel pijn, moeite en bloedvergieten gescheiden en dat moeten we niet willen veranderen omdat een nieuwkomersgroep dat eist. Al helemaal niet als we zien wat voor puinzooi ze ervan maken in hun herkomstlanden,' zeg ik.

'Ja, maar dat is een andere context, een andere tijd, een tijd van religieoorlogen en religie in de politiek. We leven nu in een heel andere tijd, waar de neutraliteit in je uiterlijk niet meer zo belangrijk is, omdat we een smeltkroes van culturen en identiteiten zijn, en dat allemaal naast elkaar kan bestaan, terwijl je ook met zijn allen de democratische rechtsstaat onderschrijft,' zegt Mert.

Ik besef dat ik het over een andere boeg moet gooien.

'Maar de hoofddoek is voor velen een symbool van ongelijkheid, het is een seksistisch symbool, alle vrouwen die hem verplicht moeten dragen van hun man, familie of overheid krijgen een klap in het gezicht als ze een rechter, agent of boa ermee zien,' zeg ik. 'De meeste Nederlanders kennen ten aanzien van mannen en vrouwen een meer egalitaire cultuur dan moslims. Zo zouden de meeste Nederlanders helemaal gek worden als je zegt dat meisjes les moeten krijgen van achter een gordijn zodat ze de jongens in de klas niet af- of verleiden. Ze beseffen door veel ruis alleen niet goed dat een hoofddoek in wezen precies voor datzelfde doel bestaat en gedragen wordt. Nederlanders vinden het ook een belachelijk idee dat de familie-eer afhangt van hoeveel van haar lichaam een vrouw laat zien of wat ze met haar vagina doet. De hoofddoek is geen neutraal symbool, of zomaar een kledingstuk, of alleen een vrijwillig gedragen cultureel kledingstuk, maar een besmet symbool zolang miljoenen vrouwen wereldwijd ertoe worden gedwongen met geweld, zoals in Iran en Afghanistan. Dat weet tegenwoordig iedereen, we volgen allemaal het nieuws en we zien het gebeuren. Waarom zouden we een potentieel symbool van je reinste vrouwenonderdrukking in veel landen op de wereld willen tegenkomen bij de politie, overheid of rechterlijke macht als burger? Wij houden er niet van, in dit land, om aan een agent of rechter te zien wat voor ideologie diegene mogelijk heeft, net als dat we het ook nooit zouden accepteren dat een rechter een kruisketting draagt, want dat is voor een slachtoffer van een zedenzaak bijvoorbeeld ook niet fijn om te zien. Ik wil dat gewoon zo houden, de meeste Nederlanders trouwens, en dat is helemaal niet zoveel gevraagd, alle andere beroepen mogen wel een hoofddoek, maar ze doen nu alsof wij seculieren de boeman zijn en hoofddoekje pesten. Niets van waar. En dat narratief irriteert me.'

'Ja, ach, ik vind dat een beetje conservatief gedacht. We leven in een nieuwe realiteit. Mij maakt het gewoon niets uit wat iemand draagt, ik maak me er zelf nooit druk om,' houdt Mert vol.

'Het gaat er ook niet om of jij als individu je er druk om maakt, je moet het grotere plaatje en de symboliek en consequenties proberen te zien,' zeg ik. Ik neem nog een grote slok rode wijn. 'Kijk, uit Frans onderzoek in de aanloop naar de presidentsverkiezingen in 2017 bleek dat meer dan de helft van de Franse politieagenten van plan was te stemmen op Marine Le Pen, van het radicaal-rechtse Front National. Godzijdank zie ik iemands politieke voorkeur niet als ik met een agent praat. Zo ook met de hoofddoek: wij burgers willen niet geconfronteerd worden met waar een agent of rechter voor staat.'

'Een hoofddoek zegt tegenwoordig niets over waar iemand voor staat, je hebt moslima's met allerlei soorten ideologieën, en de meesten hebben meer westerse ideeën dan ze zullen toegeven,' zegt Mert.

'Ik wil daar niet naar hoeven gissen,' zeg ik. 'Ze moeten gewoon stoppen met klagen en de scheiding van kerk en staat in westerse landen respecteren.'

'Je bent soms wel radicaal, Lale,' zegt hij.

Ik zucht diep.

Wat moet je ook met een wereld waarin het radicaal is dat je voor de scheiding van kerk en staat bent.

Ik heb mijn best gedaan hem te overtuigen, het is niet gelukt. En dat is ook prima.

Brief

Lieve Defne, beste zusje,

Ik weet nog goed toen ik je voor het eerst zag, in je maxicosi kwam je bij ons thuis aan in ons kleine flatje in Amsterdam-West, uit het toen nog Lucas Andreas Ziekenhuis. Je was echt pietepeuterig, je had van die minikleding aan, een knalroze muts om je kleine hoofdje en witte wanten aan je handen. Je was diep in slaap, dus ik kon je nog niet aankijken, en je leek meer op speelgoed dan op een echt mens, want ik kon me niet voorstellen hoe zoiets kleins en kwetsbaars op een dag zou groeien. Toen ik je voor het eerst oppakte en tegen me aan drukte, rook je hartstikke lekker naar baby, zoals je ook in de maanden hierna zou ruiken. Ik was dertien en was aan het leren voor een biologieproefwerk toen ik het nieuws kreeg dat je was geboren. Je kwam geheel onverwachts in ons leven; niemand zag je aankomen, je was niet gepland, je was zelfs in beginsel ongewenst, maar je gaf onze familie al gelijk een heel andere dynamiek, vanaf het moment dat je er was. Overal waar je kwam bracht je vreugde, gelach en vrolijkheid.

Moeder was na de bevalling depressief geworden. Ik wist niet waarom, maar ze had het in de maanden na je geboorte heel moeilijk en ging aan de antidepressiva. Omdat we niet echt over dit soort onderwerpen praatten thuis, ben ik er nooit achter gekomen waarom ze zich zo akelig voelde. Ik ga daarom maar uit van een postnatale depressie.

Hierdoor lag ze veel in bed en deed ze weinig in het huishouden en in de zorg voor jou. Dat nam ik met alle plezier over. Ik heb je gekleed, gevoed, opgepakt als je 's nachts huilde, onrustig was of krampen had, en uren met je in huis gelopen, opdat je rustig werd en weer sliep. Soms kon dat heel lang duren en ging ik de volgende dag erg moe naar school, maar dat maakte me niet uit, voor jou was dat het allemaal waard. Je was een verdomd moeilijke eter, de lepel ging nooit in jouw mondje, en zo wel, spuugde je me daarna meteen weer onder, dus ik heb alles uit de kast moeten trekken om jou gezond te houden. Dansen, gekke bekken trekken, rare geluiden maken, zingen, muziek afspelen, reclames laten zien op mijn telefoon die jouw volle aandacht hadden, zodat ik snel het lepeltje met wat geprakte banaan in je mond kon douwen en je dit keer hopelijk zo afgeleid was dat je het doorslikte.

Misschien is dit ook de reden dat ik me zo verantwoordelijk voor je voel, en zo verbonden met je. Het heeft lang gevoeld alsof je mijn kind was, alsof ik je heb opgevoed. Als je ziek was, zorgde ik voor je en gaf ik je een zetpil, als je uit je kleren gegroeid was, ging ik naar de HEMA, als je tanden kreeg, was ik er als eerste bij, en als je haren geknipt moesten worden, deed ik dat ook. Ik heb jouw hele groeiproces bewust meegemaakt, en daarom vind ik het extra pijnlijk dat we nu amper contact meer hebben, en dat je zo hebt moeten lijden onder mijn boek en mijn publieke optredens. Het spijt me enorm. Onze relatie is erg veranderd na mijn boek, en dat snap ik; je verwijt me een hoop. Het verwart je. Je weet niet wat je van die rare zus van je moet vinden. Je wordt beïnvloed door de meningen van anderen. En je vindt me vast en zeker gemeen tegen onze ouders. Ik snap het. Maar onthoud, alsjeblieft, dat ik nooit kwade bedoelingen had. En ik erg veel van je hou. Dat zal altijd zo blijven. Ik hoop dat ons contact ooit weer minder ongemakkelijk en pijnlijk wordt.

Ik heb het gevoel dat ik je een uitleg verschuldigd ben. Jij en ik komen uit een heel traditioneel en conservatief gezin, en dat heeft heel veel invloed gehad op hoe ik ben gevormd als mens, en veel bepaald over hoe ik nu ben.

Dat zit zo: de soennitische islam is een religie met een enorme hoeveelheid aan gebruiken, tradities en regels die invloed hebben op vrijwel elk vlak van het leven. Van wat je eet tot wat je aanhebt, van de partner met wie je je leven zult delen tot hoe je begraven moet worden. In het huis waarin je opgroeit en in de moskee waar je elk weekend naartoe gaat en op je islamitische basisschool heb je een groot deel hiervan al meegekregen. Ik ben op een gegeven moment gestopt alle tradities en regels te volgen, en de reden daarvoor wil ik je graag uitleggen, omdat je waarschijnlijk een groot deel van je leven (vanaf je tiende) zult horen dat de keuzes die ik heb gemaakt afschuwelijk en erg verkeerd zijn. En heel, heel misschien kom jij op een zeker punt in je leven tot dezelfde conclusie. Maar dat hoeft natuurlijk niet.

In deze brief wil ik je meenemen door een deel van al die gebruiken. Ik wil je een korte indruk geven van al die regels waar ik (en jij) mee opgroeide en waarom ik dat niet 'normaal' vind, of wenselijk voor mezelf. Mocht je met vragen zitten, stel ze alsjeblieft. Vraag alles, want ik zal er mijn leven lang voor je zijn. Gelukkig heb je nog altijd mij als voorbeeld, want ik had geen voorbeeld. En dat maakte alles een stuk moeilijker. Jij hebt nog altijd de optie ook hiervoor te kiezen, als je dat zou willen. Vergeet nooit: het is jouw leven, jouw lichaam, het zijn jouw ideeën, het is jouw toekomst. Laat niemand die voor jou invullen, bepalen of sturen. Ook niet mensen die je liefhebt, zoals je familie, of later een partner, of vrienden. Jij bent de baas, en niemand anders. Vooral voor jonge vrouwen is het extra belangrijk dit zich te realiseren, en al helemaal als je in onze cultuur opgroeit, omdat iedereen je zal behandelen alsof je gek bent als je het anders wilt doen dan anderen. Trek je daar niets van aan, alsjeblieft.

Het dragen van de hoofddoek

Dit doe je als vrouw vanaf je eerste menstruatie. Je behoort dan je haren, je hals, je nek en je boezem te bedekken met een doek om je hoofd heen gewikkeld. De bedoeling is dat de rest van je kleding ook zo wijd, kleurloos en lang mogelijk is, opdat je als vrouw de mannen niet verleidt met je schoonheid. Mannen hoeven dit niet omgekeerd voor de vrouw te doen; die kennen geen hoofddoek.

Waarom ik het hier niet mee eens ben:

Ten eerste, het is oneerlijk: mannen hoeven het niet. Ik geloof in de gelijkwaardigheid van man en vrouw. Dit is lang in de geschiedenis niet zo geweest, maar nu gelukkig wel steeds meer. Een man mag een zwembroek of zomerkleding aan en naar het strand gaan. Een vrouw moet helemaal ingepakt de zomer door. Het is erg irritant als het zomer is, of als je sport, om bezig te zijn met die lange doeken. Het is ook niet fris: omdat je zo bedekt bent, zweet je heel erg als het heet is buiten of als je veel beweegt of sport.

Daarnaast wil ik mijn schoonheid niet bedekken, ik houd er juist van om er goed uit te zien, en om complimenten daarover te krijgen, aangezien ik dagelijks hard werk voor mijn uiterlijk (diëten, sporten, mooie kleding kopen, ontharen, naar de kapper gaan, manicures en pedicures). Er is niets mis met knap zijn en daar je best voor doen. Als mannen afgeleid raken daardoor, is dat hun probleem, niet het mijne.

Ook heb ik moeite met de uitstraling. Je hebt geen neutrale

uitstraling naar de buitenwereld, omdat iedereen die je ontmoet als eerste die hoofddoek ziet, wat eigenlijk zegt dat jouw identiteit uit jouw religie bestaat, en dat wil ik niet (als eerste) uitstralen. Ik ben seculier, dat betekent dat ik religie gescheiden wil houden van de staat en de openbare ruimte, en ik denk dat de wereld er beter op wordt als religie niet te veel ruimte krijgt in het openbaar: op scholen, in gemeentehuizen, bij de politie, in rechtszalen en in de politiek is het van wezenlijk belang dat mensen religie scheiden van hun werk, aangezien religie niet wetenschappelijk of objectief is en je mening behoorlijk kan kleuren en een rechtvaardig oordeel in de weg kan zitten. In landen waar religie te zichtbaar is in de openbare ruimte gaat het nooit heel goed. Religie kan mooi zijn en het kan je kracht en troost geven, maar hoort wel thuis in de moskee, in gebedshuizen en in de privésfeer. Ik geloof niet in een wereld waarin je religieuze identiteit in ieders gezicht drukken voordeel biedt, zoals met een hoofddoek, omdat dat geen meerwaarde heeft in het contact met andere mensen of andersdenkenden, die allemaal hun eigen referentiekader hebben, dat niet per se strookt met het jouwe. Die zullen, bewust of onbewust, een oordeel over jou klaar hebben, net als over iemand die permanent een tulband draagt of een tattoo van een kruis heeft op zijn voorhoofd. Het straalt ook niet bepaald intellectualiteit uit, aangezien iedereen kan zien dat je je laat leiden door een heilig boek, waar geen bewijs voor is. Voor veel intellectuelen zijn heilige boeken namelijk niets meer dan sprookjesboeken.

Verder geloof ik dat een hoofddoek een symbool is van onderdanigheid, want laten we wel wezen: geen enkele vrouw vindt het 'leuk' of 'fijn' om een hoofddoek te dragen, en toch doen ze het, meestal omdat ze bang zijn voor de reacties van de familie als ze hem afdoen. Het is een keuze die vooral wordt verplicht door de gemeenschap en de ideeën om hen heen.

En dan, Iran en Afghanistan: zolang er landen bestaan waar

jonge vrouwen worden doodgeschoten of gevangengezet omdat ze hun hoofddoek afdoen, of omdat ze onderwijs willen genieten, vind ik het een besmet symbool en een mes in de rug van die dappere vrouwen om wél een hoofddoek te dragen.

Als laatste God. Ik vind het lastig om in een god te geloven die zo bezig is met wat vrouwen aanhebben en of ze hun haar laten zien, omdat het volgens mij bij een god vooral om je goede daden en je goede hart zou moet gaan, en niet om zulke details. In de moskee leer je dat je als vrouw naar de hel gaat als je je haar laat zien, maar dat vind ik een te extreme en disproportionele straf voor zoiets onbenulligs.

We lossen het ook niet op door de hoofddoek te dragen als een modieus accessoire. Als je op straat om je heen kijkt, zie je dat de hoofddoek vrijelijk wordt gecombineerd met make-up, merkkleding, kleurrijke en strakke kleding, parfum en dure handtassen. Sterker nog, soms zien gesluierde dames er veel meer *glamorous* uit dan de gemiddelde Nederlandse vrouw. Dit is niet per se iets waar ik op tegen ben, sterker nog: ik moedig het zelfs aan. Alleen bewijst het wel weer hoe hypocriet iedereen kan zijn, want de moderne hoofddoek heeft vaak niets meer te maken met het basisidee, en is dus sowieso nutteloos. Je maakt jezelf eigenlijk belachelijk met de inconsistentie; je straalt uit dat je kuis, vroom en maagd bent, maar doet vervolgens alles om je charmes te benadrukken met andere kledingstukken en make-up.

Geen seks of relatie voor het huwelijk en maagd zijn

Zoals je inmiddels vast en zeker al weet, is het in onze cultuur erg belangrijk om maagd te blijven tot aan het huwelijk. Er zijn zelfs ouders die het matras van hun dochter checken of ze op de huwelijksnacht heeft gebloed, zodat ze zeker weten dat hun eer gewaarborgd is, want je raadt het al: anders is het een grote schande en breekt de pleuris uit. Ja, dit gebeurt echt nog in grote delen van Turkije én hier in Nederland, en dit is helaas onze cultuur. Ik schaam me er eerlijk gezegd voor. Ik had liever een cultuur gehad die het belangrijk vond dat vrouwen genieten van de seks, hun lichaam kennen, zelfverzekerd zijn en studeren, om maar iets te noemen.

Wist je dat er zelfs vrouwen na de bruiloft worden teruggestuurd naar hun familie in sommige Turkse dorpen, omdat ze niet hebben gebloed in de huwelijksnacht? Men gelooft dat iemand dan geen maagd kan zijn, wat wetenschappelijk incorrect is, en dat maagd zijn vinden ze dan ook héél belangrijk, want een van tevoren ontmaagde bruid is in hun ogen niets waard en een hoer. Die kun je niet vertrouwen. Het idee is dat als die vrouw niet de discipline heeft gehad om maagd te blijven tot het huwelijk, zij te losbandig is om een trouwe vrouw te zijn voor haar man en moeder te zijn van zijn kinderen. Die zal eventueel vreemdgaan of zelfs een kind bij een ander krijgen en daarover liegen, denkt men. Bovendien is het hartstikke haram* in het geloof om niet maagd te zijn voor het huwelijk. Hier heb ik een aantal bezwaren tegen.

Ten eerste, ik geloof niet dat je de juiste partner kunt kiezen zonder dat je weet hoe diegene is in bed. Dit geldt overigens voor zowel mannen als vrouwen: er bestaat zoiets als seksuele compatibiliteit. En geloof me, dat is echt belangrijk voor je het in huwelijksbootje stapt. Als het lichaam van de vrouw of man met wie je trouwt jou straks niet behaagt, of als jullie seksuele verlangens niet bij elkaar aansluiten, heb je een probleem en zul je eerder verleid zijn om bijvoorbeeld vreemd te gaan of ontevreden, onzeker en chagrijnig zijn in je leven. Seks is nou eenmaal een belangrijk onderdeel van een liefdesrelatie, het is de lijm die alles bij elkaar houdt als het moeilijk wordt. Ik kan me echt absoluut niet voorstellen dat ik zou trouwen met een man met wie ik nog geen

* Verboden.

seks heb gehad, want neem van mij aan: seks kan soms hartstikke teleurstellen en is bij iedereen heel anders. Bovendien is het belangrijk om te weten of de libido's matchen, anders wordt dat een probleem in het huwelijk. Sommige mensen willen drie keer per dag seks, andere drie keer per maand. Als dat allemaal niet matcht, ga je een ongelukkige toekomst tegemoet.

De maagdelijkheid van de man staat niet ter discussie. Dit punt zul je herkennen uit mijn hoofddoekverhaal, het punt van de ongelijkwaardigheid tussen man en vrouw: als een man geen maagd meer is, is dit helemaal geen ramp in onze cultuur. Men zegt dan: 'Ach, hij heeft zo veel testosteron, hij moet zijn energie kwijt, het is een man, dat doen mannen nou eenmaal.' Mannen hebben alweer een vrijbrief. Net als met zo veel dingen. Niemand houdt zich bezig met waar ze uithangen, of ze 's nachts thuis zijn of niet, wat ze aanhebben, wat ze met hun geslachtsdeel doen, of ze op een feestje zijn, of ze roken of drinken, of met wie ze de hele avond chatten op Instagram. Niemand is er nieuwsgierig naar, want het idee is: een man kan doen en laten wat hij wil. Bij een vrouw is het van levensbelang, zowel voor haar als de familie, dat ze zich netjes gedraagt en elke avond gesluierd thuis zit om de visite thee en koekjes te serveren. Waarom zouden we dit als vrouw accepteren? Wij vrouwen hebben ook gevoelens, verlangens, willen verliefd worden en seksueel experimenteren. Wij hebben ook gierende hormonen en een geslachtsdeel dat hunkert om af en toe een hoogtepuntje mee te maken. Het grappige is dat men doet alsof vrouwen die verlangens niet hebben: ik weet zeker dat een moslima die besluit maagd te blijven tot aan het huwelijk, maar wel een vibrator in haar nachtkastje heeft om af en toe klaar te komen, haar ouders ook een hartaanval bezorgt. Die zetten haar het huis uit omdat ze een hoer is. Want masturberen is ook al verboden volgens ons geloof. Dit is hartstikke onrealistisch allemaal. Er is niets mis met hormonen, verlangens en lusten. Er is geen reden om dat zo te willen onderdrukken.

Mijn vraag is: wat moeten vrouwen dan? Leven als een kamerplant? Het lijkt wel alsof gelovige mensen het genot van vrouwen volledig willen ontkennen, en daarmee vernietigen. Want geen moslim zal zijn dochter toestaan een vibrator te hebben om het makkelijker vol te houden tot het huwelijk. Dit is hét bewijs dat het niet om maagdelijkheid gaat of geloof, maar om onderdrukking van de vrouw en haar genot.

Onvrije partnerkeuze

Volgens ons geloof en onze ouders kunnen we niet zomaar trouwen met een partner op wie we verliefd zijn. De persoon van wie je gaat houden kan superlief zijn, zelfs perfect compatibel, een geestverwant zijn, je moet de liefde smoren als diegene geen moslim is. Dit geldt overigens alleen voor de vrouwen, want mannen mogen volgens de regels wél trouwen met een vrouw die een ander geloof heeft.

Maar wij vrouwen, jij en ik, mogen alleen met een moslimman trouwen. Dat is hartstikke discriminerend. En volgens onze cultuur moet zijn afkomst dan ook nog eens Turks zijn. Dit vind ik ronduit achterlijk, omdat ik geloof in ware liefde en in het idee dat liefde niet te sturen is.

Bovendien vind ik dat erg dom, want we leven nou eenmaal in Nederland, in een multiculturele samenleving, en we kunnen verliefd worden op allerlei mensen met allerlei achtergronden. We leven niet in een islamitisch land of Turkije, waarbij het vanzelfsprekender is dat je met iemand van jouw eigen afkomst of een religiegenoot trouwt.

Dit heeft ook allerlei andere nadelen, want de meeste moslimmannen komen niet uit een geëmancipeerd huishouden en zijn als prinsen opgevoed door hun ouders, die een toxische, patriarchale cultuur aanhangen. Die mannen hebben daardoor een groot ego en denken dat het vanzelfsprekend is dat vrouwen, dus ook hun partner, het huishouden, het koken en de verzorging van de kinderen merendeels of compleet op zich nemen, omdat ze thuis niet anders gezien hebben. Daar word ik persoonlijk erg ongelukkig van, vooral omdat ik allergisch ben voor verplichtingen. Ik vind koken en schoonmaken niet erg, maar het moet vrijwillig zijn, omdat ik ervoor kies, en gewaardeerd worden, niet als vanzelfsprekend worden geacht. Als ik het een keer niet doe, wil ik ook niet dat zo'n man denkt mij erop te kunnen aanspreken.

Bovendien leert mijn ervaring dat moslimmannen het niet zo nauw nemen met zaken als seksuele loyaliteit. Ik wil niet zeggen dat andere mannen dit wel doen, hoor, het is een algemeen probleem, maar het is mij in ieder geval altijd opgevallen dat moslimmannen het idee hebben dat het een beetje in de aard van het beestje zit dat een man af en toe vreemdgaat, maar de hel breekt los als hun vrouw hetzelfde doet. Alweer, meten met twee maten.

Ook geloof ik dat alle mensen gelijk zijn, en dat het debiel is om onderscheid te maken tussen mensen op basis van afkomst en geloof. Dit is pure discriminatie, maar omdat het in naam van het geloof of de cultuur gebeurt, hoor je er niemand over. Ook de linkse politieke partijen niet. Terwijl statistieken aangeven dat er nauwelijks gemengde huwelijken zijn in Nederland tussen moslims en niet-moslims, om deze redenen.

Het huwelijk

Zoals je weet moeten moslims volgens de regels al meteen trouwen als ze een partner willen of willen samenwonen. In feite is de islam zo streng dat je niet eens een relatie mag hebben voor het huwelijk. Zelfs als je verloofd bent, mag je volgens de regels elkaar nog niet aanraken of kussen. Zo staat het in de heilige teksten en zo leren wij het in de moskee.

Dit is natuurlijk lachwekkend en als je goed om je heen kijkt, zul je zien dat niemand zich daaraan houdt, en het stiekem gebeurt, weg van de buitenwereld.

Als je de regels er strikt op naleest, kom je erachter dat je in feite niet eens samen koffie mag drinken voor het huwelijk. Daar moet altijd een zogenaamde *mahram* bij zijn van de vrouw, oftewel een mannelijk familielid dat er toezicht op houdt dat er niets gebeurt tussen jullie en alles afstandelijk en zakelijk blijft. Dit is meestal de vader of broer van de vrouw.

In onze huidige tijd houdt bijna geen enkele moslim zich hier meer aan, alleen de heel strenge, dus hier ga ik verder niet op in. Maar het is nog steeds zo dat je je zo snel mogelijk moet verloven en moet trouwen. Dit legt natuurlijk een hoop druk op jonge mensen, omdat je in feite niet vrijelijk voor jezelf kunt uitvogelen of je diegene nou écht leuk vindt, of dat het een bevlieging is op basis van oppervlakkige kenmerken. En geloof me, dat is het vaak als je jong bent. Je moet vallen en opstaan voor je weet wat je precies zoekt in de liefde of een huwelijk.

Je zult vast wel van die verhalen hebben gehoord: 'Hij bleek heel anders nadat ze eenmaal getrouwd waren, hij was blijkbaar een vreemdganger, geen goede vader en had allerlei financiële problemen.' Of: 'Zij was heel anders dan ze zich voordeed, blijkbaar had ze last van een gedragsstoornis en mentale problemen, maar de familie had dat geheimgehouden.' In onze gemeenschap gaan er allerlei verhalen rond over mensen die net getrouwd zijn en dan ineens tegen problemen aan lopen, omdat er van alles achtergehouden is en iedereen mooi weer speelt. Ouders vertellen doorgaans alleen de positieve dingen over hun zoon of dochter aan de schoonouders, en liegen zelfs over veel dingen, zoals het inkomen van de man of de gezondheid van de vrouw.

Ik zal je één ding zeggen: dit soort verhalen hoor je meer in islamitische kringen dan daarbuiten. Niet-moslims trouwen minder snel, en zijn meer open over problemen. Je moet dan wel héél erg je best doen wil je tot aan het huwelijk van alles over jezelf geheimhouden, want niet-moslims trouwen vaak óf helemaal niet óf pas nadat ze al jaren hebben samengewoond. Je raadt het al: dan ken je elkaar vaak door en door.

Dat maakt in mijn ogen zo'n huwelijk ook veel mooier en sterker: je kiest echt bewust voor elkaar, nadat je iemand al op zijn of haar slechtst hebt gezien, in tegenstelling tot in onze cultuur, want hoe kun je iemand in godsnaam kennen zonder te hebben samengewoond? Dan zie je hoe iemand slaapt, wakker wordt, leeft, eet, hoe iemand is als diegene boos, verdrietig, gestrest of chagrijnig is. Dat zijn nou juist de momenten die een relatie of huwelijk moeilijk maken voor mensen; pas als je die momenten samen overleeft, zonder heftige ruzies, kun je spreken van een succesvolle match.

De (gecultiveerde) hypocrisie en het liegen

Er is naar mijn ervaring veel meer hypocrisie, toneel, liegen en bedriegen in de islamitische culturen dan in de westerse culturen. Dit heeft met het volgende te maken: je wilt niet dat anderen slecht over je praten, of over je familie, dus alles wat verkeerd, zwak of zondig is, moet je verbergen. En dat zijn nogal wat dingen in ons geloof. Een kleine opsomming: vrienden van het andere geslacht, liefdesrelaties of geflirt, feesten, festivals, te sexy kleding, gay zijn, dansen, 's nachts niet thuis zijn, roken, niet halal eten, enzovoorts. Je kent het.

Buiten dit alles heb je ook nog een miljoen taboes, zoals niet mogen praten over je problemen. Als je dat wel doet, zal dit verhaal namelijk de ronde doen, en zullen mensen over jou en je familie roddelen. Want dat staat nooit los van elkaar. Bovendien zien mensen het als een zwakte, ze gaan speculeren over de oorzaken van het probleem dat je hebt, vullen dat naar eigen wens in en vertellen het vervolgens door als de waarheid. Omdat er altijd kwaadwillende, afgunstige en jaloerse mensen zijn, kan dit verhaal allerlei vormen aannemen, ver bezijden de waarheid, wat schadelijk is voor je sociale imago en dat van je familie. Hier een voorbeeld:

Probleem: Fatima ervaart problemen met het huwelijk en het moederschap → Fatima vertelt dit aan haar omgeving → omgeving vertelt het door → mensen zeggen dat dat vast komt doordat ze gewoon niet geschikt is, of te zwak, of te egoïstisch, of omdat ze zelf geen goede moeder heeft als voorbeeld → dit beeld verspreidt zich verder → een deel van de mensen neemt dit voor waar aan → dit komt Fatima en haar familie ter ore → Fatima schaamt zich en besluit niets meer te delen (en antidepressiva te slikken).

Al dat verbergen resulteert er uiteindelijk in dat alle gesprekken en connecties heel nep worden. Niemand laat zijn of haar echte gezicht zien. Iedereen draagt een masker.

Hier een onderzoek van het CBS dat dit bevestigt:

> Turkse vrouwen en Marokkaanse mannen vaker depressieve klachten dan autochtonen (cbs.nl)
> Er wordt vooral veel antidepressiva gebruikt door Turkse vrouwen van middelbare leeftijd. Voor autochtone vrouwen geldt dat het gebruik van antidepressiva toeneemt met de leeftijd tot een jaar of 45, daarna blijft het redelijk stabiel. Bij Turkse vrouwen is er een opvallende piek bij de 45- tot 55-jarigen: ruim 28 procent van hen kreeg antidepressiva verstrekt in 2010, tegenover 10 procent van de autochtone vrouwen van die leeftijd. Bij de 65-plussers zijn de verschillen tussen Turkse en autochtone vrouwen nagenoeg verdwenen.

Er mag heel veel niet, en tóch mag het eigenlijk wel

Het is maar hoe goed je kunt liegen en acteren.

Hypocrisie is eigenlijk een onafscheidelijk onderdeel van de islamitische cultuur. Je leert, hoort en zegt tegen elkaar dat iets niet mag, en écht ten strengste verboden is, je zegt zelfs erbij dat het hellevuur de straf is, en tóch kom je er op een bepaald punt achter dat bijna iedereen juist die dingen allemaal doet als het ze uitkomt. Bijvoorbeeld: je mag niet gay zijn en geen seks hebben met hetzelfde geslacht. Toch heb je in veel islamitische landen gewoon buurten, straten, clubs, cafés en wijken die bekendstaan als *gay paradise*. Hier komen ook getrouwde mannen en mannen met gezinnen om seks te hebben met andere mannen en met transgenders, die schijnen al helemaal populair te zijn. Veel mannen zijn namelijk biseksueel of gewoon geïnteresseerd in het verbodene. Het was vroeger in islamitische landen zelfs traditie om jongensharems te hebben. De Ottomanen hadden dat, maar ook de Afghanen. De taliban hebben zelfs jonge jongens als seksslaven. Hier zijn krantenartikelen en documentaires over.

Er zijn moslimmannen die mannen neuken. Er zijn moslims die drinken, gokken, snuiven, naar de hoeren gaan en vreemdgaan. Er zijn moslims die crimineel zijn, en toch gelovig zijn en geen varken eten, terwijl ze de ene liquidatie na de andere plegen. Er zijn moslims die weten dat een familielid een drugscrimineel is, en toch dat geld aannemen en daarvan genieten. Er zijn moslims die liegen en bedriegen, terwijl ze zeggen dat ze dat niet doen. Er zijn moslims die porno kijken. Er zijn moslims die een hypotheek nemen, terwijl rente betalen een grote zonde is. Het mag en het kan allemaal, zolang je maar niet op heterdaad betrapt wordt. Het enige verschil tussen een moslim en een niet-moslim is daarom, in mijn ogen, de manier waarop je deze dingen doet: de een doet het stiekem en liegt erover, en de ander is er eerlijker over.

Ik ben graag eerlijk. En ik vind het storend dat iedereen van alles doet en erover liegt. Ik speel liever open kaart, en dat past niet bij onze cultuur. Maar dat stiekeme gedoe, met die maskers op en af, past weer niet bij mij. Ik word daar zo moe van. Je weet nooit of je écht met iemand praat, of tegen een masker.

Goed, ik heb je een kort overzicht gegeven van de grootste bezwaren die ik sinds jonge leeftijd heb. Ik hoop je daarmee wat meer duidelijkheid gegeven te hebben over mijn overwegingen en keuzes. Misschien had ik het ook kunnen oplossen door gewoon mijn koffers te pakken en weg te gaan, in plaats van een boek te schrijven en alles aan de grote klok te hangen, daar heb je gelijk in, maar dit was kennelijk mijn uitweg. Het voelde goed, en ik deed het. Zonder te veel na te denken. Ik heb er spijt van gehad, dat zeg ik je eerlijk, want het heeft me ook onze band gekost, en het heeft de familie schade gebracht. Het spijt me, nogmaals. Weet dat ik op dat moment geen andere toevlucht zag en erg gefrustreerd was. Als ik mijn boek niet had, had ik het zelf zwaarder gehad, omdat ik dan echt alles alleen moest doen. Ik had namelijk niemand om me heen die me echt kon helpen. Nu is dat anders, Defne. Dat boek heeft veel ellende gebracht, vooral voor jou, voor jullie, maar het heeft mij echt enorm geholpen, want iedereen die ik nu om me heen heb, die heeft me kunnen vinden door dat verdomde boek. Mijn vrienden, mijn zielsverwanten, mijn lotgenoten, we hebben elkaar allen kunnen vinden en kunnen steunen. En ik ben zó blij dat ik deze mensen mag kennen, die ik zonder mijn boek nooit tegen het lijf was gelopen. Ik heb zúlke mooie mensen om me heen verzameld, echt waar, ik hoop dat je ze ook leert kennen als je ouder wordt. Ik hoop ook dat je alle ellende kunt vergeten en mij en mijn ondoordachte fouten kunt vergeven.

Ik hou van je. Voor altijd.

Vrijheid

'Welkom, mevrouw Gül, gaat u zitten,' zegt meneer Köhler. 'Ik heb uw column in *Het Parool* gelezen afgelopen weekend, die was heel raak, mijn complimenten,' zegt hij, terwijl hij thee aan het zetten is. 'Houdt u van gemberthee?' vraagt hij. 'Ik heb verse gember.'

Ik had een column geschreven over de hervormingen die de minister van Onderwijs, Dennis Wiersma, wilde bewerkstelligen met betrekking tot islamitische scholen waar er ondemocratisch en antirechtsstatelijk les wordt gegeven. De column ging als volgt:

> Ik zat met open mond te kijken. Het was alsof ik mezelf hoorde praten. Maar nee, ik was het niet. Het was Dennis Wiersma, minister voor Primair en Voortgezet Onderwijs, die ik spijkers met koppen hoorde slaan. Zin na zin. Het ging over religieuze weekendscholen.
>
> 'Soms worden daar dingen bijgebracht die juist haaks staan op wat je doordeweeks onderwezen krijgt als kind. Dat je doordeweeks leert dat mannen en vrouwen gelijk zijn en je verliefd mag worden op wie je wilt, maar dat je in het weekend leert dat als je homoseksueel bent, dat dat niet mag. Of dat je dan van

een flatgebouw naar beneden gegooid moet worden.' Bam!
'Dat zijn dingen die haaks staan op wat wij in Nederland belangrijk vinden met elkaar. En dat betekent ook dat we daar dan tegen op moeten treden.' Bam!
'We hebben de afgelopen jaren gezien dat deze ideeën problematisch zijn en ondermijnend aan de rechtsstaat. We moeten niet naïef zijn en voorkomen dat zulke ideeën in de hoofden van onschuldige kinderen geplant worden.' Bam!
'Informele scholing kan antidemocratisch, antirechtsstatelijk en anti-integratief zijn.' Bam!

Het is eindelijk zover: de Onderwijsinspectie gaat ingrijpen als op weekendscholen antidemocratisch onderwijs wordt gegeven. Inlichtingendiensten, ouders of leraren van reguliere scholen die zich zorgen maken, kunnen dat in de toekomst bij de inspectie melden.
En dat werd verdomme tijd. Decennia zijn er voorbijgegaan, vrachtladingen kinderen, onder wie ik, zijn reeds geïndoctrineerd met de meest belachelijke en onwetenschappelijke ideeen over gelovigen en ongelovigen, man en vrouw, homo en hetero, kuise vrouwen en foute vrouwen. Over besnijdenissen, de eeuwige hel, over dat je niet naar het strand mag als vrouw en de maagdelijkheidscultus. Van het moeten bloeden op de huwelijksnacht voor je man om in het paradijs te komen tot aan het goedpraten van huiselijk geweld; alles passeert de revue.
Ideeën die niet overeenkomen met het verlichte humanitaire denken, ooit vormgegeven door Erasmus en Spinoza, de kern van de Nederlandse cultuur anno nu.
Het heeft me altijd verbaasd, die cultuurrelativistische, bijna onverschillige houding van de Nederlandse staat ten aanzien van wat ik 'de lange arm'-scholen noem: scholen waar kinderen in het weekend of na school op geplaatst worden door hun ouders, vaak met een voertaal die niet Nederlands is en een ortho-

dox-religieus curriculum. Meestal wordt dit soort 'onderwijs' ook vanuit het buitenland gefinancierd, bijvoorbeeld door oliestaten, die er belang bij hebben een aanhang te krijgen in Nederland of Europa en hun middeleeuwse ideeëngoed, dat, nogmaals, niets van doen heeft met de Nederlandse normen en waarden, te verspreiden.

Ik zeg: doorpakken. Nu nog artikel 23 afschaffen, waarmee de financiering van religieuze scholen eindelijk beëindigd wordt. Op school leer je taal, rekenen en logisch redeneren. Buiten schooltijden hebben ouders genoeg mogelijkheid om hun kind te indoctrineren. En anders financieren ze zo'n school zelf maar.

De Nederlandse belastingbetaler is niet verplicht een middeleeuwse en antiwetenschappelijke houding voor kinderen te sponsoren.

'Ja hoor, doe mij ook maar thee, lekker,' zeg ik tegen meneer Köhler. 'En dank u wel voor het compliment.'

'Honing?' vraagt hij.

Ik bedank.

Ik ben niet echt op mijn gemak. Ik sta heel erg 'aan'. Schoorvoetend ben ik hierheen gekomen vandaag. Ik zie ertegen op om weer een uur therapie te volgen, en ik weet eigenlijk niet waarom.

Er is niets geks gebeurd, ik vind deze psycholoog aardig en ik heb niets te klagen. Toch staat het me tegen: hier een uur moeten zitten, weer moeten graven in mijn verleden, naar mijn weggestopte emoties. De tranen borrelen op; ik zie er zó tegen op. Had ik maar ijswater in mijn aderen. Deed het me maar allemaal geen fuck meer. Was ik alles maar totaal vergeten en genoot ik maar gewoon van de leuke dingen des levens. Ze kunnen tegenwoordig van een penis een vagina maken met operaties, en alles aan iemand veranderen, maar ze kunnen nog geen trauma's en verdrietige herinneringen uit je brein wissen. Dat is jammer. Als ik die zwaarmoedige emoties niet had, kon ik nu veel beter genieten van alles wat ik wél heb.

'Hoe gaat het met u sinds de laatste keer?' is zijn eerste vraag, nadat hij weer op zijn bureaustoel is gaan zitten.

'Ik heb niets te klagen,' zeg ik.

Hij lacht. 'Dat is zo'n prachtig Nederlands antwoord, alleen Nederlanders zeggen dat, in Amerika zouden ze u gek aankijken. Ik heb een tijdje daar gewoond, vandaar,' zegt hij.

'In Amerika hebben ze nog niet door hoe gek ze zelf zijn, dus laten we ons niet met hen vergelijken,' zeg ik.

Hij lacht weer. 'O ja, vindt u dat, zijn Amerikanen gek?'

'Ja, heel gek. Ik ben er niet geweest, maar het is een raar land, in veel opzichten. Die Amerikaanse datingshows op tv, dat een koppel dat het in alles goed kan vinden met elkaar het toch uitmaakt, omdat de een voor abortus is en de ander niet, om maar wat te noemen. Of omdat de een hartstikke gelovig is en de ander niet. Ze leven daar in de Middeleeuwen, maar denken dat ze heel wat beter zijn dan de rest,' zeg ik. 'Het is een verkapt derdewereldland; overal daklozen, kansenarmoede, schoolshootings, veel criminaliteit, een half miljoen schulden moeten maken als je aan een goede universiteit wil studeren, mensen die hun zorgkosten niet kunnen betalen als ze een keer naar de eerste hulp moeten, mensen met wapens op zak, noem maar op. Ik vind dat onmenselijk, je moet het niet zó slecht hebben, het leven hoort niet zó zwaar te zijn, vooral niet als je niets te zeggen hebt over of je wel of niet geboren wordt, je mag wel een beetje geholpen worden door de overheid, voor een minimaal menswaardig bestaan,' zeg ik. 'Maar goed, ik ben dan ook een gematigde liberaal.'

Meneer Köhler knikt instemmend, met een brede glimlach.

'Dat is een mooie analyse van u, daar ben ik het mee eens. Zeg, mevrouw Gül, ik stond er laatst bij stil dat u pas vijfentwintig bent. Dat is jong, hoor. Ik wist nog niet zoveel op mijn vijfentwintigste. En ik kon al helemaal geen columns of boeken schrijven. Of bezig zijn met zo veel ingewikkelde vraagstukken. Ik vroeg me af of u zich wel vijfentwintig vóelt.'

Ik denk na.

'Ehm...' zeg ik. 'Ja, daar zit wat in. Ik voel me momenteel zo'n jaar of vijftig. Als ik leeftijdgenoten spreek, voel ik me een alien. Die wereld, hún wereld, is vaak heel ver weg van de mijne. De dingen die ze doen, de dingen waar ze mee bezig zijn, of juist níet mee bezig zijn, het zonder enig plan leven in het moment, niet denken aan de toekomst, ik word er bijna zelf onrustig van. Ik vind het kinderachtig. Ik vind sowieso mijn generatie vrij... kinderachtig. Onserieus. En naïef. En verwend. En niet realistisch. Soms kom ik mensen tegen van vijfendertig die zich gedragen als twintigjarige. Dat klopt niet in mijn hoofd. In de cultuur waar ik vandaan kom, ben je praktisch volwassen vanaf je vijftiende, je hoort na te denken over zaken als je bruiloft, je gezin, je woning, je auto, je spaargeld, je vaste contract, het geld dat je opzij moet zetten voor een vakantiehuis in Turkije, of geld dat je moet sturen naar je familie in Turkije, die minder heeft. Mensen hebben tegenwoordig soms niet eens een rijbewijs op hun dertigste. Er is geen verantwoordelijkheidsgevoel bij mijn generatie. Mensen lijken vaak te leven zonder énig idee wat ze willen in het leven. Dat ze het wel zien allemaal. Dat verbaast me enorm, en het distantieert me van die mensen, maar aan de andere kant ben ik stiekem ook heel jaloers; het is iets wat ik nooit zou kunnen. Ik ben áltijd bezig met hoe het hoort, mijn volgende stap, de toekomst, of ik wel productief genoeg ben geweest deze maand, of ik wel iets bijgedragen heb aan de wereld, of anderen, of mijn eigen ontwikkeling, of mijn toekomst. Feestjes, etentjes, vrijuit gebabbel, picknicken, barbecues, festivals... ik weet niet hoe dat moet. Ik voel me daar niet senang bij. Het is een enorme verspilling van tijd, energie en middelen, met als enige doel: genieten, in het moment leven. Maar dat lukt me niet, dus dan heeft het ook geen zin om deel te nemen. Ik vind het zo leeg. Ik ben altijd zo serieus bezig sinds kort. Na m'n boek had ik lang een depressieve fase, waarin ik alleen maar rookte, dronk en stomme Netflix-series keek, en daarna sloeg het om en ben ik het andere uiterste gaan doen. Ik heb me nu herpakt en heb besloten dat ik niets anders ga doen dan lezen. Ik ben tegenwoordig altijd aan het leren of lezen, altijd mezelf aan het voeden en ontwikkelen, altijd podcasts aan het luisteren over van alles. Vrienden spreken me daar wel eens op aan, maar hoe leg ik ze uit hoe het is om geen vangnet te hebben? Je familie is normaliter je vangnet, in elk opzicht, niet alleen financieel. Maar ik heb dat niet. Mijn vangnet is weg; ik spreek mijn ouders niet, mijn oma is dood. Iedereen die om me heen is nu kan ook altijd weer wegvallen, dan heb ik alleen mezelf, en dat besef daalde laatst in. Ik moet wel investeren in mezelf, mijn kennis en kunde. Ik kan op niemand vallen of leunen. Dat snappen ze niet. Om te kunnen genieten moet je weten dat je opgevangen wordt als je valt. En elke keer als je naar beneden kijkt dat vangnet zien. Ik zie het niet. Niet meer. Dat maakt mij een heel ander mens. Ik ben veranderd, ik ben mijn jeugdigheid verloren, ik ben nu verantwoordelijk voor mijn leven en geluk, in mijn eentje, en dat is zwaar.'

Ik weet precies wat ik bedoel, maar of híj ook snapt wat ik bedoel is nog maar de vraag.

Meneer Köhler knikt en schrijft in zijn schrift.

'Interessant wat u allemaal zegt. Daar wil ik nog een keer op ingaan. Maar nu even dit: u zei dat u zich vijftig voelt. Waarom vijftig? Dat is het dubbele van uw werkelijke leeftijd,' zegt hij.

Ik denk even na over een mooi antwoord.

'Franz Kafka zei dat de jeugd wordt gekenmerkt door de vaardigheid om schoonheid te zien in veel dingen,' zeg ik. 'En dat jeugdige mensen daarom gelukkiger zijn. Omdat dat gevoel bij mij is afgestompt, voel ik me oud. Op mijn zestiende dacht ik dat ik de wereld kon veranderen en had ik idealen. Op mijn achttiende kwam ik erachter dat ik fout zat en viel ik van mijn geloof. Op mijn twintigste realiseerde ik me dat ik anderen niet kon veranderen, alleen mezelf. En nu, op m'n vijfentwintigste, denk ik dat de wereld mij heeft veranderd,' zeg ik.

Meneer Köhler moet slechts glimlachen.

'Ik ben toevallig deze week vijfenvijftig geworden, wel grappig dat u dit nu zegt, want ik hoop dat ik toch schoonheid in dingen zie, nog steeds,' zegt hij lachend.

'Gefeliciteerd! Sorry dat ik geen taart bij me heb,' zeg ik, droger dan ik zou willen.

'Ik kan geen taart meer zien, dus ik vergeef het u,' zegt hij vrolijk.

Hij leunt achterover en neemt een slok gemberthee. Ik doe hem maar na.

Het valt me op dat hij lange stiltes laat vallen, terwijl hij in zijn aantekeningen kijkt. Alsof hij wel weet wat hij wil zeggen, maar niet weet hoe hij het moet aanvliegen.

'Ik vroeg me na ons laatste gesprek het een en ander over u af. Ik heb het maar genoteerd. Mag ik u die vragen stellen?'

'Gaat uw gang,' zeg ik. *Alsof ik 'nee' kan zeggen op deze vraag*, denk ik.

'Alleen als u dat wilt, hoor, anders kunnen we het hebben over iets waar u het over wilt hebben,' zegt hij ineens. Alsof hij me heeft horen denken.

'O nee, nee,' zeg ik maar snel. 'Ik zou graag uw vragen willen weten.'

Maar ik heb geen zin. Geen zin in vragen over mijn moeder, mijn verleden, mijn opvoeding. Ik heb zin om hier straks weg te lopen na een uurtje nietszeggend babbelen. Maar daar kom je niet voor bij een psycholoog.

Ik weet dat ik dit moet doen. Ik ga rechtop zitten en zet mentaal een knop om; ik ben hier om mijn trauma's te verwerken. Niet om te vluchten. Niet om dingen weg te stoppen. Ik moet de pijn incasseren. Ik heb geen keuze. Ik kan dit.

'Zou u ooit samen willen wonen met een partner?' vraagt hij.

'Nee, dat wil ik absoluut niet,' zeg ik.

'Waarom niet?' vraagt hij.

'Omdat dat dat zo permanent voelt en ik van mijn vrijheid hou. Ik kan dingen snel zien als beknotting, en daardoor benauwing ervaren. Bijvoorbeeld van bepaalde verwachtingen die iemand dan heeft. Als ik zou samenwonen met mijn partner, moeten er afspraken komen, omdat het niet meer mijn huis is, maar dat van ons. En dan móet ik dingen, anders kom ik de afspraken niet na. Maar ik ben heel slecht in dingen móeten. Dan wil ik het juist niet doen. Ik wil dingen doen zoals ik het zelf in mijn hoofd heb. Dus als ik een keer niet wil opruimen, schoonmaken of mijn bord gelijk naar de keuken wil brengen maar op de salontafel wil laten de hele nacht, of tot laat in de nacht radio luisteren of met een film aan op de bank wil zitten, wil ik niet horen dat dat iemand stoort, of dat ik samen met hem in bed moet liggen, omdat hij het zo fijn vindt,' zeg ik. 'En als ik een zak chips wil eten, een fles wijn wil drinken, een half pakje sigaretten wil roken en een bak ijs leeg wil vreten, wil ik ook niet horen dat dat zo slecht is, dat weet ik ook wel.'

'Geeft dat u een gevoel van vrijheid, zo veel eten en drinken op een avond?' vraagt hij.

'Kortstondig wel. Op dat moment misschien. Maar dat wordt eigenlijk meteen opgevolgd door spijt, zelfmedelijden, boosheid, onzekerheid, zelfhaat als ik in de spiegel kijk of in de paskamer van een modewinkel sta en het voornemen om het niet meer te doen,' zeg ik.

'Is dat vrijheid of gevangenschap door onvermogen?' vraagt hij.

'Ik vrees het laatste,' zeg ik. 'Alcoholisten, junks en gokverslaafden vinden ook dat het hun vrijheid moet zijn om dat te doen, hè, dat is een soort verdraaiing van het eigen onvermogen om discipline op te brengen, het is niet anders met te veel eten en drinken.'

'Dat is zo,' zegt hij.

'Vrijheid en onvermogen om het anders te doen zitten eigenlijk heel dicht bij elkaar,' zeg ik ineens. 'Bijvoorbeeld als ik kijk naar vrouwen die zeggen te strijden voor meer vrijheid van godsdienstuiting, bijvoorbeeld door het dragen van een hoofddoek, en de barricades opgaan en zeggen dat het juist vrijheid is om overal een hoofddoek te kunnen dragen en vinden dat je elk beroep daarmee zou moeten kunnen uitoefenen, die zitten eigenlijk vast in hun onvermogen om het anders te doen, en hun familie te confronteren met het feit dat ze hem eigenlijk niet willen dragen, dus draaien ze het om en zeggen ze dat ze de vrijheid willen.'

'Is dat zo? Wil geen enkele vrouw een sluier dragen?' vraagt hij.

'Nee, echt geen enkele vrouw wil zelf graag een sluier dragen. Als dat zo was, zou je vrouwen hebben die niet gelovig zijn en toch het enorm fijn vinden om van top tot teen bedekt te zijn, inclusief haren. Die heb je niet, ik heb ze nog nooit gezien of gekend. Het is toevallig zo dat iedereen die zegt vrijwillig een hoofddoek te dragen moslim is, dus een geloof aanhangt dat dat verplicht stelt. Dus kunnen we stellen dat de vrouwen die hem wel dragen, dat doen voor hun geloof of familie. Omdat het geloof dat verplicht stelt, of hun familie. Vervolgens noemen ze dat de vrijheid van godsdienst. Maar een godsdienst die jou iets verplicht, daarvan kun je niet zeggen dat het vrijwillig is, of wel?' vraag ik.

'Helder,' zegt hij. 'Hoe zit dat met uw moeder? Is zij vrij, volgens u?' vraagt hij dan.

'Ik denk dat als je die vraag aan haar stelt, zij zelf vindt dat ze totaal vrij is. Maar dat is natuurlijk niet zo. Ze is geïndoctrineerd met heel onvrije ideeën, en ze is niet in staat die niet op te volgen en voor zichzelf na te denken, onder andere omdat ze geen onderwijs heeft genoten, en daardoor de capaciteit niet heeft om dingen in twijfel te trekken.'

'Maar als zij zich vrij voelt, en zegt dat te zijn, is er toch eigenlijk geen probleem? Als ze maar zelf dat idee heeft, toch?' vraagt hij.

Ik merk dat deze vraag me een beetje irriteert.

'Tja, je kan mensen alles wijsmaken. Dat wil niet zeggen dat het echt zo is,' zeg ik.

'En wanneer zou ze wél vrij zijn, volgens u?'

Wat zijn dit toch voor absurde vragen? denk ik bij mezelf.

'Als ze kritisch is en voor zichzelf kan nadenken, en niet klakkeloos alles aanneemt, als een schaap.'

'Zijn schapen onvrij, volgens u?'

Ik begin me echt aan deze man te ergeren.

'Dat weet ik niet, maar ik ben geneigd om te zeggen van niet, aangezien schapen met de kudde meelopen en niet in staat zijn beslissingen voor zichzelf te maken.'

'Zijn wij mensen daar wel toe in staat?' vraagt hij.

'Ja, ik wel, maar sommigen ook niet, helaas, dat zijn net schapen, leert de ervaring.'

'Voelt u zich beter dan die schaapachtige mensen?'

Ik kan deze man wel van het balkon gooien. Wat een domme vragen zijn het ook. Heb ik hier een halfuur voor in de auto gezeten?

'Ja, ik voel me inderdaad beter dan domme, schaapachtige mensen,' hoor ik mezelf zeggen.

'Zou u willen dat iedereen zoals u dacht?'

Ik weet niet zo snel een antwoord.

'Ja en nee,' zeg ik maar. 'Ja, omdat ik het idee heb dat ik sceptisch kan kijken naar zaken en daarmee het fake news-gehalte er snel uit haal en daardoor dichter bij de waarheid en de wetenschap sta. En ik heb het levensmotto: liever een lelijke waarheid dan een zachte leugen.'

'En waarom nee?' vraagt hij.

Ik denk even na.

'Omdat veel mensen de troost helaas nodig hebben die bepaalde verzinsels, verhalen en sprookjes hun kunnen geven. Het geeft ze kracht, houvast, iets om naartoe te leven, iets om voor te vechten. De meeste mensen hebben ideeën nodig om hun leven richting te geven, en kunnen die niet voor zichzelf bedenken. Een geloof heeft velen ook meer te bieden dan het holle atheïsme, waarbij je eigenlijk zegt dat er niets is en ook niets gaat zijn na je dood, en dat er geen vaststaande normen en regels zijn. Het atheïsme heeft geen moraal, dus is het per definitie nihilistisch, want alle moraal is ook maar een mening van iemand, en er is geen enkele reden waarom je het allemaal zou moeten opvolgen. Het geeft ook geen voldoening, je gelooft immers dat slechte mensen wegkomen met slechte daden, ook Hitler, en dat goede mensen eigenlijk nooit beloond zullen worden voor hun weldoen. Dat je je dode oma nooit meer gaat tegenkomen en nooit meer een knuffel gaat geven. Dat alles willekeur en toeval is. Dat je leeft en werkt om te overleven, om na een paar decennia dood te gaan, waarna er niets komt. Dat is vrij... negatief. En hol. En doelloos. Het biedt mensen geen hoop, geen perspectief. En dat ik dat aankan, hier in een van de rijkste landen ter wereld met een relatief welvarend leven, wil niet zeggen dat iedereen die waarheid aankan. Het idee van een god houdt velen op de been op deze wereld, want het leven is vaak een lijdensweg. De meesten bekeren zich tot God in de gevangenis, of als ze arm zijn, of een nare ziekte hebben, of bijna doodgaan. Dat zegt genoeg.'

'Het houdt ook uw moeder op de been, dus?' vraagt hij.

'Ja, dat zal wel. Ik kan mijn moeder niet echt voorstellen zonder geloof, aangezien dat haar hele identiteit is. Maar wellicht zou ze als een niet-gelovige of mildgelovige en vrije vrouw wel gelukkiger zijn en zou ze andere dingen hebben om voor te leven, zoals ik, zoals zovelen,' zeg ik.

'Waar leeft u dan voor?'

'Voor liefde. Voor geluk. Voor vrijheid. Voor interessante ontdekkingen. Voor kennis. Voor genot. Voor samenzijn, voor kunst. Voor literatuur. Voor schoonheid, voor inspiratie.'

'Denkt u dat uw moeder ook leeft voor die dingen?' vraagt hij.

'Nee, mijn moeder leeft voor Allah, alleen Allah, en alles moet daarvoor wijken.'

'Denkt u dat Allah haar liefde, genot, inspiratie, voldoening en geluk geeft?'

'Ik denk dat zij zich wijsmaakt dat Allah dat allemaal geeft, ja, maar ik had het liefst gewild dat Allah ook tegen haar zou zeggen dat ze haar kind moet accepteren, ongeacht haar levensstijl, en haar niet moet verbannen en doodwensen omdat ze anders wenst te leven dan zij.'

Het valt even stil.

'Heeft zij dat gezegd?' vraagt hij. 'Dat ze u liever dood ziet?'

'Ja, zo vaak.'

'Hoe vaak?'

Ik krijg een raar gevoel in mijn borst. Een soort verdrietlawine die ik hardnekkig terug wil duwen. Ik kan daarom ook even niets zeggen, ik ben bang dat het op mijn stem slaat en ik emotie laat zien. Ik wíl dat niet.

'Wat voelt u nu?' vraagt hij.

Ik ben stil. Ik ben in een ogenschijnlijk kalme toestand, maar vanbinnen ben ik in paniek. Ik heb weer mijn emotie niet in de hand. Dat gebeurt hier dus altijd, hier in deze spreekkamer, met deze man. Dat is waarom ik er nooit naar uitkijk. Ik verlies controle. En ik háát het. Ik word week. Ik verlies alle kracht in mijn lijf; ik kan zelfs geen vuist meer vormen met mijn handen.

'Ik... ik voel veel verdriet,' zeg ik maar, gevolgd door een diep slikken.

De tranen zijn toch al over mijn wangen gerold. Ik kan net zo goed opgeven. Het is al te laat, ik kan niet meer terug naar mijn *collected*-ik. Naar mijn oester-ik.

'Dat is heel goed. Heel goed. Laat dat gevoel toe. Je hoeft het niet altijd tegen te houden, het mag er zijn,' zegt meneer Köhler, terwijl hij me indringend aankijkt van boven zijn brilglazen.

Meneer Köhler tutoyeert als het persoonlijk wordt.

'Jij bent ontzettend sterk, sterker dan je denkt, jij kan dit, je hoeft niet bang te zijn voor je tranen,' zegt hij.

'Het doet gewoon zo'n pijn,' zeg ik. 'Ik weet niet wat ik ermee moet.'

'Ik snap het, je doet het hartstikke goed. Wat je er nu mee moet, is het verwelkomen, niet terugduwen, niet je eigen emoties haten en opsluiten. Laat ze vrij,' zegt hij.

Hij overhandigt me een doos tissues.

O god, hoe cliché kan het zijn, denk ik even. Ik lig nog net niet op zo'n divan te praten, zoals in films. En ik maar denken dat ik anders was dan anderen. Dat ik zo'n praatsessie niet nodig had om aan mijn problemen te werken. Dat ik echt niet iemand was die depressief kon worden, of burn-outklachten zou ontwikkelen, en echt wel die breuk met mijn familie een plek kon geven, zonder er al te veel onder te lijden. Ik dacht dat ik sterk en rationeel was. Dat ik wist waar ik het allemaal voor deed en dat idee me op de been zou houden.

'Er gaat veel door je heen, wil je dat met me delen, alsjeblieft? Ik wil het heel graag weten, wat je nu denkt,' vraagt hij ineens.

Ik weet niet echt waar ik moet beginnen. Alweer.

'Eh, ja... kijk, ik merk dat ik er moeite mee heb dat ik niet sterk genoeg ben om hier niet te zitten. Om niet te huilen. Ik merk dat ik mezelf nu zwak voel. Dat ik faal, omdat ik op mijn vijfentwintigste bij een psycholoog zit, en hier elke week een halfuur naartoe rijd, terwijl ik wil genieten van mijn leven.'

Hij staat op. O jee.

Hij pakt een stoel, schuift die heel dicht bij me en gaat zitten.

'Ik ben zó ontzettend trots op jou dat je de stap hebt durven nemen om hier te zitten. Je bent heel sterk, want je deelt je lief en leed met iemand die je niet kent. Ik ben hier alleen maar om jou te helpen, want je hebt het in je om te genieten van het leven. Ik ben alleen maar iemand die je in dat proces gaat begeleiden, je moet je absoluut niet zwak of beschaamd voelen, begrijp je dat?' vraagt hij. 'Wil je me beloven dat je blijft komen?'

Ik ben stil.

'Zie ik je volgende week?'

Ik knik.

Noah

We zitten midden in de lockdown, de wereld zit op slot. De horeca, de sportscholen, de winkels: alles potdicht. Er is helemaal niets te doen en het enige wat er in de kranten en op tv wordt besproken, is het dekselse covidvirus. De doden en de zieken. De overvolle ziekenhuizen. De mensen die daardoor niet geopereerd kunnen worden. Kortom: het is allerminst gezellig en meer dan ooit tevoren hebben mensen, vooral mensen zonder familie, zoals ik, last van huidhonger. Een chronisch liefdestekort. Sinds de dood van Oma en de verstoting door mijn ouders weet ik ook niet echt meer waar ik het halen moet.

Ik zit geesteloos en eenzaam aan het avondeten, en er komt een idee in me op om mijn eten op Instagram te delen. Iets wat ik voorheen niet vaak deed en eigenlijk vrij debiel vond, maar verveling en eenzaamheid doen veel met een mens, en mijn vrienden en volgers op sociale media zijn de enige mensen met wie ik nog wat liefde en contact kan uitwisselen.

Vanavond heb ik iets nieuws geprobeerd, namelijk paella uit de diepvries, van het merk Iglo, en ik schrijf erbij dat het best smaakt. Ik vraag me tegelijkertijd af waarom je zoiets zou posten, maar goed; ik heb kennelijk gewoon behoefte aan contact.

In mijn inbox verschijnt een jongen genaamd Noah. Ik zou

hem tweeëndertig jaar geven als ik afga op zijn profielfoto, die nogal bijdehand, maar ook flirterig is.

'Haha, je moet je echt schamen om dit paella te noemen. Laat de Spanjaarden dit maar niet zien, die sluiten je op,' dm't hij me. Ik moet glimlachen, maar reageer verder niet.

Het duurt niet lang of ik word gebombardeerd met tientallen foto's van échte paella uit zijn eigen galerij, omdat hij vaak in Spanje is. Zijn moeder is namelijk geëmigreerd naar Valencia, schrijft hij erbij.

'Als je wil,' zegt hij even later, 'kan ik je meenemen om een keer echte paella te eten, in plaats van dat je dat mistroostige diepvrieszakje van je klaarmaakt. Ik vlieg toevallig over drie dagen, kom je mee?'

Ik heb zijn berichten gelezen en zijn profiel bekeken, maar nog niets geantwoord.

Ook de volgende dag antwoord ik niet. Ik pas wel op met reageren op mensen die ik niet ken, want ik ben altijd op mijn hoede voor haters. Maar deze man lijkt, als ik moet afgaan op zijn profiel, vooral heel lief. En knap. En sportief.

Later die dag stuurt hij me een screenshot van de website van Transavia.

'Als je me je gegevens even doorstuurt, boek ik nu tickets, vliegen we maandag samen naast elkaar in het vliegtuig, en zitten we die middag nog op een terras in het zonnetje van de beste paella in Valencia te smullen, dat beloof ik. Wat zeg je ervan?'

Het is niet iemand die opgeeft. En hij heeft daadkracht. Hij is niet bang om een blauwtje te lopen. Daar houd ik wel van.

Ik weet niet zo goed hoe ik erop moet reageren, of ik deze zelfverzekerde casanova moet vertrouwen. Dat kan op verschillende manieren uitpakken, want ik ken hem niet, en om nou overmorgen met iemand op vakantie te gaan die ik niet ken is op z'n minst... risicovol.

Zou ik het wel leuk hebben, is het wel verstandig om mijn gegevens te delen met iemand die ik niet ken en is het wel zo slim om nu naar Spanje te gaan, in een pandemie? En meer van dit soort vragen gaan er door mijn hoofd.

Maar dit is zo'n moment, en die heb ik niet zo héél vaak in mijn leven, want over het algemeen ben ik een verstandig en voorzichtig mens, dat ik een 'gekke Laal'-moment zou noemen; ik heb dit een aantal keer per jaar, waarbij ik iets totaal impulsiefs doe zonder al te veel na te denken, en denk: *if it doesn't kill me, I will survive.*

In zo'n moment heb ik in feite ook mijn eerste boek gepubliceerd. En zo veel andere dingen gedaan, waarbij ik achteraf zou denken: waarom, in godesnaam? En soms brengen dit soort impulsieve acties je veel goeds, en soms grote problemen. Het is een gok.

Ik stuur een berichtje terug: 'Dat klinkt heel aantrekkelijk. Hier heb je mijn gegevens. Als het niet de allerbeste paella van Spanje is, boek ik het eerste vliegtuig terug,' zeg ik maar.

Een heleboel smileys en bonkende hartjes krijg ik terug.

Ik heb zijn dag gemaakt.

Voor het eerst in tijden voel ik weer spanning en enthousiasme in mijn lijf. Ik heb er ook echt zin in. *Waarom ook niet?*

Achteraf ben ik blij dat ik mezelf in het diepe heb gegooid, want het was een waanzinnig leuke reis en ik was weer verliefd geworden. De eerste keer dat we vierentwintig uur met elkaar hadden doorgebracht, had ik het gevoel dat ik weliswaar vijfentwintig jaar oud ben, maar al veertig jaar met hem was. Het was zo ongedwongen, organisch, relaxed. De seksuele chemie was ook waanzinnig. Dit was een blijvertje.

In de maanden erna dacht ik voor het eerst in mijn leven: ik ben bang dat anderen in jou zien wat ik in jou zie. En dat maakte me angstig. En verward, want dat gevoel kende ik nog niet. Ik werd voor het eerst territoriaal in de liefde. Dat was mijn tweede teken dat het goed zat.

Noah was iemand die regelmatig zei: 'Het maakt niet uit, doe maar rustig, ik weet dat jij het nooit slecht bedoelt', en dan een arm om me heen sloeg. En die woorden, 'Doe maar rustig', met dat strijken over mijn arm en rug, maakten me elke keer verliefder. *At ease*, zoals de Engelsen zeggen.

Hij begreep het als ik stress had, als ik stil was, als ik niet goed in mijn vel zat, als ik moe was; ik kon gewoon eerlijk zijn, hoefde niets te veinzen. Ik kon mezelf zijn. Ook in de periode dat ik te maken had met neerslachtige gevoelens, haatberichten, bedreigingen, angst en schuldgevoelens; hij was er altijd. Hij was één telefoontje of appje verwijderd van me. Ik kon eindelijk weer leunen op iemand. En dat was zó fijn. Hij had niet per se een mening of oordeel over alles wat ik deed en wat er op me afkwam, en dat was prettig. Soms wilde ik gewoon een knuffel, of mijn hart luchten, of met iemand slapen of eten, zonder dat ik echt een gesprek wilde over mijn gevoelens of zijn mening vroeg. Alleen al zijn aanwezigheid maakte me veel gelukkiger dan alleen zijn. Maar het was ook iemand met wie ik heel hard kon lachen; we hadden dezelfde humor. Het derde grote teken dat het zomaar eens de ware kon zijn. Hij had een ultiem talent voor accenten nadoen, dat vond ik erg indrukwekkend.

Maar Noah was ook iemand die mijn hoge libido aankon, en zelf ook niet vies was van seksen op plekken waar we elk moment betrapt en opgepakt konden worden: in paskamers van grote winkels, in de gehandicapten-wc's van restaurants en musea, in het bos, in de zee (ja, echt waar, het kan gewoon, als je nat genoeg bent), in de trein (toen de hele coupé leeg was 's nachts), op het strand (in een rustig hoekje, of achter een rots), of in de wc's van kerken; overal bedreven we de liefde, als de nood hoog was. Want bij mij moet je niet aankomen met een burgerlijke relatie. Ik ben een lichamelijk en sensueel mens.

'We leven echt in een seksloze maatschappij,' zei Noah regelmatig, 'anders hadden ze wel overal neuk- en pijphokjes gemaakt, net als wc's, borstvoedingshokjes, commodekamers in eetcafés, gewoon even je behoefte doen, dat is toch normaal en diepmenselijk? We doen toch niets anders, al sinds het begin van de mensheid, dan seksen en vermenigvuldigen?'

Ik had er nooit zo over nagedacht, maar ik moest hem gelijk geven. In het openbare leven was er weinig erotiek te bekennen en weinig ruimte voor seksuele escapades. Alsof we toch nog altijd religieus zijn gebleven en geloven in het idee dat dat vooral iets is wat heel privé moet gebeuren, zo verdoezeld mogelijk, en waar we voor de rest over zwijgen en doen alsof het niet bestaat, alsof het een zonde is. Behalve op de Wallen en in de winkels die daarvoor bedoeld zijn, seksshops, maar dat is allebei commercieel.

Van ons mocht seksualiteit openlijker gevierd worden. Dan bedoel ik niet zichtbaar in de openbare ruimte, maar ik vind sekshokjes of afgesloten strandbedjes buiten waar je voor betaalt geen verkeerd idee. Nu moeten we namelijk vier keer heen en terug naar ons hotel lopen op een stranddag, in plaats van meteen toe te kunnen geven aan onze lusten. Dat is wel vervelend.

Nederlander

Mijn telefoon gaat. Het is mijn zusje. Mijn hart gaat sneller bonken, omdat ze me normaal nooit belt. Ze is meer een apper, zoals iedereen van haar generatie. Het zal toch geen noodgeval zijn? Onder haar naam staat 'Turkije'.

Het is zomervakantie, dus ze zijn naar opa en oma van moederskant, naar hun dorp daar.

Ik neem snel op.

'Defne?' zeg ik.

Ik hoor wild gesnik. En daarna hard gehuil. Ze zegt verder niets. Het klinkt zo... diep gefolterd.

Ik ga rechtop zitten op de bank en duw de deken van me af.

'Wat is er!? Doe maar rustig aan, adem in en uit, vertel het me,' zeg ik. Mijn hart gaat als een gek tekeer. Wat is er aan de hand?

'Ik haat jou,' zegt ze. Ik hoor gesnotter en een diep gekweld gebrul aan de andere kant van de lijn.

'Haat je me?' vraag ik verbaasd.

Ik sta op.

'Ja, ik mag jou niet meer. Je hebt mijn leven verpest!'

Ik voel een brok in mijn keel. Ik slik een paar keer. Ik heb geen idee waar dit over gaat.

'Iedereen heeft het alleen maar over jou, over je kankerboek! Je hebt mama's leven en gezondheid verpest! Ze wil dood door jou! Ze is elke dag ziek!' schreeuwt ze.

Ik weet even niks uit te brengen. Met mijn linkerhand houd ik stevig mijn rechterelleboog vast. Ik knijp er hard in.

'Ze zei het vandaag, ik hoorde het! Ze wil... ze wil niet meer leven door jou! Omdat... omdat iedereen boos op haar is door jouw... door jouw kutboek!'

Haar stem trilt enorm. Elk woord komt er moeilijk uit, met een hoop gesnik tussendoor.

Ik kan nog steeds niets terug zeggen.

'Ze vinden haar een slechte moeder, oma ook! Ik hoorde haar zeggen dat ze... dat ze... dat ze... niet meer wil leven, dat ze hoopt dat Allah haar leven snel neemt, het liefst vandaag nog!'

Ze zet het op een hartverscheurend huilen, nooit eerder heb ik haar zo gehoord. Ik kan haar bloeddoorlopen ogen bijna voor me zien.

Mijn eerste emotie is toch een soort rare opluchting, omdat ik dacht aan een verkeersongeluk of iets dergelijks. Het kon zomaar zijn dat ze een auto-ongeluk hadden gehad en iedereen dood of gewond was, wat vaak gebeurt in Turkije. Gelukkig is dát het in ieder geval niet. Ja, noem me gek, maar ik ga altijd uit van het ergste. Het is dus in ieder geval niets fysieks, maar iets emotioneels. Was dat minder erg of schadelijk? Niet per se. Maar ik heb liever dit dan een verkeersongeluk 3500 kilometer van me vandaan.

Dit had weer te maken met mijn boek. Moeder die haar doodswens uitsprak, wat ze vaker had gedaan in het bijzijn van mijn zusje. Nu was Defne hierdoor van slag en haatte ze me, doordat alle emoties weer zijn verhevigd in Turkije. Onze familie daar is nóg religieuzer, ze doen overal nóg heftiger over dan de familie hier. Dit is geen onbekend terrein. *We komen hier wel doorheen*, denk ik dan. Ik moet de rust bewaren. En haar kalmeren.

Het is alsof er een engeltje en een duiveltje op mijn schouders zitten die de situatie duiden.

Op de ene schouder zit een vrouw in een mooi zwart, op maat gemaakt broekpak, hoge stilettohakken, een goed horloge en geföhnd haar met rode lippenstift, die verzucht: 'In wat voor Turkse-dramaserieshit zijn we nu weer beland,' met haar ogen rollend.

'Moeder heeft het weer voor mekaar een kind psychologisch te traumatiseren met onzin, we hebben hier geen tijd voor, jij hebt niets fout gedaan, lieverd, je mag een boek schrijven zoals jij wil, je mag trots op jezelf zijn, onthoud dat,' spreekt ze me kordaat toe.

Op mijn andere schouder zie ik een lieve, mollige Surinaamse vrouw. Het is mijn oude buurvrouw. Ik weet haar naam niet eens, want ik noemde haar altijd 'buurvrouw'.

Ze kijkt me bedroefd aan, met haar olijfzwarte ogen en haar gekleurde kapje op haar haar, waar kleine vlechtjes onder vandaan komen.

'Het is heel vervelend voor die kleine, misschien had je het anders aan kunnen pakken met je familie, nu lijdt zij eronder. Dat is niet slim geweest,' zegt ze afkeurend en nee schuddend.

Ze kijkt er ontstemd bij, en dat raakt me. Ik kijk eerst naar links, naar de charmante powervrouw, en dan naar rechts, naar mijn buurvrouw, die me streng beziet. Alsof ze elk moment naar me kan schreeuwen.

'Heb een beetje respect voor je familie, je hebt genoeg gedaan,' zegt ze.

Ik weet niet wie er gelijk heeft. Allebei wel, misschien. Op hun eigen manier. Maar het lost ook niks op: gelijk hebben. Of het 'recht' hebben. Het lost allemaal geen moer op. De situatie is er al, het kwaad is geschied. Ik heb door mijn handelen een kind getraumatiseerd. *Fuck me.*

Ik slik het weg, de pijn die ik diep in mijn borst voel.

De pijn die alleen Defne mij aan kan doen en niets en niemand anders.

Eten lukt me niet, dagenlang. Ik heb ook helemaal geen honger, dus dat scheelt. Als je de enorme honger en hunkering naar familiewarmte en liefde niet meetelt, tenminste. Die voel ik juist onophoudelijk. Maar dat is iets van het verleden.

Defne heeft een slagveld aangericht in mijn linkerborst. Mijn hart brak in duizend stukjes en sloeg een paar slagen over. Het is zo genadeloos en ondraaglijk.

De vele mooie en liefdevolle momenten als familie, toen we nog geen benul hadden van wat eraan zat te komen, trekken als in een panorama aan me voorbij. Vooral de barbecues in de zomer, toen Oma nog gezond en goed ter been was, maar ook de zonnige picknicks met de ooms, tantes, nichtjes, neefjes, buren en alle andere familie, toen we elk weekend naar Spaarnwoude gingen, met de achterbakken volgeladen, en heerlijk aten en speelden met elkaar in de gloeiende zon, op het zachte gras. De vrouwen stroopten hun mouwen op en maakten het eten; ze sneden groenten voor de salades, kruidden het gehakt voor de Turkse gehaktballen, marineerden de kip, rolden gevulde wijnbladeren en sneden schijfjes watermeloen voor iedereen, terwijl de mannen het vuur gingen maken en het vlees roosterden, of gingen chillen op de kleedjes op de grond, of backgammon speelden, of de hangmat installeerden tussen twee bomen, waar iedereen om en om in mocht liggen. En wij, toen nog jongeren en kinderen, bedachten spelletjes met onze bal; het werd vaak appeltje-vang, omdat ook de volwassenen daar enthousiast aan meededen. Twee mensen staan enkele meters van elkaar af en proberen de mensen tussen hen in te raken met de bal; zij moeten deze ontwijken om in het spel te blijven. Als je de bal vangt, krijg je er 'een leven' bij. De laatste die overblijft in het midden, wint het spel. Maar we speelden ook voetbal, waarbij de doelpalen bestonden uit takken, stenen of colaflessen, en we onszelf uren konden verliezen in de geduchte competitie. We speelden alsof ons leven ervan afhing, en niets in de wereld deed er nog toe.

Ik weet dat het beëindigen van het contact niemands schuld is en niet als falen hoort te voelen, ik ben oud en wijs genoeg, ik weet het allemaal, maar toch voel ik een enorm falen. Of ben ik toch de schuldige van dit alles? Heeft Defne gelijk?

Ik weet het niet. Wat ik wel weet, is dat deze akelige steken in mijn hart moeten stoppen.

En ik moet vechten tegen mijn angst; die allesoverheersende angst, waardoor ik alles en iedereen om me heen in de fik steek en wegloop. Telkens weer. De angst om alleen te zijn. Om geen waarachtige liefde meer te krijgen. Om telkens verlaten te worden. Alweer, net als door mijn familie. Net als door jou nu, mijn kleine zus. Zelfs jij hoeft me niet meer. Mijn broer hoeft me allang niet meer te zien of te spreken.

Ik kan hierdoor niemand meer vertrouwen, ook niet in relaties. Op het moment dat ik dat doe, houd ik al rekening met de dag waarop ze weg zijn gevallen.

Ik haat het. Ze hebben niet alleen mijn recht op een vrij leven en ouderlijke liefde en steun afgepakt, ook mijn vermogen om gezonde relaties met anderen op te bouwen hebben ze voorgoed geruïneerd.

Verjaardag

Het is mijn verjaardag, 3 november. Alweer de derde zonder mijn familie.

Niet dat we mijn verjaardag ooit hebben gevierd, het was nooit een belangrijke dag voor ze en vaak vergaten ze het ook als ik er niets over zei, maar toch: het doet iets met me dat ik alle feestdagen en speciale momenten met anderen moet vieren, en vooral zónder de mensen die mij op de wereld gezet hebben, zonder mijn opa's, oma's, broer, zusje en de rest van de mensen met wie ik ben opgegroeid, die altijd van me zeiden te houden, tot het niet meer zo was. Ik vraag me af of ook maar één van hen weet dat ik vandaag jarig ben. Ik denk het niet. Zelfs mijn zusje heeft geen appje gestuurd.

Vanochtend stond er een grote doos voor mijn deur, GREETZ stond erop in grote letters. Ik opende hem en er vlogen allemaal ballonnen in mijn gezicht met de teksten 'Gefeliciteerd!', 'Ik hou van je!', '26' en ook eentje met een afbeelding van een taart. Toen de ballonnen tegen het plafond tot stilstand kwamen, zag ik een envelop op de bodem van de doos. Het was een kaartje. Het was van de moeder van Noah uit Spanje.

Gefeliciteerd, lieve schoondochter! Ik hoop dat je er een leuke dag van maakt en je je gewaardeerd en geliefd voelt. Blijf altijd de mooie mens die je bent, xxxEls

Ik ben slecht in het uiten van emoties, vooral met mensen om me heen, maar nu was ik in tranen. Ik wist niet eens of het blijdschap, verdriet of ontroering was, het was alles door elkaar. *Zou mijn moeder wel weten dat ik jarig ben?* dacht ik. Zou ze er ook maar één moment aan denken vandaag? Of is dit gewoon wie ik nu ben en voor altijd zal zijn vanaf nu: iemand die wel geliefd en gewaardeerd wordt, maar door ánderen? Of is dat ondankbaar van mij, dat ik zo denk? Zou Els me echt als haar dochter zien? Zou ze meer van me houden dan mijn eigen moeder? Kennelijk wel. Maar moet ik daar blij om zijn, of niet? Het is zo... ingewikkeld. Ik voel me bijna... zielig. Zielig, ja. Alsof ik een kind ben dat te vondeling is gelegd. En ik worstel ineens met vragen waar ik nooit eerder in mijn leven mee heb geworsteld, met het soort vragen dat je hebt als je niet bent opgegroeid met je biologische ouders; waarom houden mijn échte ouders niet van me, en al deze mensen wel? Ligt het aan mij of aan hen? Waarom hebben ze me op de wereld gezet, als ze mij op mijn verjaardag niet eens even willen bellen? Ik ben toch van hún bloed, van hún genen? Zij heeft me toch gedragen, gebaard, aan de borst gelegd, aangekleed, naar school gebracht, eten gegeven, opgevoed? Is ze dan alles vergeten? Ook de avonden dat we enthousiast door de bonusfolders bladerden voor de tv, om de aanbiedingen van die week na te jagen, om te zien wie van ons twee de beste deals kon vinden? Is ze dan ook vergeten hoe het was om het hele huis samen te schilderen, omdat we geen schilder konden betalen, en we het enorm naar ons zin hadden met de Turkse muziek op de achtergrond, en elke keer dat ik naar buiten mocht om patat voor ons te halen?

Soms krijg ik enorm last van die jeugdherinneringen. De fijne dingen, bedoel ik dan. Die ik nu ervaar als een last. De momenten die heel nietsbetekenend en alledaags waren, maar ook enorm liefdevol, zoals dat ik 's winters van mijn moeder na het douchen een met de föhn of op de kachel warm gemaakte handdoek kreeg om mijn haren en lichaam te drogen, zodat ik niet ziek werd. Of de keren dat ik haar vroeg om mijn lievelingsgerecht te maken, aubergines gevuld met gehakt uit de oven, en het meteen klaarstond als ik van school kwam. Of de keren dat we koekjes bakten, en ik haar moest helpen met het lezen van het recept, aangezien zij dat niet kon, en daarna, als de koekjes net uit de oven kwamen, het opsmikkelden met het hele gezin voor de tv, en Halil, Defne en ik ruziemaakten om het laatste koekje. Of die gezellige avonden voor de tv, wanneer Moeder spontaan besloot röstirondjes in de oven te doen en ze heel knapperig te bakken; dat was onze favoriete snack (en avondeten), van die krokante ronde aardappelkoekjes met wat ketchup. Of de avonden waarop Vader vrij was van zijn werk en Halil en ik hem monopoly, rummikub of mens-erger-je-niet probeerden uit te leggen. Of hem leerden kaartspelen, waarna we de grootste lol hadden; eerst omdat hij fouten bleef maken door zijn amateurisme, en daarna om zijn kinderlijke gedrevenheid en competitiegevoel, waarbij hij steeds weer creatieve pogingen deed om vals te spelen, en nooit tegen zijn verlies kon; dan was zijn avond kapot. En dat was grappig, want hij was kinderachtiger dan wij.

Het lijkt net of die herinneringen in een vorig leven zijn gebleven en onbereikbaar zijn. Het zijn flarden, ik heb er geeneens bewijs van in de vorm van foto's of video's.

Alsof de personages allang dood zijn. En alsof het nooit meer zo zal worden. Alsof iedereen onomkeerbaar veranderd is en we dat gevoel nooit, maar dan ook nooit meer zullen vangen.

En normaal sta ik daar dan gewoon niet bij stil, maar op zulke kutdagen wel.

Happy birthday to me. Ik hef mijn glas.

Later die avond staat Noah voor de deur.

'Disneyland?' vraag ik beduusd. Noah heeft mij zojuist mijn verjaardagscadeau overhandigd: kaartjes voor Disneyland Parijs. 'Geweldig toch? We gaan er zo'n leuke trip van maken, je gaat het zo leuk vinden!' zegt hij.

Ik kijk naar de kaartjes en weet even geen woord uit te brengen. Is dat leuk, Disneyland? Ik realiseer me ineens dat ik gewoon geen idee heb of dat leuk is. *Is dat geen pretpark voor kinderen?* wil ik zeggen, maar ik slik het in. Volgens mij vinden volwassenen dat ook leuk, ik weet het niet. Ik moet me maar gewoon laten verrassen, denk ik dan.

'Echt hartstikke leuk, lieverd, ik had dit nooit zien aankomen!'

Het kan zomaar heel leuk zijn, ook al heb ik niet zoveel met achtbanen door mijn wagenziekte. Ik laat het op me afkomen.

De volgende dag zijn we er al vroeg, na bijna zes uur rijden. Ik kijk mijn ogen uit, alsof ik door een theaterdecor loop. Alles, tot in de kleinste details, is ervoor gemaakt om je het gevoel te geven dat je in een sprookje zit. Van de lantaarnpalen tot aan de gebouwen, de tegels, de banken, de deuren, de kraampjes, de kleuren, de decoraties, hoe belachelijk schoon alles is, ondanks de drukte, de muziek die overal door de speakers galmt met geluiden van magie, die een betoverend effect hebben, de geur van pannenkoeken, wafels en popcorn, de mensen die allemaal Mickey-oortjes dragen en kleding met vrolijke Disney-prints, de kinderen die dol en blij rondrennen van de ene Disney-figuur naar de andere om ermee op de foto te gaan; alles is erop gericht om je vast te houden in je fantasie. Je wordt weer kind.

Maar ondanks alle moeite die het park heeft gedaan om je mee te zuigen in de sprookjesverhalen en de fantasie, werkt het bij mij niet. Ik ken helemaal niets. Ik herken ook niets. De figuren ken ik niet, op Donald Duck na. De rest zegt me niets.

Mickey Mouse, alle prinsessen die ik niet kan onderscheiden, Stitch, Elsa en Anna, Simba, Winnie de Poeh, Pluto, Iejoor, Ariël, Mulan, Belle, Quasimodo, Olaf, Buzz Lightyear, Stoetel, Mowgli, Knorretje, Aladdin, Jack Sparrow, Dombo, Peter Pan, Assepoester, Grumpy, Tinkerbel, Geest, Jasmine, Lilo, kapitein Haak, Bambi, Dory, Mushu, Timon, Goofy, Maximus, Rapunzel en ál die anderen; waarom zou ik het leuk moeten vinden om met ze op de foto te gaan?

Ik voel me een enorme sukkel als Belle en het Beest en Mickey naar me toe komen; Noah stuurt de foto enthousiast naar zijn moeder, maar ik kan alleen maar denken: wáárom zijn deze mensen dan leuk?

En die vraag verwart me. Maakt me somber. Ik ga niet mee in de magie, het enthousiasme, de vrolijkheid. Ik heb het culturele kapitaal niet, ik heb de gedeelde geschiedenis niet, ik voel de verbintenis niet. Ik voel me ineens geen Europeaan meer, terwijl ik dat gevoel al lang niet heb gehad. Ik hoor er helemaal niet bij. Ik ben een buitenstaander.

Docentencongres

Ik ben als spreker uitgenodigd voor een docentencongres in Utrecht. Dat is een jaarlijkse bijeenkomst voor leerkrachten van middelbare en basisscholen uit de regio. Het congres bestaat uit verschillende activiteiten waar ze deel aan kunnen nemen, zoals workshops, en dus ook uit lezingen van diverse sprekers, onder wie ik. Het was de bedoeling dat ik een lezing zou geven over hoe ik tegen het onderwijs aankijk, maar ze hebben uiteindelijk besloten er een interview van te maken. Veel leraren willen mij allerlei vragen stellen, blijkbaar. Ik ben benieuwd.

Als ik plaatsneem op de stoel op het podium, met een glas water en een microfoon op het bijzettafeltje naast me, zie ik hoe groot de zaal van Tivoli Vredenburg is en hoeveel mensen hierop af zijn gekomen. Ik sta tegenover tweeduizend leraren.

Ik had van tevoren begrepen dat de islamitische onderwijzers er een groot probleem van hadden gemaakt dat ik hier vandaag zou komen, omdat mijn komst 'islamofobie' en 'moslimhaat' zou normaliseren. Dat zijn van die woorden die intolerante moslims maar al te graag in de rondte strooien als het over mij gaat, terwijl je mij nooit zou kunnen betrappen op een van deze zaken. Kritiek hebben op de misstanden binnen een religie, ideologie of ideeëngoed staat namelijk los van 'haat' jegens de aanhangers daarvan. Doen alsof dat niet zo is, is een goedkope en domme poging om iemand de mond te snoeren. Maar zelfs deze docenten lukt het blijkbaar niet om zoiets simpels te kunnen bevatten.

Door dit soort voorvallen word ik met de dag moedelozer over het incasseringsvermogen van de moslimgemeenschap. En ik was al niet zo optimistisch. Maar geef mij eens ongelijk. De islamitische onderwijzers zijn zelfs zover gegaan dat ze een petitie zijn gestart om mijn komst hier te weren. Ze hebben een boze brief gestuurd naar het bestuur, en ze hebben zelfs gedreigd met een boycot van het congres als ik wél zou komen. Gelukkig heeft het bestuur zijn poot stijf gehouden en mij niet afgebeld, al heeft het wel geleid tot discussie binnen hun kringen. Ik snap de discussie, je wilt immers niet de banden met je werknemers of collega's verslechteren. Maar goed, als je een beetje ruggengraat hebt als bestuur (die is tegenwoordig bij veel mensen ver te zoeken, vooral als het gaat om het staan voor seculiere en progressieve waarden), snap je natuurlijk ook dat dit een volstrekt idiote wens, of eis, van ze is. Je mag best verwachten dat deze leerkrachten zich niet zo aanstellen. Ze hebben immers niet het recht beschermd te worden tegen ideeën waar ze het niet mee eens zijn. Het idee alleen al dat dat je recht is, is eigenlijk... infantiel. Deze Midden-Oosterse ideeën over dat je niet geconfronteerd hoeft te worden met andersdenkenden horen niet thuis in Nederland.

Goed, als het interview is begonnen, krijg ik de ene vraag na de andere, maar ze lijken allemaal over min of meer hetzelfde onderwerp te gaan: hoe moeten docenten omgaan met conservatieve (moslim)leerlingen en diens vocale ouders die zich actief bemoeien met de inhoud van het lesmateriaal waar ze het niet mee eens zijn? Denk aan het protest tegen de jaarlijkse Paarse Vrijdag op school, waarbij je je als docent of leerling paars kunt kleden als uiting van solidariteit met de homogemeenschap, het protest tegen de Week van de Lentekriebels, de moeite van religieuze ouders met Valentijnsdag, het ongenoegen met de regenboogvlaggen die een school ophangt en de te naakte kunst die een school als decoratie in de lokalen en de gangen heeft hangen. Ook zijn er vragen over hoe je als docent moet reageren op onversneden homofobie, misogyne en seksistische commentaren van leerlingen en de onverdraagzaamheid naar andersdenkenden in de klas, met name van mondige moslims die de discussie in de klas domineren. Bovendien hebben ze leerlingen in de klas van wie ze vermoeden dat ze onderdrukt worden thuis, maar weten ze niet hoe ze als docent daar adequaat op kunnen reageren en of ze wel het recht hebben daar vragen over te stellen. Of ik ze van advies kan voorzien betreffende deze onderwerpen. Nou, dat kan ik wel.

'Weet u,' zeg ik met een zucht in de microfoon. 'Ik ben zo ontzettend blij dat ik kind was in de jaren dat er nog geen sociale media waren, en ouders, al waren ze nog zo religieus, zich nooit bemoeiden met de inhoud van het curriculum. Ze kenden hun plaats en hadden toch ergens enigszins ontzag voor het instituut "school" en voor het beroep van docent. Wij hadden ook Paarse Vrijdag op school, en de Week van de Lentekriebels, en dus seksuele voorlichting, en de evolutietheorie, en zelfs lessen over het christendom en jodendom, maar daar wisten mijn ouders niets van. Zij zaten immers niet op Facebook en Instagram en ze vertrouwden erop dat wij op school leerden wat goed was voor onze ontwikkeling. Nu is er het internet, waar mensen van de daken schreeuwen dat hun kinderen worden gehersenspoeld door kwade informatie, door gekke, linkse docenten met een agenda. Er wordt over alles ophef gemaakt. Iedereen is overal van op de hoogte en denkt dat zijn of haar mening in de klas moet gelden. De een is hartstikke homofoob, de ander gelooft niet in vaccinaties, niet in de evolutietheorie, niet in de maanlanding en niet dat jongeren beter worden van seksuele voorlichting. En dat terwijl uit alle onderzoeken blijkt dat vroege seksuele voorlichting leidt tot minder soa's, minder tienerzwangerschappen, bewustere omgang met seks en zelfs gemiddeld latere ontmaagdingen. Er zijn geen bewezen nadelen van seksuele voorlichting en niemand wordt gehersenspoeld. Leraren vertellen niet hoe je seks moet hebben, of met wie, of in welke posities. Ze geven gewoon wetenschappelijk onderbouwde informatie, en dat zo inclusief mogelijk. Dus ja, ook voor niet-hetero's. En dat is allemaal geen ramp, want als een kind hetero is, dan zal hij of zij dat ook na de voorlichting nog wel blijven.'

Er wordt gelachen in de zaal.

'Maar goed, lang verhaal kort: ouders hebben niets te vertellen over de inhoud van de lessen, dat bepalen scholen en leraren. Dus leraren horen niet hun oren te laten hangen naar de soms bizarre eisen en wensen van ouders, want sinds wanneer is dat de norm? Het is nog nooit zo erg geweest als nu. Het respect en het vertrouwen in de docent lijken wel weg.'

Ik hoor een luid applaus en gefluit.

'Ik ben trouwens ook écht heel blij dat er in mijn jeugd nog geen islamitische basisscholen waren in mijn buurt, in Amsterdam-West. Ik zat daarom gewoon op een openbare school, waar ik in aanraking kwam met docenten en leerlingen die heel anders dachten dan mijn eigen familie, waardoor ik aan het denken werd gezet en klaargestoomd werd voor een multi-etnische en multireligieuze samenleving. Nu zijn die religieuze scholen overal. Ik las in *Het Parool* dat in Amsterdam tegenwoordig de meeste nieuwe schoolaanvragen voor islamitisch onderwijs zijn. Die arme kinderen krijgen dus niet eens meer de kans om op te groeien met een open vizier, met andersdenkenden om zich heen, met een open debat in de klas over allerlei ideeën. In plaats daarvan wordt hun een absolute waarheid onderwezen die ze ook al thuis, in het weekend, bij familie en in de buurt horen. Er is nauwelijks uitwisseling meer tussen groepen, iedereen trekt zich terug in hun buurten, scholen, gebedshuizen en sportclubs. De segregatie wordt zo alleen maar erger, dat blijkt ook uit recent onderzoek van het CBS,' zeg ik. Wederom applaus.

'Wat betreft de leerlingen die andere leerlingen lastigvallen, of erg dominant zijn, of over rare en zorgelijke ideeën oreren, ook daarvoor geldt: u hoeft dat niet te tolereren in uw eigen les of klaslokaal. Als dat tegen uw regels ingaat, of tegen de regels van de school, mag u wat mij betreft zo'n leerling daarop aanspreken of zelfs wegsturen uit de klas om duidelijk te maken dat intolerante ideeën niet getolereerd worden. Sommige leerlingen zijn alle schaamte voorbij en er wordt ze geen strobreed in de weg gelegd, waardoor ze makkelijk de klas of de docenten kunnen terroriseren met hun belachelijke, reactionaire uitingen. Maar dat moet je als docent gewoon niet pikken!' zeg ik.

Sommigen staan nu zelfs op om te applaudisseren. Ik wist niet dat dit tegenwoordig zo'n speciaal idee is, wat ik net zei. Maar als ik de zaal in kijk, lijken sommigen op adem te komen van de dingen die ik net heb gezegd. Bijzonder.

Een mevrouw met een hoofddoek en een lange jurk loopt boos naar voren en zegt wat dingen die ik niet versta, want ze heeft nog geen microfoon. Als die uiteindelijk geregeld is, versta ik haar wel: 'Schande! Onze leerlingen zijn geen terroristen, het zijn parels! Schande dat u leerlingen terroristen noemt. Ik vraag me af waar u het gore lef vandaan haalt zo over onze leerlingen te praten!' zegt ze, schreeuwt ze bijna. Ze heeft een duidelijk Marokkaans accent.

Er komt een klein applaus van een deel van de zaal – ik vermoed dat dat de andere moslimleerkrachten zijn –, maar de meerderheid schudt afkeurend het hoofd.

Ik weet even niet hoe ik moet reageren op zoiets doms. Het was vrij duidelijk dat ik het woord 'terroriseren' in overdrachtelijke zin bedoelde, en niet alle (moslim)leerlingen heb weggezet als terroristen.

'Het is een moedwillige keuze om dat zo te willen interpreteren,' zeg ik zuchtend.

En weer het luide applaus. Het is net een kickboxbattle geworden door het gejoel.

'Ik zie echt veel hoogmoed bij u. En ik walg ervan. Ik snap ook niet waarom zo'n spreker als u respect geniet en hier uitgenodigd wordt, maar ik gok dat het om dezelfde reden gebeurt als dat Wilders recent de grootste is geworden in de verkiezingen. Verder ga ik geen woorden meer aan u verspillen,' zegt de boze Marokkaanse mevrouw, van wie ik had gewild dat het geen docent was. Maar helaas, dat is ze blijkbaar wel. Ik ben blij dat ik vroeger andere leraren heb gekend. Inspirerende. Intelligente. Vrijdenkende.

In de zaal klinkt verontwaardiging. Uit een ander, klein gedeelte van de zaal applaus.

Mij verbaast het niets; ik weet niet beter dan dat ik te pas en te onpas in de Wilders-hoek gedouwd word om alles wat ik zeg. Maar ook ik wil niet meer mijn zuurstof hieraan verspillen.

Verbitterd zeg ik 'Dat is wederzijds' en vraag de moderator om de volgende vraag uit de zaal. De mevrouw pakt demonstratief haar jas en vertrekt. Sommige van haar collega's proberen haar tegen te houden, maar ze is vastbesloten. 'Kan echt niet,' zegt ze nee schuddend.

Ik voel dat ik moegestreden ben tegen moedwillige, hardleerse stupiditeit en drogredenen die een debat failliet slaan. Pogingen om mij te demoniseren zonder een enkel geldig argument. Ook ik kies ervoor mijn energie niet langer te verspillen. Bij sommigen zal het nooit aankomen, vrees ik.

Kerstmis

Het is december, de feestdagen staan voor de deur. Voor veel mensen betekent dat: drukke woonkamers, rondrennende kinderen, gedecoreerde tafels, mooie verlichting, speciaal servies uit de kast, cadeautjes, glitterjurken, lekker eten en goede wijn. Maar voor sommigen is deze maand juist extra ondraaglijk, omdat het ze herinnert aan hun eenzaamheid; het gemis van overleden familieleden, een verbroken relatie of huwelijk, of het verbroken contact met nog levende familieleden. En met deze kou en donkere dagen is het ook niet zo makkelijk om afleiding te zoeken van je emoties, die je in de zomer wat makkelijker wegstopt of vergeet.

Ik behoor ook tot de categorie die weliswaar levende familieleden heeft, maar deze niet spreekt. Nou moet ik zeggen dat we bij ons thuis sowieso niets vierden in december, aangezien mijn ouders zich strikt houden aan de islamitische feestdagen en niet willen meedoen aan heidense, christelijke feestdagen, maar goed, omdat nu iedereen om me heen wél bezig is met familiediners plannen, kaarten schrijven en cadeaus kopen, word ik er extra aan herinnerd: ik heb waarschijnlijk een eenzame kerst. Vrienden en vriendinnen zijn die dagen bij hun (schoon)families aan het eten.

Nu kom ik die twee dagen echt wel door. Ik ga voorspelbare

kerstfilms bingen of zo. Dus het 'kerstgevoel' gaat niet helemáál aan me voorbij, maar toch: ik vraag me af hoe het ook anders had kunnen zijn. Soms denk ik: wat zijn relaties en familiebanden moeilijk. Zo vermoeiend en lastig hoort het helemaal niet te zijn, dat kan toch nooit de intentie zijn als je een gezin start? Om kinderen te verstoten of niet te accepteren omdat ze anders uitpakten dan jij wilde?

Ik snap dat niet. Als je kinderen wilt, moet je voorbereid zijn op elke mogelijke uitkomst en dien je je kroost onvoorwaardelijk te accepteren, lief te hebben en te steunen. Zij of hij heeft er immers niet zelf voor gekozen om verwekt te worden: die keuze hebben de ouders gemaakt. Maar sommige ouders denken dat kinderen krijgen kan op hún voorwaarden. Dat ze een kind op maat bestellen bij de scheppersfabriek.

Je kind kan het vaak oneens zijn met je, een heel andere carrière of levensstijl eropna willen houden, verliefd worden op de verkeerde mannen of vrouwen in jouw ogen, de religie die jij heilig vindt stom vinden, gay zijn, transgender zijn, pornoster zijn of een boek schrijven waarin ze haar opvoeding bekritiseert. Het mag. Het is een recht. Een kind is geen bestelling.

Je hoeft het er niet mee eens te zijn, je mag zelfs teleurgesteld of woedend zijn, maar je mag niet je ouderschap opzeggen. Want ouder ben je voor het leven; daar kom je nooit meer van af. Ouders die hun lidmaatschap denken te kunnen opzeggen, hebben het niet begrepen.

En daar zal geen enkele god het mee eens zijn, al bid je nog zo hard.

Kerst vieren in het eerste jaar dat ik alleen woonde, voelde voor mij een beetje raar; ik had het immers nooit eerder gedaan en had er daarom niet per se een feestelijk gevoel bij. Ik heb het altijd ervaren als een feestdag van 'de witte Nederlander', waar wij mensen met een niet-westerse migratieachtergrond in feite niets mee te maken hadden. Ik heb daarom nooit echt geweten wat het 'kerstgevoel' precies inhoudt; ik voelde er doorgaans niet zoveel bij, terwijl werkelijk álles in december daarom leek te draaien: de gedecoreerde straten, de opgesmukte winkeletalages, de tv-programma's als *All You Need Is Love* met Robert ten Brink, de ramen en balkons, de films die op tv kwamen, de recepten die men plande voor het diner, de cadeaustress, de YouTubers die ik volgde: iedereen had het er erg druk mee. Ik vond het vooral leuk voor hén, als een soort supporter aan de zijlijn. Nu mocht ik ineens meedoen.

Wat mijn ouders wel heel erg konden waarderen, waren de kerstpakketten van mijn vaders werkgevers destijds, waarbij ze elk jaar steevast allebei kwijt moesten dat het alleen maar gieriger en kariger werd: 'Vroeger, toen jullie nog klein waren, dat waren pas echte kerstpakketten, in de tijd van de gulden, pff! Nederland wordt armer, anders bezuinig je toch niet elk jaar op de cadeaus van je belangrijkste religieuze feestdag?' stelden ze vast over de staat van de economie. En ze hadden gelijk; het werd elk jaar matiger.

We gooiden de flessen wijn en champagne weg en aten de rest op, mits er geen alcohol of varkensgelatine zat in de chocoladebonbons, taartjes en het snoep; het zal u verbazen hoe weinig er dan overblijft. We kregen ook een kerststol, maar we vonden thuis unaniem dat dat niet zo denderend lekker was, behalve voor Oma, die iets zachts en mierzoets altijd wel kon waarderen.

Ook had Vader, die postbode was, rond de feestdagen extra veel zin in zijn werk, omdat de bejaarde witte vrouwen uit onze buurt hem een envelop met geld cadeau gaven. Dat was de enige keer in het jaar dat hij fooi kreeg, dus daar was hij heel enthousiast over, omdat hij daarmee kon sparen voor de dure vliegtickets naar zijn geboortedorp in Turkije, waar we elke zomer zes weken verbleven. Wij waren de enige Turken die vlogen in plaats van met de auto gingen, omdat we allen leden aan een ernstige vorm van wagenziekte, behalve Moeder.

Als er in januari ineens allemaal kerstbomen bij het grofvuil lagen, van huishoudens, scholen, bedrijven en winkels, zei Moeder steevast dat ze het zo zonde vond van de gekapte bomen. Ze zou, mits ze zich de Nederlandse taal eigen had gemaakt, zo bij GroenLinks kunnen op dat vlak. Dat het ook zonde was van de miljoenen dieren die geslacht werden voor het Offerfeest kwam nooit in haar op. 'Dat is anders,' zei ze toen ik daarnaar vroeg. 'Dieren zijn gemaakt om op te eten, dat heeft God ons toegestaan, het is een zegening voor ons.' Toch maar geen GroenLinks dan.

Voor mij hield kerst in mijn jeugd vooral in dat ik een kerstdiner had op school, waar elk jaar een discussie over ontstond bij ons thuis, omdat vooral Moeder er niet over uit was of het nou zondig was om haar kinderen, en vooral haar dochter, opgedoft van huis te laten vertrekken om de geboorte van Jezus te vieren. Als ik de deur uit ging had ik bijna medelijden, omdat ik haar dat aandeed, want ik zag aan haar blik hoe moeilijk ze het vond. Zelfs een 'Veel plezier' kwam er niet uit. Ik wist zeker dat ze de hele avond zat te stressen of ze nu niet in de hel zou komen, omdat ze haar kinderen niet voor deze heidense dag kon behoeden. En daardoor voelde ik me weer schuldig. En boos, omdat mijn avond werd verpest door haar bedroefde gemoed.

'Kom maar snel terug, niet te lang blijven hangen,' zei ze dan, gevolgd door gemompel in de trant van 'eigenlijk allemaal overbodig, dit soort dingen. Je zit er op school, waarom moet je meedoen met een feestdag die de onze niet is, dat heeft toch niets met school te maken? Vieren ze ook Suikerfeest op school dan? Jullie zijn zo ijverig om een christelijke feestdag te vieren, alsof wij geen eigen feestdagen hebben, moge Allah onze kinderen op het rechte pad houden.' Dit allemaal terwijl ze er nors bij keek en nee schudde.

Het voelde voor haar als falen, dat haar kinderen niet thuis wilden blijven tijdens het jaarlijkse kerstdiner. 'Voor het eten hoeven jullie het echt niet te doen, ik kook alles voor jullie wat ze daar hebben,' zei ze nog tegen mijn broertje en mij.

Als ik de deur achter me dichttrok en eenmaal onderweg was en heimelijk nog wat make-up en rode lippenstift opdeed in de metro, was ik blij dat ik van die negativiteit af was. Ik was jong en wilde gewoon een leuke avond met vriendinnen, geen gepieker over leven na de dood.

Maar Moeder was niet de enige die zich zorgen maakte over de teloorgang van de 'eigen' cultuur bij haar kinderen. Kerst en Nieuwjaar zijn voor een hoop mensen weliswaar gewoon feestdagen, maar voor een ander deel van de wereld is kerst een bedreiging van de eigen identiteit, een westers importproduct, een teken van vrijwillige kolonisatie, een grote politieke kwestie. Voor sommige mensen in Turkije is het feest zelfs een reden om met een geweer op het dak de Kerstman op te wachten en daar trots filmpjes van te maken, als hoeder van de eigen waarden. De filmpjes werden getoond op het Turkse nieuws.

En het was niet één enkele dorpsgek: het werd in de Turkse sociale media breed gedragen. Toen een paar TU-studenten besloten een kerstboom op te tuigen aan de Yildiz-universiteit in Istanbul, werden ze aangevallen door conservatieve studenten en bedreigd op sociale media, omdat ze zich in een 'moslimland' niet zo hoorden te gedragen, terwijl Turkije grondwettelijk gezien nog altijd een seculier land is.

Islamitische groeperingen vernietigden alle versieringen op de campus, waarna de studentengroep besloot de boom opnieuw op te zetten en ditmaal te bewaken. Iedere keer als de boom werd vernield, zetten ze hem onvermoeibaar weer op, want het ging niet om die boom, of die decoraties; het ging om vrijheid. 'Dit staat voor ons symbool voor het religieuze beleid van de partij van Erdoğan,' verkondigde een progressieve student.

Hardleerse conservatievelingen bombardeerden de studenten tot 'vijanden van de nationale waarden' en 'sympathisanten van terroristen'. Sommigen stuurden foto's van wapens naar de studenten die op sociale media het gezicht waren geworden van de actie, om hen te bedreigen met een aanslag.

Onder het langdurige leiderschap van Erdoğan is het normaal geworden om de oorlog te verklaren aan 'heidense feestdagen en gebruiken'. Conservatieve burgers, of ze nou studeren of winkeliers zijn, vinden het volstrekt redelijk om te eisen dat kerstdecoratie verdwijnt, zonder enige twijfel aan het uitgangspunt dat dit hun recht is in een divers en seculier land. De zelfverzekerdheid van de onbuigzame boerenkinkel heeft iets angstaanjagends.

Als lichtdecoraties in de winkeletalages en op universiteiten een reden zijn om je massaal op te winden en zelfs met geweld te dreigen, en als je daardoor al vreest voor de teloorgang van je cultuur en religie, dan ben je érg onzeker over wat die cultuur inhoudt, heb je een buitengewoon fragiel godsbeeld en zou je eigenlijk continu in diepe angst moeten leven, aangezien de cultuur van elk land voortdurend aan verandering onderhevig is.

Bovendien getuigt het protest tegen kerst van weinig historische kennis, aangezien Sint-Nicolaas, de historische voorvader van Sinterklaas en Santa Claus, uit Turkije kwam. De ironie is bitterzoet.

Ik besloot tijdens mijn eerste eenzame kerst spontaan een kerstboom te kopen en op te tuigen, als een soort wraak. Het was even wennen, maar het was een prachtig ding dat veel warmte en gezelligheid bracht.

Iedere kerst die volgde zou ik een boom in huis halen. Mijn derde kerst vierde ik met mijn schoonfamilie. Toen ik mijn schoonmoeder vroeg waarom ze overal 'van die houten mannetjes met een snor en een staf' had staan, legde ze uit dat het notenkrakers waren, 'Ken je die niet?' Ik had geen idee dat dit iets met kerst van doen had; op school, de enige plek waar ik vroeger kerst vierde, zag ik nooit notenkrakers staan. En ik weet eigenlijk nog steeds niet waarom dat mannetje iets met kerst te maken heeft.

Ik at dat jaar voor het eerst bij mijn schoonfamilie, inclusief de oma en opa van Noah. Het was een opgave om voor iedereen een passend cadeau te zoeken, want ik kende niet iedereen van dichtbij. Ik los cadeaustress doorgaans op met cadeaubonnen, maar Noah vond dat een erg stom idee. 'Tegenwoordig koopt iedereen alleen maar die stomme bonnen en wisselen ze geld uit op feestdagen, dat is toch helemaal niet leuk? Je gaat toch niet iedereen een bon geven? Het is beter om met een echt cadeau te komen,' vond hij. Ik moest hem gelijk geven.

Maar waar ik nog het meest van opkeek, was dat hij ineens het contact had hersteld met familieleden die hij door irritatie of ruzie niet meer sprak. 'Met kerst moet je je eer opzijzetten en vergeven en vergeten, daar zijn deze dagen eigenlijk voor bedoeld, dat heb ik van mijn vader geleerd,' legde hij uit.

En toen snapte ik het ineens. Het draaide niet om het eten, de verlichting, de geboorte van Jezus, het shoppen of de outfits. Kerstmis was om tijd te nemen voor elkaar, de relaties met familie en dierbaren te waarderen, een gelegenheid om bij te leggen. Niet omdat je in Jezus gelooft, maar omdat het leven makkelijker en fijner wordt als je het allemaal niet zo serieus neemt en de tijd koestert die je samen in dit leven hebt.

Dat zou mijn doel worden met kerst de komende jaren: mijn ego parkeren en de tijd nemen om iedereen om me heen te laten weten dat ik hun aanwezigheid in mijn leven waardeer, ondanks alles.

Voor veel mensen is Nieuwjaar bovendien een moment om te breken met vastgeroeste slechte gewoontes en patronen. Om via goede voornemens een poging te doen los te breken uit dingen waarin je bent vastgelopen. Waar het bij velen niet verder komt dan stoppen met roken en meer bewegen, had ik de jaren na mijn boek een aaneenschakeling van wensen. De titels van mijn boeken, *Ik ga leven* en *Ik ben vrij*, lezen als goede voornemens; ze zijn een manifest van die afspraak met mezelf. Als het mij al lukt om zo radicaal mijn leven om te gooien door voor mezelf te kiezen, alle tegenwerking en onheil trotserend, zou het toch ook moeten lukken om te stoppen met roken, af te vallen en meer te bewegen.

Cartoons

'Ik snap het gewoon niet,' zeg ik tijdens het journaal. Ik zit met Mert op de bank. We spreken tegenwoordig bijna elke avond af als ik niet met Noah ben; dan eten we samen en niet zo zielig en alleen, want dat vinden we allebei vreselijk. Als anderen mee-eten kook ik met veel meer plezier. Mert en ik zijn allebei opgegroeid in drukke families, dus het vrije en eenzame leven is voor ons allebei even wennen. Het geeft ons toch een soort familiegevoel, dat we elkaar hebben.

De ene keer kookt hij, de andere keer ik. Noah wordt soms jaloers. 'Je brengt meer tijd door met die vriend van je dan met mij, geloof ik,' zei hij laatst. Dat is waar. Gelukkig is Mert gay en hoeft Noah zich nergens zorgen over te maken. Maar Noah moet niet zo klagen, want hij woont in Rotterdam en Mert op tien minuten van me vandaan. Dan is de keuze snel gemaakt.

De nieuwslezeres heeft het over een aanslag op Amsterdam Centraal door een Afghaanse man die in Duitsland asiel heeft gekregen en besloot een paar willekeurige toeristen neer te steken omdat hij vond dat de islam in Nederland te vaak wordt beledigd.

Terwijl ik de borden afruim en Mert een wijntje inschenk, kan ik het niet laten om het nieuws te becommentariëren.

'Gek hè? Je hoort nooit over mensen die zichzelf willen opblazen of iemand willen vermoorden als *The Passion* wordt opgevoerd of Jezus belachelijk wordt gemaakt. Reve wordt hier in het zadel gehesen omdat hij zich afvroeg of God een ezel was en homo's neukte. Je had het satirische toneelstuk *Jozef en Jozef*, in plaats van Maria en Jozef, om te spotten met de weigerambtenaars. Zelfs de net tot de islam bekeerde Amerikaanse influencer Andrew Tate heeft hier een podcast over gemaakt, waarin hij zegt dat je een moslimland of zelfs een Europees land niet levend uit komt als je rondloopt met een shirt waarop iets beledigends over Mohammed staat, terwijl je met het beledigen van Jezus of God je leven altijd en overal zeker bent. Hij brengt het natuurlijk als iets positiefs, want, zegt hij, in de islam kom je nog op tegen "disrespect" en eis je respect en ontzag op. Het christendom noemt hij tandeloos,' zeg ik en ik zet mijn gemberthee neer op de salontafel. Ik probeer te minderen met alcohol.

'Ja kijk, als je puur naar de teksten kijkt, en naar de vier wetscholen binnen de islam, zeggen ze allemaal dat op blasfemie de doodstraf staat,' zegt Mert. 'En er is wel iets van meningsverschil; sommigen vinden zelfs dat je diegene, ook al heeft hij berouw of spijt, nog steeds moet vermoorden, dat geloven ze in Saudi-Arabië bijvoorbeeld. Anderen zeggen dat als iemand spijt betuigt je het moet vergeven, maar als je volhardt zeggen ze allemaal dat je kop eraf moet. Dat is nooit hersteld of hervormd door geestelijken. Er bestaat een soort wereldwijde islamitische inquisitie, en die is niet eens centraal gestuurd, zoals bij de katholieken vroeger, iedereen kan het gewoon franchisen, je hoeft niet hoogstpersoonlijk te bellen met Al-Qaeda of de taliban of de leider van Iran voor een fatwa*. Je kan op eigen houtje beslissen dat jij degene bent die een shariastraf† kan uitvoeren, daar heb je geen goedkeuring voor nodig, want er is geen paus of zo in de islamitische

* Een (dood)vonnis, verstrekt door een islamitisch leider.

† Islamitisch strafrecht.

wereld, en geestelijken praten het goed of zwijgen erover. Dus voor mensen die volharden, zoals Geert Wilders, Theo van Gogh, Ayaan Hirsi Ali, Salman Rushdie en de redactie van *Charlie Hebdo*, heb je geen vergiffenis. En je hebt nou eenmaal een groep die zegt dat je alle wetten van de islam overal mag toepassen, ook als je in een niet-islamitisch land woont waar andere wetten gelden. Dat zijn dus die salafisten*, de hofleveranciers van terroristen. Maar dat is een kleine groep binnen de moslimgemeenschap. De gemiddelde Ali met de Pet blaast zichzelf helemaal niet op omdat iemand Mohammed tekent. Maar die heeft er helaas ook niet zo veel moeite mee als het wel gebeurt, ze zullen niet op de barricades staan schreeuwen dat ze er niets mee te maken hebben, wat wel mooi zou zijn als dat zou gebeuren, maar helaas.'

'Je hebt zelfs een boek van een geestelijke genaamd Ibn Taymiyyah, met de titel *Het getrokken zwaard jegens hen die de profeet beledigen*,' zeg ik. 'Maar weet je wat me het meest irriteert? Waarom staat er in Nederland geen imam op die zegt: die radicale ideeën en aanslagen, dat is een probleem, en ik kan het nu niet in één dag oplossen, maar ik wil de theologie herzien op basis van de maatschappij anno nu in Nederland, gun mij tijd. Het is altijd: maar Wilders dan? En Israël dan? En discriminatie en islamofobie dan? En sociaal-economische klassen en kansenongelijkheid dan? En institutioneel racisme dan? En het kapitalisme dan? En de VS dan? Het is altijd jij-bakken bij moslims. Dan zeggen ze steeds: maar de andere kant heeft dit gedaan! Ik vind het zulk sleets gegil, ik word er moe van. Waarom zeggen we niet massaal, als moslimcommunity, dat als je verontwaardigd bent over kunst of een cartoon en je beledigd voelt, dat je niet uit eigen beweging de kunstenaar of schrijver of filmmaker mag bedreigen of aanvallen? Waarom is de meerderheid er stil over? Waarom zegt geen enkele imam iets over die geschiedenisleraar, Samuel Paty, die in

* De strengste moslims, die de Koran letterlijk nemen.

Parijs is vermoord vanwege het tonen van Mohammed-cartoons in de klas, waarbij de dader Paty's keel doorsneed en de onthoofding trots op Twitter plaatste? Waarom creëren we een klimaat waarbij het heldhaftig is om zoiets te doen, doordat charismatische leiders het goedpraten voor kwetsbare jongeren die vatbaar zijn voor zulke acties? Daardoor weten die daders zich gesteund, dat voelen ze. Je hoeft ze niet eens directe orders te geven,' zeg ik.

'Ja, precies,' beaamt Mert, terwijl hij bijschenkt. Hij is een snelle drinker. 'En weet je wat het ook is?' zegt hij. 'Iedereen focust zo op dat beledigd zijn, of de provocatieve aard, alsof dat de reden zou zijn. Als je als terrorist een aanslag plant, bijvoorbeeld in de Bataclan, of in dat winkelcentrum in Lyon, of in Brussel, of in Barcelona, of een van die andere duizend plekken waar een islamitische aanslag is gepleegd, dan heb je genoeg tijd om af te koelen. Het is geen impuls, het is een aanslag vanuit een ideologie. Die mensen zijn dus niet per se boos of verontwaardigd, nee, ze voeren gewoon een ideologie uit. Het zijn geen mensen die hun emoties niet onder controle hebben, ze kijken juist met een koel hoofd naar wat ze volgens de regels moeten doen. En daar moet het over gaan in de media, maar dat hoor je nooit, of veel te weinig.'

Hij heeft gelijk. Ik googel op 'aanslagen van moslims in het Westen'. De eerste pagina die ik krijg is een tijdlijn van jihadistische aanslagen van 2004 tot 2021 van de AIVD. Terwijl ik erdoorheen scrol, schrik ik van de hoeveelheid. Er lijkt geen einde aan te komen. 'Moet je dit zien,' zeg ik verbaasd. Ik lees hardop: 'Wenen, Nice, Dresden, Parijs, Morges, Berlijn, Londen, alweer Londen, alweer Parijs, Lyon, Utrecht, Amsterdam, Manchester, Luik, alweer Parijs, alweer Parijs. En het gaat maar door.'

Mert knikt. 'Vreselijk, hè.'

'Het is toch belachelijk?' zeg ik, scrollend. 'Dat we nooit eens op tv een diepgaande discussie hebben gehad over deze aanslagen? Alsof het allemaal gekken zijn, allemaal maar gekke verwarde mensen, gestuurd door IS of zo, zonder een ideologie waarvan ze erg in de ban zijn, zonder ons af te vragen hoe het in godesnaam kan dat mensen, die vaak in het Westen zijn geboren en opgegroeid, blijkbaar zo'n vijand zijn van hetzelfde Westen, dat ze op een dag zelfs bereid zijn te sterven of levenslang de gevangenis in te gaan als ze maar een aanslag kunnen plegen en onschuldige slachtoffers kunnen maken? What the fuck? Waarom stelt niemand die vraag op tv? Waarom doen we alsof mislukte integratie van moslims niet bestaat? Waarom hebben we het daar nooit over, met z'n allen?'

Ik klik mijn iPhone uit en gooi hem op de bank. Het maakt me boos. 'Ik hunker naar een intellectuele talkshow die dit eens een keer zegt en verklaart,' zeg ik. 'Iedereen heeft het over hoe het toch zo kan zijn dat de PVV zo groot is en op winnen staat. Dit is de reden. Niet immigratie, nee: mislukte integratie. O, en weet je wie ik het aller-, aller-, allerergst vind, misschien nog wel érger dan die terroristen? Die witte mensen die dan na zo'n aanslag zeggen: "In een beschaafd land hoef je toch ook geen groepen te beledigen". Ooooo,' roep ik uit, terwijl ik ineenkrimp van de zogenaamde fysieke pijn, 'die kan ik echt niet uitstaan. Je hebt ze vast wel eens gezien, columnisten, schrijvers, BN'ers op tv die dan gaan zeggen dat beledigen ook zo laag en provocerend is. Die mensen schaffen gewoon de democratische beginselen af. In principe mag je alles zeggen en moet iedereen zich schikken naar die democratische waarden, toch? Als je de grens van vrijheid van meningsuiting gaat zetten bij wat beschaafd zou moeten zijn en niet beledigend is dat een subjectieve grens en dan is het einde zoek. Hans Teeuwen zei het al op de pijnbank bij *De meiden van halal**: "Als je ergens geen grappen over mag maken, heeft het macht over jou en vormt het een gevaar. Alles wat enige status heeft,

* Vroeger een programma op tv, gepresenteerd door drie moslima's.

heeft ook een vorm van macht, en macht corrumpeert. Het moet geridiculiseerd kunnen worden en als dat niet meer kan, krijg je enge toestanden." Daar sluit ik me helemaal bij aan.'

'Ja, kijk, technisch gezien heb je helemaal gelijk,' zegt Mert. 'Daar beroepen mensen als Wilders zich natuurlijk ook heel erg op. Maar ik moet wel zeggen dat hij bewust een Midden-Oosterse agressie ontlokt, terwijl de meeste moslims hier in Nederland het gewoon houden bij klagen of wegzappen als zijn blonde harses tevoorschijn komt, of zich erover uitspreken of protesteren of aangifte doen. Allemaal legale middelen inzetten.'

'Huh? Hoe bedoel je, alsof Wilders niet bedreigd wordt door moslims in Nederland?' zeg ik.

'Ja, nou ja, ik durf het bijna niet te zeggen tegen je, maar als je kijkt naar de hoeveelheid moslims in totaal en de hoeveelheid die bereid is een aanslag te plegen of iemand te vermoorden voor blasfemie, dan valt dat procentueel erg mee. We hebben hier alleen Mohammed Bouyeri gehad van de Hofstadgroep. En die driehonderd IS-uitreizigers. En bij Wilders zie ik dan toch dat hij jaagt op een selffulfilling prophecy. De moslims uit het Midden-Oosten zijn minder ontwikkeld en lichtgeraakt, dat weet hij, dus als je die een beetje pest en plaagt gaan ze om zich heen slaan. Dat weten we. Dus ik vraag me soms af wat het nut is van dat porren en pesten. Je wacht gewoon en gaat net zo lang door tot iemand het niet meer trekt en je aan komt vallen. Dat is wat hij doet. Heel bewust. En dan heel hard "Zie je wel!" roepen. Ik ben daar niet zo van,' zegt hij.

Ik kijk hem verbaasd aan. 'Je bent zelf een Turkse homo, je bent verstoten door je familie en als je hand in hand zou lopen in een van de grote steden, word je belaagd. Ga jij nou de lichtgeraaktheid van moslims verdedigen?' zeg ik.

'Iedereen weet dat veel moslims, en al helemaal in het Midden-Oosten, nog geen überverlichte en progressieve waarden hebben zoals mensen in Noordwest-Europa, die aan de top van de wereld staan,' zegt hij. 'Als je wat zuidelijker of oostelijker gaat in Europa, zie je al dat er verschillen zijn en dat bepaalde waarden niet meer gedeeld worden. Kijk naar Hongarije, Polen, Bulgarije, Roemenië, Griekenland, Oekraïne; alsof ze daar allemaal zo verlicht en progressief zijn. Laat staan moslims uit de woestijn of de bergen. Ik vind het gewoon zo makkelijk en goedkoop. Wilders kan het anders aanpakken, constructiever. Hij kan ook zeggen: "Hoor eens, moslims, in Saudi-Arabië en Iran moet je verplicht een heel gewaad aan omdat anders de morele politie achter je aan zit, en je mag er niet roken, dansen, zingen, drinken, seksen en gokken, en hier wel, dus waardeer die humanistische waarden van ons een beetje." En dan gewoon op een normale toon. Dat is ook een aanpak. Een veel betere dan continu pesten, of mensen weg willen sturen of niet als gelijke en als mede-Nederlander zien. Ik geloof niet in Wilders of zijn tactieken, sorry. Het is de toon die de muziek maakt, dat weet iedereen, en hijzelf al helemaal.'

Ik ben er even stil van.

'Ik dacht dat jij een vrijdenker, een intellectueel was, ik kijk hier echt van op,' zeg ik oprecht verontwaardigd.

'Nou ja, als je mijn intelligentie in twijfel gaat trekken omdat ik iets anders vind dan jij, is deze discussie sowieso failliet,' zegt hij.

Hij heeft gelijk. Ik raap mezelf bij elkaar. Ik moet me beter uitdrukken. En met argumenten komen, niet met persoonlijke aanvallen. Ik heb daar zelf immers ook een hekel aan.

'Nou, laat ik het zo uitleggen: ik geloof niet in een onderscheid tussen de vrijheid om te beledigen en de vrijheid van meningsuiting,' zeg ik. 'Een mening kan immers altijd als beledigend worden ervaren door de ander. Bovendien kan een harde waarheid die feitelijk klopt ook als beledigend ervaren worden. Heel veel zaken zijn multi-interpretabel, vandaar dat de grens ligt bij oproepen tot geweld en niet bij belediging. Dan kun je het hele vak van cartoonisten, columnisten, schrijvers, filmmakers, kunstenaars en cabaretiers afschaffen. En wat niet meer? Dan mag je heel veel dingen niet zeggen, omdat het mogelijk iemand pijn doet of beledigt. Mijn boek beledigt ook mensen, in de eerste plaats mijn familie. Moeten die mij en mijn boek naar de rechtbank kunnen slepen en kans maken om te winnen? Dan heb je dus de vrijheid van meningsuiting afgeschaft, want alleen de meningen waar niemand bezwaar tegen heeft, mogen dan nog bestaan. En volgens mij bestaan die niet eens, want iedereen kan roepen beledigd te zijn, zonder dat de rest dat logisch hoeft te vinden of te begrijpen, aangezien de maatstaf dan gewoon is wat diegene zegt te voelen,' zeg ik.

'Ja, daar heb je een punt,' zegt Mert. 'Maar ik ben het niet met je eens dat de grens pas moet liggen bij oproepen tot geweld. Als je mensen gaat laten koken van woede, omdat je ze steeds pest met iets wat bij hen erg gevoelig ligt, omdat hun beschaving en manier van denken nog niet überontwikkeld zijn, dat ze nog niet alles maar van zich af kunnen laten glijden, dan is dat gewoon... te veel gevraagd van ze. Beledigd zijn is iets diepmenselijks. Hoelang hebben Europeanen en Nederlanders er wel niet over gedaan om zover te zijn in deze gedachte? Hoeveel koppen zijn gerold, voordat we verlicht waren? In de Biblebelt, in Urk of in Texas kom je ook niet zonder kleerscheuren weg als je mensen heel erg provoceert. Sommigen handelen nou eenmaal vanuit hun primitieve reactie, omdat ze geen onderwijs hebben genoten bijvoorbeeld, dat kun je ze misschien ook niet echt kwalijk nemen. Als je het geloof van christenen in Afrika beledigt, kun je ook rekenen op geweld. Het heeft te maken met ontwikkeling en onderwijs, niet met welk geloof je aanhangt, denk ik.'

Ik ben omvergeblazen door dat paternalisme van hem. Alsof we maar moeten accepteren dat die arme moslims niet in staat zijn hun emoties onder controle te houden, alsof dat alleen weggelegd is voor de Europeanen.

'Als je mensen niet meer kwalijk mag nemen dat ze handelen

vanuit hun primitieve reacties... dan, dan... hebben we letterlijk geen beschaving en vooruitgang meer,' zeg ik nors. Ik snap niet hoe hij dit standpunt kan innemen. Het is zó dom.

'Ik denk absoluut niet dat het te maken heeft met onderwijs en ontwikkeling,' zeg ik. 'Het heeft te maken met vrijdenker zijn en progressieve waarden. Dat je educatie hebt genoten, wil niet automatisch zeggen dat je progressief of verlicht bent, want in alle rijke oliestaten hebben ze scholen en universiteiten, maar ze zijn zo conservatief als de pest, ook als ze piloot of chirurg zijn. Ook in Iran hebben ze geld en onderwijs, een groot deel is zelfs hoogopgeleid, zelfs van de vrouwen, toch word je er neergeschoten als je geen hoofddoek draagt. Een deel van Amerika is tegen abortus en het homohuwelijk, ondanks hun educatie, universiteiten en goede economie en infrastructuur. De reformatorische gemeenschap in Nederland behoort ook niet tot de sociaal-economische onderklasse. Er zijn hoogopgeleide mensen die gewoon een bepaalde religie aanhangen en daar loyaal aan zijn, die willen leven volgens die regels. Of dingen zeggen als dat mannen andere rechten hebben dan vrouwen. Gelovigen eisen een privilege; zij willen niet geconfronteerd worden met meningen die ze als kwetsend ervaren, terwijl wij ongelovigen toch ook voortdurend dingen zien en horen die ons storen? Stel nou dat ik als ex-gelovige het geloof en alles wat daarmee samenhangt als traumatisch en kwetsend ervaar? Ik leef toch ook door? Je ontwikkelt daar een schild voor. Dat doe je in een vrije samenleving, dat doe je als verstandige volwassene, want je wordt voortdurend geconfronteerd met dingen waar je het niet mee eens bent. Maar gelovigen willen, zoals Hans Teeuwen al zei, een monopolie op de waarheid.'

'Maar wat bereik je er nou mee als je Mohammed beledigt?' vraagt Mert.

Ik kijk hem beduusd aan. Hoor ik dit nu echt, van een van mijn beste vrienden?

‘Nee, ik meen het, wat is de meerwaarde van het neerhalen van een heilige figuur van mensen die daar al eeuwenlang in geloven? Wat voor macht heeft Mohammed over jou? Je leeft niet in een islamitisch land, je bent vrij en doet wat je wil, waarom zou je per se Mohammed willen beledigen en eisen dat mensen dat accepteren? Wat win je ermee? Krijgen we daar echt een veel betere samenleving van? Valt wel mee, we hebben grotere problemen in het leven dan een Mohammed-tekening waarmee je miljarden mensen uitscheldt,’ zegt hij.

Ik ben met stomheid geslagen. Ik weet niet eens meer waar ik moet beginnen.

‘Het is ook een teken van beschaving om, ondanks het feit dat je die vrijheid wettelijk gezien wel hebt, ervoor te kiezen mensen niet uit te schelden en te treiteren,’ zegt hij.

Argumenten. Ik moet met argumenten komen. Ik moet me niet laten belemmeren door mijn ergernis of me laten verleiden tot emotionele drogredenen.

‘Jij ziet het als uitschelden, dat is sowieso jouw mening, geen feit. Ik zie het als kritiek, ontregelen, entertainment, polemiek, een discussie losmaken, aandacht ergens voor willen vragen, satire, kunst, een cartoon, een grap. Dat is het feitelijk ook. Maar het lijkt wel of je dat expres wil negeren, om het vervolgens als puur uitschelden en provocatie te zien, terwijl een kunstenaar daar lang niet altijd op uit is. Nausicaa Marbe zei het laatst zo treffend in haar column: provocatie is broodnodig voor verandering en ontwikkeling. Het leidt tot verandering van perspectief, tot doordenken, scherper, creatiever, vernieuwend, of juist tot een betere verdediging van wat niet stuk mag. Van de wetenschap tot de kunst, van je thuissituatie tot de hoogste politieke regionen: provocatie brengt je verder. Dat kan pijnlijk zijn, of onsmakelijk, maar er bestaat geen recht op onschendbaarheid van ideeën. Niemand, geen enkel idee en geen enkele groep, moet beschermd worden tegen provocatie. Dan rem je juist de ontwikkeling daarvan. Het is goed dat mensen en ideeën uitgedaagd worden, wakker geschud worden. Weerbaarheid is een burgerlijke plicht, tenminste, wel als het op vrijheid aankomt. Anders komt er geen einde aan intolerant gebrul van gekwetsten om het grootste gelijk. Dit was ooit common sense in een liberale democratie, maar vandaag zijn het controversiële gedachten. Mijn bedoeling is nooit geweest mensen boos te maken met mijn boeken en columns, toch zijn ze het. Zo hoef je dat helemaal niet te zien. Juist onderwerpen die gevoelig liggen, lenen zich als het ultieme materiaal voor een grap en zijn spannend om te bespreken voor kunstenaars en schrijvers, anders kun je die beroepen wel afschaffen,' zeg ik.

'Het is niet in alle gevallen uitschelden, maar als het om de islam gaat wel. Mohammed vormt geen enkele bedreiging voor de westerse samenleving, want die is dood. Mensen willen in hem geloven en vinden hem heilig, prima. Laat die mensen met rust. Van mij mogen ze ook Jezus met rust laten. Genoeg andere mensen die aangepakt kunnen worden. De koning, politici, echte machthebbers die nog leven. Daar gaat de westerse beschaving en de vrijheid van meningsuiting echt niet aan ten onder, als je Mohammed niet tekent,' zegt Mert.

Ik zie een lichte twijfel in zijn gezicht. Maar die verdwijnt snel weer. Ik probeer mijn gedachten te ordenen. Bij nader inzien heb ik toch een wijntje nodig.

'*Charlie Hebdo* bijvoorbeeld, dat ze op het schild hebben gehesen, wist je dat dat blad een walgelijke tekening heeft gemaakt over de dood van de vader van zanger Stromae? Je weet wel, bekend van het liedje "Papaoutai"? Dat lied was gewijd aan zijn vader, die vermoord is in de genocide van Rwanda. Ze hebben een tekening gemaakt van zijn in het rond vliegende ledematen en roepen "Hier ben ik". Vind jij dat grappig? Vind jij dat kunst? Vind jij dat vrijheid en beschaving? Nou schat, schaf die vrijheid dan maar af,' zegt hij.

‘Het is geen recht om niet beledigd te worden. Het is geen recht om nooit geconfronteerd te worden met grappen die je smakeloos vindt. Het is wél een recht om, hoe smakeloos ook, alles te kunnen bespotten wat je wil als kunstenaar. Daar kan en mag niet aan getwijfeld worden, dan wordt het heel gevaarlijk en eng,’ zeg ik en ik neem me voor om het gesprek af te sluiten.

‘Agree to disagree, hè, schat?’ zegt Mert.

Ik voel dat ik eigenlijk wil zeggen: nee, ik heb gewoon gelijk. Maar ik onderdruk het. Ik besluit de discussie op een andere manier te hervatten.

‘Maar Mert, zeg eens even eerlijk. Die man, Wilders, moet al decennia vierentwintig uur per dag beveiligd worden, dat weet je. Om zijn mening. Die man heeft geen leven meer, geen vrijheid meer. Als hij kinderen had, hadden die ook geen leven meer. Die moet schijten en neuken met twee beveiligers aan de deur. Hetzelfde gold voor Theo van Gogh, die heeft letterlijk geen leven meer. En dat allemaal om hun mening. Ayaan Hirsi Ali moest het land uit vluchten. Samuel Paty is onthoofd, en zijn hoofd is op Twitter geplaatst. Zineb El Rhazoui is de meest beveiligde vrouw van Frankrijk. De bekende ex-moslims op YouTube hebben allemaal te maken met ernstige doodsbedreigingen. Ik heb een rechtszaak gehad tegen iemand die twaalf maanden cel heeft gekregen, omdat hij me via twaalf accounts heeft bedreigd. Met foto’s van wapens, met onthoofdingsfilmpjes met mijn hoofd erin bewerkt. In een boekhandel in Hilversum heeft een man een mes in mijn boek gestoken en het verscheurd, en vervolgens een medewerker bedreigd met een mes. Dit zegt toch wat? Je bent toch slim? Kom op? Zie je niet dat dit een groot probleem is? Zie je niet dat mensen niet meer normaal kunnen leven als ze de islam willen bekritiseren? Dat vind jij toch hopelijk ook erg?’ vraag ik.

Ik word er bijna emotioneel van.

Mert zucht.

'Weet je wat ik erg vind? Dat Wilders omwille van zijn eigen evangelie en zijn eigen populariteit in die bijenkorf van lichtgeraakte extreme moslims zit te wroeten tot hij beet heeft. Dat vind ik erg. Want jij en ik weten donders goed dat 95 procent van de moslims niet met een pistool of kapmes naar Wilders toe gaat. Hij gaat door tot hij die 5 procent te pakken heeft. En jullie trappen er allemaal in,' zegt hij.

'Ook het bestaan van die 5 procent is een bedreiging voor de vrije samenleving,' zeg ik, nu met aanzienlijk verhoogd volume.

'Ja, maar dat is een gegeven!' schreeuwt hij nu terug. 'Wat ik net ook al zei: dat ga je niet veranderen. In het Midden-Oosten en in de islam is er niet hetzelfde ontwikkelingsniveau als in Nederland. Hij prikt in een nog niet geseculariseerde wereld. Punt uit,' zegt hij. Zijn hoofd is veel roder geworden.

Hij ziet aan me dat het me niet koud laat. Hij pakt mijn hand vast.

'Ik snap gewoon niet hoe je landen kunt verdedigen die ambassades in de fik steken als ze iets niet zo leuk vinden,' zeg ik cynisch. 'Dat gedrag is infantiel, tribaal, primitief en niet goed te praten. Dus omdat moslims nog niet vrij kunnen denken, moeten we de vrijheid van meningsuiting hier in het Westen beperken? Ik snap die redenering niet. Wil je daar ook een wettelijk verbod op of zo? Dan ben je namelijk je democratie kwijt.' Ik praat weer wat rustiger. Ik wil het niet escaleren.

'Nee, dit is niet in een wet te vatten. Maar ik zou gewoon liever hebben dat het minder gebeurde. En als je het wel toelaat, zoals nu, komt er een Wilders die dat uitwoont voor selffulfilling prophecy's. Maar nee, een verbod is geen optie. Als jij een Koranvers leest en denkt: dat vraagt wel om een nare interpretatie, moet je dat kunnen zeggen,' zegt hij.

Ik antwoord niet meer.

'Kijk, de PVV is de grootste partij momenteel, terwijl de PVV de islam en islamisering als kernthema heeft. Ik snap dat niet. Ik snap niet dat men denkt dat de islam op dit moment een van onze grootste problemen is. Dat strookt toch niet met de realiteit? Als je tegen de radicale islam bent, moet je juist geen PVV stemmen, want die gaan moslims alleen maar radicaler maken en groepen tegen elkaar opzetten,' zegt hij.

Ik ga rechtovereind zitten. 'Je snapt toch wel dat mensen bang zijn voor de islam, hoop ik? Heb je wel eens een kerstmarkt bezocht de laatste jaren? Elke meter politie. Op het journaal waarschuwen ze elke december voor aanslagen op kerstmarkten, van Londen tot aan Madrid. Het terreurdreigingsniveau is flink gestegen. Mensen zeggen kerstactiviteiten af. En dan nog te bedenken dat negentig procent van de geplande aanslagen verijdeld wordt door onze veiligheidsdiensten, wat wij niet eens meekrijgen!'

'Ik vind het tamelijk hilarisch, eerlijk gezegd, dat mensen bang zijn voor de islam,' zegt Mert droog.

Huh? Hoor ik dat nou goed?

'Waarom is dat hilarisch dan?' zeg ik geïrriteerd. 'Het is niet zo dat de meeste islamitische regimes op de wereld fijne landen zijn of zo, dus die angst is heel gegrond.'

'Ja, nee, dat snap ik wel, alleen Wilders doet wel alsof het kalifaat aanstaande is in Nederland, dat is gewoon niet zo,' zegt hij.

'Dat zegt niemand. Het is ook niet zo zwart-wit.'

Mert mompelt dat dit ook al meer dan twintig jaar, sinds 9/11, hysterisch wordt geroepen.

'Het is niet óf het kalifaat óf vrijheidslievende mensen,' zeg ik.

'Als je PVV stemt, ben je ook niet vrijheidslievend. De PVV heeft gevaarlijke ideeën, en daarmee is het een groter gevaar dan de islam. Ze hebben laatst gepeild dat ze de verkiezingen gaan winnen, daar zouden we ons meer zorgen over moeten maken,' zegt hij.

'Dat klopt, vanwege de PVV is Theo van Gogh dood. Of zo veel andere mensen. Mensen bij aanslagen,' zeg ik sarcastisch.

'Dat is twintig jaar geleden gebeurd, en Mohammed B. was

waarschijnlijk een psychiatrisch patiënt, zoals al die vage figuren die zulke dingen doen. Zoals de tramschutter in Utrecht. Of die Erasmusschutter in Rotterdam. Ze hebben een steekje los,' zegt hij.

'Nee, dat was een georganiseerd netwerk en ze waren al sinds de jaren tachtig bezig, toen ze boeken verbrandden op de Dam. En ze zaten ook achter Ayaan Hirsi Ali aan. Hoezo kan een aanslag of moord niet ideologisch gemotiveerd zijn? Waarom ga je er bij voorbaat van uit dat mensen gek zijn?'

'Hoe dan ook: een aanslag van twintig jaar geleden op een filmmaker en columnist betekent niet dat de islam nu een groot gevaar is voor Nederland,' zegt hij.

'Je snapt dat het bij één aanslag is gebleven, omdat onze veiligheidsdiensten gewoon heel goed zijn, en het er anders meer waren?' zeg ik boos. 'En je snapt dat het nog maar heel kort geleden is dat Salman Rushdie in zijn oog is gestoken? En korter zelfs dat ambassades zijn aangevallen omdat iemand een koran had verbrand? En dat er een docent is onthoofd?' vraag ik.

'Ik zie gewoon niet echt een enorm gevaar,' zegt Mert.

'Ja oké, dan zeg je eigenlijk dat je het geen probleem vindt dat er geweld is, omdat iemand zich uit,' zeg ik.

'De islam is toch geen groot dagelijks probleem? Wie heeft er in Nederland concreet last van de islamisering, behalve mensen als wij, die uit die gemeenschap komen?'

'Je verschuift steeds de doelpalen van de discussie, laat maar. Ik ben er klaar mee.' Ik sta op en wil naar de keuken lopen.

Hij pakt mijn arm vast en trekt me terug.

'Doe eens rustig, hé,' zegt hij. 'Mijn punt is gewoon dat het overdreven wordt, mag ik dat vinden?'

'Dat betekent niet dat het gevaar er niet is.'

'Ik zeg alleen maar dat dit alles het niet rechtvaardigt om het tot hoofdthema te maken van het politiek debat, al decennialang.'

'Je hoeft ergens niet persoonlijk last van te ervaren om het niet in Nederland te willen. Ik heb ook geen last van drugscriminaliteit of wietplantages, toch vind ik daar wat van,' zeg ik.

'We hebben vrijheid van gedachte, meningsuiting, vergadering en geloof. Je kan de islam of de ideeën niet bannen,' zegt hij.

'Je hoeft het daarom geen privileges of geld te geven,' zeg ik.

Hij zucht. 'Welke privileges heeft de islam? Behalve vrijheid van onderwijs?'

'De roep om de neutrale uniformen van boa, rechter of politieagent teniet te doen en religieuze symboliek toe te staan, zoals een hoofddoek. Kinderen mutileren. Gebedsruimtes in publieke instellingen of op openbare scholen eisen. Eigen scholen oprichten met Nederlands belastinggeld, waar meisjes vervolgens helemaal geen zwemles krijgen omdat je hun lichaam dan te goed ziet. En allerlei ander seksistisch beleid, zoals specifieke kledingvoorschriften voor jongens en meisjes, niet samen mogen spelen of gymmen. Bovendien mogen ze discrimineren: als een leerling homo is of niet-moslim, mag zo'n leerling geweerd worden van de school of hem wijsgemaakt worden dat er iets mis is met hem. Mijn zusje heeft géén zwemdiploma. In een land als Nederland is dat levensgevaarlijk. En ze eisen om niet gekwetst te worden in kunstuitingen, anders dreigen ze met geweld.'

'Dit zijn religieuze privileges, niet specifiek islamitische,' zegt hij.

Ik blijf maar gewoon stil, de discussie vermoeit me enorm. Hij gaat het toch niet inzien.

'Om jou ook een beetje tegemoet te komen, moet ik wel erkennen dat er ook mensen zijn die heel gretig de islam buiten schot willen houden, hoor,' zegt hij ineens. 'Moslims als belanghebbenden en progressieve Nederlanders, die daarover willen zwijgen, bedoel ik dan. Je moet natuurlijk wel gewoon benoemen dat moslims nogal snel op de tenen getrapt zijn. En soms vrij humorloos en rigide. Dat het zo is, wil niet zeggen dat je het moet ontkennen of onder het tapijt moet schuiven. Of er niets aan moet doen. Zeg gewoon met je borst vooruit dat het Westen daarin voorloopt en dat die wereld nog niet geseculariseerd is. Dan krijg je ook *credibility* van de toehoorder. Je bent dan eerlijk en geloofwaardig,' zegt hij.

Ik moet denken aan een video van Teeuwen, ik proestte het uit van het lachen toen ik die voor het eerst zag.

'Hans Teeuwen zei dat al in zijn show, toen hem gevraagd werd waarom hij geen grappen maakt over de islam,' zeg ik. 'Toen zei hij, zoals alleen hij dat kan: waarom zou ik grappen maken over iets wat overduidelijk heel goed werkt? Iets wat overal in de wereld zorgt voor vrede, voorspoed en geluk? Als je kijkt wat het in de afgelopen vijfhonderd jaar bijgedragen heeft aan de vooruitgang van de menselijke soort, aan de wetenschap, aan de kunsten, aan de entertainmentindustrie, die fantastische islamitische musicals, kun je toch niet anders zeggen? En aan de gelijkheid van man en vrouw: waar zouden al die wijven zijn zonder de islam? En wat dacht je van de homo-emancipatie? Waarom denk je dat het zo is dat er elk jaar weer meer homoseksuelen besluiten om te emigreren naar Mekka? En het allermooiste aan de islam vind ik nog die lichtvoetigheid. Die joie de vivre, de lol die ervan afstraalt, je weet meteen dat als het over de islam gaat: dit wordt lachen. Lekker dat relativerende gevoel van aah, joh, wat maakt het uit, het is maar een religie. Dat islamitische gevoel voor humor is ook zo beroemd over de hele wereld!'

Ik kan mijn lach weer niet onderdrukken, en Mert schiet ook in de lach.

Ik ken dit stuk uit mijn hoofd. Ik heb het vaak teruggekeken. Het is zo geniaal omdat het in één minuut blootlegt wat het probleem is.

'Weet je wat ik ook niet snap? Je zegt net dat het een gegeven is dat moslims nog niet zo ontwikkeld zijn als mensen in het Westen, toch?' vraag ik.

'Ja duh, in Marokko kijken ze letterlijk in je kut of je nog maagd bent. En in Turkije komen nog regelmatig dierenverkrachtingen voor,' zegt hij.

Ik knik. 'Precies. Maar waarom? Waarom zijn die landen zo? Waarom is ons herkomstland zo? Waarom hebben ze niet dezelfde ontwikkeling doorgemaakt als hier? Hier hebben ze daar toch ook voor gestreden? Neem nou de arbeiders, die waren vroeger in Europa niets waard. Het was gewoon je bek houden en werken, je moest blij zijn dat je werk had in een fabriek, want voor jou tien anderen. Dat hebben ze in Nederland in honderd jaar omgevormd door middel van protesten, stakingen, vakbonden, naar meer loon, meer zekerheid, een pensioen, recht op pauze. Kunnen ze dat in Turkije en Marokko niet of zo?' vraag ik.

'Nee, dat kunnen ze inderdaad niet, want het zijn dictaturen waar je in de gevangenis belandt als je te irritant wordt,' zegt hij.

'Dan moet je die dictatuur aanpakken,' zeg ik.

'Hoe wil jij de dictatuur aanpakken? Kijk naar Iran, waar zo veel moedige mensen de straten op gingen, en vervolgens ofwel dood werden geschoten ofwel in de gevangenis kwamen. Kijk naar Rusland, waar je de volgende dag ineens op mysterieuze wijze van het balkon of de trap valt als je iets kritisch zegt over Poetin. Zou jij het durven dan? Ik niet,' zegt hij.

'Maar hier had je ook allerlei bloedige revoluties, guillotines en koppen die moesten rollen. Hoe is het hier dan wel gelukt?'

'Ik denk dat dat een andere tijd was. En misschien waren dat dictaturen die op een gegeven moment tot inkeer kwamen. En zonder geautomatiseerde wapens, en met zo'n grote hoeveelheid van de bevolking die in opstand komt, kun je niets beginnen,' zegt hij.

'Waarom komen niet heel Turkije, heel Iran en heel Marokko tegelijk in opstand?'

'Tja, het wordt een beetje een cirkelredenering, maar het antwoord is angst. Bovendien is er geen unanimiteit in die landen.

De helft van de bevolking wil waarschijnlijk wel een dictatuur en helemaal geen verzet, omdat ze zijn gevallen voor de propaganda. Tja,' zegt hij.

Ik knik en heb geen weerwoord meer.

Booslims

Ik bevind me in een imponerende theaterzaal in een van de grootste musea van Europa in Rovereto, een stad in Noord-Italië. Ik ben uitgenodigd door het festival Oriente Occidente voor een interview.

Io vivrò, staat op de kaft van mijn Italiaanse boek en op de posters die ik alom zie hangen in de zaal, met een niet onaanzienlijke foto van mij eronder.

Een plaatselijke boekhandelaar heeft reeds stapels van mijn boek op de tafel uitgestald. Ik word er ineens heel nederig van, van al die belangstelling. Het went niet, zó in de spotlights te staan met een überpersoonlijk verhaal, waar kennelijk zelfs Italiaanse mensen in geïnteresseerd zijn, want de zaal is uitverkocht en er vormt zich een rij voor de boekhandelstand. De eerste vrouw uit de rij loopt naar me toe met een pen. '*Vorresti autografare il mio libro?*'

'*Of course*,' antwoord ik, en ik zet mijn handtekening. Ik geef het boek aan haar terug met een glimlach, als de volgende al naar me toe schuift.

Dan stelt de interviewster zich aan mij voor, voor de show start.

'Sarah Alouani,' zegt ze.

'Bent u Arabisch?' vraag ik meteen.

'Dat klopt, ik ben Algerijns,' zegt ze. 'En ik ben groot fan van jouw boek en jouw dapperheid, ik had het nóóit gedurfd. Ik weet als geen ander hoe het is om zo te leven. Ik heb jarenlang geen contact gehad met mijn vader omdat hij mijn Italiaanse vriend niet wilde accepteren. Het was echt vreselijk,' vertelt ze.

Er volgen meer verhalen, waarvan ik het vermoeden heb dat ze al heel lang niet verteld zijn. In ieder geval niet aan een 'lotgenoot', want ze is zichtbaar bewogen.

Zoals de avond hier in deze zaal begon, zo eindigt hij ook: lezers en luisteraars komen naar mij toe, bijna altijd met eigen verhalen. Ze hebben allerlei religieuze achtergronden, maar identieke problemen: niet jezelf kunnen zijn bij je familie en je een heel leven lang een outcast moeten voelen als je weigert een toneelstuk te spelen.

Ook als het Engels soms niet wil lukken en er hier en daar een Italiaans zinnetje tussendoor glipt, weten we elkaar perfect te vatten.

'Ik heb laatst een hond geadopteerd die uit het nest is gegooid,' vertelt een vrouw van in de vijftig met een parelketting en geföhnde haren. 'Omdat ik weet hoe dat voelt. Dan moet je een hand toereiken, anders blaft en bijt hij straks naar iedereen die hij tegenkomt. Uw boek doet me denken aan een gezegde: "*The child who is not embraced by the village will burn it down to feel its warmth.*" Heb ik ook gedaan hoor, tot mijn veertigste, nu ben ik bedaard. Ik hoop jij straks ook,' zegt ze met een warme glimlach, en ze vraagt of ik op de foto wil met haar.

'*Si*,' zeg ik, en ik tover een brede lach tevoorschijn.

Voor het eerst in tijden heb ik weer motivatie om aan mijn tweede boek te werken. Als zelfs buitenlanders die mij niet kennen zeggen dat het een inspirerend boek is, en dat ze er veel aan hebben gehad, kan ik niet anders dan dat aannemen. Met hernieuwde motivatie typ ik die avond in mijn hotel voor het eerst weer drie hoofdstukken.

'Misschien moet je, met het oog op je veiligheid, toch geen dingen schrijven waar mensen makkelijk aanstoot aan kunnen nemen,' zegt Noah, als hij ziet dat ik die avond fanatiek achter mijn laptop zit. Hij vergezelt me vaker naar lezingen en op tripjes naar het buitenland.

Dat hij dat zegt begrijp ik, hij heeft van dichtbij meegemaakt wat die dreigementen en de haat met me doen. En hij ging er zelf op een gegeven moment ook aan onderdoor. Bovendien is het niet echt een gezellig onderwerp bij mijn schoonfamilie: dat hun zoon gaat met een schrijver die dagelijks bedreigingen en mails met haar huisadres ontvangt. Die ze op sociale media deelt, waar mijn schoonfamilie me ook volgt.

Maar toch voel ik me ook weer boos worden, als hij dat zegt. Niet op hem, maar op de situatie. De wereld. Het leven. De bedreigers. Het dilemma waar ik voor sta. Dat ik mezelf zou moeten censureren, zodat mensen zich niet beledigd voelen! Het moet toch niet idioter worden?

Ik moet maar minder hard schrijven. Minder 'offensief' zijn. Minder praten over de islam. Vager zijn. Een roman schrijven over andere onderwerpen.

'Je bent een getalenteerd schrijver. Je kan het ook over andere onderwerpen hebben. Dan ervaar je ook wat meer rust, en sta je niet meer bekend als iemand die alleen maar daarover kan praten,' zegt hij.

Maar zo werkt dat toch niet? denk ik.

Als ik uitgeschreven ben over een onderwerp, in dit geval het geloof waar ik me aan stoor en vooral aan héb gestoord, dan zou ik dat zelf zo moeten voelen. Het moet een keuze zijn om over andere zaken te schrijven. Tuurlijk zijn er onderwerpen die ik kan verwerken in een roman, of waar ik columns over kan schrijven, maar als ik wat te zeggen heb over de islam, en dat heb ik, moet ik dat toch kunnen doen zonder foto's van wapens in mijn inbox, zonder rechtszaken, zonder afpersing van idioten die mijn huisadres weten, zonder te horen dat ik 'rechts in de kaart speel', en zonder beveiliging?

En zolang dat niet het geval is, hebben we een groot probleem. Niet alleen ik, ook u. Iedereen die staat voor vrijheid heeft dan een probleem. Want ik krijg heel vaak mails van vrouwen die zeggen: ik zou me ook willen uitspreken, ik zou ook een boek willen schrijven over mijn nare ervaringen, maar dan ben ik bang dat ik niet meer leef, of dat ik geen leven meer heb door de dreiging.

En dat snap ik heel goed. Ik zou het namelijk niemand aanraden om dit te doen. Als mijn zusje of toekomstige zoon of dochter ooit zegt: 'Mam, ik ga een kritisch boek over de islam schrijven', zou ik het met man en macht tegen willen houden, want het is geen leven om telkens over je schouder te moeten kijken. Om blikjes naar je hoofd geworpen te krijgen van straatjongeren. Om voor hoer uitgemaakt te worden door veel te dicht passerende scooters. Om geïntimideerd te worden in je eigen straat, je eigen huis. Om bekend te staan als hater van een bepaalde bevolkingsgroep, hoe vaak je ook herhaalt dat dat een absurde claim is, aangezien ik zelf deel uitmaak(te) van die groep. Ik heb het recht kritisch te zijn op mijn eigen groep, want het is ook míjn cultuur, ik mag meeschrijven en meedenken over de wetten die gelden in die cultuur, en daar hardop over balen en over tieren. Ik ben namelijk geen buitenstaander, geen witte, blonde dame uit het Gooi, maar gewoon Lale Gül, wier ouders als analfabete gastarbeiders in Amsterdam-West zijn gevestigd en geboren zijn in de bergen van Anatolië. Wie de fuck zijn die haters dan om mij te vertellen dat ík geen mening mag hebben over de cultuur waar ík nota bene in opgegroeid ben? En dat zijn voor een deel juist witte, blonde mensen die dat tegen mij zeggen. Die moeten al helemaal hun waffel houden. Die hebben nul recht van spreken. Zelf genieten van de geneugten van een vrije, moderne cultuur en mij de mond willen snoeren, omdat ik rechts zou zijn met mijn progressieve mening. Schei toch uit. Die zijn nog het allerergst, erger dan de booslims.

Goed, het schrijven dus. Als iemand die continu intimidatie aan den lijve heeft ondervonden en nu nog steeds van tijd tot tijd ondervindt, en vermoedelijk al helemaal na de publicatie van de Engelse vertaling van *Ik ga leven* en de verfilming, en alle mediaoptredens daaromheen, kan ik bijna niet beschrijven hoe verschrikkelijk mijn leven er de afgelopen jaren, sinds mijn bekendheid, af en toe uit heeft gezien.

Daar heeft u nog niet eens een kwart van meegekregen, want ik heb er niet over uitgeweid in de media, op aanraden van mijn omgeving en de politie.

Op een gegeven moment ben ik zelfs gestopt aangifte te doen, omdat het er inmiddels honderden waren en de politie niet achter elke anonieme gek aan zou gaan om ze te arresteren. Dan zeiden ze voor de zoveelste keer aan de telefoon: 'Mevrouw Gül, met alle respect, helaas kunnen we hier strafrechtelijk niets mee. En het aanvragen van zijn IP-adres bij Instagram duurt minimaal drie maanden, dus we laten de aangifte vallen.'

Tja, daar sta je dan, met je telefoon in de hand voor de zoveelste keer de politie een fijne dag te wensen, terwijl je uitgelachen wordt door je bedreigers.

Een goede vriend van me, Kasper, is een computernerd die alles kan hacken en tracken. Toen hij hoorde dat de politie niet zoveel kon doen, ging hij zelf aan de slag. Binnen een uur bracht hij verslag: 'De jongen heet Ali Bozkurt, is zestien jaar, kijkt veel porno en woont bij zijn ouders, tien minuten bij je vandaan,' zei hij dan.

Ik, op de automatische piloot: 'Hoe zorgen we ervoor dat hij niks doet?'

'Regel ik wel,' zei hij.

En vervolgens was het geregeld. Daarvoor mijn speciale dank aan zijn diensten.

Mijn advies aan u: als u gaat schrijven over controversiële onderwerpen die een eventuele veiligheidsdreiging op gaan leveren, neem een Kasper in de arm. Anders voelt u zich al snel in de steek gelaten door de politie, die echt niet uw voordeur gaat voorzien van beveiliging of alle internetterroristen arresteert.

In de periode van de rechtszaken rondom mijn bedreigingen schreef ik dit in mijn dagboek:

> Op deze snikhete dag, terwijl men geniet van de felbegeerde en langverwachte zon met een koud wijntje op de terrassen, heb ik helaas een andere dagplanning: ik heb een afspraak bij Slachtofferhulp Nederland. Dit vanwege de toekomstige rechtszaak tegen een van mijn bedreigers, na het uitkomen van mijn boek.
> De jongeman van negentien in kwestie heeft mij vanuit meerdere anonieme accounts foto's van vuurwapens toegestuurd, tezamen met filmpjes van Arabisch zingende IS-militairen die het hebben over de paradijselijke verdiensten van een martelaar die omkwam bij verzetsdaden (lees: terreurdaden). Ook stuurde hij meerdere malen de tekst 'S4H', wat staat voor 'Sharia for Holland'.
> Ik krijg tijdens mijn afspraak te horen dat ik, indien gewenst, aanspraak kan maken op schadevergoeding, zowel voor materiële als immateriële schade. Mijn immateriële schade behelst dat ik wekenlang slapeloze nachten had van het piekeren, vrienden en dierbaren die zich veel zorgen maakten en het feit dat ik wekenlang niet meer buitenshuis wilde treden, zelfs niet om boodschappen te doen. De materiële schade bestaat uit de taxikosten die ik sindsdien gemaakt heb, omdat ik het openbaar vervoer niet meer durfde te gebruiken en geen auto heb: inmiddels meer dan 5000 euro.
> De mevrouw vertelt me dat deze zaak best uniek is en daarom niet makkelijk te vergelijken is met een verleden zaak, hooguit met die van *NRC*-columniste Clarice Gargard. Die kreeg ook

te maken met bedreigers, vanwege haar antizwartepietstandpunt; dat leidde ertoe dat vijfentwintig personen een bedrag tussen de honderd en tweehonderd euro aan schadevergoeding hadden moeten betalen.
Ik leg de mevrouw uit dat de bedreigingen aan mijn adres toch een heel andere context en geschiedenis kennen. Geweld uit radicaalislamitische hoek is inmiddels eerder regel dan uitzondering; honderden mensen die vanuit Europa én Nederland afreisden om elders terreur aan te richten, de vele aanslagen, de bedreigingen... Dat hoef ik haar toch niet uit te leggen? Ik vind de vergelijking niet opgaan en ben zelfs een tikkeltje verontwaardigd. De kans dat ik een kogel door mijn kop krijg vanwege mijn uitlatingen is vele malen denkbaarder.
Toch begrijp ik uit het gesprek dat de kans dat ik een schadevergoeding krijg en de kans dat deze dader echt een noemenswaardige straf krijgt, heel laag, zelfs bijna nihil is. Dit omdat er geen sprake is van fysiek letsel, geen sprake van een onomwonden doodsbedreiging in 'klare taal' en ook het verband tussen taxikosten enerzijds en de verantwoordelijkheid van deze ene dader daarvoor anderzijds niet direct te trekken is.
Ik weiger genoegen te nemen met een pietlullige 'straf'. Ik heb al moeten slikken dat van de zovelen die me bedreigden slechts één iemand is opgepakt, omdat het kennelijk verdomd 'moeilijk en tijdrovend' is om verwijderde, anonieme accounts op sociale media te traceren. Ik heb al moeten slikken dat een van de bedreigers, die mij óók foto's van geweren stuurde, totaal geen vervolging krijgt omdat het een minderjarige uit België is (verbonden aan de groep Sharia4Belgium en met een reeds lopende rechtszaak aangaande een bommelding). Ik heb al moeten accepteren dat ík opdraai voor alle taxikosten die ik maak vanwege hún toedoen. Maar ik ga niet accepteren dat deze persoon binnenkort weer vrij rondloopt.
Wat zegt dit over de vrijheid van meningsuiting in dit land? Wat

voor boodschap is dit aan alle andere schrijvers, opiniemakers, cartoonisten en journalisten die van plan zijn gelijkslachtige kritiek te hebben op bijvoorbeeld de islam? Dat ze er alleen voor staan?

A bloody shame.

Vol is vol

We hebben het allemaal wel een keer gehoord: 'Die cultuur is zó gastvrij, daar kunnen wij wat van leren!' Of het nou een vriendin is die net terug is van een ver vakantieland of een collega die een tijdje op een ander continent heeft gewoond, ze zijn meestal enorm te spreken over de vriendelijkheid, benaderbaarheid, openheid en gastvrijheid van een andere cultuur. En dat is begrijpelijk: er is, eerlijk gezegd, niet veel voor nodig om gastvrijer te zijn dan Nederlanders.

Ik heb het onlangs aan den lijve meegemaakt: ik was uitgenodigd voor een bruiloft in de familie van Noah, maar had aangegeven dat ik niet kon komen vanwege een werkafspraak, maar een week later bleek ik toch vrij te kunnen nemen om samen te kunnen komen. Eerst twijfelde ik nog of ik dat moest melden, ik bedoel: ik kon toch gewoon samen met hem daar verschijnen? In mijn hoofd was dat no big deal, maar daar had ik me in vergist.

'Dat gaat lastig,' appte de aanstaande bruid. 'Alles is al geregeld, we zijn uitgegaan van de gastenlijst en hebben precies die hoeveelheid stoelen, naamkaartjes en eten. Maar je kan natuurlijk wel na het eten komen, op het feestje!'

Ik was met stomheid geslagen; kreeg ik nou te horen dat het niet mogelijk was dat er één persoon bij kwam, nota bene de partner van hun familielid, op een viering?! Kon er nou echt geen eten en een stoel voor mij geregeld worden? Gekker moest het niet worden.

In veel culturen zouden ze nog liever zelf niet eten of hun bord in tweeën delen dan dat ze een bruiloftsgast zouden weigeren. In veel landen is dat ook echt een schande, het leidt tot gezichtsverlies. Zelfs in de armste families is het geen optie. Als je een feest geeft, houd je rekening met extra gasten en zorg je voor extra eten. Bij een Turkse bruiloft worden er standaard extra mensen meegenomen: vrienden, kennissen, familieleden die ook zin hebben om mee te feesten. Ze hoeven niet eens uitgenodigd te zijn; als één iemand is uitgenodigd en aanhang meeneemt, dan hóórt dat er gewoon bij. En men vindt dat alleen maar gezellig: meer zielen, meer vreugd. Het is een eer! Sterker: je bent eigenlijk stoerder en populairder als er op jouw feest meer mensen komen dan op het feest van een ander, want dat betekent dat je meer mensen hebt die van je houden, om je geven en de mooiste dag van je leven met je willen vieren!

Het deed me denken aan een voorval van zo'n tien jaar geleden. Ik was op bezoek bij een Nederlands klasgenootje uit een gegoede familie om samen aan een werkstuk te zitten. Na enkele uren kwam haar moeder haar kamer binnen en zei: 'Sophie, we gaan over een kwartier aan tafel, zorg dat jullie het dan af hebben. Lala moet denk ik ook op tijd thuis zijn voor het eten.'

Ik ging er eigenlijk van uit dat ik gewoon bleef eten, en dat ik daarna wel zou zien hoe laat ik naar huis ging, maar ik werd voor mijn gevoel weggestuurd. Later hoorde ik dat ik me dat niet persoonlijk moest aantrekken: dat was heel normaal in de Nederlandse cultuur.

Maar eigenlijk vind ik het niet normaal. Het is individualistisch en onbeschoft. Op dit soort momenten hoor ik dan toch mijn moeders stem in mijn hoofd, die zegt: 'Nederlanders denken alleen aan zichzelf, zelfs om hun eigen familie geven ze niet veel, het is allemaal koud en kil.' Ik ben het daar natuurlijk niet mee eens, maar soms wil ik tegen mensen schreeuwen dat ze lekker normaal moeten doen. En mij naar een fucking bruiloft moeten laten komen met mijn partner.

Meewaaien

'Jij bent als water dat uit een dam breekt,' zegt Noah op een avond. 'Je komt net uit die doctrinaire kringen en je bent fel. Je bent boos, boos op het leven. Dat is een logisch gevolg van tegen dingen aan lopen, dag in, dag uit bedreigd worden en geen eerlijke kritische analyses mogen leveren van je familie en omgeving. Maar wat absoluut bijzonder is aan jou, is dat je overal over nadenkt. Je voelt je nooit groter dan de argumenten van een ander. En dat is heel zeldzaam,' zegt hij, terwijl hij een slok van zijn bier neemt.

Noah is de enige gelovige in mijn omgeving, maar hij is anders gelovig. Hij is half Spaans, half Nederlands. Ik zou hem zelf niet als katholiek definiëren, omdat ik vind dat je dat niet kunt zijn als je je aan vrijwel geen van de voorschriften houdt, maar hij denkt daar anders over en vindt niet dat ik hem mag verketteren.

Zoals rigide gelovigen de lichter gelovigen verketteren, zo doen rancuneuze vrijgevochten afvalligen dat ook, zei hij. Ze treden in dezelfde valkuil en denken dat je alleen kunt geloven met een heleboel middeleeuwse regels en een constante angst voor de hel, terwijl geloven in God ook anders kan zijn, anders móet zijn volgens hem.

'Waarom geloof jij eigenlijk?' vraag ik hem. Ik ben oprecht benieuwd hoe iemand met een goed werkend stel hersenen, iemand die arts in opleiding is, beweert in God te geloven. Oftewel in een sprookje, in mijn ogen.

'Omdat de een tot rust komt met een yogamatje in een minimalistisch ingerichte kamer zonder stoelen, of door op vakantie te gaan, of door speed te snuiven, en de ander met het voorhoofd op de grond richting Mekka, of bij een bezoek aan de kerk, en dat laatste is mijn yogamatje,' zegt hij.

'Maar geef je dan toe dat het slechts spirituele genoegdoening is, en dat je jezelf wijsmaakt dat er een god is omdat je je daar nou eenmaal goed bij voelt?' vraag ik. Is dit een te confronterende vraag? Ach ja, dan is dat maar zo.

'Nee, omdat ik voel dat mijn berichten aankomen, de vinkjes worden blauw, zoals we dat tegenwoordig zouden zeggen,' zegt Noah. 'Je ziet een parallel in religie als groepskader in de natuur; mieren en bijen hebben ook groepskaders. Het is onze inborst, we hebben het nodig om gelukkig te zijn, al veinzen sommigen van niet. Het is religie of sociaaldarwinisme, óf nihilisme, en die laatste twee brengen niets goeds voort.'

'Hoe bedoel je dat precies? Ik snap het niet,' zeg ik.

'Ik bedoel dat het de natuurlijke blauwdruk van de mens is. Dat het gros van de mensheid altijd gelovig zal zijn. Dieren in de natuur hebben geen zorgstaat, zoals wij. Macht is wat telt in de natuur, er zijn rangordes en rolverdelingen, en die worden bepaald door gevechten, intelligentie en fysieke kracht. Wij als beschaafde mensen lopen daarvan weg, dat vinden we te hard, te primitief. We kiezen voor een verzorgingsstaat en mensenrechten voor iedereen, ook voor de zwakkeren. Dat is ook een vorm van geloof, een cultus, want die wetten zien we als heilig en onschendbaar. Wij mensen neigen naar deze orde en humaniteit. De meeste mensen vandaag de dag zijn exemplaren die er in de natuur niet geweest zouden zijn. Bang, introvert, gehandicapt, niet gezond, obees, met allerlei ziektes, noem het maar op. Die voelen aan hun water dat aanhaken bij dit staakt-het-vuren tegenover evolutie en de algehele natuur het beste is voor hun voortbestaan. Bij vossen in de natuur zul je alleen de meest vitale exemplaren zien. Jij denkt: dat is gewoon een vos. Maar nee, dat is de béste vos. Zijn zwakkere soortgenoten kwamen niet door de winter of wisten niet te paren in de zomer. Secundaire genetische eigenschappen werden afgeremd door zwakte of kritische vrouwtjes. Bij ons mensen niet. Wij spelen vals met de natuur. Wij laten elke ziel in leven, ook idioten, ook laagbegaafden, en als hij een nog grotere idioot wordt, voeden we hem met het netto-brutoverschil van de vitale exemplaren, met belasting, want dat is een recht. Dat is de zorgstaat. Beschaving. Moraliteit. De wet. Allemaal een soort religie. Begrijp me niet verkeerd: ik ben het er helemaal mee eens, dat maakt het leven humaan en fijn, en de meeste atheïsten nemen het er gretig van om zich daarna arrogant te verbazen waarom gelovigen rondlopen met heilige boeken en verordeningen. Ze doen het zelf ook, maar hebben het niet door. Zonder godsbeeld weliswaar, maar met een soort bovennatuurlijke logos: de verlichting. Gelijkheid. Vrouwenemancipatie, feminisme, homorechten. Dat zijn evangeliën die van de mens komen, het is allemaal "Hocus pocus, dit is de tekst, dit is waar, dus leef ernaar, zo niet, dan naar de hel oftewel de cel". Je kan niet zeggen dat het metafysische bullshit is om vervolgens te zeggen dat je in de metafysische vorm van solidariteit en mensenrechten gelooft.'

Ik neem een slok wijn. Ik weet niet zo snel een antwoord. Ik moet erover nadenken. Zo'n betoog verwerken kost tijd, zeker met alcohol op.

'Ik zal je zeggen, Lale, ik persoonlijk ben geen hiernamaalsfiguur. Maar ik voel gewoon de hunker naar gebed, geduld, dankbaarheid, het grotere plaatje. Het paradijs is nooit echt mijn ding geweest. Ik zou wél heel graag iedereen op een avond aan een grote tafel willen zien, waarbij het voelt als die ene kerst of mijn verjaardag, en waarbij de gasten alles met elkaar uitpraten, mooie anekdotes delen, grapjes maken. Maar aan het eind moet wel het licht uit. Dan is het gewoon mooi geweest,' zegt hij.

Gelovig, maar geen hiernamaalsfiguur. Bij moslims zou je zo'n verhaal nooit horen.

'Ja... die combinatie snap ik persoonlijk niet, maar aan de andere kant snap ik dat eigenlijk veel beter dan iemand die écht gelooft in een eeuwig paradijs, en daar zelfs naar hunkert, daar kan ik niet zo goed tegen,' zeg ik. 'Er zijn momenten geweest waarop ik tegen mijn moeder wilde zeggen dat het leven hier is, dat ze hier liefde moet geven en krijgen, niet moet wachten op het paradijs, maar dan bedacht ik dat het toch geen zin had. "Mensen die bang zijn voor de dood, zijn mensen die niet hebben geleefd," zei Kafka. Ik denk dat dat voor de meeste gelovigen geldt. Als je een miserabel leven hebt, of hebt gehad, of niet gelukkig bent, is het leven na de dood je houvast.'

Noah kijkt er twijfelachtig bij. 'Nee, niet per se, daar ben ik het niet mee eens, ik denk dat gelukkige mensen ook neigen naar geloven,' zegt hij.

'Maar goed, no offense, ben je dan een katholiek of een cultuurchristen?' vraag ik, om de discussie te hervatten.

Hij denkt na, neemt een aantal trekken van zijn sigaret, kijkt in gedachten verzonken even omhoog en dan naar mij. Hij neemt een slok van mijn wijn en kijkt dan weer voor zich als hij antwoord geeft.

'Ik denk dat je vanuit een orthodoxie die alles samenhoudt, een beetje moet waaien.' Hij kijkt er heel serieus bij.

Ik moet ineens hard lachen. 'Waaien?' zeg ik spottend.

Hij blijft serieus.

'Ja, kijk, een boom staat in de grond, de wortels staan vast, maar die boom deint ook mee met de wind. De takken bewegen zich, apart van de stam, en de twijgjes apart van de takken. Ik denk dat je zo moet zijn als gelovige. Als een boom. Gewoon een beetje waaien, maar wel met behoud van die wortels, zoals Bosnische moslims bijvoorbeeld doen, of Spaanse katholieken. Cultuurchristenen zijn vaak mensen die geen gevoel voor geloof hebben, of te dom of te lui zijn om ernaar te zoeken, die stiekem als atheïsten leven. Daar zou ik me niet bij willen scharen.'

Een beetje waaien. De les van de dag. Mooi: vergeet niet een beetje te waaien vandaag. Maar wat ik er verder mee kan, qua geloven in een god, weet ik niet zo goed. Het is weinig overtuigend. Als God wilde dat we een beetje gingen waaien, had Hij dat wel gezegd. 'O gelovige in Allah en Zijn boodschapper, gij zult een beetje meewaaien, opdat u op de dag des oordeels het paradijs binnentreedt, en niet het eeuwige hellevuur', heb ik nooit gelezen in de Koran.

'Kijk,' zegt hij. 'Ik moet atheïsten gelijk geven als ze zeggen dat er veel onzin te vinden is in religies waar duidelijk uit blijkt dat getracht is de natuurwetten te verklaren, terwijl we met de moderne wetenschap erachter zijn gekomen dat natuurverschijnselen anders in elkaar zitten dan religies beweren.'

Ik ben blij dat hij het zelf zegt. Ik val hem bij: 'Ja, dan lees je in de Hadith* dat de zomer heet is omdat de hel uitademt en de winter koud omdat de hel inademt, tja, daarvan weten we nu dat het anders zit. Sowieso heb ik niet veel op met die teksten, sommige daarvan vind ik om een nare interpretatie smeken, daar staan heel bizarre zaken in,' zeg ik.

'Ja, die staan ook in de Bijbel, maar ik wil niet dat daardoor mijn gelovige kaartenhuis instort en dat ik atheïst of nihilist word,' zegt hij.

Bijzonder hoe iemand zo graag lijkt te willen vasthouden aan iets waarvan hij rationeel weet dat het onzin is, om een andere uitkomst te voorkomen.

* Verzamelde uitspraken van Mohammed (net zo heilig als de Koran).

‘Oké, maar dan heb je nog de vraag der vragen, namelijk waarom er kinderen met kanker zijn en waarom Hitler heeft kunnen bestaan,’ zeg ik. ‘En waarom er kinderen worden gebombardeerd in Palestina, die moeten leven zonder been en met ernstige brandwonden, of waarom mensen omkomen in een aardbeving in Turkije, nadat ze dagenlang levend onder het puin hebben gelegen. En waarom je een god die dat tolereert de hele dag zou danken en eren. En kom alsjeblieft niet zeggen dat hoe sadistisch dat ook is, het een beproeving is. Of nee, sterker nog, dat het op een rare wijze de schuld is van de ouders zelf, vanwege het zondigen of zo, anders hadden ze wel gezonde kinderen gehad of zoiets, kom daar niet mee,’ zeg ik dreigend. Maar ik zie Noah er niet voor aan met zoiets doms te komen, dat zijn eerder de argumenten van simpele moslims op Facebook.

‘Ja, dat blijft inderdaad een heikel punt, want als God almachtig is, zou Hij het kwaad moeten tegenhouden, vinden wij, en anders is Hij niet almachtig of niet barmhartig,’ zegt hij.

Precies, denk ik. Hij laat een stilte vallen. Ik zeg niks, ik ben benieuwd waar hij mee komt.

‘Ik moet eerlijk zeggen dat ik dat ook niet kan verklaren of weet hoe het zit, ik raak ook wel eens in de knel met het probleem van het lijden, maar ik volg gewoon mijn gevoel, en ik snap heel vaak heel goed wat de meerwaarde van religie is voor een samenleving, en dat je zonder religie postmodernisme en veel problemen krijgt, omdat alles instort. Dit soort discussies vind ik dan bijzaken,’ zegt hij, terwijl hij een sigaret opsteekt.

We zitten op zijn dakterras, de hemel kleurt steeds meer roze.

‘Wat voor problemen?’ vraag ik.

‘Tja, kijk alleen naar het geboortecijfer in moderne landen. Dat is tegenwoordig onder de 2,1, wat volgens de VN de minimale vereiste is om jezelf te vervangen als bevolking en economisch stabiel te kunnen blijven. Poetin heeft gezegd dat elk Russisch gezin minimaal acht kinderen moet maken. Voor Erdoğan moet je minimaal drie kinderen baren. Orbán in Hongarije geeft je korting op je hypotheek als je veel kinderen maakt. In China heb je nu ook allerlei financiële giften, je krijgt 30.000 euro van de overheid als je drie kinderen maakt. Elke autoritaire, conservatieve leider focust op het gezin, het krijgen van kinderen, zodat je als natie blijft bestaan, jezelf in ieder geval kunt vervangen en het liefst kan groeien, anders ben je zwak en besta je op den duur niet meer, want de wereldbevolking groeit alsmaar door, maar jouw aandeel als volk wordt kleiner, waardoor je kwetsbaarder wordt, bijvoorbeeld in oorlogen. Je economie gaat bovendien ten onder aan vergrijzing, want dan klopt je bevolkingspiramide niet meer en heb je een gigantisch tekort op de arbeidsmarkt, in allerlei essentiële sectoren, van onderwijs tot zorg, waardoor je land in chaos belandt en achteruitgaat. Hier hebben we individualisme en ontkerkelijking, dus niemand wil zich te veel in tijd en middelen beperken, dus is kinderen krijgen niet aantrekkelijk. Vroeger hoefde je de rest van de wereld niet te zien, of leuke dingen te ondernemen, nu is dat toch wel aantrekkelijk. Zodra wij Nederlanders praten over kinderen, gaat het in één adem over de vrijheden die je inlevert en de tijd die je opgeeft. Niemand heeft zin om voor drie, vier of vijf kinderen te zorgen. In Zuid-Korea hebben ze nu een geboortecijfer van 0,84, daar gaan wij ook naartoe, dat is evident. En weet je wat dat betekent in de praktijk? Als je een geboortecijfer van één hebt, betekent het dat jouw volk elke generatie halveert, tot het niet meer bestaat, of in diaspora eindigt, omdat het zich niet heeft kunnen handhaven. Bovendien is onze levensstandaard omhooggegaan, we stellen hogere eisen: veel gezinnen kunnen kinderen niet bekostigen als de vrouw niet werkt, en als ze wel werkt, wie zorgt er dan voor de kinderen? Opa en oma hebben ook een eigen leven, die willen de wereld zien, rondreizen, of vrije tijd. Tja, dat zijn grote problemen die we nog gaan krijgen, vanwege het wegdoen van de kerk, want die kerk kon je vertellen waarom dat belangrijk was: het gezin, kinderen maken, loyaliteit, zelfopoffering, dat familie het belangrijkste is in het leven; nu weet niemand meer waarom dat belangrijk is, want de vraag is: maar wat heb ik er zélf aan?' zegt hij.

Hij zet me aan het denken. Ik steek ook een sigaret op.

'Wat is de meerwaarde van religie nog meer dan?' vraag ik. 'Ik zie vooral de nadelen. Oorlogen, wetenschapsontkenning, verstikking, bijgeloof, onderdrukking van vrouwen en andersdenkenden, beperking, ongelijkheid, kindermisbruik op leerscholen, indoctrinatie, een geknechte geest, families die hun kinderen niet willen inenten, ongelukkig gehuwde mensen die niet scheiden en vrouwen die voor slet uitgemaakt worden om hun gevoelens en kleding...'

Hij zucht diep. En moet daarna glimlachen.

'Ja, kijk... Dit verhaal kennen we, en daar heb je gelijk in, maar je moet jouw trauma en je kwaadheid en religievermoeidheid nu even parkeren, even uitgeraasd zijn, en ook de andere kant van de medaille zien, anders lukt het niet om op je gevoel af te gaan. Ik snap dat je een appeltje met het geloof te schillen hebt, maar je moet ook inzien welk voordeel het brengt. Aangeharkte gezinnen bijvoorbeeld, die zijn gewoon heel belangrijk voor de ontwikkeling van emotioneel gezonde kinderen die volwassen worden. De bruiloften, begrafenissen en de heilige feestdagen waar je bij elkaar komt en God bedankt zijn mooi, ze voorzien je van een cultuur en traditie, van speciale kleding voor die gelegenheden en een speciale taal en corresponderend gedrag. Een Marokkaanse of Turkse moeder die de buren een schaal vlees brengt van de barbecue in de tuin, omdat het haram is om niet te delen, is ook mooi. En de zorg voor bejaarden, of het nou je eigen ouders zijn of je schoonfamilie, de aandacht voor kinderen, de gretigheid die sommige Turkse mannen voelen om hun dienstplicht te volbrengen, uit eergevoel, dat zijn dingen die een natie sterk houden. Religie, eer, nationalisme, complete gezinnen, kinderen, gearrangeerde huwelijken waarbij zelfs de types die te dom en te lelijk zijn om te kakken nog een partner toegeschoven krijgen. Dat doen Turkse alevieten heel goed, dat zijn moslimhumanisten, die hebben een heel sterke cultuur, een hechte gemeenschap en zijn in staat dogmatiek en achterlijkheden buiten de deur te houden, gezamenlijk. Helaas is het wel een heel kleine minderheid binnen de islam, maar goed. En dat over de dienstplicht hè, dat is zo mooi als je er even bij stilstaat, want wat religie of cultuur doet is je begeleiden, niet zelden met een forse duw, naar het punt áchter een ogenschijnlijk moeilijk iets. Dienstplicht moet gebeuren, bijvoorbeeld nu in Oekraïne en Rusland, maar straks misschien ook weer hier in Nederland, het kan elk moment gebeuren dat een vijand je natie aanvalt, hoe pacifistisch een natie ook mag zijn; er kunnen en zullen altijd kwaadwillenden komen die jouw terrein of welvaart willen afpakken, en dan moet je opstaan als gezonde kerel en je aanmelden, maar ja, daar heb je dan snel de angst voor de dood. Liever thuis netflixen met een wijntje, of vluchten. Dus dan helpt een religie of cultuur die je daarin duwt, opdat de natie gered zal worden, en de vrouwen en kinderen veilig blijven. En neem nou zoiets als kinderen, dat is lang niet leuk voor elke vrouw, en al helemaal de hoogopgeleide, intelligente vrouwen die liever boeken lezen, van kunst genieten, tijd voor zichzelf nemen. Bejaarden of zieken verzorgen is ook niet leuk, dat kost tijd en moeite waar je geen beloning voor krijgt. Toch moeten die dingen gebeuren! Als je alleen dingen gaat doen die je zelf leuk vindt, krijg je dat individualistische, en dan heb je een probleem; je bent niet snel bereid dingen te doen die niet lonen, je kunt niet meer offeren. Wil je dat wij, de christenen, de moslims, ook die kant op gaan, die postmodernistische leegte? Nee, bedankt. Doe mij maar een culturele islam of het christendom zoals in Bosnië of Spanje. Huwen, je klauwen en je reet wassen, kinderen krijgen en af en toe vasten en bidden, hop, alles in één tablet, Calgonit.'

Ik luister aandachtig, maar kan niet goed beoordelen of ik hier een kern van waarheid in vind zitten, of dat hij het gewoon zo presenteert om zichzelf ervan te overtuigen dat religie meer voordelen dan nadelen heeft.

'Ja, weet je, Noah, ik snap echt heel goed wat je bedoelt, en ik zie de meerwaarde daarvan ook in, ik denk dat religie het leven fijner kan maken, mits met mate toegepast, maar religie is behalve deze dingen ook vijfmaal per dag bidden, geen humor, genot en kritiek toelaten en in een lappen gehuld vrouwvolk dat tweederangs is en geen abortus mag en niet mag scheiden. Dat zie ik mezelf dus echt niet doen. En jij doet het ook niet, jij blijft op zondag ook niet thuis of in de kerk, en leest ook niet de Bijbel om de Heer te danken,' zeg ik.

'Ja kijk, wat bidden betreft, ik kan daar intens van genieten. Ik kan echt in een kerk komen en denken: was ik maar eerder of vaker gekomen. Maar elke dag of elke zondag, dat zie ik mezelf niet snel doen, dat is zó klokkijken, aftellen; je bent meer met plannen bezig dan met God. En Lale, je moet begrijpen dat dit bijzaken zijn. In Bosnië heb je ook moslims die dogmatiek negeren, in Turkije ook, in Istanbul bijvoorbeeld, of Izmir, ga daar alsjeblieft een keer heen. Zo kun je ook zijn, je hoeft niet gelijk je eigen traumatische opvoeding of Saudi-Arabië of Iran als voorbeeld te nemen, dat zijn extremen,' zegt hij.

Ik vraag me af welk islamitisch land, behalve Bosnië, nou echt een fijn en gematigd land is. De lijst is niet lang.

Hij neemt grote slokken van zijn bier en gaat dan verder: 'Maar ik moet je gelijk geven dat de meeste moslims en orthodoxe christenen gewoon hemeltergend irritant zijn, vooral wanneer het aankomt op afvalligen, want die vormen natuurlijk een bedreiging voor het bedrijf. Afvalligen bezochten een restaurant dat islam, christendom of jodendom heette en wilden er niet langer eten, en bij het verlaten lieten ze ook nog een boze review achter.

Wat die mongolen, die tegen afvalligen zijn, niet begrijpen is dat God zelf verantwoordelijk is voor mensen met een karakter dat maakt dat ze geen hang hebben naar spiritualiteit, mensen zoals jij. Afvalligen hebben zichzelf niet gemaakt. Het is belangrijk dat atheïsme en atheïstische propaganda gerelativeerd en getolereerd worden binnen een religieuze gemeenschap. Wie scepsis heeft is een geschapen mens, en is dus een door God getolereerde hoedanigheid. Hetzelfde met homo's, feministen, darwinistische wetenschappers, satirebedrijvers. God is groot en dus kan het bestaan van zulke mensen Hem niet schaden, dat is een zaak tussen die grote God en een ander mens. Die God die redt zich wel, die grootsheid verdampt niet door de afwijzing van een paar mensen. Door zich boos te maken om deze mensen, laten devote mensen zien dat ze eigenlijk niet in de grootheid van God geloven. Ze hebben een heel fragiel godsbeeld, en dat is gewoon dom,' zegt hij.

'Een godsdienst wordt in de praktijk door de volgelingen gemaakt,' zeg ik. 'Dus als de mens, in mijn geval de moslims, zijn omgang met de openbaring zo gekanaliseerd en uitgebouwd heeft dat derden zoals ik deze godsdienst verlaten, zou de devote mens het eerst bij zichzelf moeten zoeken. Ze beschermen de islam als constructie door mij te hekelen als ik mijn mond opendoe, maar die constructie is hun menselijke interpretatie. De menselijke reactie op de Koran. Als die anders was, zou je ook minder afvalligen hebben.'

'Juist!' zegt Noah. 'Bam! Je bent weer scherp vandaag,' zegt hij lachend. Hij slaat een arm om me heen en drukt me tegen zich aan.

Ik moet ervan blozen. Ik ben het van huis uit niet gewend dat mensen mijn woorden kunnen waarderen.

'Maar,' zegt hij ineens, 'afvalligen maken wat mij betreft te snel de sprong van cultuurkritiek naar religiekritiek. En dan te snel van religiekritiek naar algeheel afscheid nemen. En dit komt door de Nederlandse context, waarin het algemeen geaccepteerd is atheïst te zijn en de afvalligheid van een moslim of christen wordt gebruikt als voorbeeld, mascotte, icoon van het eigen gelijk. Geloof me, over pak 'm beet vijf jaartjes sta je misschien weer anders in het leven. Nu ben je jong en onbezonnen. Je schreef een boek en zeek je cultuur en geloof af, en dat deed je niet als een idioot die drie woorden Nederlands spreekt, waarvan twee terminale ziektes, en ook niet heel rancuneus zoals een Ebru Umar, maar intellectueel en eloquent. Je hebt wraak genomen in stijl, met charme. Nu zit je nog te veel midden in die roes, maar over een tijdje kan je weer alles relativeren en zie je zelf ook in dat het geloof in God echt niet alleen maar kut en achterlijk is en het atheïsme alleen maar perfect.'

'Waarom denk je dat dan, dat ik van mening verander?' vraag ik, zonder hem aan te kijken, terwijl ik wat camembert van de borrelplank op een toastje smeer.

'Omdat jij altijd jezelf blijft. En fucking eerlijk bent. Ik merk aan jou dat je de argumenten die ik je voorleg altijd overdenkt. Soms reageer je erop, soms niet, maar erover nadenken doe je. Je bent nooit hoogmoedig of opportunistisch, of alleen maar kwaad, en je blijft niet koppig bij je eigen standpunt. Je bent bescheiden op een zeldzaam niveau. Je verandert van mening als je te maken krijgt met argumenten die je niet kunt pareren. Wie de fuck doet dat nog!?'

'Ja, dat lijkt me toch logisch, dat ik luister en probeer met steekhoudende argumenten te komen,' zeg ik.

'Geloof me, voor een hoop mensen is dat niet logisch. Je hebt altijd de inhoud van de toon gescheiden. En dat is zeer volwassen,' zegt Noah. 'Maar gun jezelf ook de tijd om alles wat je hebt meegemaakt te verwerken, en misschien ga je dan ook weer anders naar dingen kijken,' vervolgt hij zacht.

'Jij heet Lale,' zegt hij ineens.

'Ja, ik ken mijn naam.'

'"Lale" betekent tulp, iets wat oorspronkelijk uit Turkije komt en symbool staat voor Nederland, net als jij. De ironie. Je achternaam is "Gül", dat is een roos, ook een bloem. En wat is het enige wat bloemen hoeven te doen?'

'Bloeien?'

'Precies, ga dan bloeien,' zegt hij.

Ik glimlach.

Binden

'Mevrouw Gül, welkom, gaat u zitten,' zegt meneer Köhler blijmoedig.

Het is mijn zesde sessie. Ik weet nog steeds niet wat ik er echt van moet vinden. Ik loop hier altijd een beetje verward en aangedaan weg. Die emoties uiten kost zó veel energie, dat ik erna meteen in bed kruip en urenlang slaap.

'Doet u toevallig ook aan relatietherapie?' zeg ik.

'Nee, eigenlijk niet. Waarom? Heeft u dat nodig?' vraagt hij.

'Ja, eigenlijk wel. Mijn relatie gaat eerlijk gezegd heel slecht. Ik weet ook niet echt wat ik moet doen, uitmaken of zo voortkabbelen en wachten op de volgende ruzie en teleurstelling,' zeg ik.

'O, dat klinkt inderdaad niet best. Alsof u het al hebt opgegeven,' zegt hij.

'Ja, ik heb het niet echt opgegeven, maar ik sta wel elke dag op het punt. Voor mij zou het werken om af en toe relatiepauze te nemen, als ik er geen trek meer in heb. Dat ik alleen weer verschijn in de relatie als ik me goed voel. Want op de momenten dat ik me niet goed voel, en dat zijn er tegenwoordig gewoon veel, ben ik niet te genieten. Daar heeft een ander ook niets aan,' zeg ik.

'Hmm... denkt u dat het aan u ligt dat de relatie niet goed loopt?'

'Ik weet het niet. Ik kan dingen niet meer goed beoordelen.

Dat is het kutte van depressief en neerslachtig zijn: je bekijkt alles vanuit een bril die niet goed is afgesteld en nevelig is, dus je kan het ook niet meer goed beoordelen. Je bril is immers stuk,' zeg ik.

'Dat klopt, dat zegt u heel goed.'

'Daarom zit ik vandaag bij u, u moet mij helpen,' zeg ik lachend.

'Ik ga mijn best doen. U ziet er vandaag wel heel opgewekt uit,' zegt hij ineens. 'Bent u vrolijk?'

'Ehm,' zeg ik. 'Nee, eigenlijk heb ik geen reden om vrolijk te zijn. Mijn relatie kan elk moment stuklopen en dan ben ik weer single. Maar dat geeft me, hoe raar dit ook klinkt, ook ergens rust in mijn hoofd. Dan hoef ik het tenminste niet meer te proberen, niet meer te strijden. Geen moeite meer te doen om iets te doen met zijn kritiek. Dan voel ik me weer... vrij, eigenlijk. Bevrijd zelfs. Gek hè?'

'Oké, interessant. Ik kan me dat voorstellen, soms kunnen ruzies, kritiek en onenigheid natuurlijk erg beklemmend voelen. Ook voor uw vriend, denk ik. Dan kan het inderdaad voelen als een bevrijding om dat niet meer te hebben. In eerste instantie,' zegt hij.

'O god, ik voel 'm al aankomen. U denkt dat de pijn nog komt?' vraag ik.

'Ik weet het niet. Dat is bij iedereen, in elke relatie, bij elke persoon anders. Ik weet nog niets af van uw relatie of jullie problemen,' zegt hij. 'Zullen we daar anders mee beginnen? Ik ben dan geen relatietherapeut, ik ben wel uw psycholoog.'

'Nou...' zeg ik. Ik moet beslissen waar ik ga beginnen met mijn verhaal. Dat is altijd even zoeken.

'Ik heb in grote lijnen een fijne relatie,' zeg ik maar.

Wat vaag ook. 'Meestal gaat het goed, tot het slecht gaat.'

Lekker dan, wat een cruijffiaanse uitspraken doe ik vandaag.

'We hebben de laatste tijd te vaak ruzies, en ja, dat is niet echt bevorderend voor de liefde en genegenheid,' zeg ik.

‘Waar gaan de ruzies meestal over?’

‘Over mijn wantrouwen,’ zeg ik. Ik wacht een paar tellen. Het is moeilijk voor me om open te zijn over dit onderwerp. Ik schaam me. Maar ik moet wel. Ik duw de schaamte van me af.

‘Ik kan niemand helemaal vertrouwen, denk ik. Ook mijn partner niet. Ik heb het idee dat iedereen me toch wel een keer verlaat. En dat ik het dan allemaal voor niets heb gehoopt, gefantaseerd en geloofd, en mijn tijd en emoties in iemand geïnvesteerd heb die het niet waard is. Dus doe ik mijn best niet. En durf ik niet te dromen. Ik kan mezelf niet laten gaan in een vaste relatie,’ zeg ik.

‘Waarin vertrouwt u hem niet?’

‘In van alles. Dat-ie weggaat op een dag. Dat-ie verliefd wordt op een ander. Of vreemdgaat en dan weggaat. Dat-ie geheimen voor me heeft. Dat ik niet speciaal ben. Dat hij me op een dag beu is. Dat hij net zo makkelijk iemand anders leuk gaat vinden en dan mij gedag zegt.’

Ik pauzeer even en drink wat van mijn thee. Meneer Köhler kijkt me ononderbroken aan.

‘Maar dit zeg ik allemaal niet tegen hem, ik denk het stiekem. Ik wil niet wanhopig klinken, daar heb ik dan te veel trots voor. Dus dit zijn mijn angsten, die mij remmen in de relatie. Vooral omdat ik nu niet goed in mijn vel zit, ben ik onzeker over alles. Terwijl de echte Lale die ik ooit was zich hier nooit druk over zou maken. Die zou mij nu uitlachen, de Lale van een paar jaar geleden. Die was superzelfverzekerd en stoer. Als een man weg wilde, daar was de deur. Ik weet niet wat er is veranderd, maar ik voel dat ik ineens een bange schijterd ben geworden. Dat ik ineens onzeker ben, en daardoor op mijn hoede. Ik ben continu alert, mijn hand staat klaar om te grijpen naar het schild en de wapens. Zo voel ik me nu. Alsof ik daardoor niet van de liefde kan genieten. Omdat ik het mezelf niet gun om fouten te maken. Om te vallen. Ik mág niet vallen of falen van mezelf. Want als dat nu ook nog gebeurt, voel ik me een sukkel. Dan ben ik erin geluisd. Dan ben ik dom geweest. Ik kan dat niet aan mezelf verkopen. Ik kan dat nu niet aan.'

Meneer Köhler luistert aandachtig en noteert zo nu en dan wat. *Wat ouderwets*, denk ik even. *Waarom niet op zijn computer, dat gaat veel sneller.*

'Heeft u daar concrete aanwijzingen voor, dat hij weggaat?' vraagt hij. 'Is hij iemand die dat snel zou doen? Heeft hij dat ooit gezegd?'

'Nee, dat is nou juist het lastige, die aanwijzingen zijn er niet. En toch heb ik last van deze gedachten. Omdat ik me o-ver-al op wil voorbereiden. Ik wil geen pijn. Ik wil niet in een dal vallen. In een zwart gat. Ik wil niet zo'n naïeve sukkel zijn die op een dag verlaten wordt, nadat ze alle lief en leed met iemand heeft gedeeld, en haar diepste emoties en geheimen. Dat is voor mij heel eng, om alles met iemand te delen en diegene te moeten vertrouwen. Ik heb mijn hart dan in iemands handen liggen, die dat kan breken. En dat is al zo vaak gebeurd. Niet in liefdesrelaties, maar wel met familie, kennissen en oude vriendinnen, mensen met wie ik sinds de wieg ben opgegroeid. Ik kan dat er niet bij hebben. Dan denk ik: ga nu maar alvast weg, want het gaat toch niks worden. En daarmee saboteer ik de relatie. Door dat wantrouwen. Maar ik kan er niets aan doen. Ik voel me machteloos tegenover mijn eigen angsten.'

'Dat lijkt me inderdaad lastig om mee te leven. Als u piekert en twijfelt, kunt u ook niet vertrouwen en genieten,' zegt hij. 'Alleen dan kun je ware intimiteit voelen.'

'Ja, ik weet het,' zucht ik. 'Ik weet het allemaal. Maar weet u hoe moeilijk het is om in deze wereld iemand te vertrouwen? Het is een gekke wereld. Iedereen steekt elkaar een dolk in de rug en draait hem lachend om.'

'Is dat uw wereldbeeld? Dat iedereen dat doet? Er zijn toch ook goede mensen, mensen zoals u en ik, hopelijk? Biedt dat geen troost en comfort voor u?' vraagt hij met een lieve glimlach.

'Ja, dat zou je hopen. Je hebt ze wel, als het goed is, ik weet van mezelf dat ik intrinsiek goed ben, dat kan ik met zekerheid zeggen, daar kan ik voor instaan. Ik heb heel veel empathie. Juist daarom begrijp ik mijn medemens en de wereld misschien niet zo goed. Ik zie overal pijn, verraad, lijden, mensen die elkaar laten vallen. Niet meer naar de ander omkijken. Ik begrijp dat niet, en ik als goedzak moet mezelf beschermen tegen de pijn van slechteriken, want die zijn met meer, en soms zijn het de mensen die het dichtst bij je staan en mooie, innemende woorden zeggen,' zeg ik.

'Dan doelt u op uw familie, meen ik?'

'Ook,' zeg ik. 'Maar ik ben niet de enige, zo veel mensen worden verraden door hun geliefde, familie, vrienden, zakenrelaties, politieke partij, noem maar op. Ik ken twee Turkse homo's, ze zijn de liefste, meest succesvolle en intelligente mensen die er maar zijn, ze doen geen vlieg kwaad, eentje is longarts en de ander ambtenaar, maar hun ouders hebben hen liever dood dan levend. Dat hebben ze gezegd. Vanwege de schande die ze de familie berokkenen. En dan heb ik het nog niet eens over alle e-mails die ik krijg. Van moslimtransgenders die elke dag zelfmoord overwegen tot aan vrouwen die uitgekafferd en verstoten worden, omdat ze te vrij willen leven. Gisteren sprak ik nog met een *Volkskrant*-columnist van Marokkaanse afkomst die vier kinderen heeft met een Nederlandse man, maar haar moeder hoeft haar niet meer te zien. Omdat ze getrouwd is met een niet-moslim. Alleen daarom. Mensen doen van oudsher niet anders dan bewijzen dat ze niet altijd te vertrouwen zijn.'

'Nee, niet altijd,' zegt meneer Köhler. 'Maar vaak genoeg ook wel hoor, mevrouw Gül,' zegt hij. 'Hoe kunt u weer geloof krijgen in de medemens? Want dit is een pessimistische instelling, wat u belet uw relatie te beleven en te genieten van liefde, hoop, iets opbouwen, het onmetelijke genot van bouwen en vertrouwen op iemand. Dat is erg lekker, hoor, dat je weet dat je op iemand kan leunen die je hand vastheeft. Dat je niet alles in je eentje moet doen. Dat is verslavend, die geborgenheid. Dan voel je in je kleine teen dat je wil leven, en liefhebben, en heb je zin in de toekomst.'

'Ik weet het niet,' zeg ik. 'Ik vind het zo, zo zwaar. Het belemmert mij inderdaad. Ik kan niet onbevangen zijn. Dingen op me af laten komen, zonder me in te dekken. Was ik maar zo'n naïeve en simpele vrouw die gewoon in een relatie kan zitten en kan fantaseren over de toekomst en de leuke dingen, die hartstochtelijk fotocollages bij elkaar plakt en een bucketlist maakt voor vakanties en alvast de kindernamen noteert in haar schriftje, zoals zoveel meiden van mijn leeftijd. Wás ik dat maar. Iemand die gewoon leeft. Leeft met de dag. Leeft met wat het leven brengt. Ik merk dat ik dat niet kan... Mijn boek heet *Ik ga leven*, en het was mijn voornemen om te gaan leven. Nu ben ik van een koude kermis thuisgekomen. Ik wil wel, maar het gaat niet. Soms voel ik me een sukkel, en dit meen ik echt, omdat ik een foto met mijn vriend heb hangen aan de muur in de woonkamer. Dan zegt een stemmetje in mijn hoofd: "Ach, sneu, over een tijdje moet je dit eigenhandig weer weghalen, als je erachter komt dat hij je heeft verraden en verlaten." Ik zweer het, dit doet mijn hoofd automatisch. Zonder ook maar een enkele echte aanwijzing daarvoor,' zeg ik. 'En dat remt alle romantiek in me, want dan wil ik wegrennen.'

'Mevrouw Gül, ik had het u liever niet verteld, maar u hebt gewoon de meest klassieke vorm van bindingsangst,' zegt hij. 'En we moeten hier samen aan werken, anders saboteert u straks elke relatie in uw leven, dat wilt u niet.'

'Bindingsangst,' herhaal ik. 'Is dat iets anders dan verlatingsangst? Ik dacht dat ik dat misschien had.'

'Ja, dat is anders. U hebt duidelijk bindingsangst. Als u uzelf hebt aangeleerd om u aan te passen aan een ander of uzelf wegcijfert, is het verlatingsangst. Dat zie ik bij u niet. Als u pijn vermijdt door uzelf terug te trekken, hebt u dus bindingsangst. Dan hebt u juist behoefte aan afstand en hebt u het liefst relaties waarbij de emotionele band ontbreekt, dus vlugge contacten,' zegt hij.

'Juist!' zeg ik en ik ga rechtop zitten. 'Ik heb een tijdje alleen maar vlugge contacten en scharrels gehad. Dat gaf me op de een of andere manier veel... rust. Ik had geen verwachtingen. Ik wist waar ik aan toe was, de spelregels waren duidelijk en ik hoefde me niet kwetsbaar op te stellen, ik hoefde ook niet te vertrouwen. Nu is dat zó anders, met een vaste vriend. Ik moet ineens nadenken over een toekomst, over samenwonen, over een gezin stichten, huisdieren nemen, een huis kopen, sámen. Elke keer als hij begint over kinderen of samenwonen word ik kriegel! Niet omdat ik geen kinderen wil, absoluut wel, maar... Maar om daarover te kunnen fantaseren moet je wel vertrouwen hebben dat het allemaal goed komt. Anders is het zo lastig om eraan te beginnen, want dan doe je alles halfslachtig en met angst. Maar ik weet ook niet hoe ik aan vertrouwen kom. Meer dan wat hij doet, kan hij niet doen. Er zijn geen redenen waarom ik hem niet moet vertrouwen.'

'Precies. Luister, mevrouw Gül, bindingsangst is een serieuze aandoening die uw leven kan ontregelen. We moeten daar samen aan werken. U wilt toch ook de geneugtes voelen van een stabiele relatie waarbij je elkaar blind kunt vertrouwen? Ik kan u vertellen dat er niets fijners is in het leven. Uw geschiedenis heeft dat helaas een beetje voor u verpest. Maar het is gelukkig zeker niet ongeneeslijk. U kunt leren signaleren wanneer u een relatie aan het saboteren bent, en leren hoe u omgaat met zo'n situatie,' zegt hij. 'Dat kunnen we samen onderwijzen aan uw hoofd.'

'Maar het zal niet zo extreem zijn, toch?'

'U bent op uw hoede voor afwijzing en door relaties uit de weg te gaan, bent u een mogelijke afwijzing voor. U wilt vooral niet de controle en uw vrijheid verliezen en risico's ontwijkt u liever. Dat is onvervalste bindingsangst. En de oorzaak ligt meestal in de jeugd en de hechting met de ouders, zoals met bijna alles in het leven. Wacht, ik pak de symptomen er even bij, ik zie aan uw ogen dat u twijfelt aan wat ik zeg.'

Mijn ogen verraden me altijd.

'Hier, ik lees ze even voor:

1 Je hebt nog nooit een relatie gehad of bent degene die relaties verbreekt.
2 Van een vaste/duurzame relatie krijg je een benauwd gevoel, net als van trouwen of samenwonen. Je vindt het moeilijk om een relatie officieel te maken.
3 Je wilt wel een relatie, maar hebt altijd een excuus om geen relatie aan te gaan. Je zoekt liefde en nabijheid op, maar neemt afstand als een potentiële partner te dichtbij komt.
4 Je bent bang je vrijheid te verliezen.
5 Je wilt graag controle houden.
6 In een nieuwe relatie ben je heel kritisch, je twijfelt al snel binnen je relatie.
7 Stabiele mannen of vrouwen vind je saai.
8 Je voelt je aangetrokken tot onbereikbare mannen of vrouwen, bijvoorbeeld tot iemand die getrouwd is.
9 Je wilt zelf graag je opties openhouden (je houdt bijvoorbeeld contact met exen en oude scharrels) en beschikbaar zijn of lijken voor anderen.
10 De relaties die je had, waren nooit lang.
11 Je bent binnen een relatie bang om (weer) gekwetst te worden en sluit je daarom af; je stelt je niet kwetsbaar op.
12 Voor jou is het lastig om emoties te delen met je partner.
13 Je hebt vaak ruzie met je partner of je gaat juist niet het gesprek aan; je gaat de confrontatie uit de weg.'

Vinkje, vinkje, vinkje. Eigenlijk zat er niets bij wat ik niet had. Het klopte: ik had bindingsangst. *Fuck!* Wat moest ik daar nou weer mee?

Arme Noah.

'Maar... ik wil dat helemaal niet,' zeg ik. Ik vind het bijna zielig voor mezelf.

Ik voel emotie opkomen. 'Ik wil juist in staat zijn lief te hebben. Dat is de hele reden waarom ik vrijheid wilde! Onder andere om lief te hebben wie ik wil,' zeg ik. 'Maar wat moet ik nou, als ik dat helemaal niet kan?'

Ik merk aan mezelf dat ik licht in paniek raak.

'Lale, rustig maar,' zegt meneer Köhler. 'Ik ga je helpen.'

Ik voel me meteen kalmer.

Hij doet zijn bril af en kijkt me aan.

'Weet jij hoe men vroeger besloot elkaar te vertrouwen, toen je nog helemaal geen internet had en ook niets kon opzoeken?'

Ik kijk hem schaapachtig aan.

'Doe eens een poging,' zegt hij.

'Ehm, als je kijkt naar hoe iemand praat, hoe iemand luistert, met wie hij of zij omgaat, wat hem of haar bezighoudt, dan heb je een aardig beeld,' zeg ik. 'Zijn interesses. De boeken die hij leest. Hoe zijn huis is, zijn kleding. Hoe hij bekendstaat bij mensen die hem goed kennen, dat kun je goed bekijken allemaal.'

'Goed zo. En betrek dit nu eens op jouw partner. Hoelang ken je hem al?' vraagt hij.

'Bijna twee jaar nu,' zeg ik.

'Heb je de tijd en de mogelijkheid gehad om hem goed te bekijken? Om met hem te reizen, te slapen, te eten, te praten, zijn omgeving te ontmoeten en zijn interesses te verkennen?'

'Ja, natuurlijk.'

'En wat komt daar dan uit? Wat is hij voor iemand, als je dat zo bekijkt?' vraagt hij.

'Hij is heel positief, heel vrolijk. Heel relaxed. Iemand die van het leven houdt. Hardwerkend. Eerlijk. Heel erg betrokken bij wat er gebeurt in de samenleving, volgt veel het nieuws. Emotioneel. Aardig. Voetballiefhebber. Een grote dierenvriend. Hij staat altijd voor iedereen klaar, ook als die ander dat niet verdient,' zeg ik.

Ik realiseer me ineens wat voor een grote sukkel ik ben. Wat doe ik die arme jongen aan? Het is iemand die geen vlieg kwaad doet, besef ik.

'Ik... ik ben echt dom,' zeg ik maar.

'Nee, nee, dat is niet waar,' zegt hij. 'Je hebt gewoon bepaalde trauma's, en daardoor heb je bepaalde reflexen ontwikkeld. Je bent bang voor intimiteit, want intimiteit betekent kwetsbaarheid. En kwetsbaarheid betekent soms heel veel pijn, als je het niet ziet aankomen. Daar heb jij ervaring mee. Je wil niet weer vlak tegen de grond gaan. Het is volkomen normaal dat je lichaam daar geen zin meer in heeft, en zich daarom afsluit. Om geen risico te nemen. Want als je alleen bent en alleen op date gaat met mensen waar je niet zoveel van houdt, kunnen ze je ook geen pijn doen op een dag. Maar het is niet jouw schuld dat je zo denkt. We gaan er samen aan werken, oké, Lale?'

Ik knik. Ik weet niet zo goed wat ik moet zeggen. Vaak heb ik mijn woordje klaar, maar nu weet ik niks zinnigs uit te brengen.

'Hier heb je een pen en een schrift,' zegt hij. 'Ik wil dat je vanaf nu dingen noteert die wij bespreken, en die thuis elke dag even bekijkt.'

Ik pak het aan en sla het schriftje open.

'Schrijf maar op wat ik zeg, oké?' vraagt hij.

Ik knik.

'Voordat ik opgeef, wil ik het geprobeerd hebben,' zegt hij.

Ik schrijf het op.

'Voordat ik opgeef, wil ik liefhebben, met heel mijn hart, zonder rem,' zegt hij.

Ik schrijf het op.

'Voordat ik laf ben, wil ik dapper zijn. En mijn hoofd op het hakblok leggen in de liefde,' zegt hij.

Ik schrijf het op.

'Voordat ik sterf, wil ik geleefd hebben,' zegt hij.

Ik noteer, terwijl mijn ogen vollopen.

Meneer Köhler voelt als de vader die ik nooit gehad heb.

Dagboek

Iemand mailt me dat als ik hem geen geld overmaak, ik een groot probleem heb en hij mijn adres overal op internet zal uitlekken. In de mail staan mijn straat en huisnummer. Ik heb geen idee wie dit is en hoe hij aan mijn adres komt. Ondanks eerdere mislukte pogingen besluit ik een tweede rechtszaak aan te spannen.

Ik snap dat mensen mij dit leven en alles wat ik doe afraden. Bijvoorbeeld om een heel geldige redenen als veiligheid, maar ook om de hoeveelheid haat die ik over mezelf afroep.

Maar ik wil mezelf niet verloochenen.

Inmiddels hebben duizenden meisjes die thuis onderdrukt worden mij allerlei berichten gestuurd, ze lopen tegen hetzelfde probleem aan. Veel van de dingen die hun ouders doen, wat onomwonden onderdrukking is, wordt volgens hun eigen overtuiging gelegitimeerd door het geloof. Dan vind ik het onzinnig om het geloof erbuiten te laten en te zeggen: het ligt aan de cultuur, de ouders, de intolerante samenleving, de sociaal-economische klasse, het opleidingsniveau. Dat zal allemaal invloed hebben, natuurlijk, maar ik vind het belachelijk en storend dat het geloof áltijd buiten schot moet blijven. Het lijkt een ongeschreven regel. We doen allemaal mee aan de heiligheid van dat geloof, zolang we niet in vrijheid kunnen wijzen naar problematische overtuigingen die daaruit gedestilleerd worden.

Nasr abu Zayd was een Egyptische hoogleraar aan de universiteit van Caïro en hield er een allegorische interpretatie op na van de islam. Hierdoor werd hij door de rechter tot ongelovig verklaard en moest hij verplicht scheiden van zijn vrouw. Ook was hij niet meer veilig, omdat religieuze extremisten hem wilden lynchen, waardoor hij naar Nederland vluchtte en hier tien jaar heeft gewoond. Farag Foda is vermoord vanwege soortgelijke ideeën over de islam. Niet door de dictator, maar door burgers. Romancier Nagib Mahfouz won de Nobelprijs voor de Literatuur. En wat denk je? In zijn nek gestoken omdat zijn romans niet islamitisch genoeg waren. O, en trouwens, de Turkse schrijver Turan Dursun is op straat vermoord. En wat dacht u van de schrijver Nahed Hattar? Die is in de Jordaanse hoofdstad Amman doodgeschoten toen hij op weg was naar de rechtbank. Hij zou terechtstaan wegens belediging van God en de islam omdat hij op sociale media een spotprent had verspreid.

Als God dit allemaal niet zou willen, had-ie dat wel duidelijker gebracht naar zijn mensen, maar dat deed-ie niet. Integendeel!

De heilige boeken vragen vaak om nare interpretaties, want God schuwt daarin geen geweld, discrimineert vrouwen, geeft vrouwen niet het recht om te scheiden, wil vrijheid van meningsuiting beperken, heeft niets tegen slavenhandel, wenst afvalligen en homo's te straffen, om nog maar te zwijgen van hoe er over joden gesproken wordt. Kijk maar naar het partijprogramma van God; dat zijn de heilige teksten, dat zijn open bronnen.

Of kijk naar de consequenties in de praktijk: Naima El Bezaz had het als een van de weinige Marokkaanse vrouwelijke schrijvers gewaagd een roman te publiceren waarin de islam niet al te positief wordt afgebeeld. *De verstotene* (2006) draait om de zeventienjarige Marokkaans-Nederlandse Mina, die kritisch is ten aanzien van het geloof van haar ouders, en daarom door haar familie verstoten wordt.

De ophef over het boek liet, hoe vervelend ook, één ding duidelijk zien: de roman is geen dood genre. El Bezaz gebruikt de roman als een serieuze vorm van engagement, en zo werd het door haar bedreigers ook opgevat. De literaire critici hadden veel aandacht voor de wijze waarop de auteur via haar werk stelling neemt in het maatschappelijke debat, en vaak minder voor de literaire waarde van de roman, waarover niet positief geoordeeld werd, omdat veel Nederlandse boekenrecensenten überhaupt geen smaak hebben.

De bedreigingen aan het adres van El Bezaz kwamen van moslims die in de schrijfster, net als in haar hoofdpersonage, een afvallige zagen, iemand die spot met de islam. Dat politici vanwege zulke bedreigingen beveiligd moeten worden, is helaas niet nieuw, maar een romanschrijfster? Was er, na de processen tegen W.F. Hermans en Gerard Reve, niet stilzwijgend afgesproken dat de literatuur een vrij domein zou zijn? Radicale moslims hebben zulke 'afspraken' helaas nooit erkend.

Bovendien, al in 1991 publiceerde Frits Bolkestein, toentertijd fractievoorzitter van de VVD, een opiniestuk in *de Volkskrant* waarin hij betoogde dat enkele kernwaarden van de westerse samenleving door de islam niet onderschreven worden. De kernwaarden waar hij op doelde, waren onder andere de gelijkheid van man en vrouw, de vrijheid van meningsuiting en de scheiding van kerk en staat. Het probleem, zo stelde Bolkestein, is dat de islam nooit een periode van verlichting heeft meegemaakt zoals de westerse, christelijk-humanistische wereld die wel heeft gekend, en dat de islam zich daarom bijzonder problematisch verhoudt tot 'de moderniteit'. Met moderniteit wordt dan doorgaans 'culturele moderniteit' bedoeld, grofweg: de waarden van de verlichting zoals hierboven genoemd.

Dat had Bolkestein goed gezien.

Veel mensen durven dit daarom niet zo openlijk en direct te zeggen, dat ze 'afvallig' of ex-moslim zijn. El Bezaz was een goede schrijfster die openlijk kritiek had op haar cultuur, en is nu dood, omdat ze zelfmoord heeft gepleegd na een lange en vermoeiende depressie, mede door de reacties op haar boeken, zoals ze in interviews vertelde.

Naema Tahir, een Pakistaans-Nederlandse schrijfster, was ooit kritisch op het geloof en stond Ayaan Hirsi Ali bij, omdat ze zag dat veel vrouwen van Somalische afkomst uitgehuwelijkt werden. Inmiddels hoor je haar nauwelijks meer over deze onderwerpen. Ik kan bedenken waarom.

Je hebt natuurlijk Ayaan Hirsi Ali zelf, die trots verkondigde dat ze zich heeft bekeerd tot het christendom, en daarom ook niet echt meer door kan als een lichtend voorbeeld voor mij, of anderen, die niet het ene dogma willen verruilen voor het andere.

Je hebt Fidan Ekiz gehad, die *De Nieuwe Maan* presenteerde op tv, een talkshow gericht op onderwerpen van de moslimgemeenschap, maar ook zij is ermee gekapt na alle haat die ze kreeg. In een interview zei ze nooit van de daken te zullen schreeuwen dat ze niet gelooft of afvallig is, omdat dat niet handig is voor je imago bij moslims. Ze zullen niets meer van je aannemen, je bent dan je geloofwaardigheid kwijt.

Daar moeten wij Nederlandse afvalligen het mee doen, met deze rolmodellen. Het wordt tijd voor een échte, trotse afvallige, met de borst vooruit.

En ik ben de moordlust en vijandigheid tegenover ex-moslimschrijvers helemaal zat. Als we niet eens meer kunnen schrijven, wat dan wel? Ons toetsenbord is ons enige wapen, en dat weten ze maar al te goed.

Ik ben schrijver. Ik kan niet anders dan schrijven.

Schrijven is een dialoog met het papier, of in mijn geval de laptop. Het is een totaal vrije dialoog, omdat ik als schrijver zend en de laptop slechts ontvangt, zonder iets te veroordelen of een mening ergens over te vormen. Zonder dat ik me druk moet maken om hoe ik overkom, of de aandacht van de laptop er nog bij is. Ik hoef geen rekening te houden met de achtergrond of de normen en waarden van de laptop, ik hoef niet uit te kijken of ik niets kwetsends zeg, nee, ik ben vrij als ik schrijf.

Daarom hou ik van schrijven. Schrijven is voor mij gelijk aan overleven, want dit is de enige plek waar ik gevrijwaard ben van alle ingewikkelde regels in de interactie met mensen; hier kan ik mezelf zijn. Natuurlijk wordt dit op een dag ook ontvangen door een mens, door mensen, misschien wel door honderdduizenden, zoals bij mijn eerste boek, maar die mensen hoef ik niet nu, terwijl ik schrijf, aan te kijken. Zij lezen iets wat ik al afgerond heb, ik hoef niet mijn tekst te produceren terwijl ik met ze in dialoog ben. Ik zend iets waar ik jaren de tijd voor heb genomen. Ik word niet onderbroken, krijg geen directe repliek.

Maar het is niet alleen het schrijven zelf. Ik hou van boeken, boeken over schrijven en schrijvers, standbeelden van schrijvers, van pennen, schriften, een lege Word-pagina. Ik hou van boekenkasten, boekenplanken, boekhandels, lezingen over boeken. Ik hou van films over schrijvers, series waarin schrijvers voorkomen en straatnamen van schrijvers.

Ik wil mensen raken met mijn schrijven. Ik wil ze inspireren, het juiste zeggen wanneer ze het nodig hebben, of gewoon ergens over laten nadenken. Doe met mij mee, zeg ik dan in feite. Ik geef ze een inkijk in mijn hoofd, zoals ikzelf amusante en inspirerende rondleidingen krijg in de hoofden van andere schrijvers.

Het is een momentopname, wat je schrijft. Zoals bij een foto, die je later best stom kunt vinden. Maar dat maakt niet uit. Het mag stom zijn. Op dat moment vond ik het niet stom, kennelijk. Maar dat is met bijna alles in het leven zo, nietwaar? Ik ken ook veel mensen die niet snappen hoe ze ooit hun ex leuk vonden.

Ik schrijf om mijn hoofd te legen, mijn hart te luchten, maar ook om vast te leggen. Gevoelens, emoties, gemoedstoestanden, gebeurtenissen.

Ik schrijf om het leven niet één, maar meerdere keren te proeven. Ik schrijf zodat ik de momenten die ik wil koesteren vaker kan meemaken door ze te vangen, te vatten in taal en op te slaan. Zoals een bepaald lied of parfum je naar het verleden kan brengen, zo kan een (dag)boek dat ook.

Ik hou enorm van lijstjes maken. Recepten die goed werken, onderwerpen die ik nog wil onderzoeken, zinnen die ik mooi vind en nog wil gebruiken in een boek of column, woorden die mooi klinken, gedichten die ik naar Noah wil sturen.

Ik schrijf omdat ik met woorden wil spelen.

Ik schrijf ook om mezelf te begrijpen, mijn gedachten en emoties te ordenen en te analyseren. Schrijven is voor mij een soort tussenstation tussen voelen en actie ondernemen. Zo kan ik mezelf checken, een overzicht houden.

Ik schrijf om een verhaal uit te pakken en grondig te bekijken, elk klein detail. Schrijven geeft geboorte aan nieuwe ideeën. Soms voer ik die ideeën uit en schrijf ik er weer over, maar vaak ook niet, en dan verstoffen ze. Omdat ik niet over ze heb geschreven. Schrijven is laten leven, in leven houden, koesteren.

Schrijven is onnoemelijk breed. Elke film, serie, reclame, lezing, presentatie, theatershow, cabaret, politieke speech, je favoriete muzieknummers en je favoriete (film)personage zijn tot leven gekomen door een schrijver. Schrijven is grenzeloos; je kunt uit het niets een verhaal maken, een personage, een omstandigheid, een gebeurtenis. Je kunt het zo verdomd gedetailleerd maken als je maar wilt, meer dan bij elk ander medium dat er bestaat.

Schrijven is oefenen om ideeën te articuleren. Schrijven is je schamen voor de onzin die door je hoofd spookt. Schrijven is leren erom te lachen en verder te gaan, na die schaamte.

Huichelen

Ik snap veel niet van de huidige islam.

In de traditie van de islam zien we juist dat heel veel mag en kan. Je hebt pornogedichten uit 1300, spotgedichten, er zijn atheïsten en alcoholisten als Omar Khayyam en Rumi, Ottomaanse homoseksschilderingen. Ik snap zelf niet waarom we uit die cultuur zijn overgestapt op dat kortzichtige van nu.

Maar dit mocht nooit de norm worden, het moest in de marge blijven, bedekt. Rumi en Khayyam waren in staat individueel te geloven, de meesten niet.

Bij moslims kan eigenlijk heel veel binnen vier muren, maar je moet nooit de vuile was buiten hangen of taboes openlijk willen breken, dan krijgen ze kramp. Maar zolang ze er zelf stiekem grapjes over maken is het goed; dat is het rare eraan. Het is één grote hypocrisiecultuur. Moslims houden niet van direct, bam, stellingen op tafel en discussiëren. Veel moslimouders, vooral de jongere generaties, zijn niet meer zo dom en onwetend om niet te merken dat hun kind geen hetero is. Maar in plaats van het erover te hebben, ontkennen ze het en kijken ze, vaak hun hele leven, liever de andere kant op.

Ze weten dat hun kind homoseks heeft, en vaak vinden ze dit niet eens zo heel erg, maar ze gaan er nooit met je over praten, ze

(Voor de Turken: dit zijn jullie voorouders.)

gaan het nooit normaliseren en de buren en de familie mogen er nóóit achter komen; dan gaan ze nog liever dood of hebben jou liever dood. Het gaat dus niet om de daad van homoseks waar ze zo afschuwelijk van walgen, maar van het idee dat anderen dit te weten komen en erover gaan roddelen, zodat zij imagoschade lijden binnen de gemeenschap. Dit is voor veel witte Europeanen, en al helemaal Nederlanders, iets wat moeilijk te bevatten is, omdat door de individualisering schaamte voor de gemeenschap bij veel Nederlanders al een paar generaties niet meer aan de orde is. Moslims hebben nog altijd een hartstikke conformistische cultuur.

De homo-emancipatie in islamitische landen laat dit goed zien: het bestaat gewoon in Turkije, Marokko, Libanon, Jordanië, Bosnië, Albanië, Kosovo en Indonesië. Je hebt er hele wijken en clubs die bekendstaan als ontmoetingsplaats, maar het verschil met het Westen is dat er een gedoogconstructie is, het mag niet officieel worden. Hetzelfde geldt voor humor: op straat is er veel mogelijk, dan lult iedereen ineens heel eerlijk, maar als grappenmaker Najib Amhali water over het podium gooit en zegt dat hij over water loopt, krijgen ze weer kramp, want er staat een cameraploeg. Als mijn nichtjes mij vertellen hoe tyfusheet en -strak zo'n hoofddoek is op een zomerdag, en hoe ze de doek als ze thuis zijn met opluchting en agressie van hun hoofd trekken om op adem te komen, mag dit gewoon, niemand kijkt ervan op. Maar als ik er een boek over schrijf, zijn het diezelfde nichtjes die geen contact meer met me willen, omdat ik openlijk spot met symbolen van het geloof. Snapt u het nog?

De transgenderstraten van Amsterdam schijnen te krioelen van de islamitische mannen die van die geneugte gebruik willen maken. Ik heb ook van meerdere transgender vrienden begrepen dat vooral moslimmannen seksueel in hen geïnteresseerd zijn, en erg dol zijn op anale seks, ook als ze getrouwd zijn of kinderen hebben. Ze geven er een fortuin aan uit.

In Turkije en Marokko ben je tegenwoordig meer waard als transgender prostituee dan als biologische vrouw, omdat men dat interessanter vindt. Bovendien geldt in deze landen het stigma dat je geen echte man bent of homo bent als je het lekker vindt iets in je anus te douwen, dus durft men bij een biologische vrouw ook niet hierom te verzoeken. Dat is namelijk heel verdacht, binnen de kortste keren kan dat uitkomen en zingt het rond dat je van de kontseks bent; dan word je nooit meer serieus genomen als man. Daarom leggen ze dit verzoek bij voorkeur neer bij prostituees; zo blijft het gegarandeerd geheim. Niet altijd trouwens, want sommige trans prostituees die later heel rijk en bekend zijn geworden in Turkije hebben op sociale media verkondigd dat bekende Turkse politici en tv-mensen regelmatig bij hen zijn geweest, maar dit wordt uiteraard door diezelfde mannen ontkend of genegeerd.

Trans vrouwen zijn zo populair omdat sommige mannen, misschien wel de meerderheid, dat weet ik niet, niet 100 procent hetero zijn maar biseksueel, of het gewoon lekker vinden om af en toe anale seks te hebben. Maar als ze dit met een man doen, dan treedt er een sociale blokkade op in hun hoofd en voelen ze zich geen echte vent meer. Iemand die eruitziet als een vrouw, maar dan met een pik, komt goed van pas bij anale seks.

Conclusie: bij moslims kan heel veel stiekem, zolang je de heilige regel accepteert dat je er in het openbaar je mond over houdt. Er zit een verschil in hoe je je voorstelt aan anderen; als jij zegt dat je wijn drinkt, maar erkent dat het zondig is en je je gedrag wilt verbeteren, krijg je respect. De ander verfoeit je, maar geeft je daarna tips over hoe je met die verleiding om kunt gaan. Zeg je: 'Ik ben een liefhebber van wijn, ik geniet ervan en de imam moet zichzelf vermaken', dan word je uit de gemeenschap verstoten of krijg je te maken met agressie. Dat is het nare ervan.

De wereld redden

'Hoe gaat het met u? Ik maakte me zorgen, u hebt onze afspraak viermaal geannuleerd,' zegt meneer Köhler.

Hij zet zijn bril af en kijkt me vragend doch kritisch aan. Hij stelt een terechte vraag, ik ben hier twee maanden niet geweest en ik moet verantwoording afleggen.

Ik had gewoon geen zin meer. Geen zin in graven, geen zin in zware emoties, geen zin in huilen waar hij bij was, geen zin in praten over mijn ouders, over bedreigd worden of over mijn gevoelens. Ik ben tegenwoordig een ster in het verdrukken en negeren van zaken waar ik geen zin in heb, dus hierbij ook. Het is dat Noah me ertoe heeft verplicht, dat hij anders de relatie ging verbreken, dat ik hier weer zit.

Ik zie zelf ook wel in dat niemand mij een leuke partner, of een leuke vriendin, of een leuk mens gaat vinden als ik niet als de wiedeweerga iets doe aan mijn mentale gezondheid. Niemand zit te wachten op de neerslachtige, stille, luie, volgevreten en apathische Lale die ik de afgelopen tijd ben geworden. Zelfs de media niet. Laatst kreeg ik op Twitter van meerdere mensen te horen dat 'de kebab er wel goed in gaat' toen ik weer bij een talkshow aanschoof.

Ik zit zelf ook nergens op te wachten; niet op verjaardagen, niet op etentjes, niet op sociale gelegenheden, niet op vakanties, niet op feestdagen, niet op vrienden over de vloer, niet op cocktails drinken en zelfs niet op een spelletjesavond.

Het enige wat ik elke dag doe is wakker worden, daarna niet eens mijn bed opmaken, koffiezetten (dit gaat de hele dag door), kranten lezen, tv-kijken en radio luisteren om maar afgeleid te zijn, geen stilte te hebben en me te wentelen in de waan van de dag, badjas en sloffen aan, wijn drinken in de avond en vooral veel eten bestellen. Ik kook al heel lang niet meer zelf, terwijl ik er zo van hield, omdat ik de keuken niet schoonmaak en nooit zin heb om naar de supermarkt te gaan of te bedenken wat ik wil maken. Een vieze keuken maakt me chagrijnig, dus kook ik maar niet. Dit zijn mijn dagen, weken en maanden. Niets anders. Zo was ik nooit.

Dit móet een keer doorbroken worden. Ik wil niet langer depressief zijn. Ik háát het. Ik bén dit niet. Ik word zo jaloers als ik op straat leeftijdsgenoten zie die levensenergie en enthousiasme uitstralen. Ik voel me net een oma. Net Ma Flodder.

Maar hoe vertel ik dat eerlijk, dat ik geen zin had om te komen, zonder bot te zijn?

'Begrijpt u me niet verkeerd, ik ben heel blij dat u hier nu zit! Ik wil alleen maar weten wat volgens u de redenen zijn waardoor u geen behoefte had aan een gesprek,' zegt hij.

Oké, blijkbaar weet hij al dat ik er inderdaad geen behoefte aan had. Ik hoef dus geen begrafenis, bruiloft of andere onvoorziene omstandigheden te verzinnen. Hij is natuurlijk niet dom.

'Mijn excuses daarvoor, ik vond het heel zwaar om steeds wonden open te krabben. Wonden die ik juist stukje bij beetje heb dichtgenaaid, met veel moeite,' zeg ik.

'Dat is nou juist een misverstand, mevrouw Gül,' zegt hij, terwijl hij zijn hoofd zoveel mogelijk naar voren steekt en me indringend aankijkt.

Ik kijk op van zijn genegenheid. Hij doet volgens mij echt zijn best voor me. Dat kun je omgekeerd niet zeggen van mij.

'Die wonden zijn slechts dichtgepleisterd, maar niet ontsmet en zorgvuldig dichtgenaaid. Het is een kwestie van tijd voor ze bij het minste of geringste weer open zullen barsten. Die wonden hebben u als mens gestempeld, gevormd, waardoor u onbewust traumareacties hebt ingebouwd in uw hersenen. Vluchtreacties waar u zich senang en veilig bij voelt, maar die dat niet zijn. Om weer gezond te reageren op die trauma's, moet u die wonden inspecteren, begrijpen en er bewust van zijn als u weer een traumareactie hebt die niet normaal is. In ieder geval niet voor anderen, de mensen om u heen, die u liefhebt,' zegt meneer Köhler.

Het is niet te geloven, maar ik word nu alweer emotioneel, voel ik. Dit is namelijk precies wat ik de afgelopen tijd doe: alles en iedereen waar ik geen zin in heb van me af duwen en afsnauwen. Gemeen zijn. Een *take it or leave it*-attitude, tegenover iedereen, maar vooral de mensen die dicht bij me staan, of iets vaker wat van me willen dan anderen.

'Mevrouw Gül?' vraagt meneer Köhler.

Ik herpak me. Alsof ik de opwellende tranen en emoties letterlijk van me afschud, schud ik mezelf even wakker en ga rechtop zitten, met mijn benen en armen over elkaar. Deze houding helpt op de een of andere manier bij het bedwingen van tranen. Ik geef mezelf een denkbeeldige klap. Ik moet mezelf herpakken.

'U heeft helemaal gelijk. Dat heb ik ook ingezien, daarom ben ik vandaag hier. Ik wil... ik wil héél graag weer normaal zijn. Maar soms lijkt dat zo... zo ver weg. En zo onbereikbaar. Ik zie alleen maar beren op de weg,' zeg ik. 'Maar ik weet dat ik het kan.'

'Dat snap ik, en dat is ook heel normaal. Kijk, u bent een intelligente en eigenzinnige vrouw. Het staat u totaal vrij om hier niet te komen, ik ga u niet bellen of het huis uit sleuren, dat weet u. U moet hier echt alleen komen als u zelf inziet, en dat doet u vast wel, dat het van toegevoegde waarde is voor u. Wel moet ik erbij zeggen dat ik geen andere cliënt kan inplannen als u op het laatste moment afzegt, zodat ik hier een uur niets te doen heb. Dat kan echt niet. Eigenlijk zou ik u dat moeten factureren, maar ik zie ervan af als u me hierbij belooft geen afspraken meer af te zeggen. Dat is zonde van iedereens tijd hier.'

Ai, ja, daar had ik eigenlijk niet eens over nagedacht. Ik voel een golf van schaamte opkomen. Ik heb vier keer een uur van deze man verspild, terwijl heel Nederland zo'n beetje op een wachtlijst staat voor een psycholoog. Alsof ik de enige ben op de wereld. Wat stom van me! Ik begin mezelf alleen maar meer te haten. Vroeger zou ik me hier bewust van zijn geweest. Nu ben ik een egoïstische idioot geworden die niet kan denken aan de medemens. Ik háát mezelf.

'Mijn welgemeende excuses. Het zal niet meer gebeuren, u kunt die uren gewoon factureren, dat is uw recht,' zeg ik maar. Misschien kan ik mijn schaamte afkopen.

'Mooi zo, dan ben ik bereid om het te vergeten en te vergeven. En factureren doe ik pas als het weer gebeurt. Zullen we het maar eens over u hebben? Hoe gaat het?'

'Niet zo goed,' antwoord ik in alle eerlijkheid.

Nog voordat hij iets zegt, pak ik door, want ik weet inmiddels dat meneer Köhler doorgaans niet zoveel zegt en ik vooral mijn verhaal moet doen, voordat hij iets zinnigs kan antwoorden. Wat logisch is, want hij kan geen gedachten lezen; ik zal het toch echt eerst in taal moeten uitdrukken wat ik doormaak.

'Ik voel me zo moedeloos, onder andere door de aanslag op Salman Rushdie. Ik werd gebeld door bijna elk tv-programma, of ik wilde komen praten over wat dat met me deed. Ik heb eerst ja gezegd, maar daarna weer afgebeld. Ik had de puf niet meer. Het vuur in mij is compleet gedoofd. Ik heb geen zin meer. Ik heb geen kracht meer, geen brandstof meer. Ik kan het niet aan om bij *Jinek* te zitten, überbewust te zijn van elk woord dat uit mijn mond komt, waarvan ik, terwijl ik het zeg, al voor me zie hoe het de volgende dag op TikTok, Instagram Reels, Facebook en Twitter zal verschijnen, zonder betaalmuur, in tegenstelling tot mijn columns en boek, waardoor elke straatrat met het IQ van een augurk me uit gaat schelden of bedreigen. En het mij dus weer op de radar zet van elke gek wiens bloed al kookt bij het zien van mijn hoofd, omdat ze een veel te laag bevattingsvermogen hebben om ook maar iets te snappen van waarom je deze bloeddorstige aanslag onvoorwaardelijk zou moeten veroordelen, en het recht om geloofsgemeenschappen te beledigen als heilig zou moeten zien. Ik zou dat dan allemaal zeggen op tv, maar ik zou dan weer degene zijn die moet vertrekken vanuit het Hilversumse mediapark. Ik zou in een auto moeten stappen, waarvan ik moet hopen dat-ie niet gevolgd wordt, zodat ik niet voor de vijfde keer moet verhuizen, omdat mijn adres bekend is geworden op internet, in vage chatgroepen op Telegram waar ze zeggen dat ze me te grazen gaan nemen. Ik zou moeten dealen met de comments onder al die video's op internet de volgende dag waarin ze emoji's van doodshoofden en waterpistolen delen, en zelfs als ik ervoor kies deze niet te lezen, zullen vrienden en vrienden van vrienden, mijn vriend en zijn familie zelfs, de noodzaak voelen om er een screenshot van te maken en mij het op WhatsApp te sturen en erbij te vermelden hoe erg ze het allemaal vinden. En zelfs als ik óók dat negeer, zal ik in mijn inbox honderden berichten treffen met expliciete en verkapte bedreigingen. En als ik met de politie bel, moet ik weer de zucht, desinteresse en de lusteloosheid in hun stem aanhoren, omdat ze weer zo'n "BN'er" hebben die aangifte doet vanwege een bedreiging van een anoniem account, dat ze toch nooit gaan vinden omdat het tegen die tijd alweer verwijderd is, en hoogstwaarschijnlijk een VPN gebruikt, software waarmee je je IP-adres en je locatie kunt verbergen, zelfs voor de politie. En dan zou ik weer, net als een tijdje terug, van een agent horen: "Als we iedere gek die online iemand bedreigt zouden moeten vervolgen, zouden we nooit een moord kunnen oplossen, mevrouw Gül." Ik had geen vezel meer in mijn lichaam die bij *Jinek* wilde zitten, of het voor Rushdie wilde opnemen, of de mohammedanen weer tegen me in het harnas te jagen. Niets. Ik voelde slechts leegte. Ik ging maar weer met mijn kat knuffelen. Geloof het of niet, dat voelt soms veel zinvoller dan mijn mening geven over iets tegenwoordig.'

Meneer Köhler kijkt me ernstig aan, met half toegeknepen ogen.

'Vreselijk,' weet hij uit te brengen. 'Ik kan me goed voorstellen dat u daar heel erg moe van wordt, als u zo met angst uw werk moet doen,' zegt hij.

Ik knik maar.

Ik merk dat hij niet zo snel weet wat hij moet zeggen. Wie uit zijn patiëntenbestand komt met zo'n verhaal? Weet hij veel wat hij hiermee moet.

'Ik denk in ieder geval dat het een verstandige keuze van u is geweest om het niet te doen. Als u iets doet in angst, of tegen uw zin, moet u het sowieso niet doen. U bent nu niet in staat uw krachten te bundelen voor zoiets, en dat is helemaal prima. U vraagt ook wel heel veel van uzelf, hè, gezien de leeftijd die u hebt. Ik bedoel, mijn dochter is een paar jaar ouder dan u, en die heeft niet dit soort problematiek, verre van zelfs,' zegt meneer Köhler.

Ik knik.

'Gunt u het uzelf ook om jong te zijn? En vrij?' vraagt hij ineens. 'U hoeft de wereld niet te redden hè, mevrouw Gül.'

Die man heeft helemaal gelijk, denk ik. Ik hóef me de ellende van de wereld natuurlijk niet per se aan te trekken. Ik zóu het kunnen negeren.

Ik moet ineens lachen.

'Waarom lacht u?'

'Ja, ik vind uw opmerking zo geestig. U heeft gelijk. Wat voor zieke vijfentwintigjarige ben je eigenlijk, als je je druk maakt om dit soort dingen, terwijl de meeste mensen gewoon hun leven leven, leuke dingen doen, studeren, op vakantie gaan, hobby's hebben. Echt alleen ik zit hiermee, het is ook belachelijk.'

Ik voel me ineens heel melig. 'Wat een zelfoverschatting ook, alsof ik het allemaal ga oplossen,' zeg ik hikkend van het lachen.

'U zult wel denken, wat een raar mens heb ik hier ook zitten. Anderen komen naar u toe met persoonlijke problematiek, over scheidingen en zo, en dan kom ik vertellen dat ik depressief word van het nieuws over een schrijver.'

Ik kan mijn lach niet meer stoppen, maar meneer Köhler lacht niet echt mee.

'Nee, dat denk ik helemaal niet,' zegt hij serieus. 'Ik vind het juist mooi dat er activistische mensen bestaan die zich niet alleen zorgen maken om zichzelf, maar ook idealen hebben, en bedroefd worden als die onder druk staan.'

Ik stop met lachen en knik.

'Dat zijn mooie mensen, mensen die anderen een spiegel voorhouden, mensen die veranderingen teweegbrengen, invloed hebben,' zegt hij.

'Ja, dat wel,' zeg ik. 'Maar of je er zelf nou gelukkig van wordt...'

'Ik denk dat u wel gelukkig wordt van hetgeen u doet, van uw werk, uw boek, optredens en columns. Dat krijgt immers veel bewondering en applaus, is het niet? En het helpt en inspireert ook nog een hoop mensen, dat heeft u me verteld. Daar haalt u toch veel voldoening uit?' vraagt hij.

'Dat is waar,' moet ik bekennen.

'Het is goed om daar ook bij stil te staan, om niet uzelf te verliezen in tegenslagen en negatieve gedachten, zoals het nieuws over die schrijver. U moet soms naar het grotere plaatje kijken,' zegt hij.

Ik knik. Hij laat een stilte vallen.

'Maar met uw toestemming zou ik het het resterende halfuur van ons gesprek ergens anders over willen hebben,' zegt hij dan.

Ik kijk hem vragend aan.

‘Het is belangrijk dat ik bij iedereen die hier met mij komt praten, op een gegeven moment meer over de familiestructuren van diegene te weten kom. Want jeugd en familie, dat is het begin van alles, of we willen of niet,’ zegt hij.

O, daar gaan we. Ik heb nu al geen zin in die ellende.

‘Mijn favoriete onderwerp, toevallig,’ zeg ik droog.

‘Ja, van iedereen die hier komt,’ zegt hij. ‘Klaar voor?’

‘Mag ik nee zeggen?’

Meneer Köhler negeert mijn vraag. ‘Ik heb een standaardvragenlijstje voor me liggen, dat ik met elke cliënt moet doorlopen, omdat het mij de basisinformatie verschaft over iemands jeugd, familiebanden en manieren van hechten en liefhebben,’ zegt hij. ‘Ik wil alle vragen met u doorlopen, en ik wil van u vragen zo veel mogelijk vragen te beantwoorden, ook als het moeilijk wordt, en zo eerlijk mogelijk.’

Ik knik.

‘Vraag één: hoe vaak werd er geknuffeld bij u thuis, hoe vaak waren er fysieke aanrakingen die liefde uiten?’

‘O, die vraag is makkelijk: nooit,’ zeg ik.

‘Helemaal niet?’ vraagt hij verbaasd.

‘Helemaal niet, daar deden wij niet aan. Misschien in groep 1 dat ik voor het laatst een knuffel kreeg van mijn moeder, voor de rest kan ik me er echt niks van herinneren,’ zeg ik. ‘Maar wel met mijn oma, daar knuffelde ik elke dag mee, zij vroeg er echt om als ik het vergat,’ zeg ik.

Meneer Köhler schrijft fanatiek mee.

‘Vraag twee: op welke manieren werden conflicten thuis doorgaans opgelost?’

‘Door er niet meer over te praten en te doen alsof er niets gebeurd is,’ zeg ik.

‘Zei er nooit iemand sorry? Toonde niemand zelfreflectie?’ vraagt hij.

‘Nooit. Het woord “sorry” staat niet in hun woordenboek. En

al helemaal niet tegen hun kinderen, want in onze cultuur is het ouderschap heilig en moeten kinderen hoe dan ook onderdanig zijn en altijd de autoriteit van de ouders respecteren, ook als die fout zitten of ongelijk hebben. Of je hebben geslagen, terwijl dat niet hoort. Sorry bestaat niet.'

'Hm, duidelijk.'

'Hoe vaak kreeg u bevestigende woorden te horen, zoals dat u er mag zijn, dat u het goed doet, dat ze trots op u zijn, dat ze blij zijn dat u iets voor ze heeft gedaan, dat ze uw aanwezigheid waarderen?'

'Ook nooit,' zeg ik. Ik schiet onverwachts in de lach. 'Als we zo doorgaan, is het snel klaar met die vragenlijst! Aan al deze dingen heeft mijn familie nooit gedaan. Het omgekeerde deden ze wel; ik hoefde maar iets te vergeten bij de boodschappen en ze scholden me uit. Dus kritiek geven konden ze wel, waardering was er nooit. Alles wat ik voor ze deed, van het huishouden tot het koken tot de boodschappen, zagen ze als mijn taak. En dus geen compliment waardig. En dingen als werken en studeren trouwens ook,' zeg ik.

'Vraag vier: in hoeverre was u vrij om uzelf te laten zien? Denk aan dingen als openlijk uw mening kunnen uiten, zorgeloos uzelf kunnen zijn, over uw interesses en hobby's te praten, de identiteit te hebben die u wilt, bijvoorbeeld de kleding te dragen die u wilde?'

'Helemaal niet,' zeg ik meteen. Ik moet zuchten van deze vragen. 'Mijn hele boek gaat hierover; ik kon op geen enkele wijze mezelf zijn. Er zijn strikte regels, normen en waarden voor een vrouw van mijn leeftijd, volgens het geloof en onze cultuur, en ik moest daaraan voldoen. Met mijn kleding, praatstijl, zitstijl, meningen, hoeveel ruimte ik mocht opeisen in een gesprek met derden, hoe ik me moest gedragen als er visite was of op een bruiloft, welke onderwerpen absoluut taboe waren, alles stond al muurvast. En ik voldeed aan niets. Ik was nooit mezelf. Ik was een intelligente, nieuwsgierige en vrijdenkende, vurige, eigenzinnige, eigenwijze, enthousiaste, kritische vrouw die discussies of conflicten niet uit de weg ging, zelfs niet in de moskee, maar ik werd continu gewelddadig gedwongen in een keurslijf van een nietszeggende, slaafse, dienstbare, onderdanige en verlegen dienstmeid, die vooral een faciliterende rol moest hebben en niet te veel op de voorgrond moest treden,' zeg ik.

Meneer Köhler noteert en vraagt verder zonder reactie. 'Hoe werd er omgegaan met speciale dagen als verjaardagen, prijsuitreikingen, huwelijksjubilea en andere feestdagen? Werd dat met elkaar gevierd, voelde u zich gewaardeerd?'

'Mijn ouders hebben nog nooit mijn verjaardag gevierd. Daar deden we sowieso niet aan. Niemands verjaardag werd gevierd. En ook al die andere dingen niet, dat vonden ze allemaal onnodig. We vierden alleen Suikerfeest en Offerfeest, maar dat was niet echt een viering, het was gewoon een dag waarop je alles moest doen volgens de regels, het stond vooral in het teken van eten klaarmaken en visite ontvangen, maar ik had ook nooit aansluiting met de visite, want ik kon toch nooit mezelf zijn, en ik wilde niet dagenlang in de keuken staan om broodjes en koekjes te bakken, en op de dag zelf was ik alleen maar bezig met bedienen en afwassen, dus voor mij was het niet echt feest, ik keek er nooit naar uit,' zeg ik.

'Hoe vaak had u het gevoel, of de zekerheid, dat er van u gehouden werd?'

Ik denk even na. 'Ja, sorry, mijn antwoorden zijn een beetje saai, maar ook nooit. Dat werd nooit geuit of gezegd. Ik wist het vaak niet. Sterker nog, als er ruzie was vroeg mijn moeder zich hardop af waarom ze de straf had gekregen om mij als dochter te hebben, en waarom ik niet kon zijn als de dochter van die en die, die veel beter was dan ik. Sowieso waren andermans dochters altijd veel beter dan ik, want die hielpen hun moeder meer, of gingen vaker naar de markt met hun moeder, of waren vaker thuis, of vonden het leuk om koekjes te bakken of thee te drinken met de visite, en ik zat alleen maar in m'n kamer, boeken te lezen en me af te zonderen. Ik heb vaak gedacht dat ik niet de geschikte dochter voor ze was. Mijn intelligentie beschouwde ik op een gegeven moment meer als vloek dan als zegen, omdat ik door alle stupiditeit heen kon prikken en overal de domheid in een verhaal aan moest kaarten, wat niet gewaardeerd werd. Toen ik nog gelovig was, heb ik zelfs gebeden en God gevraagd om mijn karakter te veranderen, of m'n ouders een andere dochter te geven, over wie ze wel tevreden konden zijn. Want ik was altijd al anders, te scherp en te eigenwijs voor ze.'

'Werd u emotioneel ondersteund als u duidelijk somber of verdrietig was?'

'Nee,' zeg ik lachend. 'Niemand had het door. Ik kon mijn gevoelens goed verbergen. Maar zelfs als ik dat was, had niemand daar boodschap aan. Het leven ging altijd door. Als mijn moeder vroeg wat er was, kon ik toch nooit eerlijk zijn, omdat ze me dan gelijk zou veroordelen voor hetgeen ik zou zeggen. Als het bijvoorbeeld liefdesverdriet was, kon ik dat niet zeggen, want dat bestaat niet in onze cultuur. Als ik ruzie had met een vriendin, of een nare opmerking had gekregen over mijn kleding, zou ze zeggen dat ik me er niks van moest aantrekken. Ze kon nooit eens meeleven of meedenken, het moest altijd gelijk een veroordeling zijn. En dan ging ze me vertellen hoe stom en onnodig het was dat ik me daar druk over maakte of zo. Het mocht er nooit zijn, dus beleefde ik mijn verdriet altijd in m'n eentje, in m'n kamer, met mijn oordopjes in.'

'Volgende vraag: in hoeverre kon u bouwen en vertrouwen op de hulp van uw ouders als u het niet meer wist of een probleem had?'

Ik denk even na, voor de vorm, anders moet ik weer 'nooit' zeggen.

Toch is dat mijn antwoord. 'Ik zou genuanceerder willen antwoorden door situaties te geven waarin ze hulp of steun boden, maar helaas, ik moet u teleurstellen. Ik kon nooit op ze leunen. Ik weet nog dat vervelende kinderen op de basisschool mij pestten en treiterden, omdat ik een stomme broodtrommel had of lelijke kleding die mijn moeder voor me had gemaakt, maar als ik dat thuis vertelde, hopend dat ze zo'n kind de volgende dag zouden aanspreken of het voor me opnamen, gebeurde dat nooit. Op de middelbare school ging ik conflicten uit de weg, omdat ik wist dat anderen ouders hadden die het voor hen zouden opnemen. De mijne zouden niet eens de moeite nemen om naar school te komen of het verhaal aan te horen. Ze zouden de tegenpartij nog gelijk geven ook. Ze waren namelijk altijd tegen mij,' zeg ik.

'In hoeverre misten jullie elkaar, als jullie niet bij elkaar waren? Heeft u bijvoorbeeld ooit lange tijd uw ouders niet kunnen spreken of zien, en dat u dan voelde dat u ze miste, of van hen hoorde dat ze u misten?'

'Ja, ze zijn wel eens zonder mij naar Turkije gegaan, toen ik bij mijn oma woonde, een paar jaar geleden. Maar ik miste ze helemaal niet, ik had eindelijk vrijheid. En zij misten mij ook niet, ze belden alleen maar om me te controleren, of ik niets geks deed. Ze hebben nooit gezegd dat ze me misten. Ook niet toen ik had gelogen over mijn zogenaamde stage aan de universiteit, waardoor ik een paar weken van huis kon zijn. Ik had een neppe brief geschreven en gedaan alsof ik een stage had in Groningen, en daar verbleef. Ze belden wederom alleen maar om me te controleren,' zeg ik. 'En "Ik mis je" heb ik ze sowieso nooit horen zeggen.'

'In hoeverre en hoe vaak was er sprake van qualitytime met het gezin? Denk aan samen een spel doen, een barbecue, uit eten gaan, naar de film of het theater, naar een dierenpark of een andere activiteit?' vraagt hij.

'Bijna nooit. Heel zelden. Het was vaak samen tv-kijken op de bank, naar een Turkse serie. Maar we zijn nog nooit met het gezin uit eten geweest, bijvoorbeeld. Dat vonden ze duur en onnodig, Moeder kon het ook wel thuis maken. Naar de film zijn we ook nooit gegaan. Theater ook niet. Dierenpark ook niet. Bordspellen deden we wel eens met Vader, Moeder deed nooit mee. Ze had ook geen interesse om het te leren. Met Vader deden we dat zo'n drie keer per jaar, want hij had er vaak geen zin in na zijn werk. Barbecues deden we vaak in de zomer, met de familie, dat is dus echt Turks. Dat was altijd wel gezellig,' zeg ik. 'Zo, ik heb eindelijk een beetje een genuanceerd antwoord! Yes!' zeg ik lachend.

Meneer Köhler lacht niet echt mee. 'Ik weet genoeg, mevrouw Gül. Ik laat de rest van de lijst even voor wat het is, dat komt de volgende keer wel. Maar ik wil u even iets op het hart drukken, en ik wil dat u mij een belofte doet,' zegt hij ernstig.

'Oké,' zeg ik verbaasd. Ik weet niet wat er komen gaat.

'Belooft u mij dat u blijft komen naar onze sessies? En dat u geen enkele afspraak meer onnodig gaat annuleren of verplaatsen, behalve bij bittere noodzaak? En belooft u mij dat wat er ook gebeurt, ook als u het straks niet meer ziet zitten door een vervelende gebeurtenis, u áltijd contact met mij blijft houden? Belooft u dat u niet opgeeft?'

Ik slik. Alsof hij weet dat ik daar elke keer toe verleid ben.

Ik knik maar. 'Ik beloof het,' zeg ik glimlachend.

'Ik laat u hierbij vrij. Ga naar huis, ga rusten, ik zie u volgende week,' zegt meneer Köhler.

Ik pak verward mijn spullen, geef hem een hand en verlaat zijn spreekkamer. Als ik buiten sta en over het kiezelpad loop, ga ik nog eens langs wat er zojuist allemaal besproken is. Het is een wonder, denk ik bij mezelf, dat ik niet gek geworden ben.

Met de borst vooruit

Ik lig met mijn ontblote olijfkleurige lijf op het strand. Ik heb alleen een bikinibroekje aan, geen top, en geniet van de verzengende Spaanse zon. Het is hier volstrekt normaal dat vrouwen topless zonnen, in tegenstelling tot in Nederland, dus ik pas me maar gewoon aan. *When in Rome, do as the Romans do.* Overal om me heen zie ik tieten, en niemand die ervan op lijkt te kijken. Kleine tieten, grote tieten, ronde, ovale, druppelvormige, atletische, stevige, helemaal niet stevige, oude en jonge, tieten met enorme tepels en tieten met minitepels, bruine tieten en witte tieten, echte en neppe tieten, tieten waaraan je niet kunt zien of ze echt of nep zijn, gepiercete en getatoeëerde tieten, volle tieten en tieten die eruitzien alsof er een beetje water in een zak zit, ingesmeerde en verbrande tieten, je hebt zelfs behaarde tieten. Het is net tietenland hier op het Valenciaanse strand. Ook de tieten van mijn schoonmoeder zijn volledig ontbloot en in de zon, ze ligt naast Noah en mij. Het was voor mij wel wennen dat het in deze cultuur normaal is dat je zoon je blote tieten mag zien als je een moeder van drieënvijftig bent. Toen ze haar shirt uittrok dacht ik ook heel even: *doet ze dit nou echt?*, maar niemand leek zo verbaasd als ik, dus ik zei er ook maar niets van. Ik dacht wel: waarom vind ik dit zo onwennig, zo gek? Er is eigenlijk helemaal niets vreemds aan. Het is mijn eerste reactie, omdat ik geconditioneerd ben in mijn opvoeding om tieten voornamelijk als iets seksueels te zien. Maar tieten zijn gewoon tieten. Het kunnen zeker seksuele dingen zijn, ik zou niet weten waar ik zou zijn als ik niet mijn volle, ronde borsten zou kunnen gebruiken in het verleiden van mannen, en nu mijn vriend, maar ik heb toch zo'n vermoeden dat mijn vriend momenteel niet opgewonden wordt van al deze tieten om hem heen, en al helemaal niet van die van zijn moeder. Dus er is niets aan de hand. Het is maar net in wat voor omstandigheid je verkeert, of het seksueel is of niet. Moslims stellen zich gewoon te veel aan over hoe snel men oncontroleerbaar opgewonden zou worden van lichaamsdelen; op dit strand is iedereen vredig aan het liggen, en je ziet nergens piemels stijf priemen in die zwembroekjes, en nergens het vaginavocht druipen langs de benen van de dames. Niemand lijkt elkaar te willen bespringen, niemand moet zich opwerpen om alweer een vrouw te redden van een aanstormende verkrachting door een van die onstuimige, doldrieste mannen die zich niet langer kunnen inhouden met het testosteron dat uit hun oren komt. Nee, niets daarvan. *Nada*, zoals ze hier zeggen. Het is ultiem relaxed. Het is ook gek hoe snel het went voor mij; inmiddels gooi ik ook elke keer, zonder nadenken, die bikinitop af en lig ik ongestoord in de zon, waar ik ook kom buiten Nederland. Voor iemand die tot haar tweeëntwintigste gesluierd was, en het al spannend vond om wat make-up op te doen en skinny jeans te dragen, is het nogal een stap om nu, op mijn vijfentwintigste, al zover te zijn dat ik zonder blikken of blozen die tieten van me vrij gooi zodra ik een voet in het zand zet. Laat ze maar lekker kijken, denk ik dan. Ik ben toch wel trots op mijn voorgevel. Ik heb geen enkele last van mijn geweten. En ik voel me ook geen hoer of slet. Of grote zondaar.

Ik ben hier nu al een week, en ik kan hier eigenlijk onbeperkt blijven, want ik logeer bij mijn schoonmoeder. Ze is Nederlands, maar ze is vijf jaar geleden geëmigreerd om hier een bed and breakfast te runnen, en dat gaat haar verrassend goed af. 'Het is ongelofelijk, ik ben al voor een jaar volgeboekt,' zei ze laatst verbaasd, toen ze naar het schema op haar laptop keek. Met dat inkomen kan ze al goed leven, zonder ernaast te hoeven werken, en dan kan ze ook nog elke dag naar het strand. Hoeveel beter kun je het geregeld hebben dan zij? Voor familie, vrienden en kennissen in Nederland is het jaloersmakend, vooral als ze een kantoorbaan hebben en dan nog met moeite de eindjes aan elkaar knopen elke maand. Ze deelt dan ook graag op Facebook en Instagram dat ze weer ligt te chillen aan het strand. Ik vind het stoer, ze heeft het allemaal zelf gedaan, zonder man. Een echte ondernemer. En ik pluk er de vruchten van, want Noah en ik zijn altijd welkom om te komen logeren; ze heeft kamers zat. In Spanje heb je tentjes waar een oud vrouwtje in de keuken staat en het eten nauwelijks boven de kostprijs verkocht wordt. Waar je thee en koffie voor één euro kunt drinken. Waar je een zogenaamd *menú del día* kunt eten voor een tientje, met een vast voorgerecht, hoofdgerecht en nagerecht, inclusief een alcoholisch drankje.

Goed, wat ik dus wilde zeggen: ik geniet hier ultiem. Nooit heb ik me vrijer gevoeld dan nu, met mijn bijna naakte lichaam op dit zachte strandbedje, met mijn voeten in het iets te hete zand, met de zon die naar me lacht, met een aperol spritz in mijn hand, het nieuwe boek van Connie Palmen, en mijn geliefde en zijn lieve moeder naast me. Het leven heeft er voor mij zelden vrijer en heerlijker uitgezien dan nu. Op dit soort momenten denk ik terug aan mijn studietijd, aan de twee bijbaantjes die ik had omdat mijn ouders mij sinds mijn twaalfde geen cent meer gaven. Wilde ik een beetje een normaal leven, af en toe uit eten kunnen gaan, kunnen sporten, een telefoon kunnen hebben, kunnen sparen om uit huis te gaan en enigszins kunnen meedoen met de mode, dan moest ik er keihard voor zwoegen. Ik was dan ook snel tevreden met zessen voor tentamens, want ja: een academische opleiding laat zich lastig combineren met heel veel uren werken. Dan gaat vanzelf je lat omlaag. 'Het is zonde,' zeiden de docenten, 'ik weet dat jij makkelijk hoger kan scoren, als je er meer tijd en inspanning in zou steken.' Tja, dacht ik dan. Ik houd van studeren, maar niet ten koste van alles. Ik wilde ook nog dingen kunnen kopen en ervaren, een klein beetje onafhankelijk zijn; ik had tot dan toe al genoeg thuis gevangengezeten. Ik voelde me ook machtiger door het vergaren van geld, alsof elke euro die werd bijgeschreven op mijn rekening een stap dichter bij mijn vrijheid was. Met dat geld kon ik uiteindelijk op een dag mijn koffers pakken, een huis huren en een inboedel kopen. Maar zo geleidelijk ging het niet, zou later blijken. Ik zou niet stapsgewijs meer vrijheid afdwingen door te trouwen met een man die hopelijk vrijer was dan mijn familie (dit doen veel meiden in de islamitische cultuur), nee, ik was het ineens: vrij, in één dag. Niet omdat ik erom vroeg, niet omdat ik mijn familie had overtuigd, niet omdat ik was getrouwd, maar omdat ze het contact hadden verbroken door mijn boek. En ik ging niet keihard meer werken bij verschillende baantjes om wat op te sparen, nee, ik had in korte tijd meer dan genoeg inkomen om mijn lasten te betalen en onafhankelijk te zijn. Ik maakte een soort vrije val. Ik wist van gekkigheid niet waar te beginnen. Wat ging ik eerst doen? Naar een feestje? Mijn garderobe volgooien met leuke kleding, zonder rekening te houden of iets te zinnenprikkelend is? Mijn koelkast vullen met de lekkerste wijnen en niet-halal vleesjes en visjes? Alleen nog maar mannen- en homovrienden hebben? Samenwonen met een leuke vriend? Op vakantie? Naar een seksclub misschien, gewoon omdat het kan? Kon mij het schelen; ik was vrij! En ik zou het vieren ook, want ik had hier lang op gewacht. En toch merkte ik met de tijd dat dat 'genieten' nogal ingewikkeld kon zijn. Om te kunnen genieten, moet je ook vrij zijn in je hoofd. Vrij van zorgen, zware emoties die op je drukken, stress, schuld, angst, gemis en twijfel. Om te genieten moet je lekker in je vel zitten, goedgemutst zijn en waardevolle, leuke mensen om je heen hebben, want alleen genieten is ook zo lastig. Laten dat nou net de voorwaarden zijn die voor mij niet golden. Altijd was daar die zestienjarige Lale in mij die niet kon wachten om vrij en onafhankelijk haar eigen weg te gaan. Experimenteren, proeven, vallen en opstaan, leven; niet binnen de uitgekiende paden van de islam, de Turkse cultuur of mijn oerconservatieve familie, nee, gewoon volgens mijn eigen ideeën, aan de hand van wat ík belangrijk en waardevol vond. Ik wilde alles een keer meemaken. Maar zo veel vrijheid is ook overweldigend. Ik moest ineens een eigen kledingsmaak ontwikkelen, iets wat ik nooit vrijelijk had kunnen doen, binnen de harde kaders van mijn ouders. Maar als je dan ineens zo veel opties hebt, in zo veel kleuren en pasvormen, dan moet je eerst een heleboel proberen en experimenteren, wil je weten: dit is mijn smaak, dit past mij, dit past mijn lichaam, dit straalt uit wat ik wil. En dan een interieur; iedereen in mijn familie had huizen die op elkaar leken, met nog net niet dezelfde meubels, en ik kon óók ineens een huis inrichten, helemaal zelf, aan de hand van wat ík mooi vond, maar ik had geen idee.

Ook in mensen, vrienden en mannen moest ik nog veel ontdekken. Ik had geen idee wat ik belangrijk vond in een man. Was dat het uiterlijk? Was dat intelligentie? Was dat een atletisch lichaam? Moest hij belezen zijn? Moesten we op elkaar lijken, of juist tegenpolen zijn? Was zijn opleiding, beroep of status belangrijk voor me, moest ik daarop filteren in de datingapp? Was zijn leeftijd belangrijk? Moesten we gedeelde normen en waarden, een gedeeld toekomstplan hebben? Vond ik het erg als hij gelovig was, eventueel? Wilde ik serieus zijn met een man, of nog niet? Wilde ik kinderen of samenwonen op een dag, en op welke leeftijd? Was ik bereid naar zijn stad te verhuizen, als het goed zou gaan? Wilde ik ooit trouwen? Wilde ik een spiraal, aan de pil gaan of nog niets? Wilde ik zijn familie leren kennen? Hoelang wilde ik iemand daten voor ik me ging binden? Wilde ik monogaam zijn, of eerst nog een tussenvorm proberen? Wilde ik iemand die drukbezet was, of veel tijd had? Wilde ik een Nederlander of iemand van een andere afkomst? Blond of donker? Wilde ik iemand dicht bij me, of een langeafstandsrelatie? Wilde ik voor hem in het buitenland wonen? Dit waren allemaal vragen die de revue passeerden toen ik aan het daten was met verschillende mannen. En bij al die vragen dacht ik: ik weet het niet. Dan wilde ik dit, en later ineens weer dat. Vaak kwam ik op dingen terug waarvan ik eerst dacht het zo zeker te weten. Alles kostte tijd; ik moest het meemaken, kijken hoe ik het ervaarde, nadenken en het eventueel terugnemen. Dat kwam velen wispelturig en instabiel over; alsof het een zonde zou zijn iets te herzien, of bij nader inzien van mening te veranderen, of nog te twijfelen over wat je precies wilt. Maar ik zou het graag omdraaien: mensen die nooit van mening veranderen, nergens lang over na hoeven denken en eeuwig vast kunnen houden aan wat ze ooit vonden, vind ik doodeng.

Ik besloot daarom trots te zijn op mijn wispelturigheid. Een wispelturig mens is een wijs mens.

Swingen

Als Noah en ik de volgende dag vredig en hand in hand door het centrum van Valencia lopen, en ik voel dat mijn brein bijna smelt door de loeihete zon en ik nauwelijks meer kan nadenken, komt er een zwaar opgemaakte vrouw met een Zuid-Amerikaans uiterlijk naar ons toe. Ze zegt in het Engels dat we een hot koppel zijn, en vraagt of we openstaan voor een nieuw avontuur. Ze overhandigt ons een folder. Ik kan het niet lezen, het is in het Spaans, maar als ik de plaatjes zie, weet ik genoeg. Ik spot de woorden 'erotica' en 'sensueel'. Foto's van schaars geklede vrouwen met rode lippen en gespierde mannen, roze neonletters en panty's, hakken en mooie benen sieren de folder. Ik gok dat het voor een seksclub is. Dat blijkt ook zo te zijn, sterker nog, de mevrouw heeft het over 'swingen'. 'Het is een luxe swingersclub waar alleen knappe mensen mogen komen,' vertelt ze. 'En voor koppels die voor het eerst komen, hebben we een heel hoge korting.'

'Wat is swingen, is dat wild dansen?' vraag ik de vrouw in alle onschuld. Noah schiet in een harde lach en proest het bijna uit.

'Oh my god, soms hou ik echt van jou,' zegt hij. Ik lach mee, maar snap de grap nog niet.

De vrouw glimlacht. 'Swingen houdt in dat je seksuele activiteiten doet met andere mensen in de club, naast je eigen partner, maar altijd met consent,' legt ze uit.

Noah kijkt me met een brede lach aan. 'Zullen we het gewoon doen?' vraagt hij me. 'Alleen als je het goed vindt, hoor,' zegt hij.

Ik kijk naar de folder en aarzel even, dit stond niet op mijn planning vandaag, maar het duurt niet lang voor ik besluit het erop te wagen. Ik ben op vakantie, het is zomer, ik heb een vrije dag, en over twee dagen zit ik toch weer in het koude Nederland, dus waarom zou ik het er niet van nemen en mezelf even totaal uit mijn comfortzone halen? Bovendien zijn we nergens toe verplicht, we kunnen gewoon gaan, een kijkje nemen, de boel verkennen, en toch besluiten niets geks te doen. We zien wel of we dan ook seks gaan hebben. Ik kan me nog niet goed voorstellen dat ik dat doe in het bijzijn van anderen, of sterker nog, mét anderen, maar ik kom er nooit achter als ik het niet even ga bekijken. Ik kijk naar Noah en zeg: 'Laten we eens gek doen, waarom niet?'

'Wat leuk dat jullie ervoor openstaan, dat zag ik al aan jullie gezichten, dat jullie niet preuts zijn en pit hebben,' zegt de mevrouw breed lachend. 'Het feest begint vanavond om tien uur, jullie kunnen online kaartjes kopen, en met deze voucher krijgen jullie korting van mij,' zegt ze, terwijl ze ons een bon geeft met een kortingscode. STARTER50 staat er, voor 50 procent korting.

Als we haar hebben bedankt en weer in de auto naar huis zitten, moeten we hard lachen. 'Wat hebben we gedaan?' zeg ik. 'Gaan we dit echt doen?'

'Ja, het lijkt mij een geweldige ervaring. Ik hoop dat het een mooie club is, en dat er jonge en knappe mensen zijn zoals wij. Kijk even op hun Instagram-pagina voor foto's,' zegt Noah. Dat lijkt me een goed idee.

Als ik de naam van de club intyp en op hun pagina klik, word ik overdonderd door de feestelijke foto's van allemaal mensen die innig met elkaar aan het dansen zijn, met kleurrijke cocktails in hun handen, in de meest schaarse en wilde outfits. Sommige vrouwen zijn in lingerie, andere in heel korte en strakke jurken. Er is een goede mix van blondines en brunettes, en van leeftijden. De mannen hebben op elke foto een ontbloot bovenlijf of een wit overhemd aan. Ze hebben allemaal een ondeugende, zwoele blik in hun ogen. Ik zie ook video's voorbijkomen waarin je meerdere knappe vrouwen die bijna naakt zijn wild met hun billen ziet twerken bij de mannen die op de bank zitten en van de show genieten. Sommigen spuiten champagne over het lichaam van de stripper en slaan op haar billen, terwijl zij er wild mee schudt in een heel kleine string met glitters.

Het is een fascinerende wereld, zo te zien, dat swingerswereldje. Mijn aandacht hebben ze gekregen. Het lijkt me niet iets wat ik regelmatig zou doen, maar waarom niet voor deze ene keer? Je leeft maar één keer. Ik hou nou eenmaal van nieuwe ervaringen en adrenaline. En Noahs enthousiasme kan duidelijk ook niet meer op als ik hem de video's laat zien.

'Zooo dan,' zegt hij. 'Ik zou jou ook wel in zo'n outfit willen zien, dan word ik helemaal gek.'

'Dan doen we dat toch lekker,' zeg ik, en ik geef hem een kus uit enthousiasme. 'Laten we kaartjes kopen en naar huis rijden, ik moet me klaarmaken en opmaken. Een outfit uitzoeken, mijn haar föhnen,' zeg ik.

Noah geeft me een dikke kus terug en geeft meteen gas. 'Ik hou echt van jou, onthoud dat,' zegt hij.

Als we thuis zijn vindt hét gesprek plaats. 'Het lijkt me goed als we onze grenzen aangeven, voordat we gaan, hè, schat,' zegt hij.

'Ja, tuurlijk,' zeg ik, alhoewel ik nog geen idee heb van mijn grenzen. Wat wil ik? Wat wil ik absoluut niet? Ik heb geen idee. Sinds ik een relatie heb met Noah, heb ik nooit meer gedacht dat het nog een optie zou zijn dat ik ooit met iemand anders zou vrijen, of hij met iemand anders. Dat is immers niet de bedoeling in een relatie, toch? Dat is vreemdgaan, toch? Maar goed, als het met consent gebeurt, en je doet het samen en je doet het eenmalig in zo'n setting, is dat natuurlijk anders. We hadden het hier nooit over gehad. Nu moest ik een beslissing nemen, want over een paar uur ging het gebeuren en kon ik niet meer terug.

'Ehm,' zeg ik. 'Ik vind dat we gewoon geen grenzen moeten hebben vanavond, en dat we alles organisch moeten laten ontstaan. Als we versierd worden door iemand anders, of een ander koppel, en we vinden diegene knap en aantrekkelijk, vind ik dat we onszelf voor deze keer mogen laten gaan. Ik bedoel... Na vanavond zijn we gewoon weer samen, toch? En dan is het voorbij. Het is een eenmalig dingetje. Dus we hoeven niet jaloers te worden of bang te zijn, toch?' zeg ik. Ik heb eigenlijk geen idee hoe hij erin staat.

'Helemaal mee eens,' zegt hij. 'Ik ben blij dat jij er ook zo over denkt.'

Ineens bekruipt me een naar jaloeziegevoel. Ik wist niet dat hij zo enthousiast was en zo makkelijk zou instemmen. Dit gaat iets te makkelijk, naar mijn smaak. Alsof hij hierop zat te wachten.

'Je bent wel verdacht enthousiast,' zeg ik, terwijl ik verderga met mijn make-up. 'Ben je me zat of zo?'

Noah schiet in de lach. 'Ik hou echt van jou, man,' zegt hij lachend, terwijl hij me allemaal kusjes op mijn wang en in mijn nek geeft.

'Jaja, zou ik ook zeggen,' zeg ik sarcastisch.

'O, je bent serieus?' vraagt hij.

Ik weet eigenlijk niet eens of ik serieus ben. Ik denk het wel. Ik ben ineens minder enthousiast over deze avond, omdat hij zo enthousiast is. Ik voel me... onzeker. Denk ik.

'Wow, ben jij nou onzeker? Over hoe erg ik van je hou en hoe gek je me maakt? Kom op, schat, ik bespring je nog net niet elk uur van de dag, je weet heel goed dat je niet hoeft te twijfelen aan hoe gek ik op je ben,' zegt hij.

Dat is ook weer waar. Ik ben echt onnodig jaloers, want wij hebben meer seks dan welk koppel dan ook dat ik ken. Ik besluit de gedachte dat Noah liefdevol met een andere vrouw vrijt over een paar uur, terwijl ik ze kan zien, van me af te schudden. Ik ga immers precies hetzelfde doen.

'Ik vind het ook spannend, hoor, dat ik jou met een andere gast moet zien. Als ik er nu aan denk, word ik eigenlijk misselijk. Maar ik weet dat dat mijn primitieve emotie is en dat ik dat tijdelijk moet uitschakelen, en dat we elkaar wat moeten gunnen vanavond, gewoon voor de lol. Samen uit, samen thuis,' zegt hij.

Het doet me goed om te horen dat hij ook jaloezie voelt. Dan ben ik niet de enige. Ik wil me toch altijd specialer voelen dan anderen. En bevestiging krijgen. Ook als ik zelf instem om te gaan swingen, wil ik dat hij mij het gevoel geeft dat ik de leukste en mooiste ben, niet een van die anderen. O god, ik hoop dat de concurrentie meevalt, denk ik dan. Maar wacht, waarom zou ik me zorgen maken? Laat hem zich maar zorgen maken, ik weet wat ik waard ben, ik weet hoe knap en sexy ik ben, en hij wordt net zo goed straks jaloers als ik een andere man kus. Hij heeft net zoveel te vrezen als ik. En wie weet wat ik nog meer ga doen met een andere man. Ik heb er stiekem toch wel zin in. Ik voel vlinders in mijn buik van de spanning.

'Maar,' zegt hij ineens. 'Als een van ons het niet meer leuk vindt, moeten we dat ook aangeven. We moeten geen ruzie krijgen, het moet leuk blijven. Seks is een feestje.'

'Is goed,' zeg ik, terwijl ik mijn haar föhn. Seks moet inderdaad een feestje zijn, dat heeft hij goed gezegd.

Dan zijn we allebei klaar. Noah heeft een wit overhemd aan, echt zo'n hemd dat bijna elke man bij het uitgaan aantrekt, maar dat altijd waanzinnig sexy staat, vooral omdat hij een heel mooie bouw heeft en gespierd is. Daaronder heeft hij een denim broek aan en zijn olijfgroene Loro Piana-schoenen. Hij heeft zijn haar mooi naar achteren gekamd en heeft een betoverend lekker luchtje op, Dior Sport. Hij ziet eruit om door een ringetje te halen, en ik ben er trots op dat hij van mij is.

Ik heb een skinny jeans van Levi's aan, die mijn ronde kont goed benadrukt, met een bijpassende Levi's-riem die ik strak heb getrokken, zodat mijn buik extra plat wordt en mijn kont extra groot. Daarboven heb ik een zwart transparant shirt aan met lange mouwen, dat mijn boezem en bh goed vrijgeeft. Ik heb gouden, ronde oorbellen in en heb mijn lange haar geföhnd en losgegooid, waardoor mijn kapsel heel charmant over mijn rug valt. Uiteraard heb ik hoge hakken met veel glimmende steentjes aan en een luchtje op, Versace Bright Crystal.

Als ik mezelf nog één keer van top tot teen heb bekeken in de spiegel, Noah me een harde klap op mijn reet heeft gegeven, ik een sterke mintkauwgom in mijn mond heb gegooid en mijn Burberry-jas aanheb, zijn we klaar om te vertrekken. Ik val bijna flauw van de zenuwen, maar ik bedenk dat ik het gewoon ga zien alsof we uitgaan in de club, wat we zo vaak doen. Het enige verschil is dat er schaars geklede mensen lopen, dames in lingerie naar mijn vriend zullen komen, en we mogelijk aan het eind van deze nacht voor het eerst in drie jaar seks hebben gehad met een ander. *Zo spannend is het allemaal niet, toch?* maak ik mezelf wijs. Het is maar seks. Het is maar een feestje.

Bij de ingang van de club is het druk, en er staan twee enorm gespierde zwarte beveiligers. *Waren die maar ín de club, dan had ik het wel geweten*, gaat het even door me heen. Gekleurde lichten flakkeren om de mensen heen en iedereen die buiten staat te roken of te kletsen ziet er supercharmant en classy uit. Dit is niet zomaar een seksclub, dat kun je wel zien. Volgens de reviews is dit de beste swingersclub in de regio, misschien zelfs van heel Spanje, vanwege de vele knappe mensen die er komen en omdat de veiligheid, hygiëne, dj en muziek uitmuntend zijn. Mijn maag lijkt inmiddels bijna verdwenen, zo spannend vind ik dit. Noah is er veel relaxter onder en legt zijn hand op mijn hand als hij geparkeerd heeft.

'Samen uit, samen thuis, geen zorgen, gewoon genieten, schat. Ik ben bij je, de hele nacht,' zegt hij. Het is bijna magisch, maar het voelt alsof er een zak stenen van mijn lijf valt. Ik krijg er weer zin in, in plaats van dat ik er angstig van word. We stappen uit. Ik zie mijn geweldige hakken met steentjes en mijn mooie pedicure en prachtige zongebruinde benen door de gaten van mijn gescheurde jeans, en voel me weer helemaal zelfverzekerd. Het is godverdomme een cadeau voor deze mensen dat ik hier vannacht bij ben.

Als we onze QR-codes hebben gescand bij de beveiligers, onze jas en tas hebben ingeleverd bij de garderobe en hand in hand naar binnen lopen, worden we overweldigd door de sensuele muziek die je door je lijf voelt dreunen door de speakers, de erotische plaatjes en kunst aan de wanden van allerlei knappe vrouwen, de roze neonletters met teksten als SEND NUDES en MORE AMOR POR FAVOR en de lekkere geur die je zintuigen weet te prikkelen. Ik krijg gelijk zin om verder op ontdekkingstocht te gaan, ik krijg zin in deze nacht.

Als we in de eerste zaal zijn aangekomen, voelen we dat de sfeer ontspannen is. Mensen zijn met elkaar aan het lachen, drinken en velen zijn elkaar aan het zoenen of knuffelen, op zwoele muziek. Het is een heel zinnelijke sfeer, je wordt er vanzelf ontspannen en wellustig van. Dat wil ik ook, voel je als je mensen zo van elkaar ziet genieten. We merken ook meteen dat we te veel aanhebben, iedereen is naakter, of nou ja, vooral de vrouwen. Ik heb een rood lingeriesetje aan onder mijn kleding, voor als ik de behoefte voel om alles uit te trekken en verder te gaan. Er zijn ook andere zalen, iedere zaal heeft een eigen functie en sfeer, het zijn er zoveel dat we niet weten of we verder moeten kijken of hier moeten blijven hangen. 'Laten we lekker eerst alles gaan bekijken,' zeg ik enthousiast tegen Noah.

‘Dat is goed, maar ik vind het hier ook nu al wel chill, hoor, heb nu al zin om met je te knuffelen en te dansen,’ zegt hij, terwijl hij me stevig omarmt, innig zoent en met de muziek meedeint. Ik gok dat we hier nog even blijven.

Als we zo bezig zijn met elkaar, probeer ik ook de andere mensen in de zaal te checken. Ik kijk alvast met wie ik potentieel straks ook zou willen dansen of zoenen, want dat is toch een beetje de bedoeling vannacht. Op zich zien velen er heel goed uit, maar Spaanse mannen zijn niet zo mijn type, omdat ze me te veel doen denken aan Turkse of Marokkaanse mannen, dus ik heb daar op de een of andere manier een negatieve associatie mee, alsof het uitslovers en machomannen zijn. Dat hoeft natuurlijk helemaal niet, maar goed, ik heb ook recht op mijn vooroordelen. Sowieso val ik niet echt op een mediterraans uiterlijk, ik ben stiekem eigenlijk meer van de zwarte mannen, die ik altijd al knap en aantrekkelijk vind. Alleen heb ik er nog nooit een kunnen daten met wie ik een klik had. Zwarte mannen met volle lippen en een mooie lichaamsbouw vind ik het aantrekkelijkste soort man dat er rondloopt, alleen heb ik dat nooit echt zo uitgesproken, omdat ik Noah niet onnodig onzeker wil maken. Dat je zwarte mannen aantrekkelijk vindt, hoeft namelijk niet te zeggen dat je je eigen blonde vriend niet aantrekkelijk vindt. Het kan naast elkaar bestaan. Sowieso is aantrekking meer dan uiterlijk alleen.

Goed, ik scan de ruimte dus automatisch op zwarte mannen, want dat is stiekem mijn persoonlijke doel vannacht. Zo zal Noah vast ook een doel hebben voor zichzelf; misschien zoekt hij wel een zwarte dame uit, of een blonde, of een rode, of een Aziatische, wie weet. Hij heeft altijd gezegd dat hij op donker haar en een mediterraans uiterlijk valt, dus ik vermoed dat het een Spaanse of Zuid-Amerikaanse wordt, maar we gaan het nog zien.

Helaas zie ik tot mijn teleurstelling weinig donkere mannen in deze zaal. Misschien moet ik die wens laten varen, denk ik even, of niet zo ongeduldig zijn. Het komt vast vanzelf. En ook als het niet komt, vermaak ik me vannacht wel, want ik ben op dit moment niet zo kritisch, wel erg wulps en na een alcoholisch drankje al helemaal niet meer kieskeurig.

We besluiten, na een tijdje dansen, tegen elkaar aan schuren, knuffelen en zoenen, dat we de boel goed gaan verkennen en ook andere danszalen gaan bezoeken. Sommige zalen zijn erg druk, daar kun je amper lopen, en sommige juist leeg. We komen langs een sm-ruimte waar je mensen openlijk ziet vrijen met elkaar, en een hoop gekreun en gegil hoort, door de muziek heen. Je ziet koppels die elkaar met de zweep slaan en elkaar met allerlei speeltjes en leren pakjes aan het teasen zijn. Ik zie zelfs een vrouw die stevig bij haar keel wordt gegrepen en hard geneukt wordt. Je ziet ook koppels die partners wisselen met elkaar. Dit is niet een zaal die me aantrekt, ik vind het net iets te heftig en niet zo sensueel. We lopen door nadat we even verbaasd hebben staan kijken, uit interesse. 'Jeetje, dat gaat er wel heel hard aan toe,' zegt Noah nog. 'Echt niets voor mij,' concludeert hij. Ik knik.

Als we verderop komen, horen we Nederlandse hiphopmuziek. Ik word superenthousiast, en herken ook meteen het nummer: 'Do or Die' van Jonna Fraser. Mijn hart slaat een paar slagen over als ik de zaal in kijk; ik zie een paar knappe, donkere mannen van wie er een me meteen heel erg opvalt, omdat hij een geweldig, glanzend Versace-overhemd aanheeft, heel volle lippen heeft, gespierd en lang is, en vermoedelijk een Cartier-zonnebril op zijn neus heeft. Classic, maar ik houd ervan. Misschien zou ik in het 'echte' leven nooit met zo iemand op date gaan, omdat ik het vermoeden heb dat hij niet het scherpste mes uit de la is qua intelligentie (maar misschien is dat weer een heel naar vooroordeel van mij, wie zal het zeggen), en ik daar niet intellectueel mee kan sparren, maar voor nu maakt dat allemaal geen moer uit. Het draait vannacht alleen om lust. O, ik hoop zo erg dat hij op me afkomt straks, want ik durf sowieso niet op een man af te stappen. Straks wijst hij me af. Ach, welnee joh, waarom zou hij me afwijzen? Ik zie er geweldig uit, al zeg ik het zelf. Ik ruik lekker, ik ben knap, ik heb een fit lichaam en mooie rondingen, daar zegt hij sowieso geen nee tegen, hij zal gek zijn.

Tijdens het dansen met Noah probeer ik de knappe man in het vizier te houden. Hij heeft veel mannen en vrouwen om zich heen, dus hij heeft zijn handen al vol, zo te zien. Ook is hij in de vipruimte, met een tafel vol drank en een bank waar een grote groep mannen en vrouwen zitten. Wij hebben geen zitplaatsen, we staan bij een hoge tafel. Het zal nog een hele klus worden om oogcontact met hem te maken of überhaupt zijn interesse te krijgen. De dames om hem heen raken hem aan, praten en lachen overdreven met hem, of zeggen dingen in zijn oor. Ze zijn erg knap, dus het is de vraag of hij behoefte heeft aan mij, maar ik heb het me als doel gesteld om deze man te verleiden, anders heb ik geen geslaagde avond. En dat hij zo veel vrouwen om zich heen heeft, maakt het alleen maar uitdagender en leuker om uitgekozen te worden. Ik voel gewoon dat het gaat lukken.

'Ik ga even helemaal los, ik zie je straks, geniet ervan, schat,' zeg ik tegen Noah. Ik geef hem een kus en loop naar voren met mijn drankje in de hand, dichter naar de dj toe, de dansende menigte in, en als ik eenmaal vooraan op de dansvloer sta dans ik alsof er geen morgen meer is en kan ik Noah ook niet meer zien. Ik schud met mijn billen, mijn heupen gaan van links naar rechts, ik zak naar de grond met mijn handen op mijn knieën terwijl ik mijn billen verleidelijk beweeg, natuurlijk allemaal keurig in het ritme van de muziek, en ik zwaai met mijn haren van links naar rechts. Ik laat alle moves zien die ik in huis heb, en dat zijn er veel, want ik ben een goede danser, en gooi al mijn charmes in de strijd. Ik kijk geregeld naar de knappe man in de vipruimte en lach naar hem, om vervolgens weg te kijken en te doen alsof ik niet met hem bezig ben en helemaal opga in de muziek. Als ik weer naar achteren op de dansvloer loop, staat Noah nog steeds met onze cocktails bij het tafeltje. Ik zie hem kijken naar de andere dames, volgens mij wil hij er eentje aanspreken, en heeft hij net als ik al iemand op het oog. Ik kan duidelijk raden wie het is, aangezien ik zijn smaak ken. We hadden in de auto besproken dat het niet uitmaakt wie als eerste met een ander gaat praten en dat we los van elkaar ons gang mogen gaan als dat goed voelt, dan zoeken we elkaar daarna weer op. Ik besluit niet meer op Noah te letten en volledig te focussen op mijn prooi. Ik loop weer naar voren en kijk hem ononderbroken aan. En hij focust kennelijk ook op mij, want hij kijkt lang mijn kant op. Ik kijk nu zwoel naar hem en geef hem een knipoog terwijl ik doordans en een slokje van mijn wodka-Red Bull neem.

Als ik vervolgens even niet kijk en me omdraai naar de andere zijde van de dansvloer en geniet van de muziek, staat hij ineens achter me en tikt me aan. Ik schrik er bijna van, ik had niet gedacht dat het me zo snel ging lukken. Hij komt dicht bij mijn oor en waar ik een Engelse zin verwacht, hoor ik Nederlands.

'Jij bent toch Lale Gül? Die schrijfster?'

Oh my god, dit meen je niet. Wie verzint het dat ik herkend word in een Spaanse swingersclub? Dit moet haast een grap van het universum zijn? Ik krijg het er helemaal warm van, ik weet niet wat ik moet zeggen. Als hij niet Nederlands was, was er een zekere afstand en zou ik er zeker van zijn dat ik hem na vandaag nooit meer zie, maar dit maakt het spannender. Eigenlijk is het alleen maar leuk. Dan kan hij straks aan zijn vrienden vertellen dat hij Lale Gül heeft geneukt in een swingersclub, dat moet ik hem ook gunnen, en ik heb eindelijk seks met een knappe zwarte man. Deal, niet te veel over nadenken, neem ik me voor.

'Ja, klopt, dat heb je goed gezien, zo in het donker,' zeg ik lachend.

'Tuurlijk,' zegt hij. 'Je hebt een heel herkenbaar gezicht, heel uniek, vooral je ogen,' zegt hij, terwijl hij met zijn rechterhand langs mijn rechterwang aait en dan naar beneden gaat met zijn vingers, langs mijn lippen naar mijn hals.

O god, hij weet wel meteen mijn zwakke plek te raken. Als iemand over mijn ogen begint, vind ik dat héél erg leuk om te horen.

Terwijl ik nog bijkom van het feit dat hij Nederlands is, zet hij zijn volle lippen al op de mijne. Als we zoenen, gaat er een hittegolf door mijn lichaam, ik sta nog net niet in de fik. Hij zoent ook zó megalekker, precies op het juiste tempo, met de juiste hoeveelheid tong, de juiste hoeveelheid natheid, en zo intiem en een tikkeltje agressief en ongeduldig, waarbij hij mijn lippen nog net niet opeet. Het is om gek van te worden. Ik kus ook voor het eerst met een man met zulke grote lippen, en ik moet zeggen dat het echt anders is, het is zo... aantrekkelijk. Ik merk meteen dat mijn lichaam meer wil. Ik leg langzaam mijn handen op zijn schouders en geef hem fijne kneepjes, zodat hij voelt dat ik hem wil. Hij ruikt ook zó ongelofelijk lekker, ik kan het niet eens beschrijven. Ik zie en hoor niets meer, ik voel me in de wolken zweven en het enige wat ik wil is nooit meer stoppen met zoenen met deze geweldige minnaar. Hij geniet ook erg van mij, want hij stopt af en toe om me aan te kijken, geeft me een aai over mijn wangen en langs mijn ogen, en kust me daarna weer opnieuw, nog intenser dan de vorige keer. Soms stopt hij om mij te stevig te knuffelen, en zachtjes in mijn borsten en billen te knijpen, terwijl hij meedeint met de muziek, die nu aangepast lijkt te zijn, want het is heel rustige, romantische muziek. Speciaal voor ons, misschien wel. Als ik na vijf minuten voor het eerst om me heen kijk, zie ik iedereen naar ons kijken, maar het kan me niets schelen. Sterker nog, ik vind het alleen maar leuk. Kijk maar, denk ik, wie ik aan de haak geslagen heb, en jullie niet.

Als we tien minuten lang gekust, gestreeld, gedanst en geknuffeld hebben, pakt hij mijn hand en neemt me mee naar een ruimte achter de vipruimte waar hij net zat. Als hij een deur openduwt, komen we in een knusse ruimte met een bed, relaxte muziek, een bank in de vorm van vrouwenlippen en rode lichten aan de muur. Het gaat nu gebeuren. En eerlijk gezegd heb ik er zin in.

'Ik had nooit van mijn leven gedacht dat ik vandaag zou zoenen met de dame die ik altijd al zo ontiegelijk hot vond, wauw!' zegt hij lachend, zijn perfecte gebit blootgevend. Wat een mooie lach heeft hij ook. Ik moet blozen door zijn complimenten en bedank hem.

'Ik had ook nooit gedacht dat ik een Nederlander zou tegenkomen in een seksclub, toen ik besloot voor het eerst in mijn leven zoiets te doen,' zeg ik.

'Ja, ik snap het, ik ben ook echt de enige Nederlander hier, samen met de dj, ik ben zijn manager en we draaien toevallig nu hier, maar er komen hier wel vaker Nederlanders hoor, alleen geen bekende volgens mij, haha, jij durft wel!'

'Ik snap wel dat BN'ers hier niet willen komen, dan sta je de volgende dag op een juicekanaal. Gelukkig ben ik niet zo bekend, dus ook niet zo interessant,' zeg ik lachend.

'Je bent zéker interessant. Voor mij ben je heel erg interessant,' zegt hij, terwijl hij me naar zich toe trekt en me zachtjes begint te kussen. Eerst geeft hij allemaal kusjes op mijn gezicht, zelfs op mijn neus, hij slaat niets over, en gaat dan richting mijn hals met zijn mond en zijn warme adem, terwijl hij me streelt en kneepjes geeft met zijn beide handen, en me stevig vasthoudt, alsof hij niet wil dat ik wegloop. Dan gaat hij naar beneden met zijn mond en duwt zijn lippen tussen mijn zachte, grote borsten, die wel erg sexy zijn in mijn nieuwe bh. Als ik een man was, zou ik er ook in willen duiken, ze vragen erom in deze outfit. Hij houdt mijn borsten stevig vast, zijn handen zijn precies groot genoeg om ze allebei goed vast te houden, en duikt er dan fanatiek met zijn hele gezicht in, terwijl hij mijn topje steeds meer naar beneden trekt met zijn handen, waardoor mijn bh bijna volledig zichtbaar wordt.

'Je doet iets met me,' hoor ik hem zeggen. 'Helemaal gek maak je me,' zegt hij zwaar ademend. Hij pakt mijn hand vast, zoent me en trekt me mee naar het bed. Terwijl ik hem zoen, beland ik met mijn rug op het bed en verlos ik me van mijn top. Als ik in mijn bh lig, zegt hij: 'Wow, ik dacht tot nu toe dat ik een billenman was, maar bij jou kan ik niet kiezen, ze zijn zó groot en zacht.'

Hij pakt mijn rechterborst vast en haalt 'm uit mijn bh, waardoor mijn tepel zichtbaar wordt.

'Wow,' zegt hij hijgend, terwijl hij heel wild mijn tepel likt en kust. Behendig maakt hij mijn bh los en geeft nu beide borsten vrij. Het lijkt erop dat hij het beeld moet laten bezinken, want hij kijkt bijna gehypnotiseerd naar mijn boezem, en dan naar mijn gezicht, en dan weer naar beneden, daarna begint hij me wild te zoenen, terwijl hij hard in mijn tieten knijpt. 'Ik kan niet lang meer wachten, je bent te mooi,' zegt hij, terwijl hij de knoop van mijn jeans losmaakt en mijn broek naar beneden trekt. 'What the fuck,' zegt hij, weer verbaasd, terwijl hij naar mijn rode, kanten string kijkt. 'Damn, je bent echt zo fucking nice, nog beter dan ik dacht,' zegt hij. 'Draai je eens om.' Ik doe wat hij zegt en draai me om.

'Waaat,' roept hij uit, terwijl hij mijn zachte, grote billen vast heeft. Die heb ik de afgelopen tijd goed getraind, dus ik weet dat ze er nu heel goed uitzien. 'Hoe is álles aan iemand zo fucking geil!?' zegt hij. Ik moet lachen en merk dat ik zelf ook ongeduldig word. Ik wil bevredigd worden, en wel nu. Hij snapt me zonder een woord te zeggen, want hij trekt mijn string naar beneden en plant zijn keiharde, grote fallus in mijn inmiddels gloeihete, natte poesje, terwijl hij me door blijft zoenen en door blijft stoten. Het is zo ongelofelijk lekker dat ik wil dat het nog heel lang duurt. Ik kijk naar zijn gezicht in het rode licht, hij zweet bijna, en hij kreunt heel hard.

'Ah, ah, dit is zó lekker, zo lekker, je bent zó nat,' zegt hij herhalend. Mijn lichaam is inmiddels vol adrenaline, het genot stroomt door elke ader van mijn lijf, en nog voordat ik het doorheb, nader ik al snel een orgasme en gil ik het uit.

‘Laat me komen, laat me komen, niet stoppen,’ smeek ik hem, alsof hij van plan was te stoppen. Nog geen twee tellen later is het gebeurd; voor zo’n tien seconden heb ik werkelijk elk spiertje in dat lijf van mij aangespannen en daarna word ik overweldigd door een vloedgolf aan puur genot, vrijgekomen spanning. Ik weet niet hoe ik een orgasme moet beschrijven, maar het is alsof je in de wolken zit, de engelen voor je zingen en dansen bij een waterval en je alle sterretjes van de hemel duidelijk ziet lachen.

Niet lang daarna houdt hij het ook niet meer vol en spuit me vol met een hele klodder zaad.

Shit, denk ik. Geen condoom. Daar had ik niets over afgesproken met Noah, en ik ben gewoon aan de pil, maar toch voelt het verkeerd. Ik hoop dat hij er straks niet naar vraagt. Voor hetzelfde geld is hij nu ook aan het seksen zonder condoom.

Als de knappe Surinaamse jongen, wiens naam ik niet eens weet, uitgeteld op mijn borsten op adem ligt te komen, zeg ik dat ik snel weg moet en sta ik abrupt op om mijn kleding aan te doen. Ik wil niet dat Noah zich zorgen gaat maken, ik ben al een tijdje weg, ik moet hem even appen dat ik oké ben.

‘Zo snel? Blijf nog even alsjeblieft, dushi,’ zegt hij.

‘Nee, nee, ik ben hier met mijn vriend, ik moet even naar hem toe,’ zeg ik.

‘Je vriend?’ zegt hij stomverbaasd. ‘O, ja, ik weet niet, ik dacht dat je alleen was, ik zag niemand bij je,’ zegt hij duidelijk teleurgesteld.

‘Ik moet echt gaan, doei,’ zeg ik, terwijl ik de kamer snel verlaat en weer terugloop naar de zaal waar ik Noah voor het laatst heb gezien.

Hij staat niet meer bij het tafeltje. Ik pak mijn telefoon uit mijn broekzak, maar zie geen appjes van Noah. Dat is op zich een goed teken, dat betekent dat hij nu waarschijnlijk druk bezig is met iemand en niet aan mij denkt. Ik besluit om een drankje te halen en te wachten op hem. Ik app hem dat ik weer bij hetzelfde tafeltje sta. Geen reactie nog.

Twintig minuten later appt hij eindelijk terug: 'Ik kom eraan.'

Dat werd tijd, want de ene na de andere geile Spanjaard wil me versieren in dat tijdsbestek, en dat is, nadat je al bent klaargekomen en niet meer zo geil bent, en toch al niet op Spanjaarden valt, niet echt vermakelijk. Vooral niet als ze iets te veel alcohol ophebben en niet willen opgeven.

En daar verschijnt Noah dan eindelijk. Zijn haren zitten iets wilder dan daarnet, en meer knoopjes van zijn hemd staan open. Op de kraag zie ik een rode vlek, vermoedelijk van lippenstift. Hij komt lachend naar me toe en geeft me een stevige, lange knuffel.

'Ik hou van jou,' zegt hij. Hij pakt me zo stevig vast, dat ik bijna geen adem krijg. 'Ik wil alleen jou, ik hou van jou, ik heb je gemist,' zegt hij. En nog wat dingen, maar ik hoor het niet meer door de luide muziek.

'Kom, we gaan, het is leuk geweest,' vindt hij, en hij trekt me mee naar de uitgang.

Als we in de auto zitten, kijken we elkaar lachend aan. Het is zo stom dat we niets aan elkaar durven vragen, dat we melig in lachen uitbarsten.

'En?' zeg ik maar.

'Ja, was leuk hoor, ik heb het gedaan met een wat oudere Mexicaanse dame, tweeënveertig was ze, dat was wel bijzonder. Ze was héél geil, en wild, volgens mij heeft zij mij geneukt, niet ik haar,' zegt hij lachend. Ik moet ook hard lachen, ik zie het helemaal voor me. 'Maar ik ben nu echt weer blij dat ik hier met jou zit, ik miste je op een gegeven moment gewoon terwijl ik bezig was, echt waar, ik wilde er snel klaar mee zijn, zodat ik weer jou kon aankijken, heel gek, snap je wat ik bedoel?' vraagt hij, terwijl hij mijn hand vastpakt en kust.

Ik knik maar. Ik heb geen idee wat hij bedoelt, maar het zal wel. Ik kan niet zeggen dat ik hetzelfde had.

'En jij dan? Je was ineens verdwenen, dus eh... Je bent zeker wel met iemand een hok ingedoken?' vraagt hij. Ik zie aan alles dat hij veel moeite heeft met het idee. Zal ik alles eerlijk vertellen? Of kiezen om te liegen en zeggen dat het niets bijzonders was en hij een heel kleine had en ik niet eens ben klaargekomen? Lastig. Ik hou niet van liegen, ik wil eerlijk zijn, ook als dat even pijnlijk is of hem jaloers zal maken.

'Ik heb mezelf inderdaad vermaakt, achter de vipruimte heb je een soort loveroom, daar was ik met een vriend van de dj,' zeg ik.

'O, toe maar, dat past wel bij jouw kaliber,' zegt hij.

'Het was lekker, ik heb genoten. En ik ben ook blij dat ik hier nu met jou zit en straks met je ga knuffelen in ons bed,' zeg ik.

'Dat wilde ik even horen, dank je,' zegt hij, met een vertrokken gezicht.

'Ik hou van jou,' zeg ik nog. En ik meen het.

'Ik hou veel meer van jou,' zegt hij. Hij kust mijn hand en begint te rijden.

We hebben het er daarna nooit meer over gehad.

Oog in oog met de Lieve-Heer

Ik kijk mijn ogen uit. Ik sta in de Sint-Baafskathedraal in Gent. Het is er erg druk. Rechts van mij, net voorbij de ingang van de kerk, zit een oude mevrouw in een rolstoel. Ze heeft een bakje bij zich, waar mensen een muntje in doen. Ik doe het ook maar. Wel mooi, denk ik stiekem, dat er iets bestaat als een kerk, want dan kunnen dit soort mensen hulp vragen en donatiegelden inzamelen. Dan word je ook niet weggestuurd, zoals in een winkel.

Misschien zijn kerkbezoekers eerder geneigd naastenliefde te tonen, denk ik, al weet ik niet of dat waar is. Maar ik kan me voorstellen dat een heilig gebouw helpt bij het tegenkomen van 'de ander', de minderbedeelde, aangezien onze maatschappij sterk geïndividualiseerd is en iedereen zich terugtrekt in eigen wijken, restaurants en bubbels, waar zo veel mogelijk soortgelijke mensen zijn. En je dus geen benul hebt van de onderkant van de samenleving, als je niet in een kerk komt. Ik heb de afgelopen tijd ook nooit een muntje gegeven aan iemand, tot ik hier kwam. Op straat doe ik het toch minder snel.

Dit is de eerste, maar niet de laatste plek waar je om geld gevraagd wordt; kaarsjes branden kost ook geld, alhoewel het geen echte kaarsjes zijn, maar ledkaarsen, en het bezoekerscentrum van *Het Lam Gods* kost zelfs zestien euro per persoon. Wat dat betreft is het islamitische geloof wel wat socialer dan de katholieken: moskeeën zijn altijd gratis. Maar goed, als ik zo rondkijk, snap ik ook waarom het meer geld kost om in de katholieke God te geloven; ik word overdonderd door de schoonheid van de beelden, die met veel zijn, groot van omvang, goed onderhouden en vooral: alomtegenwoordig. Overal waar je kijkt zie je de heilige figuren, met name de Lieve-Heer, Maria en Jozef. De decoraties van de ramen, de muren, de pilaren en het plafond zijn adembenemend. Ik weet dat religie veel slechts heeft voortgebracht in de wereld, met name oorlogen, kruistochten, onderdrukking en uitsluiting, maar als ik hier rondloop, kan ik niet anders dan bekennen dat het ook schoonheid aan de architectuur heeft toegevoegd.

De meeste mensen in de kathedraal zijn slechts verkenners en bewonderaars, zoals ik, maar er zijn ook mensen die hard en toegewijd aan het bidden zijn, met de ogen dicht en de handen strak in elkaar gesloten, als ze voor het beeld van de Lieve-Heer staan. Ik ga er ook maar staan, maar weet me niet echt een houding te geven tussen de biddende mensen.

Ik kijk hem aan. Hij heeft een donkere huid, en donkere, gekrulde, lange haren. De Lieve-Heer is ook een allochtoon, besef ik nu. Dat maakt dat ik het gevoel heb meer met hem gemeen te hebben. Ik voel me... meer gerepresenteerd. Er zijn in ieder geval twee buitenlanders uit het Oosten in deze zaal, en dat zijn hij en ik.

Hij is mager. Hij is genageld aan het kruis, er druipt bloed van zijn handen, die doorboord zijn met grote spijkers. De katholieken weten hoe ze tot de verbeelding moeten spreken, in tegenstelling tot moslims, die afbeeldingen streng verbieden.

Arme man, denk ik. Hij heeft een gepijnigde blik, waarmee hij me aanstaart. Hij had een boodschap die niet welkom was. Hij kon nog zo hard de waarheid spreken, of een goed mens zijn, het deed er niet toe; het heeft hem de dood opgeleverd. En dan besef ik dat het misschien wel nooit anders is geweest. Dit zijn wij. Dit doen mensen nog altijd. Als de boodschap niet welkom is, schakelen we de boodschapper uit. Overal in het leven gebeurt dit: in de politiek, bij wetenschappers, in de media, maar ook bij schrijvers en sprekers. Bij kunstenaars en cartoonisten.

En ineens denk ik: wat voor zin heeft het in zo'n wereld om een boodschap te hebben? Je eindigt, vroeg of laat, aan het kruis genageld. Als zelfs Jezus de bloeddorst van de domheid niet heeft overleefd, wie zijn wij dan om te denken dat we het wel overleven? Wie denk ik wel niet dat ik ben?

Waar de inkt van de pen niet vloeit, vloeit het bloed van het zwaard, gaat het door me heen.

De Lieve-Heer was een slachtoffer van de onwetendheid. Maar dat geldt niet voor mij. Want ik leef in Nederland, in 2024, en ik ben vrij.

Ik ga terug

Daar sta ik dan. Ik kijk uit op het Bos en Lommerplein. Ik heb airpods in met vrolijke muziek van Tino Martin, in de hoop dat dat mijn gemoed een beetje omhoog helpt. Ik ben doodsbang en gespannen voor wat komen gaat. Ik heb Defne een tijdje geleden beloofd dat ik bij onze ouders langs zal gaan, sorry zal zeggen, hun handen zal kussen en zal beloven dat ik geen boeken meer schrijf. Ze belde me zo getergd op, ze was zó aan het huilen, dat ik die belofte wel moest doen. Ze had niets van dit alles verdiend. Haar hele leven stond op z'n kop, haar vakantie in Turkije was verziekt, haar schoolleven was verziekt, haar populariteit bij haar vriendinnen en in de moskee was verpest en ze moest overal aanhoren wat voor een schande ik ben, omdat haar vriendinnen allemaal hun ouders napraten. Als ik dit niet ging doen, wilde ze me niet meer spreken.

Ik móet daarom wel. Dan maar geen tweede boek. Dan maar geen schrijver meer zijn. Dan maar geen columns. Niets is me meer waard dan het contact met Defne en haar mentale welzijn. Niets. Als ik moest kiezen tussen zelf leven of mijn leven aan haar geven, had ik geen moment geaarzeld, zoveel hou ik van haar. Als zij dit wil van mij, en dit wil ze heel graag, dan ga ik dit doen, mijn emoties en pijn zijn ondergeschikt.

Ik stel me al dagenlang allerlei scenario's voor. Wie doet er open? Is dat Halil, Defne, Vader of Moeder? Ik hoop niet Moeder. Dat is te confronterend, zo snel. Met name de confrontatie met Moeder bezorgt me de rillingen. Ze is zó ontiegelijk boos op mij. Ze zegt tegen mensen dat ik haar dochter niet ben, dat ik dood voor haar ben, dat ze er geen traan om zal laten als ik een dodelijke ziekte krijg. Zal ze dat nu weer zeggen, of toch – ongewild – misschien verzachten en geëmotioneerd raken als ze me ziet, omdat ik uiteindelijk wel haar kind ben?

We hebben elkaar nu drie jaar niet gezien. Is dat genoeg om af te koelen? Ik heb geen idee. Moeder kan als geen ander volharden in haar overtuiging. Ze raakt ook niet snel van de leg door emoties, ratio gaat altijd voor. Of in haar geval: de overtuiging dat ik een gore ongelovige ben geworden, een hoer, een schandvlek die al drie jaar op tv, en in haar boek, en in haar columns de familie volledig te schande brengt. Degene die haar een monster heeft genoemd in haar boek. Ik kan me eigenlijk niet voorstellen dat ze me vergeeft.

Daar ken ik Moeder helaas veel te goed voor. 'Over mijn lijk,' zal ze zeggen. Ik ben bang dat ik mezelf, en vooral Defne, valse hoop geef. Ik wil niet teleurgesteld raken, dus bereid ik me voor op het ergste.

Ik wéét 100 procent dat dit niets gaat uithalen. Dat wéét ik gewoon. Ik voel het. Maar Defne wil het, dus ik moet nu wéér deze pijn ondergaan. Wetende dat ik straks weer word afgewezen en uitgescholden, en niets ga bereiken met dit bezoek, moet ik het ondergaan, dan kan ik tenminste tegen Defne zeggen dat ik het heb geprobeerd. En zij mag het met eigen ogen zien, zodat ze me later alles minder kwalijk neemt, misschien. Maar ik zie er zó tegen op voor mezelf. Ik ben nu eindelijk goede stappen aan het maken met therapie, ik ben eindelijk de afwijzing en de voorwaardelijke liefde van mijn familie en mijn bloedeigen moeder een plek aan het geven, ik ben eindelijk gewend aan het raken aan dit leven waarbij ze geen enkele rol meer spelen en ik niet meer vaak aan ze denk.

En nu dit. Daar sta ik dan. Nog maar enkele minuten verwijderd van hun flatwoning. Ik slik nog een paar keer en loop er dan naartoe. Het moet gebeuren, ik heb geen andere keuze. Het voelt alsof ik onder het mes ga zo meteen, en er een kans is dat er complicaties optreden, maar dat het wel moet gebeuren, omdat ik anders met een nare ziekte moet leven, die mij langzaam kapot zal maken. Liever snel kapotgaan en helen dan langzaam. Alles voor Defne. Sinds haar tiende heeft ze te maken met depressieve en chagrijnige ouders, die haar strenger opvoeden dan ooit tevoren. Dat arme kind moet zelfs haar schoolrooster laten zien elke dag, opdat ze weten dat ze echt niets anders doet. Ze moet vijfmaal per dag bidden, elke vrijdag mee naar de moskee, elk weekend naar de Koranschool, ze mag geen bijbaan, nooit buiten afspreken met vriendinnen en geen spijkerbroek aan. Ik heb met mijn egoïstische daden alles voor haar verergerd.

Ik heb bedacht wat ik ga zeggen en ik herhaal het voor de duizendste keer: '*Annem**, het spijt me ontzettend, ik heb dat boek uit boosheid geschreven en impulsief gepubliceerd. Nu heb ik spijt. Ik was ingefluisterd door de duivel (deze zin werkt altijd). Ik zal geen ander boek meer schrijven, en niet meer praten op tv. Sorry voor alle beledigingen en de schande die ik jullie heb bezorgd. Ik hoop dat jullie me kunnen vergeven, zodat we weer normaal met elkaar kunnen omgaan.' Ja, dit wordt het zo ongeveer. Ik moet sleutelwoorden als 'berouw', 'spijt', 'duivel', 'verleiding', 'bezeten' en 'impulsief' gebruiken.

Ik hoop dat Moeder verder niets van me vraagt, ik vind het al erg genoeg dat ik dit moet zeggen en het schrijven moet opgeven. Maar Moeder kennende geef je haar een vinger, en ze neemt je

* Moeder, in het Turks.

hele hand. Weet je, als ik vandaag maar overleef. Kon ik maar doorspoelen naar het moment dat ik vanavond weer thuis ben en in mijn bed lig, en dat het allemaal achter de rug is.

Als ik haar maar zover krijg om... Misschien een knuffel te geven? Wie weet kan ik haar raken, zij heeft uiteindelijk ook een hart en ik ben haar eerste kind, ooit hadden we een sterke band. Zij zal mij toch ook wel een klein beetje gemist hebben inmiddels? Ik bedoel, mijn boosheid is ook veel en veel minder geworden. Ik ben bereid hun alle onderdrukking te vergeven, de scheldpartijen, het fysieke slaan. Dan kunnen zij toch ook wel over hun schaduw stappen, voor een keer? Ik weet niet wat Vader zal zeggen, maar die volgt altijd wat Moeder vindt, die heeft geen eigen mening, dus zij moet de beslissing nemen. Wie weet gaat het me gewoon lukken. Dat zou fantastisch zijn, vooral voor Defne, maar ook voor mezelf. Ik mis eerlijk gezegd wel een moeder en een vader in mijn leven. En het gevoel dat alles gewoon goed zit, dat ik op ze terug kan vallen. Ik heb mijn portie ruzie, ophef en schrijverscarrière wel gehad, dit is me echt meer waard.

Ik sta voor hun flat. Ik ben undercover, ik heb een zonnebril op en een pet, ik hoop dat ik geen oude buren tegenkom. Gelukkig is de straat leeg en zie ik geen bekenden. Ik adem nog één keer diep in als ik op de bel druk. De deur gaat open. Ik stap naar binnen en neem de lift naar boven. De lift waar ik voor het laatst drie jaar geleden in heb gestaan, voordat ik moest vluchten en burgemeester Halsema moest bellen met die laatste paar procent batterij op mijn telefoon. Er is niets veranderd. Aan de straat niet, de trappenhal niet, de lift niet. De deurmat van de Marokkaanse buren op de begane grond is nog exact dezelfde, met de Arabische tekst MARHABA, welkom, erop. Zelfs de slippers die voor hun deur staan zijn nog dezelfde.

Mijn hart bonkt in mijn keel als de lift omhooggaat. Hij hoeft maar twee etages, dus ik ben er snel. Als ik uit de lift stap, zie ik onze voordeur meteen aan mijn rechterhand. Hij gaat al open. Het is Vader. Hij kijkt me stomverbaasd aan. Hij lijkt ouder geworden, de lijntjes in zijn voorhoofd zijn dieper geworden, de zakken onder zijn ogen duidelijker en zijn hoofd is kaler en grijzer. Ik heb niet gezegd dat ik kwam, ik heb alleen met Defne geappt om te checken of ze allebei thuis waren.

'Lale?' zegt hij.

'Ik ben het. Ik wilde even met jullie komen praten. Mag ik binnenkomen?' zeg ik.

Vader aarzelt helemaal niet en laat me binnen door achteruit te deinzen en de gang voor mij vrij te maken. Ik doe mijn schoenen uit en loop naar binnen, naar de woonkamer. Daar zitten Defne en Halil. Moeder zie ik nog niet.

'Hé,' zegt Halil droog.

'Welkom, abla,' zegt Defne. Ze heeft een blauwe hoofddoek op. Ik vind het haar niet staan, zonder hoofddoek is ze veel leuker. Nu lijkt ze een stuk ouder.

Ik neem maar plaats op de bank, voor de tv. De Turkse tv staat aan, zoals altijd. Het is ook altijd dezelfde zender, die van president Erdoğan.

Ook aan dit huis en aan de woonkamer is werkelijk niets veranderd. Het enige wat me opvalt, is dat mijn foto's weg zijn gehaald tussen de fotolijstjes op het tv-meubel; je ziet alleen nog Oma, Halil, Defne en onze ouders. Alle foto's met mij en van mij zijn weg. Drie jaar geleden hadden ze nog foto's van mij met een hoofddoek op. Zelfs van dode mensen houden mensen nog de foto's, maar van mij blijkbaar niet. Misschien is dit wel erger dan doodgaan. Ik weet zeker dat Moeder dit heeft gedaan, niemand anders houdt zich in dit huishouden bezig met de foto's.

De sfeer is om te snijden, ik weet ook niet waar te beginnen, en dat voelt Defne aan, dus die helpt het gesprek op gang.

'Mijn zus is hier gekomen om sorry tegen ons te zeggen,' zegt ze kordaat, zoals zij dat kan. Ze was als kind ook al direct en daadkrachtig, dat is een goede eigenschap van haar.

'Ze wil ook jullie handen kussen, toch?' zegt ze, terwijl ze me streng aankijkt. Ik heb het gevoel dat ik bij haar onder de plak zit, en dat ben ik niet meer gewend de laatste jaren, maar vandaag slik ik alles.

'Ja, Defne heeft gelijk,' zeg ik.

Ik sta op en ga werkelijk op de meest ongemakkelijke manier naar Vader toe, pak zijn rechterhand, buig naar voren en druk er een lichte kus op. In de Turkse cultuur moet je altijd de handen kussen van mensen die ouder zijn, vooral als je vergiffenis wilt. Maar ook als je gaat verloven, trouwen of als het Suikerfeest of Offerfeest is. Waarom dat zo is weet ik ook niet, dus ik kan u verder niet uitleggen waarom we zulke debiele dingen doen.

De daad zelf voelt heel slaafs en elke vezel in mijn lijf protesteert op dat moment, maar ik móet gewoon, dus ik weiger om te veel na te denken en schakel mijn gevoel uit. En mijn hersenen ook. Alles is uitgeschakeld, het is vandaag verstand op nul, het enige wat ik doe is de eisen en wensen van Defne volgen, zij is de baas. Dat ben ik haar godverdomme verschuldigd. Dit is het minimale wat ik kan doen voor haar.

Vader trekt zijn hand niet weg en blijft er rustig en verward onder.

'Het is al goed,' zegt hij. Er volgt een ongemakkelijke klop op mijn schouder.

'Ga maar zitten, laten we praten,' zegt hij, en hij verwijst me terug naar de bank. Hij doet aardiger dan ik had verwacht.

'Hoe gaat het met jou, ben je gezond?' vraagt hij. 'Ik wist niet dat je zou komen, dat hebben ze me niet verteld, ik ben verbaasd,' zegt hij. Dat is niet gelogen, ik kan zien dat hij helemaal van zijn à propos is, zijn handen trillen ook lichtelijk.

'Alles gaat goed, ik heb niets te klagen,' zeg ik. Eigenlijk moet ik, om het correct te doen, erachteraan zeggen dat ik God bedank, met het woordje 'alhamdulillah', maar goed, dat doe ik nou eenmaal niet meer, dus ik laat het zo.

'Hoe gaat het met jullie?' vraag ik.

'Alhamdulillah,' zegt Vader. 'We proberen er wat van te maken, na jouw vertrek is ons leven heel anders geworden, we zijn niet echt meer vrolijk, door alle schande die we hebben,' zegt hij.

Ik kijk voor me en weet niet zo snel een weerwoord.

Defne valt me bij: 'Ja, daarom heeft ze ook spijt, toch?'

Ik zie aan alles dat ze dit héél graag wil. Het komt uit haar tenen. Ze hunkert naar verzoening. Haar toekomstige psychologische welzijn valt of staat met wat hier vandaag gebeurt, dat kan ik zien. Het móet lukken. Ze wil het laten lukken.

Zo gretig zie ik haar nooit. Ze doet zó haar best. Dat motiveert me om ook mijn best te doen.

Ik pak de draad weer op. 'Ja, Defne heeft gelijk. Ik heb erg veel berouw. Ik kan niet zonder jullie leven, ik mis jullie. Ik wil het weer goedmaken, we zijn tenslotte familie, wat is er belangrijker in het leven? We hebben hetzelfde bloed door onze aderen. Dezelfde achternaam. Jullie hebben mij gevoed en opgevoed. Ik wil heel graag weer onderdeel worden van de familie en alles achter ons laten, ik zal mijn fouten niet herhalen, ik heb ze ingezien,' zeg ik. Ik heb sleutelwoorden gebruikt die bij hem goed werken, zoals 'bloed' en 'achternaam'. Als dit hem niet overtuigt, weet ik het ook niet.

Ik zie Vader aarzelen. Maar hij is welwillend. En zachtaardig. Zijn kwaadheid, voor zover die er ooit was, is duidelijk verdwenen, blijkbaar. Hij knikt en is stil.

'Je moet vooral je moeder om vergiffenis vragen, zij heeft het meest geleden, en lijdt nog steeds,' zegt hij.

Typisch een antwoord van Vader, die het altijd doorpast naar Moeder. Alsof hij niet in de positie is om me te vergeven. Het is zó gek, alsof hij zonder haar nooit beslissingen mag nemen.

Dan verschijnt Moeder op het toneel. Ze komt de woonkamer in en kijkt me verontwaardigd aan.

'Wat doe jij hier?' zegt ze.

Ik schrik in eerste instantie van haar gezicht, ik herken haar bijna niet meer. Ze is vijfenvijftig, maar ze lijkt achtenzestig. Ze is veel grijzer geworden, heeft veel meer rimpels, is mager, ik denk dat ze maximaal vijftig kilo weegt, en ze ziet eruit alsof ze aan de zware medicatie zit, of elke dag twee pakjes sigaretten rookt, en dat al veertig jaar. Heb ik haar dit aangedaan? Dit aangezicht doet me ineens pijn. Veel pijn.

'Ik...' haper ik.

'Ze wil vergiffenis aan je vragen,' zegt Vader.

'Ze zal weer helemaal de oude zijn, ze wil je handen kussen,' zegt Defne tegen Moeder.

'Vergiffenis?' zegt Moeder. 'Heb je aan Hem ook vergiffenis gevraagd, voordat je hier kwam?' zegt ze, en ze wijst naar boven. Ze heeft een gebedskraal in haar hand, dus ze heeft waarschijnlijk net gebeden.

Ze vraagt dus of ik weer moslim ben geworden en Allah al vergiffenis heb gevraagd. Ik weet totaal niet wat ik nu moet zeggen. Ik wíst dat deze vraag ging komen, maar ik had gehoopt dat die in een veel later stadium zou komen, niet als eerste. Wat moet ik nu zeggen? Ik kijk naar Halil en Defne. Halil is stil en kijkt me verwachtingsvol aan. Defne heeft natte, grote ogen, het zijn net hertenogen, en smeekt me met haar lichaamstaal om te zeggen dat ik moslim ben.

'Ja,' zegt Defne. 'Ze heeft ook spijt van alles wat ze over Allah zei, toch, abla?'

Shit. Shit, shit, shit! Waarom heb ik mezelf nu in deze positie gezet? Ik wil niet meer liegen! Ik had dit mezelf beloofd! Geen toneelstukken meer, geen leugens meer, geen dubbele persoonlijkheid meer, enkel en alleen de waarheid! Iedereen heeft recht op de waarheid, daar ben ik heilig van overtuigd, dat is mijn principe! Ik kan dat niet meer verloochenen, dat gaat gewoon niet! Wat moet ik nu zeggen? Het is toch krankzinnig dat ik nu moet zeggen dat ik moslim ben, terwijl dat gewoon niet waar is? Alleen maar om geaccepteerd te worden? What the fuck? Waar is die liefde van ze, het gaat er toch om dat ík het ben, gewoon Lale, hun fucking dochter, niet Lale de moslim, niet Lale de hoofddoek, nee, gewoon Lale! Waarom kán dat niet? Ik wil uit radeloosheid op mijn knieën op de grond vallen en een god smeken om me hieruit te redden, uit dit dilemma, want ik weet gewoon niet wat ik moet doen. Wat is juist? Wat is moreel juist? En wat is juist voor mij? Is dat ook Defnes juist? Ik weet het godverdomme niet! Waarom moet dit mij aangedaan worden?

'Zo te zien heb je geen antwoord,' zegt Moeder.

'Mijn dochter, zeg alsjeblieft dat je spijt hebt, kom op,' zegt Vader.

'Abla, alsjeblieft, alsjeblieft, alsjeblieft,' smeekt Defne. Er rollen tranen over haar wangen en ze trekt aan mijn mouw.

Ik wil haar héél graag tegemoetkomen, ik wil heel graag ja zeggen, maar mijn hele lichaam protesteert. Ik had dit juist afgezworen. Ik ben de allergrootste hypocriete huichelaar tegenover iedereen in Nederland die mij een held vindt, die mij dapper vindt, die naar mijn lezingen kwam en die mijn boek kocht en las, als ik nu weer mezelf verloochen. Dan had ik dat boek ook niet hoeven schrijven. Dan had ik die hele strijd niet hoeven voeren. Het is pas een heldendaad als je iets moeilijks, iets ogenschijnlijk onmogelijks bereikt. Het is het toppunt van lafheid als je dat vervolgens weer inlevert, jezelf toch weer verloochent en gewoon weer teruggaat naar het punt van drie jaar geleden: een Lale die niet zichzelf is, die moet liegen en bedriegen om liefde en acceptatie te krijgen, die andere ideeën heeft maar die niet uit, puur voor de familie en de gemeenschap.

Bah. Bah, bah, bah. Ik moet spugen van het idee. Je kunt nog beter mijn leven vragen dan dit. Ik wil dit niet zijn. Ik wil geen huichelaar zijn! Dan ben ik geen haar beter dan al die andere laffe moslims die niet uit de kast durven te komen! Die niet voor zichzelf kiezen! Die allerlei toneelstukken spelen tot het graf, om maar niet hun familie te verliezen! Mijn hele boodschap, mijn hele boek was juist dat ik afreken met die cultuur, met die instelling!

Ik ben geen moslim, dus zal ik niet liegen dat ik dat wel ben. Punt uit. Dit van mij vragen, is nog erger dan alles wat ik kan bedenken. Sorry, het gaat hem niet worden.

'Nee,' zeg ik. 'Ik vraag júllie vergiffenis, en jou, als mijn moeder. Ik houd Allah hierbuiten, die heeft er niets mee te maken. Ik wil sorry zeggen tegen jou, omdat ik spijt heb van mijn daden en ik een familie nodig heb,' zeg ik.

'Hoe moet ik jou vergeven als jij nog geeneens vergiffenis bij Allah vraagt? Hoe moet ik jou vergeven, voordat Hij dat heeft gedaan? Wie ben ik?! Ik ben slechts Zijn dienaar. Hoe kun je van mij verwachten dat ik jou accepteer, als je doorgaat met fitna* en het leven als kafir†? Hoe moeten wij jou in onze armen sluiten, als je als een grote zondaar leeft?' vraagt ze met de meest verontwaardigde blik en een hoge stem. Ze schudt agressief met haar handen als ze praat. Het komt uit haar tenen.

'Hoe?' vraag ik. 'Door je hart te openen. Ik ben jouw kind. Dat is het belangrijkste, toch?' zeg ik.

'Jij bent mijn kind niet,' zegt ze direct, terwijl ze nee schudt en naar de grond kijkt. 'Ik herken jou niet als mijn kind. Ik kan jou niet opgevoed hebben. De dingen die je doet, schrijft, zegt, hoe je je kleedt, hoe je eruitziet, dat je niet gelooft... Hoe kan dit in godsnaam mijn kind zijn? Mijn kind ging elk weekend naar de moskee, vanaf haar zesde, droeg een hoofddoek, leerde de Koran uit haar hoofd, bad vijfmaal per dag, vastte tijdens de ramadan, had respect voor haar familie, hield zich bezig met de goede dingen in het leven. Jij bent dat niet. Jij bent het omgekeerde. Je lijkt wel be-

* Zondigen, in het Arabisch.
† Ongelovige.

zeten. Jij bent mijn kind niet, dat kan niet, jij bent een test die Allah mij geeft. Een heel zware beproeving,' zegt ze.

'Ik ben je kind wel,' houd ik vol. Ik bedwing mijn tranen met man en macht. 'Of je dat nou wil of niet, of je het ontkent of niet, ik ben jouw kind, die waarheid kan je niet veranderen,' zeg ik.

'Mijn kind is allang dood, ik ken jou niet, jij bent als beproeving neergezonden,' zegt ze.

Defne schreeuwt het uit: 'Hou op! Hou op! Knuffel elkaar, alsjeblieft! Lale, alsjeblieft!' zegt ze. Ze trekt aan mijn mouw, knijpt in mijn arm, ze grijpt mijn kaak, draait mijn hoofd naar zich toe en smeekt me in tranen. Ze duwt me richting Moeder. Ik sta nu pal voor haar. Ik buig naar voren om haar hand te kussen, maar ze grist hem snel en agressief weg.

'Ik wil jou niet! Vraag eerst vergiffenis aan Allah, kom dan terug! Allah moet jou eerst vergeven, niet ik!' zegt ze getergd. Het valt me op dat ze me niet meer aankijkt.

Bij mij stromen de tranen nu. Haar woorden snijden zoals ze nooit eerder hebben gedaan.

Ze draait zich om en gaat naar haar kamer. 'Ik wil jou niet zien, je bent een ongelovige,' zegt ze, zwaaiend met haar rechterhand, alsof ze me weggooit.

Daar sta ik dan, midden in de woonkamer, terwijl Vader, Halil en Defne radeloos naar me kijken. Ik weet niet waar dit bezoek goed voor was, maar ik weet wel dat het mij voor het leven aan mijn psycholoog zal binden, want ik heb geen idee hoe ik hiermee om moet gaan. Kon ik nu maar in een flits in de spreekkamer van meneer Köhler zijn, want ik weet niet wat ik met m'n gevoelens aan moet. Ik probeer te bedenken wat hij nu tegen me zou zeggen, als hij hier was, maar het lukt me niet. Volgens mij zou hij net zo sprakeloos zijn. Hoe kan een moeder zo zijn? Waarom knuffelt ze me niet? Waarom houdt ze me niet vast? Moet ik haar dan smeken? Wat moet ik nog meer doen om haar liefde waardig te zijn?

Niets. Helemaal niets. Niets zal goed zijn, niets zal genoeg zijn, alléén het moslimdom, dat is kennelijk de voorwaarde voor liefde van een moeder naar haar kind. Hoe geschift is dat? Precies wat ik absoluut niet voor een ander kan doen, iets wat uit volle overtuiging zal moeten gebeuren, geloven in een god en een religie, een overtuiging die ik niet voel en weiger te veinzen, vraagt zij van mij.

Ik krijg geen adem meer. Ik ren naar de voordeur, zwaai hem open, trek mijn schoenen aan, ren de trap af, de straat uit, naar het dichtstbijzijnde station, en beloof mezelf nooit meer hier te komen. Nooit meer. Nooit meer.

Als ik dood ben voor haar, dan is zij dat ook voor mij. Moeder is iemand die ik voortaan zal zien als iemand met alzheimer. Ze is gewoon vergeten dat ik haar kind ben, en iets wat vergeten is, bestaat niet meer.

Hé Oma
Heb je even?
Ik wil jou wat zeggen
Maar heb moeite
m'n boosheid aan de kant te zetten

Mijn boosheid
Over dat je er gewoon niet meer bent

Dat is toch een wrede grap?

En wat als ik nou zin heb om met je te praten?
Of je een knuffel te geven?
Of als ik voor je wil koken?
Of kitscherige tv-series wil becommentariëren?

Weet je nog dat ik elke ochtend naar de woonkamer kwam
Waar jij áltijd – altijd – al zat
Daar op die donkerblauwe bank
Met een zwarte koffie

Je staarde voor je uit
en je was al uren eerder wakker dan ik
En je bloeide op als ik
naast je kwam zitten met mijn koffie
Die aanzienlijk minder zwart was
Dan had je ineens een blije blik

Ik vroeg hoe je had geslapen,
jij zei dat je rugpijn had en kniepijn
en niet goed had geslapen, zoals altijd
Ik vroeg of ik ontbijt voor je moest maken en jij zei natuurlijk ja
Het maakte je nooit uit wat het was, je was altijd tevreden

Zolang het niet die gezonde crackers waren van de diëtist
maar gewoon brood
Turks brood

Ik mis het
Die donkerblauwe bank
Die ochtenden
Die avonden
Godverdomme, ik mis het zo erg

Je warme, vlezige handen
Met die vele kreukels erin
En die blauwe aderen op je bleke huid
omdat je nooit meer buiten kwam
daar in het westen van Amsterdam

Waar zijn die nu?
Onder de koude grond?
Wie doet zoiets?

Ik ben nu altijd maar alleen

En wat doe je daar dan?
In die grote, koude kist?
Denk je ook wel eens aan mij, of ben je me vergeten?
Wist je dat ik soms wakker schrik 's nachts
En aan je denk
Dan voel ik me zo ontzettend...

Ik ben je niet vergeten
Geen dag
Ik heb je al sinds je dood
op mijn telefoonachtergrond

Ik kijk je elke dag aan
En denk aan vroeger
Toen ik als klein meisje op je schoot zat
Ik praat zelfs tegen je, soms heel lang
Maar je praat nooit terug

Je WhatsApp-nummer heb ik nog in m'n telefoon staan
Met de profielfoto die ik voor je had ingesteld
Je begon het eindelijk onder de knie te krijgen
Hoe je een oproep moest beantwoorden
En moest facetimen
Gewoon op dat groene bolletje drukken
Maar je drukte ook altijd veel te hard en te lang
Dus het ging bijna nooit in één keer
Maar we kwamen er wel
Toen je het eenmaal doorhad
Hield niemand je meer in bedwang

Ik heb je truien, rokken en jurken nog
Je kettingen en ringen
Ik heb ze in zakken in m'n schuur staan
Ik zie ze elke keer daar maar liggen
Je schoenen, je hoofddoeken, je blouses

Weet je nog dat je het áltijd koud had?
De verwarming moest zo idioot hoog van jou in de winter
Wel vijfentwintig graden
Daar hadden we discussies over
Ik vond het huis een sauna
Ik kon er niet van ademen
Ik kon er niet van slapen

Maar jij had het altijd zo koud
Zo koud
Je had rillingen over je rug, zei je
En dan weer niet
Ik had maar dikke vesten en truien voor je gekocht
Ik had geen idee dat het allemaal door de kanker kwam
Die jou van mij nam
Die kankerkanker

Ik vroeg me laatst af: heb je het nu ook zo koud?

Ik wil mijn excuses aanbieden
Ik was niet op je begrafenis in Turkije
Ik heb een boek geschreven
En was daardoor uit huis verstoten
Dat heb jij allemaal niet meer meegekregen

Je was de laatste weken immers
een kamerplant geworden

Wat ik tegen je zei, ook over dat boek,
Kwam allang niet meer aan
Elke keer dat ik iets tegen je zei
Bleef jij maar liggen en staren

Ik heb niet eens meer de kans gehad
Om echt afscheid te nemen
Het ging allemaal zo snel
Zo chaotisch
Je lag in het ziekenhuis, en dan weer niet
We konden kiezen, zeiden ze,
tussen thuiszorg of een hospice
En toen lag je ineens daar, in een soort ziekenhuisbed, in de woonkamer

Met continu een Surinaamse vrouw aan je zij
Die bleef ook ineens slapen, nog wel in jouw bed
In jouw slaapkamer
En die ging niet meer weg

Je had nog maar enkele maanden te leven, zeiden ze
Maar na twee weken was je er al niet meer
Met je ogen wijd open lag je
En toch was je niet hier

Je keek naar het plafond
Dwars door me heen
Je zag me niet meer
Je zei niets meer
Je kon niet eens meer slikken

Ik kon je niet meer knuffelen
Al snel vulde de kamer zich
Met al je familie
En ineens kwamen twee mannen binnen
Die pakten je in
In een zak met een rits

Je ogen waren nog wijd open
En de rits ging er toch overheen
Ik kon je niet eens meer zien of aanraken
Of je koude handen vastpakken
Ze haalden je weg
Zo snel

Ze zetten je op een grote kar,
Gingen de lift in, naar beneden
Je ging achter in een busje

En weg was je
Ik zag je wegrijden
Ons huis uit
De straat uit
Voor altijd, voorgoed

De volgende dag
Zat je niet meer in de woonkamer
op die bank
met een koffie
Niets had meer smaak voor mij

En toen ik in de avond thuiskwam,
Lag je niet al te slapen
En was het huis geen sauna meer
Maar steenkoud
En leeg
Hoe kon ik nou weten
Dat het de allerlaatste keer was?
Ik was daar helemaal niet op voorbereid
En ook niet in de maanden ervoor
Ik wist het gewoon niet
Ik wil het overdoen!

Ik wil je stevig knuffelen, elke dag, non-stop,
ik wil je dicht tegen me aan
Wat was ik toch een domkop
Dat ik dat niet genoeg heb gedaan

Sorry Oma
Kon ik het maar overdoen
Ik zie nu pas de waarde in
Van zo'n laatste week

Ik moest niet naar mijn werk
Niet naar mijn studie
Ik moest elke minuut naast je zijn

Het spijt me zó
zo erg

Inmiddels is er een vrij donkere
Periode in mijn leven verstreken
Waar jij voor het licht zorgde
Was het donker gauw verdwenen
Jij begreep me
Ik ben jou zo dankbaar
Niet alleen voor het helpen met al mijn problemen
Maar ook je preken

Soms moet ik huilen
En word ik getergd
Door een knagend geweten
Dan droog ik mijn tranen
Met de gedachte
Dat ik jou als oma heb gehad

En laat ik mijn jaren met jou
Voorgoed in het verleden

Weet dat jij altijd mijn idool bent gebleven

Ook nu ik me in deze wereld
zonder jou moet begeven

Woord van dank

Lieve lezer,

Je bent alweer aan het eind van het boek. Allereerst bedank ik jou, mijn lezer, mijn supporter, vanwege je interesse in mijn verhaal.

En daarna mijn vriendinnen Hulya, Ayten, Seher en Figen, die mij onvoorwaardelijk steunen sinds ik ze heb leren kennen. En al mijn andere vrienden en vriendinnen die ik hier niet nader zal noemen voor hun anonimiteit, maar die ik erg hoog heb zitten.

Ik bedank minister van Justitie en Veiligheid Dilan Yeşilgöz en burgemeester Femke Halsema, die mij altijd een geborgen gevoel hebben gegeven toen ik angst had, en alle andere politici en opiniemakers die het lef hadden om het voor mij op te nemen en voor het vrije woord te staan, ook als ze het niet met me eens waren. Lilian Marijnissen, Pieter Omtzigt, Khadija Arib, Queeny Rajkowski, Nevin Özütok, Bente Becker, Miranda Bruinzeel, Gert Jan Nauta, Nynke Nauta, Ingmar Brenninkmeijer en Geert Wilders: bedankt voor jullie appjes en jullie uitgesproken steun.

Ik bedank mijn uitgever Mai Spijkers en zijn lieve vrouw voor al hun persoonlijke steun, en vooral ook de medewerkers van Prometheus, omdat ik hun het leven zuur heb gemaakt af en toe met mijn wispelturigheid en getwijfel over of ik dingen wel of niet ging doen. Interviews, uitnodigingen, reisjes naar het buitenland, het verkopen van filmrechten: ik wist het nooit zo goed. Ze hebben ook onvermoeibaar geprobeerd mij aan het schrijven te krijgen, anders was dit boek misschien wel nooit verschenen. Met speciale dank aan mijn redacteur Maartje Latten, die me altijd achter de veren zat, omdat ik het schrijven alsmaar uitstelde.

Ik bedank mijn broertje en zusje voor het niet verbreken van het contact met mij, al hebben ze daar nog altijd veel moeite mee.

Ik bedank Oma, die me deed inzien hoe belangrijk het is om liefde te koesteren zolang je die nog hebt.

Ik bedank mijn psycholoog, die alles uit de kast heeft moeten trekken om mij uit mijn neerslachtigheid en cynisme te halen, en weer een vrolijk mens te laten zijn.

Verantwoording

Delen uit het hoofdstuk 'Kerstmis' verschenen eerder in *Het Parool*.

Ik dank Nausicaa Marbe voor haar column over provocerende kunst in *De Telegraaf*, getiteld 'Strijd van Theo van Gogh blijft urgent' (19 januari 2024).